Über die Autorin:

Nadine Bogner ist staatlich anerkannte Erzieherin und leitet eine Kindertagesstätte in ihrer Heimatstadt Bielefeld.

Darüber hinaus ist sie Autorin, Komponistin Hobby-Sängerin und Künstlerin. Schon als Kind hat sie phantasievolle Geschichten und Songs verfasst und ihr Talent im Laufe der Jahre ausgebaut.

Wer mehr erfahren möchte, kann die Autorin auf ihrer Homepage *www.NadineBogner.de* oder auf der Profilseite bei *www.tredition.de* besuchen.

Le brave persone sono come le stelle:

Non smettono mai di brillare

Gute Menschen sind wie Sterne:

Sie hören nie auf zu leuchten

Nadine Bogner

Casa Giulia

Ein Zauber in den Hügeln der Toskana

www.tredition.de

© 2020 Nadine Bogner
Umschlag, Illustration: Nadine Bogner

Verlag & Druck: tredition GmbH, Halenreie 40-44, 22359 Hamburg

ISBN
Paperback   978-3-7497-4130-4
Hardcover   978-3-7497-4131-1
e-Book   978-3-7497-4132-8

Inhaltsverzeichnis

Teil 1

Kapitel 1

Giulia

Verona ist erst der Anfang...

*I*rgendwie hatte ich mir diesen Ort schon ein wenig anders vorgestellt, romantischer vermutlich und nicht so Touristen-Überladen. Auf dem berühmten Balkon von Julia Capulet aus William Shakespeares „Romeo und Julia" tummelten und quetschten sich die Frauen aus aller Welt und winkten ihren Liebsten zu, die das ganze Schauspiel mit einer Kamera oder dem Handy festhielten. Wohin man auch blickte, überall standen Menschen. Sie kritzelten etwas auf kleine Notizzettel, die sie anschließend an die, schon längst überfüllten, Steinmauern klebten oder schrieben ganze Briefe, die sie dann in den dafür vorgesehenen Postkasten warfen. Im Anschluss verschwanden dann die meisten der Touristen in den anliegenden Souvenirshops, in denen sie sich schnell noch irgendwelche Accessoires kauften, um belegen zu können, dass sie auch tatsächlich an diesem historischen Ort gewesen waren.

Doch ich stand einfach nur da, schaute mir das Spektakel an und wäre am liebsten in Tränen ausgebrochen, denn eigentlich hätte ich jetzt mit Torben, meinem ehemaligen Verlobten, hier sein sollen. Der hatte jedoch zwei Wochen vor dieser Reise still und heimlich das Weite gesucht und mich ohne jede Vorwarnung sitzen gelassen. Stattdessen war nun meine beste Freundin Katrin an meiner Seite und versuchte, ein möglichst guter Ersatz für Torben zu sein.

„Komm, Süße", hörte ich Katrin sagen, „ich denke, wir haben genug Romantik gesehen." Dabei zwinkerte sie mir zu und schob mich sanft Richtung Ausgang.

„Bist du soweit?" hörte ich Torbens Stimme vor der Badezimmertür und schlüpfte dabei schnell in meine weißen Pumps. Die Uhr zeigte kurz nach halb Sieben am Abend und obwohl wir noch fast eine halbe Stunde Zeit hatten, bevor wir in dem gut acht Kilometer entfernten Restaurant sein mussten, hörte ich den leicht gereizten Unterton in Torbens Stimme. Ich wusste, dass er nichts mehr hasste, als unpünktlich zu sein, doch konnte ich schließlich auch nichts dafür, dass im Krankenhaus noch eine Notfallpatientin eingeliefert wurde, um die ich mich erst noch mit kümmern musste.

„Liebling, ich bin sofort soweit", beruhigte ich ihn, strich noch einmal über mein türkisfarbenes Sommerkleid, das ich extra für diesen Abend gewählt hatte, weil ich wusste, dass es Torben besonders gut gefiel, und öffnete die Tür.

„Wow", entfuhr es ihm. „Du siehst großartig aus, Schatz."

„Danke, du aber auch." Und es stimmte. In der edlen Jeans, dem weißen Hemd und dem dunkelblauen Sakko darüber, sah Torben wirklich umwerfend aus. Dazu hatte er seine strohblonden Haare hoch gestylt, was ihm zusätzlich zu seiner ohnehin durchtrainierten Figur noch einen weiteren sportlichen Touch gab.

Während der Autofahrt sprachen wir kaum miteinander, hingen eher unseren eigenen Gedanken nach. Vermutlich, weil es jedes Mal, wenn unsere Familien aufeinander trafen, etwas unentspannt ablief. Schon als sich unsere Eltern das erste Mal vor gut fünf Jahren gegenüberstanden, um sich näher kennenzulernen, war kaum zu übersehen, dass sie sich nicht gerade besonders sympathisch waren. Wahrscheinlich lag es daran, dass sie nicht hätten unterschiedlicher sein können. Während Torbens Familie sehr auf Etikette achtete und stets erwähnte, was für ein Glück ich doch hätte, einen so wundervollen Mann abbekommen zu haben, waren meine Eltern eher bodenständig und waren glücklich, wenn ich es war. So wurde bald jede Geburtstagsfeier, jedes Weihnachts- oder Osterfest zu einer Herausforderung für unser aller Nervenkostüm. Torbens Eltern liebten Themen wie Krankheitspolitik, Politik im Allgemeinen und Golf spielen, während meine Eltern von diesen Dingen einfach keine Ahnung hatten. Meine Mutter konnte hingegen stundenlang über die italienische Küche schwärmen, schließlich war sie eine waschechte Italienerin, die leidenschaftlich gerne kochte und backte. Und mein Vater liebte das Angeln, doch mit diesen Themen stießen sie bei Torbens Eltern auf Unverständnis und so bewegten wir uns Gesprächstechnisch stets auf einem Drahtseilakt, bei dem Torben und ich immer wieder versuchten, die Balance zu halten. Das war oft wirklich anstrengend, denn natürlich nahmen wir unsere Eltern auch jedes Mal voreinander in Schutz und hatten am Ende, wenn wir wieder unter uns waren, einen Streit, der manchmal tagelang anhielt. Doch heute würde es hoffentlich anders sein, denn heute ging es ausnahmsweise einfach mal um uns, um Torben und mich.

Als wir ankamen, warteten Torbens Eltern bereits auf der großen Terrasse des Restaurants, wo er im Vorfeld einen Tisch für uns reserviert hatte.

„Wie schön, dass ihr auch endlich kommt", bemerkte Frau Kranz, Torbens Mutter, ein wenig schnippisch, obwohl wir noch gut in der Zeit lagen und ich spürte, wie unangenehm es Torben war, dass seine Eltern eher da gewesen waren als wir.

„Das ist meine Schuld", erklärte ich freundlich. „Eben ist noch ein kleines Mädchen in die Klinik eingewiesen worden, das sich einen Arm gebrochen hat. Der Arzt hat daraufhin noch eine helfende Hand gebraucht."

„Aber natürlich geht so etwas vor", flötete Frau Kranz nun übertrieben verständnisvoll und hauchte mir ein Küsschen links und ein Küsschen rechts auf die Wange. Frau Kranz hieß mit Vornamen Marianne, doch auch nach den fünf Jahren, die wir uns jetzt kannten, legte sie immer noch Wert darauf, dass ich sie mit Nachnamen ansprach. Das gleiche galt natürlich auch für ihren Mann Wolfgang, Torbens Vater. Ich respektierte ihren Wunsch, auch, wenn ich es nach wie vor ziemlich seltsam fand. Zumal meine Eltern Torben bereits nach der zweiten Begegnung das Du angeboten hatten. Aber Menschen waren nun einmal unterschiedlich.

„Setzen wir uns doch", schlug Torben vor und zeigte auf die festlich gedeckte Tafel, vor der wir standen. Die Uhr zeigte nun Punkt Sieben an und das Auto meiner Eltern bog auf den Parkplatz ein.

„Heute schaffen es tatsächlich mal alle pünktlich", erhob Frau Kranz abermals das Wort, denn sie hatte den Wagen ebenfalls sofort entdeckt.

„Marianne, bitte", sagte ihr Mann leise zu ihr, doch wie so oft, nahm sie ihn gar nicht ernst.

„Das war doch nur eine wunderbare Feststellung. Heute ist doch auch ein ganz besonderer Anlass." Bei diesem Satz klang ihre Stimme eher ernüchternd als freudvoll, doch ich hatte mir vorgenommen, solch unangebrachte Kommentare heute einfach mal im Raum stehen zu lassen.

„Guten Abend", begrüßten uns meine Eltern und mein älterer Bruder Romeo mit seiner Frau Lisa.

„Guten Abend", erwiderten wir alle wie auf Kommando. Torben erhob sich kurz von seinem Stuhl und bot meiner Familie Platz an. In dem Moment kam auch schon ein Kellner, sah meinen zukünftigen Verlobten prüfend an, verschwand wieder mit einem Lächeln, nachdem Torben ihm freudig zugenickt hatte und erschien nur eine Minute später erneut an unserem Tisch. Diesmal mit einem Tablett in der Hand, auf dem er feine Kristallgläser und eine Flasche Champagner balancierte.

„Stellen Sie es einfach ab", sagte Torben. „Ich kümmere mich selbst darum."

„Sehr wohl", erwiderte der Kellner und trat höflich, nachdem er das Tablett abgestellt hatte, zwei Schritte zurück. „Darf ich denn schon den ersten kleinen Gang servieren?"

„Ja, bitte."

Damit verschwand der Kellner und Torben erhob sich, um die Flasche zu öffnen und jedem von uns ein Glas mit prickelndem Champagner zu befüllen. Nachdem alle etwas zu trinken in den Händen hielten, hob Torben sein Glas in die Höhe und räusperte sich. Er wirkte plötzlich etwas nervös und unsicher, eine Art, die ich an ihm bisher noch nicht kennengelernt hatte. Im Gegenteil, Torben war das Selbstbewusstsein in Person, hatte immer einen passenden Spruch parat und ließ sich von niemandem die Butter vom Brot nehmen. Während er mit der einen Hand sein Glas hielt, streckte er mir seine andere Hand entgegen und forderte mich so quasi auf, mich ebenfalls von meinem Stuhl zu erheben. Nun wurde auch ich etwas nervös, denn dieser Schritt, vor dem wir nun standen, war schon irgendwie wie ein Meilenstein.

„Liebe Julia", begann Torben. Zum Leidwesen meiner Eltern hatte er es leider bis heute nicht verstanden, dass mein Name nicht Julia, sondern Giulia war. Mir machte es nicht so besonders viel aus, auch, wenn ich stolz darauf war, einen Namen zu haben, der in gewisser Weise meine Wurzeln verriet. Aber schließlich war es nur ein Name.

„Du weißt ja, warum wir heute alle hier zusammengekommen sind und ich hoffe, du willst mich immer noch heiraten, so, wie wir es beschlossen haben."

„*So, wie wir es beschlossen haben???*" schoss es mir durch den Kopf. Was sollte denn das jetzt? Auf einmal wurde mir glatt ein wenig schwindelig, obwohl ich noch nicht einmal an meinem Champagner genippt hatte. Sollte das tatsächlich mein Heiratsantrag sein?! In Filmen und in Büchern lief das aber anders ab, so viel war mal sicher. Und wo war überhaupt der Ring?

Torben musste meine leichte Irritation bemerkt haben, denn mit einem Ruck stellte er sein Glas auf den Tisch, ließ meine Hand los und kramte in seiner Hosentasche herum, aus der er nur Bruchteile von Sekunden später ein kleines Schmuckkästchen herausholte.

„Entschuldige", lachte er verlegen. „Das ist mein erster Heiratsantrag..." Mit diesen Worten öffnete er das Kästchen und nahm einen schlichten Silberring heraus, den er mir an den Finger meiner linken Hand stecken wollte. Leider war er viel zu klein. Torbens Nervosität wuchs bald ins Unermessliche, genauso wie meine Enttäuschung. Ich versuchte trotzdem, das Beste aus der Situation zu machen und forderte meinen zukünftigen Mann dazu auf, mir den Ring an den kleinen Finger zu stecken. Als er tatsächlich passte, atmete Torben erleichtert aus und sah mich freudestrahlend an. „Dann sind wir jetzt wohl verlobt."

„Ja, unglaublich", stammelte ich leise und ich spürte, wie ein Hauch von Enttäuschung in meiner Stimme mitklang, obwohl ich bemüht war, diese zu verbergen.

Unsere Familien klatschten peinlich berührt in die Hände und der Kellner brachte den ersten kleinen Gang, der aus Baguette und einem Krabbencocktail bestand.

„Ach, wie ich mich für euch freue", ertönte die Stimme von Frau Kranz. „Dann darfst du ab heute auch Marianne zu mir sagen."

„Das freut mich", hörte ich mich sagen und stellte mit Erschrecken fest, dass diese Frau in nur wenigen Monaten tatsächlich meine Schwiegermutter sein würde.

Der weitere Abend verlief im Wesentlichen tatsächlich recht gesittet ab und es gab keine größeren Reibereien zwischen unseren Familien, was eigentlich ein Grund zur Freude gewesen wäre. Allerdings ertappte ich mich zwischendurch immer mal wieder dabei, mich irgendwie unglücklich zu fühlen, weil nicht einmal ein winzig kleiner Hauch von Romantik in Torbens Antrag gelegen hatte. Er hatte ja Recht, als er sagte, es sei sein erster Heiratsantrag und ich hatte bestimmt auch nichts Perfektes erwartet. Aber irgendwie fehlte mir etwas und ich hätte nicht einmal sagen können, was es wirklich gewesen war. Ich spürte nur, dass sich ein kleines Unbehagen in mir auszubreiten begann, von dem ich hoffte, es würde sich von alleine wieder verabschieden. Bestimmt, so sagte ich mir, würde ich die Situation am nächsten Tag bereits mit anderen Augen sehen und darüber lachen können. Schließlich war es immerhin ein Heiratsantrag, den man so schnell nicht vergessen würde. Und zumindest ein Highlight hatte es tatsächlich noch an diesem milden Juli-Abend gegeben.

Nach dem Dessert, es gab eine leicht aufgeschäumte Joghurtcreme an geeisten Himbeeren, erhob sich überraschend mein Vater und überreichte mir und Torben einen roten Briefumschlag.

„Was ist das?" fragte ich neugierig.

„Na, schaut halt rein", meinte meine Mutter und grinste dabei wie ein Honigkuchenpferd. Also öffnete Torben das Kuvert und zog einen Brief und zwei Opern-Karten heraus.

„Oh, eine Reise", bemerkte er nüchtern.

„Eine Reise?" schaltete ich mich aufgeregt ein. „Wohin denn?"

„Nach Verona, Liebes", sagte meine Mutter. „In die Stadt der Liebenden. Dorthin, wo dein Vater und ich uns kennengelernt haben."

„Ihr habt euch in Verona kennengelernt?" ertönte nun Mariannes Stimme und überschlug sich dabei fast vor übertriebener Heiterkeit.

„Ja", nickte meine Mutter. „Wir sind uns an einem wunderschönen Sommerabend in der Arena über den Weg gelaufen. Beide wollten wir uns das Stück „Romeo und Julia" ansehen. Ich war mit einer Freundin dort und Richard mit einer Reisegruppe. Beim Einlass stand Richard hinter mir und trat mir während eines Gedrängels unsanft so heftig auf den Fuß, dass ich bald meinte, Sterne zu sehen. Weißt du noch, *Caro mio*?" Dabei sah sie meinen Vater so verliebt an, dass ich eine kleine Gänsehaut bekam. Immerhin waren meine Eltern bereits fast vierzig Jahre verheiratet und trotzdem leuchteten die Augen meiner Mutter noch immer wie bei einem verliebten Teenager.

„Ja, Schatz, daran erinnere ich mich, als wäre es erst gestern gewesen." Dabei zwinkerte er ihr zu und gab ihr einen sanften Kuss auf die Wange.

„Ach, wie romantisch", säuselte Marianne. „Deshalb heißen eure Kinder Romeo und Julia. Wie einfallsreich."

„Giulia", verbesserte nun mein Vater.

„Wie?" Marianne verstand nicht.

„Unsere Tochter heißt Giulia. Und ja, wir fanden es romantisch, unsere Kinder nach den zwei Liebenden zu benennen."

Einen Moment lang herrschte Schweigen am Tisch, doch dann fand Marianne als erste ihre Sprache wieder und wand sich an Torben und mich. „Für wie lange ist denn die Reise?"

Torben sah auf den Brief mit der Hotelbuchung. „Für zwei Tage."

„Na, das lohnt sich ja gar nicht."

„Marianne", zischte Wolfgang daraufhin wieder einmal, dabei klang seine Stimme diesmal peinlich berührt.

„Ich mein ja nur", entgegnete sie ihm, sagte aber diesmal tatsächlich nichts weiter dazu.

„Also ich finde es ganz wundervoll", rief ich begeistert und freute mich ehrlich riesig, denn nach Verona wollte ich immer schon einmal fahren. „Was sagst du dazu, Schatz?"

„Ja, das ist eine schöne Idee. Vielen Dank." Seine Stimme klang ein wenig unbeteiligt, doch war Torben auch keinesfalls der Mensch, der sein Herz frei auf der Zunge trug. Etwas einfach so geschenkt zu bekommen, war ihm immer etwas fremd gewesen, denn in seiner Familie musste man sich alles stets hart erarbeiten, da gab es nichts geschenkt.

„Wann fahren wir denn?" wollte ich nun wissen.

„Wir haben das Hotel für das erste August-Wochenende gebucht und die Opernkarten für den Samstag. Solltet ihr da nicht können, ist das kein Problem, dann können wir einfach alles umbuchen." Mein Vater hatte natürlich an alles gedacht und zum Dank drückte ich ihm einen Schmatzer auf die Wange.

Torben musste am nächsten Tag noch in seinen Dienstplan schauen und stellte fest, dass auch er an diesem Wochenende frei hatte und so stand unserer Fahrt nach Verona nichts mehr im Wege.

Die Wochen vergingen wie im Flug und ich konnte es kaum erwarten, zwei romantische Tage mit Torben zu verbringen. Zumal wir uns seit unserer Verlobungsfeier kaum gesehen hatten, da unsere Dienste in dem Klinikum, in dem wir beide arbeiteten, selten übereinstimmten. Hatte ich Nachtschicht, so war Torben zur Frühschicht eingeteilt oder umgekehrt. Das war zwar nichts Neues für uns, aber irgendwie hatte ich ein wenig gehofft, mehr Zeit mit meinem künftigen Ehemann verbringen zu können. Vielleicht auch, weil das merkwürdige Gefühl, das ich seit dem Antrag mit mir rumtrug, einfach nicht weichen wollte. In ruhigen Minuten betrachtete ich immer wieder den silbernen Ring an meinem kleinen Finger, strich sanft darüber und wartete darauf, dass sich innerlich die Freude einstellen würde, die ich insgeheim erhoffte, doch da war nichts. Verlobt zu sein fühlte sich nicht anders an als zuvor. Aber vielleicht war das auch normal, denn schließlich waren Torben und ich nach wie vor dieselben Menschen, lebten bereits seit vier Jahren zusammen in einer wunderschönen, großen Wohnung und hatten auch schon eine Gemeinschaftskasse. Es war also alles ohnehin bereits sehr Eheähnlich und mit diesen Gedanken beruhigte ich mich dann auch immer wieder.

Das funktionierte tatsächlich jedes Mal erstaunlich gut, doch es kam der Tag, an dem ich schmerzhaft feststellen musste, dass man lieber auf sein Bauchgefühl hören und ihm auf den Grund gehen sollte.

„Ich fahre jetzt in die Klinik", verabschiedete sich Torben an dem Mittwoch-Abend, in der Woche unserer Reise, von mir und drückte mir einen Kuss auf die Stirn.

„Tschüss, Schatz. Wir sehen uns morgen früh. Ich fange ein wenig später zu arbeiten an, damit ich in Ruhe unsere Koffer packen kann. Schließlich ist es Freitag schon so weit." Freudestrahlend drückte ich Torben noch einen Schmatzer auf den Mund und schloss die Wohnungstür hinter ihm zu, zu der ich ihn noch begleitet hatte. Dabei umwehte mich sein, nach Sandelholz duftendes Aftershave, von dem er für meinen Geschmack immer einen kleinen Hauch zu viel auflegte und das noch Stunden später in allen Räumen präsent war.

Anschließend nahm ich schnell eine kalte Dusche und ging ins Bett. Eigentlich hatte ich noch vor, meinen Roman, den ich vor einigen Tagen begonnen hatte, weiter zu lesen, doch schon nach den ersten Sätzen fielen mir die Augen zu und ich schlief tief und fest durch bis zum nächsten Morgen.

Als ich aufwachte, fiel mein Blick als erstes auf ein zusammen gefaltetes Blatt Papier, das auf meinem Nachttisch lag und das dort definitiv am Abend zuvor noch nicht gelegen hatte. War Torben etwa schon zu Hause und hatte mir eine Guten-Morgen-Nachricht geschrieben? Früher hatte er das öfter getan und war anschließend zum Bäcker gegangen und hatte frische Brötchen geholt. Gespannt nahm ich den Zettel und faltete ihn auseinander. Noch etwas verschlafen las ich die Zeilen:

„Guten Morgen Giulia,

es tut mir wirklich leid, aber ich kann nicht mit dir nach Verona fahren. Ich kann dich auch nicht heiraten. Mir ist das gerade einfach alles zu viel und ich brauche Zeit zum Nachdenken. Während du in Italien bist (du solltest auf jeden Fall fahren!), hole ich meine Sachen aus der Wohnung und ziehe zunächst einmal in ein Hotel.
Bitte sei nicht böse auf mich. Du bist eine wundervolle Frau und du hast einen besseren Mann verdient als mich.
Mach`s gut
Torben

P.S. Wir werden uns vor deiner Abfahrt auch nicht mehr sehen, da ich schon in einem Hotel eingecheckt habe. Ich denke, das ist besser so."

„Was?!" rief ich voller Entsetzen und fühlte mich innerlich so leer, als hätte man mir gerade alles Leben von einer auf die nächste Minute ausgesaugt. Doch trotz aller Leere, Trauer und Wut, die mich anschließend, nachdem ich den Brief weitere zwei Male gelesen hatte, packten, war da noch ein anderes Gefühl. Zunächst wollte ich es mir nicht eingestehen, doch das, was ich zusätzlich spürte, war eine absolut tiefe Erleichterung.

„Wie gut, dass du so spontan Zeit hattest, mich zu begleiten", sagte ich zu Katrin und nahm einen großen Schluck von dem köstlichen Eiscafé, den wir in der Hitze der aufsteigenden Mittagshitze bestellt hatten.

„Na hör mal", erwiderte sie. „Wie könnte ich eine solche Einladung zu einem so großartigen Kurzurlaub ausschlagen?!" Beide mussten wir für einen Moment lang schmunzeln, doch dann wurde Katrin wieder ernster. „Aber jetzt sag mal, was ist denn zwischen Torben und dir passiert, dass plötzlich alles aus ist?"

Diese Frage hatte ich mir selber bestimmt tausende Male gestellt seit ich den Zettel gelesen hatte. „Ich weiß es nicht", antwortete ich also wahrheitsgemäß und zuckte mit den Achseln.

„Du willst mir also tatsächlich sagen, dass dieser Schuft dich wirklich einfach so hat sitzen lassen?! Und du hast nichts bemerkt, das darauf hingedeutet hätte?"

„Naja, bemerkt wäre vielleicht zu viel gesagt. Es war eher so, dass ich seit unserer Verlobung so ein merkwürdiges Gefühl in mir hatte, das ich einfach nicht einzuordnen wusste."

„Kein Wunder", lachte Katrin nun ein wenig bitter auf. „Also bei so einem Heiratsantrag hätte ich sicherlich auch ein komisches Bauchgefühl gehabt. Das, was du mir erzählt hast, klang gar gruselig."

Ich wusste, dass Katrin Torben von Anfang an nicht wirklich leiden konnte, weil sie ihn für einen oberflächlichen, arroganten Schnösel hielt. Das hatte sie mir einmal während einer Weinprobe, die wir beide gemacht hatten, gesagt. Aber sie respektierte unsere Beziehung, auch wenn sie mir immer mal wieder deutlich zu verstehen gegeben hatte, dass so ein Mann wie Torben gar nicht zu mir passte. „Du brauchst etwas fürs Herz", hatte sie immer wieder gesagt und weil sie es stets nur gut mit mir meinte, konnte ich ihr auch nie böse sein, wenn sie mir ihre Gedanken diesbezüglich hin und wieder mitteilte.

„Aber weißt du, was das Schlimmste an der ganzen Sache ist?" flüsterte ich ihr zu.

„Nein. Was denn?"

„Das ich gar nicht wirklich unglücklich darüber bin. Ganz im Gegenteil, irgendwie fühle ich mich sehr erleichtert." Ich hatte tatsächlich nicht eine Träne der Traurigkeit vergossen bisher. Geweint hatte ich eher vor Wut. Wut auf Torben und Wut auf mich. Aber Trauer hatte ich keine verspürt.

„Dann ist es doch gut, dass es noch vor eurer Hochzeit passiert ist. Und wer weiß, wofür es gut ist."

„Ja, wer weiß, wofür es gut ist."

„Jetzt aber mal etwas anderes, Giulia", begann Katrin. „Du hast doch Familie hier in Italien, richtig?"

„Ja, meine Großtante, also die Schwester meiner verstorbenen *Nonna* wohnt irgendwo in der Nähe von Florenz. Warum fragst du?"

„Nun", strahlte sie mich an. „Ich dachte, wenn wir schon einmal hier sind, könnten wir doch unseren Aufenthalt in Italien ein wenig verlängern. Und wenn du hier jemanden kennst, kommen wir vielleicht etwas günstiger dabei weg."

Katrins Idee gefiel mir auf Anhieb. An so eine Option hatte ich zuvor noch gar nicht gedacht. Wahrscheinlich schon alleine deshalb nicht, weil ich meine Großtante Donatella gar nicht kannte und weil meine Mutter nicht besonders gerne über sie sprach.

„Also", bohrte Katrin nach. „Was sagst du?"

„Naja, wenn ich es mir recht überlege, finde ich durchaus, dass wir unsere Zeit hier noch ein wenig verlängern sollten, zumal ich noch zwei Wochen Urlaub habe. Und meine Großtante wollte ich eigentlich auch schon immer mal kennenlernen."

„Prima. Dann ist Verona erst der Anfang" strahlte Katrin und war sichtlich glücklich, dass unser spontaner gemeinsamer Italien-Trip noch nicht am kommenden Tag enden würde. „Vielleicht sollten wir deine Großtante dann vorher einmal anrufen und fragen, ob sie überhaupt zu Hause ist. Ansonsten schauen wir mal, wo wir noch ein hübsches Hotel in der umliegenden Umgebung finden."

Kapitel 2

Giulia

Fahren oder bleiben?

Wie ich es erwartet hatte, war meine Mutter nicht besonders glücklich gewesen, als ich sie kurzentschlossen angerufen hatte, um sie zu bitten, uns bei Tante Donatella anzumelden. „Das ist keine gute Idee, Giulia", hatte sie gesagt. „Tante Donatella ist Besuch gegenüber nicht gerade sehr aufgeschlossen, schon gar nicht, wenn es sich dabei auch noch um die eigene Familie handelt."

„Ach *Mamma*", hatte ich daraufhin erwidert, „wenn ich doch schon einmal bei ihr in der Nähe bin, dann würde ich sie auch gerne endlich einmal kennenlernen. So schlimm, wie du immer behauptet hast, kann sie doch gar nicht sein."

Am Ende willigte meine Mutter dann tatsächlich ein, bei Tante Donatella anzurufen, um ihr unseren Besuch anzukündigen und so verließen wir am Sonntag-Morgen das nette kleine Hotel in Verona, um weiter Richtung Toskana zu reisen.

Katrin und ich waren mit dem Zug nach Italien gefahren, weil niemand von uns die weite Strecke mit dem Auto zurücklegen wollte. Torben wäre das egal gewesen. Er liebte Auto fahren und wäre den Weg in eins durchgebrettert. Doch mit dem Zug war es zum einen wirklich entspannt und zum anderen begegnete man auch dem einen oder anderen interessanten Menschen.

Von Verona aus besorgten wir uns ein Ticket nach Florenz, wo wir uns für den restlichen Weg ein Taxi nehmen wollten. Leider hatten weder Katrin noch ich darauf geachtet, dass Florenz zwei Bahnhöfe hat und natürlich stiegen wir prompt an der Haltestelle aus, die recht abgelegen lag und wo es eher schwierig war, ein Taxi zu bekommen. Doch wir hatten Glück, denn gerade, als wir mit unseren Koffern das Bahnhofsinnere verließen, stand tatsächlich ein einziger freier Wagen vor dem Eingang. Der Fahrer sah zwar nicht sonderlich vertrauenserweckend aus, doch eine wirkliche andere Alternative gab es nicht. Also sprach ich den Mann, der mit seiner kompakten Figur an einen nordischen Seefahrer erinnerte, an und hielt ihm die Adresse von Tante Donatella entgegen, die ich mir am Abend zuvor notiert hatte.

„Wie viel wird die Fahrt ungefähr kosten?" fragte ich, denn ich hatte keine Ahnung, wie viele Kilometer es bis zu dem kleinen Ort waren, in den wir nun fahren wollten.

„Das weiß ich nicht", antwortete er nur knapp und hievte unsere Koffer ins Auto.

„Und wie viele Kilometer sind es bis dahin?" Ich dachte, wenn ich zumindest das wüsste, könnte ich mir den Preis in etwa selbst ausrechnen.

„Keine Ahnung", kam wieder nur als Antwort und ich gab es auf. Katrin und ich stiegen ein und waren gespannt, wo die Reise nun hinging. Im Radio lief irgendwelche italienische Musik, der wir lauschten. Eine Konversation war dem Taxifahrer ohnehin nicht zu entlocken. Sein Gesicht war ganz rot und aufgequollen, so, als hätte er eine lange und feuchtfröhliche Nacht hinter sich. Ich hätte mich gerne einfach entspannt zurückgelehnt, doch war ich zum einen viel zu aufgeregt vor dem Zusammentreffen mit Tante Donatella und zum anderen beunruhigte mich das Taxameter, das unaufhaltsam in die Höhe schnellte.

Wir verließen Florenz und fuhren zunächst durch ein Industriegebiet, ehe wir in eine sehr abgelegene Region kamen. In dieser Einöde ging es durch gefühlt unendlich viele gewundene Gassen einen Hügel hinauf. Der Taxifahrer hatte zum Schluss richtige Probleme, die Strecke mit dem Wagen zu schaffen, weil es so steil war. Am Ende des Hügels hielt er auf einem kleinen abgelegenen Parkplatz und grinste mich an. „So, da wären wir."

„Wirklich?" fragte ich ein wenig skeptisch, denn ich konnte mir nicht vorstellen, dass hier, inmitten des Nirgendwo irgendein Mensch wohnen könnte. Noch ein wenig oberhalb des Parkplatzes lag zwar ein riesiges Anwesen, das aus mehreren Gebäuden bestand, doch sah es alles andere als bewohnt aus.

„Sind Sie wirklich sicher, dass dies die Adresse ist, die ich Ihnen gegeben habe?" hakte ich noch einmal vorsichtig nach.

„Ja, da bin ich mir sicher", lachte er nun und zeigte auf das Taxameter, das fast ganze fünfzig Euro anzeigte. Nachdem ich die Summe bezahlt hatte, stiegen wir aus und der Taxifahrer holte unser Gepäck aus dem Kofferraum. „Viel Spaß", grinste er und stieg sichtlich amüsiert in seinen Wagen ein, um winkend davonzufahren.

„Das sieht ein bisschen seltsam aus", stellte Katrin mit ernüchternder Stimme fest.

Ich war ein wenig zu geschockt, um etwas darauf zu erwidern, denn sie hatte absolut Recht. So hatte ich mir Tante Donatellas Wohnlage nun wirklich nicht vorgestellt.

„Komm", meinte Katrin dann ein wenig enthusiastischer. „Wir gucken einfach mal, ob wir irgendjemanden dort oben antreffen."

Also gingen wir das kleine, aber sehr steile Stückchen Hügel zu dem ersten Hauseingang hinauf. Unsere schweren Koffer zogen wir dabei mühsam hinter uns her. Die Mittagssonne schien erbarmungslos vom strahlend blauen Himmel und ich sehnte mich nach einer eisgekühlten Cola. Sobald wir unsere Koffer ausgepackt und Tante Donatella kennengelernt hatten, beschloss ich innerlich, würden wir irgendwo ein Restaurant aufsuchen, wo ich mein ersehntes, eisgekühltes Getränk bekäme.

„Ich glaube, wir haben Glück", hörte ich Katrin sagen, die etwa drei Meter vor mir ging. „Da steht die Haustür einen Spalt weit offen und es scheint jemand drinnen zu sein."

„Na, dann wird das vermutlich meine Großtante sein", freute ich mich und spürte gleichzeitig eine leichte Nervosität in mir aufsteigen. Langsam näherten wir uns dem Haus, das vom Gemäuer her ein wenig Burgähnlich aussah. Auch die angrenzenden Häuser, die alle zu dem Grundstück gehörten, erinnerten an mittelalterliche Bauten. In früheren Zeiten war das hier bestimmt mal ein prächtiges Anwesen gewesen, doch gerade sah dies alles einfach nur unglaublich verkommen aus und wirkte nicht besonders einladend.

Einen Moment lang standen Katrin und ich mit unseren Koffern unentschlossen vor dem Haus und trauten uns nicht, an der Tür zu klopfen. Doch wollten wir hier draußen schließlich keine Wurzeln schlagen. Deshalb nahm ich all meinen Mut zusammen, ging zum Eingang und klopfte an. Nur einen Augenblick später steckte ein älterer Herr, so um die sechzig Jahre alt, seinen Kopf heraus.

„*Buongiorno*", begrüßte er uns. „Was kann ich für Sie tun?"

„Buongiorno", entgegnete ich ihm, „Ich bin Giulia Mayer, die Großnichte von Donatella Fratelli. Sie wohnt doch hier, oder?"

Der Mann blickte mich nun ein wenig skeptisch an. „Ja, Donatella wohnt hier. Aber sagen Sie, weiß sie, dass Sie sie besuchen kommen?"

„Meine Mutter hat ihr Bescheid gesagt", antwortete ich ihm nun. „Also, ja, sie weiß, dass wir kommen."

Aus seiner Hosentasche zog der ältere Herr nun ein Smartphone hervor und wählte eine Nummer. „Kleinen Moment", sagte er, hielt sich das Telefon an sein Ohr und wartete geduldig, bis sich jemand am anderen Ende der Leitung meldete.

„Ciao, Donatella, meine Liebe", säuselte er bald in den Hörer. „Hier sind zwei entzückende Damen, die dich besuchen wollen."

Während Tante Donatella irgendetwas antwortete, was ich akustisch nicht verstehen konnte, nickte der Mann immer nur mit dem Kopf, ohne zunächst etwas zu erwidern. Dann sagte er schließlich „Ja, verstehe. Ich kümmere mich darum."

Er legte auf und sah mich mit einem Blick an, den ich nicht deuten konnte. *„Signora* Mayer, Ihre Tante sagt, Sie können eine der freien Wohnungen auf dem Grundstück nutzen und ein paar Tage bleiben. Ich werde sie Ihnen gleich zeigen und Ihnen einen Schlüssel geben." An dieser Stelle hielt er kurz inne und räusperte sich. „Allerdings", setzte er nun mit einem merkwürdigen Unterton an. „möchte Donatella Sie nicht sehen."

Ungläubig starrte ich ihn an. Ja, meine Mutter hatte immer wieder berichtet, wie eigenartig ihre Tante, meine Großtante, wäre, aber dass sie mich gar nicht kennenlernen wollte, wo ich nun schon einmal hier war, konnte ich kaum fassen. Der ältere Herr schien mir anzusehen, wie enttäuscht ich war, denn er legte mir väterlich seine rechte Hand auf die Schulter und schenkte mir ein warmes Lächeln. „Nehmen Sie es nicht persönlich", meinte er nun, „Donatella ist Menschen nicht mehr gewohnt. Sie hatte schon Jahrelang keinen Besuch mehr hier oben. Geben Sie ihr ein wenig Zeit, vielleicht überlegt sie es sich ja doch noch einmal anders."

Wie mechanisch nickte ich ihm nur zu. Innerlich spürte ich, wie meine Enttäuschung einer gewissen Wut wich. Wut über die Reaktion meiner Großtante, aber auch Wut über mich, die ich doch tatsächlich gedacht hatte, ich wäre hier sicherlich herzlich willkommen, trotz der vielen Vorwarnungen meiner Mutter. Naivität war wohl wirklich mein zweiter Vorname, wie mein Bruder Romeo zuweilen behauptete, wenn ich wiedermal ausschließlich das Gute in allem und jedem sah, wo andere nur das Negative sehen konnten.

„Kommen Sie", hörte ich den älteren Herren in meine Gedanken hinein sprechen. „ich zeige Ihnen, wo Sie wohnen können." Er ging den Hügel wieder ein paar Meter hinunter und öffnete ein großes, schweres Eisentor, durch das wir hindurch gingen. Über einen unebenen Kiesweg holperten wir mit unseren Koffern auf einen kleinen Hauseingang zu. Ringsherum wucherte das Unkraut und hier und da standen ein verrosteter Stuhl, alte, kaputte Tontöpfe und anderer Unrat, der längst auf den Sperrmüll gehört hätte.

Während er die Tür zur Wohnung aufschloss und uns hineinbat, stellte er sich vor. „Ich bin übrigens Alberto. Und wenn Sie irgendetwas brauchen, sagen Sie mir einfach Bescheid."

„Danke, das ist lieb", entgegnete ich ihm. „Ich heiße Giulia und das ist meine Freundin Katrin."

„*È un piacere conoscervi*", antwortete er und nickte uns freundlich zu.

Schnell schien Alberto an Katrins Blick zu bemerken, dass sie kein einziges Wort verstanden hatte und wiederholte noch einmal auf Englisch, dass er sich freute, uns kennenzulernen. Diesmal lächelte Katrin erleichtert, denn Englisch verstand sie ausgezeichnet.

Gerade, als wir mit unseren Koffern die Türschwelle, die sich etwa dreißig Zentimeter vom Boden abhob, überqueren wollten, tauchte ein weiterer Italiener hinter uns auf, der mir zunächst meinen schweren Koffer aus der Hand nahm und ihn in das Innere der Wohnung hievte und anschließend ebenfalls Katrins Gepäck ohne großartige Mühe hineintrug.

„Ciao", lächelte er mich mit einem Zigarillo zwischen seinen Lippen an. „Ich bin Francesco."

„Giulia", erwiderte ich und war fasziniert von seinen tief braunen Augen, die mich eine gefühlte Ewigkeit fixierten. Er sah aus, wie man sich einen typisch arbeitenden Italiener im Sommer vorstellte. Braun gebrannte Haut, zerschlissene Jeans und ein eng anliegendes Muskelshirt, das seine Arbeiterfigur noch besonders gut zur Geltung brachte. Wie die meisten Südländer hatte er dunkelbraunes Haar, das bereits an der einen oder anderen Stelle von, wie ich fand, attraktiven Silberfäden durchzogen war, die verrieten, dass er keine Zwanzig mehr war. Eher schätzte ich ihn auf Anfang Fünfzig.

„Habt ihr euch verlaufen?" fragte er und seine leicht rauchige Stimme klang ein wenig amüsiert.

„Nein", entgegnete ich, „ich wollte meine Großtante besuchen."

„Ihre Großtante?"

„Ja, Donatella."

„Donatella hat Verwandte?!" Er sah mich mit großen, ungläubig dreinblickenden Augen an. „Ich arbeite jetzt seit einem Jahr hier und habe noch nie eine Menschenseele hier gesehen."

„Francesco", ertönte nun Albertos Stimme. „Das geht dich gar nichts an."

„Schon gut", sagte er und hob seine Hände für einen kurzen Augenblick entwaffnend nach oben. „Ich meinte ja nur." Dann sah er mich wieder mit seinen unglaublich braunen Augen an. „Wie lange werden Sie bleiben?"

„Wir hatten an eine Woche gedacht." Bei diesem Satz zog sich plötzlich mein Magen zusammen, denn mir war gerade gar nicht mehr danach, auch nur eine einzige Nacht hier zu bleiben. Hier, in diesem Nirgendwo, wo wir nicht erwünscht waren und wo es aussah, als hätte seit dem Mittelalter niemand mehr dieses Anwesen bewohnt.

„Kommen Sie, ich zeige Ihnen erst einmal alles", sagte Alberto und nickte Katrin und mir ermunternd zu. Der erste Raum, den wir mit dem Überqueren der Türschwelle betreten hatten, war die Küche. Sie war recht spartanisch eingerichtet, doch schien alles da zu sein, was man normalerweise in einer Küche brauchte. Durch einen dunklen Gang ging es in ein Esszimmer, das mit schweren Möbeln ausgestattet war. An einer langen Holztafel standen wuchtige Stühle, ebenfalls aus massivem Holz. Niemals hätte ich mich freiwillig zum Essen hierher begeben, so düster wirkte alles. Weiter ging es in ein Schlafzimmer, das mit einem Bett, einem Sofa und einer Kommode ausgestattet war. Anschließend führte Alberto uns in einen großen Salon, in dem man ohne weiteres Walzer hätte tanzen können, so riesig war er. Zudem war der Fußboden, wie in allen anderen Räumen, aus purem Marmor und glänzte tadellos.

An den Seitenwänden standen drei Couches, von denen man aus der Entfernung gesehen, meinen konnte, sie wären aus einem Märchenschloss entsprungen. Bei näherer Betrachtung und einer Sitzprobe stellte sich jedoch schnell heraus, dass sie alles andere als Märchenhaft waren. Die Bezüge waren völlig zerfranst und ausgeblichen und die Sitzqualität ließ mehr als zu wünschen übrig. Aber es gab eine riesige Fensterfront, die eine große Überraschung offenbarte. Auf der geräumigen und einladenden Terrasse befand sich ein wundervoller Swimmingpool, der sogar randvoll mit Wasser befüllt war und geradezu dazu einlud, sofort hineinzusteigen. Mich erstaunte, dass dieser Teil des Grundstücks so außerordentlich gut gepflegt war, wo der Rest des Anwesens, zumindest meinen ersten Beobachtungen zur Folge, eher einem Urwald glich. Aber diese Terrasse war tatsächlich ein kleines Paradies. Obendrein hatte man von hier oben aus einen unglaublichen Ausblick. Wo man auch hinsah, überall standen Olivenbäume in Hülle und Fülle. Selbst das Industriegebiet, durch das wir hindurchgefahren waren, als uns der Taxifahrer hierher gebracht hatte, hatte von diesem Hügel aus gesehen, etwas ganz besonderes.

„Das ist mal ein toller Ausblick, stimmt`s?", meinte Francesco, der uns ebenfalls bei der Wohnungsbesichtigung begleitete.

Katrin und ich stimmten wie aus einem Munde zu und waren scheinbar beide erleichtert, dass es zumindest etwas gab, das uns hier gefiel.

Über eine Wendeltreppe im Salon gelangte man in ein weiteres Schlafzimmer und neben der Treppe befand sich noch ein kleines Bad mit einer Dusche. Es war ebenfalls recht einfach eingerichtet, aber zumindest hatte es fließendes Wasser und Strom.

„Wie sind Sie eigentlich hierhergekommen?", wollte Francesco wissen, als wir alles besichtigt hatten. „Ich habe gar kein Auto auf dem Parkplatz gesehen."

„Wir sind mit dem Zug und mit dem Taxi gekommen."

Wieder einmal sah er mich aus großen Augen ungläubig an.

„Aber Sie haben sich einen Wagen gemietet?"

„Nein", gab ich zurück, denn ich hatte schließlich keine Ahnung gehabt, in was für einer Einöde Tante Donatella wohnte. „Aber es gibt bestimmt einen Supermarkt hier in der Nähe", meinte ich zuversichtlich und dachte dabei daran, dass wir keinerlei Lebensmittel bei uns hatten und dringend etwas einkaufen mussten.

„Etwa vier Kilometer von hier", antwortete er mir. Im Normalfall wären vier Kilometer zu Fuß kein Problem gewesen, aber wie sollten wir all die Lebensmittel hier herauf tragen? Und das auch noch bei der Hitze.

„Aber ein Restaurant, wo Katrin und ich gleich eine Kleinigkeit essen können wird es doch in dieser Ecke geben?" fragte ich nun hoffnungsvoll, denn ich spürte, wie mein Magen zu knurren begann.

Sowohl Francesco als auch Alberto schüttelten die Köpfe und ich konnte nicht fassen, dass man so hier leben konnte. Es sah nicht nur aus wie im Mittelalter, es war auch so.

„Aber ich fahre gleich zur Arbeit", meinte Alberto ein wenig aufmunternd, „und könnte Sie beide mitnehmen und am Einkaufszentrum absetzen. Dort machen Sie Ihre Besorgungen und ich hole Sie in etwa vier Stunden wieder ab."

Das wurde ja immer schöner. Was sollten wir denn vier Stunden lang in einem Einkaufszentrum?! Andererseits war das Angebot besser als nichts, denn wir hatten nicht einmal eine Flasche Wasser bei dieser Hitze mitgenommen. Ich warf einen Blick zu Katrin, der ebenfalls alle Farbe aus dem Gesicht gewichen war. So hatten wir uns unseren weiteren Italien-Urlaub nun wirklich nicht vorgestellt.

„Ja, danke", kam es wie mechanisch über meine Lippen, „wir fahren gerne mit."

„Dann treffen wir uns in fünf Minuten auf dem Parkplatz, wenn es Ihnen recht ist."

Katrin und ich nickten und begleiteten beide Männer zurück zur Haustür, wo noch unsere Koffer standen. Katrin hatte ihr Gepäck bereits genommen und meinte, sie würde gerne das obere Schlafzimmer nehmen, wenn ich nichts dagegen hätte. Mir war es egal gewesen und so verfrachtete Katrin ihren Koffer in die obere Etage. Bevor ich meine Sachen in das andere Schlafzimmer bringen konnte, klopfte es noch einmal an der offenen Tür, vor der Francesco nun mit einer großen Flasche Wasser stand. „Bitte schön", sagte er und reichte mir das eisgekühlte Getränk. „Wenn ich es richtig gesehen habe, haben Sie nichts zu trinken bei sich."

„Vielen Dank. Das stimmt. Wir haben tatsächlich nichts bei uns."

„Aber jetzt können Sie ja erstmal ein bisschen was einkaufen. Und wenn Sie nochmal etwas brauchen, lassen Sie es mich wissen, ich kann Sie auch fahren."

„Das ist ein sehr nettes Angebot", strahlte ich ihn an und war begeistert von seiner charmanten Art. „Wir können uns übrigens gerne duzen", entfuhr es mir. Dabei streckte ich Francesco meine Hand entgegen. Natürlich wusste ich, dass es normalerweise üblich war, dass einem der Ältere das Du anbot, doch irgendwie kam es einfach so über meine Lippen. Francesco lächelte mich glücklich an und nickte. „Gerne."

Katrin kam zu uns in die Küche. „Ich denke, wir sollten los."

So gingen wir zwei zum Parkplatz, wo Alberto bereits in seinem Wagen auf uns wartete, während Francesco wieder in den Untiefen des zumeist verwilderten Gartens verschwand.

„Ich hole Sie dann gegen fünfzehn Uhr hier wieder ab", verabschiedete sich Alberto am Supermarkt-Parkplatz von uns.

„Danke", erwiderte ich und schloss die Autotür hinter mir zu.

„Na, dann wollen wir mal", meinte Katrin und bewegte sich auf den Eingang des Marktes zu. Die Sonne schien unsäglich vom strahlend blauen Himmel und die kühle Luft, die uns vom Inneren des Einkaufszentrums entgegen strömte, war eine richtige Wohltat. Trotzdem fühlte ich mich gerade irgendwie unwohl. Ein bisschen wie ein hilfloses Kind, das man einfach irgendwo ausgesetzt hatte und das nun seine Eltern suchte.

Katrin und ich sprachen zunächst kein Wort miteinander, waren in unsere jeweiligen eigenen Gedanken versunken und ich hatte keine Ahnung, wie es ihr so ging. Ich jedenfalls überlegte ernsthaft, wie lange ich es an diesem komischen Ort aushalten würde. Wenn mir jetzt jemand angeboten hätte, mich direkt zurück nach Deutschland zu fahren, ich hätte keine Minute lang gezögert und mich sofort auf den Heimweg begeben. Doch natürlich bestand dieses Angebot nicht und ich überlegte krampfhaft, welche Möglichkeit es noch geben könnte, unseren Urlaub irgendwie zu retten.

Das Einkaufszentrum war relativ groß und hatte außer dem normalen Supermarkt einige kleine Geschäfte zu bieten, von denen ich jedoch irgendwie keinerlei Notiz nahm. Im Hintergrund dudelte seichte Kaufhausmusik und die Menschen strömten einfach so an uns vorbei, während ich mich nach meinem Zuhause sehnte. Und da war das nächste Problem, denn eigentlich hatte ich kein Zuhause mehr, denn in Torbens und meiner gemeinsamen Wohnung wollte ich auf keinen Fall bleiben. Lieber zog ich erst einmal wieder bei meinen Eltern ein und suchte mir etwas Neues. Ich spürte, wie Tränen in mir aufzusteigen begannen und atmete ein paar Mal tief ein und aus, damit Katrin nicht bemerkte, wie schlecht ich mich gerade fühlte. Wir hatten uns auf einer Bank niedergelassen und hingen eine Zeit lang weiterhin beide unseren Gedanken nach, ohne uns gegenseitig daran teilhaben zu lassen. Zwischendurch blickte ich immer wieder auf meine Uhr, die ganz offensichtlich kaputt sein musste, da sie sich kaum weiter vorwärts bewegte. Mein Magen, der zuvor noch so hungrig war, war verstummt und selbst, wenn mir jetzt jemand etwas zu Essen angeboten hätte, hätte ich keinen Bissen mehr hinunter bekommen. In meinem Kopf kreiste ständig nur noch die Frage umher, ob wir tatsächlich wieder fahren oder doch noch bleiben sollten?!

Kapitel 3

Francesco

Wie verzaubert

Die Mittagssonne machte mir heute mehr zu schaffen, als an allen anderen Tagen, obwohl es nicht heißer war als sonst. Aber mir rann schon alleine beim Gedanken an die Arbeit der Schweiß von der Stirn. Oder waren es vielleicht doch eher die Gedanken an die unglaubliche Begegnung, die ich vor wenigen Minuten hatte? Mit so etwas Zauberhaftem hatte ich heute ganz bestimmt nicht gerechnet. Und wenn ich es mir genau überlegte, rechnete ich auch gar nicht mehr damit, dass das Leben mir überhaupt noch mal etwas so Wundervolles zu bieten hatte. Wenn ich alleine nur schon wieder an den Beginn dieses Tages dachte, wurde mir übel und ich fragte mich bald stündlich, ob andere Menschen auch ständig vom Pech verfolgt wurden.

„Kannst du endlich mal diesen scheiß Wecker ausschalten", war der erste Satz, den meine Frau Roberta mir am frühen Morgen um die Ohren haute. Es war gerade mal fünf Uhr dreißig und ich wollte einfach nur noch zwei Minuten liegen bleiben und Ruhe tanken, ehe mich die Hektik meines Alltags wieder fest im Griff haben würde. Roberta hatte natürlich leicht reden, schließlich konnte es ihr egal sein, wann sie aufstand, denn einen Job hatte sie nicht. Sie war der festen Meinung, dass sich eine Frau nach ihrer Hochzeit ausschließlich um Haus und Garten kümmern sollte, das wäre schließlich genug Arbeit. Hätten wir gemeinsame Kinder gehabt, um die sie sich hätte kümmern müssen, hätte ich ihre Denkweise sicherlich auch noch verstanden, aber die hatten wir nun einmal nicht. „Hörst du schlecht?", keifte sie weiter und riss mir die Decke vom Körper, ehe sie sich genüsslich auf die andere Seite drehte und weiter schlief, während ich meinen müden Körper aus dem Bett hievte. Natürlich nachdem ich den Wecker ausgeschaltet hatte.

Während ich meine Jeans und das braune Muskelshirt anzog, betrachtete ich Roberta, die laut vor sich hin schnarchte. Wie hatte ich diese Frau bloß heiraten können, fragte ich mich immer wieder.

Vor vier Jahren hatten wir uns das Ja-Wort gegeben und das auch nur, damit ich wieder jemanden an meiner Seite hatte, nachdem Emilie mich und unsere drei Jungs am Silvesterabend 2011 verlassen hatte. Sie hatte angeblich urplötzlich das Bedürfnis gehabt, mit einem anderen Mann eine Familie zu gründen und reichte die Scheidung ein. Mich traf es damals wie ein Schlag mit dem Holzhammer, denn ich war immer der Meinung gewesen, dass wir eine gute Ehe führten. Während ich auf den Baustellen in Florenz Geld verdiente, kümmerte sich Emilie, so wie es Robertas klassische Vorstellung war, um die Kinder und schmiss den Haushalt. Ich war zufrieden mit unserem Leben, aber Emilie anscheinend nicht. Als sie weg war, hatte ich gar nicht vor, wieder zu heiraten, denn für mich war immer klar, dass ich im Leben nur einmal vor den Traualtar treten und dann mit dieser Frau bis zu meinem oder ihrem Tod zusammen leben würde. Doch mei-

ne Familie sah das anders. „Du kannst nicht alleine bleiben.",
sagte mein Vater immer wieder. „Wie sieht das aus, wenn ein
Mann ohne Frau dasteht? Es ist schon peinlich genug, dass
ein Puccini von seiner eigenen Ehefrau verlassen wird. Aber
dann auch noch alleine zu bleiben ist vollkommen inakzepta-
bel."

Und wie es der Zufall so wollte, zog nur wenige Monate nach
der Scheidung ein älteres Ehepaar mit seiner erwachsenen
Tochter in das Nachbarhaus meiner Eltern. Also arrangierte
mein Vater kurzerhand eine Willkommensfeier, auf der
Roberta, die Tochter des älteren Ehepaars, und ich uns ken-
nenlernten. Roberta war ebenfalls frisch geschieden, allerdings hatte nicht, wie in meinem Fall, sie ihren Mann verlassen, sondern ihr Mann sie. Da es in Italien zum Teil noch immer eine Schande war, geschieden zu werden, zogen Robertas Eltern mit ihrer Tochter kurzerhand von Pisa nach Florenz, um dem Gerede der Leute zu entgehen. Wir trafen uns
nach unserem ersten Kennenlernen ein paar Mal, gingen zusammen ins Kino und machten Ausflüge in den Park mit
meinen Jungs. Fünf Monate später standen wir vor dem
Traualtar und gaben uns das Eheversprechen.

„Denk daran, den Müll mit raus zu nehmen", murmelte
Roberta mir noch unfreundlich im Halbschlaf hinterher, als
ich die Schlafzimmertür hinter mir zuzog. Es war wirklich
unglaublich: selbst während sie schlief, fielen ihr immer wieder Dinge ein, die ich noch zu erledigen hatte. War sie die
Hausfrau oder ich?! Ich war wütend, aber natürlich nahm ich
den Müll mit raus, denn täte ich es nicht, wäre das erste, was
mich am Abend, wenn ich nach Hause käme, erwarten würde, eine gehörige Standpauke und darauf konnte ich wirklich
gut verzichten. Roberta konnte unglaublich ausfallend und

laut werden, obwohl sie nur eine kleine, zarte Person war, der man dies nicht ansatzweise zutraute. Manchmal wurde sie so wütend, dass sie mit Gegenständen um sich schmiss, dass es nur so knallte. Kein Wunder, dass ihr erster Mann sie verlassen hatte. Diese Stärke besaß ich jedoch irgendwie nicht, denn eine Ehe gab man nicht auf, wenn man sich erst einmal dafür entschieden hatte. Schließlich hieß es ja auch immer *In guten, wie in schlechten Zeiten*. Allerdings fragte ich mich, wann bei uns endlich mal die guten Zeiten anbrechen würden.

Während ich meinen düsteren Gedanken nachhing, klingelte mein Handy. Es war natürlich mein mittlerer Sohn Jona. *„Pronto"*, meldete ich mich und hörte mir an, was er wollte, obwohl ich es im Grunde genommen bereits wusste, denn es war stets dasselbe. *„Sì*, ich komme gleich, aber gib mir noch zehn Minuten, ich muss noch die Hunde füttern." Ein wenig genervt legte ich auf, denn nun schaffte ich es nicht einmal mehr, wenigstens noch eine Tasse Espresso zu trinken, da ich Jona zur Universität nach Florenz fahren musste. Er wohnte nur ein paar Häuserblocks von uns entfernt und verpasste regelmäßig den Bus. Da ich wollte, dass er sein Studium erfolgreich beendete, war es mir natürlich wichtig, dass er pünktlich zu seinen Seminarkursen erschien und so fuhr ich ihn in solchen Situationen stets mit dem Wagen.

Im Schnelldurchlauf fütterte ich noch unsere fünf Welpen, schnappte mir den Müll und schmiss den Motor meines bereits recht alten Jeeps an. Es war erst kurz nach sechs Uhr, als ich mit Jona Richtung Florenz fuhr, doch die Straßen waren bereits völlig verstopft und ich hoffte, ich schaffte es noch pünktlich bis um Sieben auf Donatellas Anwesen zu sein. Die alte Dame duldete keine Unpünktlichkeit und zog erbarmungslos eine Menge vom Lohn ab, wenn es einmal später wurde. Auch, wenn Arbeiten nicht hundertprozentig so aus-geführt wurden, wie sie sich das vorstellte, gab es weniger Geld und es war häufig so, dass sie nicht zufrieden mit mir war. Dabei war ich mir stets sicher, meinen Job mehr als ge-wissenhaft zu erfüllen.

„Holst du mich später wieder ab?" fragte Jona beim Verlas-sen des Wagens. Es war eher eine rhetorische Frage, denn ich sammelte ihn fast täglich am späten Abend wieder mit ein, wenn ich Luca, meinen jüngsten Sohn von seiner Arbeitsstelle in einem Restaurant in der Nähe von Florenz abholte. Er war gerade neunzehn Jahre alt und verdiente sich neben der Aus-bildung zum Mechaniker noch etwas Geld als Kellner dazu, um sich irgendwann ein eigenes Auto leisten zu können.

„*Certo*, bis später."

Nervös schaute ich während der Fahrt immer wieder auf die Uhr und war mir sicher, dass ich es nicht schaffen würde, um sieben bei der Arbeit zu sein. Und natürlich behielt ich Recht, denn als ich ankam, war es bereits fünf Minuten später.

„Du bist zu spät", ertönte auch sogleich Donatellas schrebbe-lige Stimme, als sie mich am Eingangstor mit ihrer Liste der Dinge, die ich an diesem Tag zu erledigen hatte, empfing."

„Entschuldigen Sie", setzte ich zu einer Erklärung an, die sie jedoch nicht hören wollte.

„Dann wirst du heute eben länger hier sein", sagte sie mit gereiztem Unterton und drückte mir ihre Liste in die Hand.

„Wenn du nachher fertig bist, will ich mir ansehen, ob du heute in der Lage warst, die Dinge ordentlich zu erledigen. Du weißt, wenn es nicht so ist, werde ich dir weniger bezah-len."

Wie konnte ein Mensch nur so kühl und herzlos sein?! Seit einem Jahr arbeitete ich hier auf dem Anwesen und nicht ein einziges Mal hatte es auch nur ein nettes Wort oder gar ein Lob aus Donatellas Mund gegeben. Hätte ich nicht dringend einen Job gebraucht, hätte ich sicherlich niemals hier angefangen, aber auf dem Arbeitsmarkt sah es derzeit so schlecht aus, dass ich nicht wählerisch sein konnte. Natürlich hatte ich zwischendurch versucht, etwas anderes zu bekommen, aber für einen Mann in meinem Alter gab es scheinbar nichts mehr.

„Wir treffen uns heute Abend um sieben hier am Tor." Mit diesen Worten drehte Donatella sich um, stützte sich auf ihren Stock und ging zurück Richtung Haus. Ich fuhr meinen Wagen auf das hintere Gelände und entschied mich dazu, zunächst den kaputten Zaun auf der Ostseite zu reparieren. Manchmal wusste ich gar nicht, wozu ich mir überhaupt all die Mühe machen sollte, denn das komplette Grundstück war so verkommen, dass ich alleine gar nicht darüber Herr werden konnte. Donatella hatte neben einigen Gebäuden und einem riesigen Garten noch eine unglaublich große Fläche mit etwa dreihundert Olivenbäumen und hätte eine Menge daraus machen können, doch interessierte sie sich nicht dafür. Ich hatte ihr, als ich bei ihr anfing, vorgeschlagen, mich um den passenden Beschnitt und die Ernte zu kümmern, woraufhin sie mich aus schmalen Augen streng anblickte. „Was du hier tun kannst, dass sage ich dir dann schon. Ich brauche keine guten Ratschläge und meine Bäume lass mal schön in Ruhe."

So verfaulten die reifen Früchte im Herbst und die Zweige wucherten in den kommenden Monaten weiter kreuz und quer, sodass die Aussicht auf eine ertragreiche nächste Ernte ohnehin schlecht stand. Es war eine Schande, denn wenn einem schon so eine wundervolle Pracht zur Verfügung stand, sollte man sich auch angemessen darum kümmern. So ging man meines Erachtens nicht mit den Geschenken der Natur um. Doch was verstand ich scheinbar schon davon?! Für Donatella war ich einfach nur ein dummer kleiner Arbeiter, der froh sein konnte, mit seinen zweiundfünfzig Jahren überhaupt noch einen Job zu bekommen.

Gegen elf Uhr hatte ich den Zaun endlich fertig und beschloss, erstmal eine kleine Pause zu machen. Da ich am Morgen in der Hektik meine Brote auf dem Tisch hatte liegen lassen, hatte ich auf dem Weg zur Arbeit noch an einer Tankstelle angehalten und mir ein Sandwich gekauft. Gerne hätte ich auch noch einen Kaffee mitgenommen, doch leider war die Kaffeemaschine kaputt gewesen und so schlug ich mich den Morgen über mit Wasser durch. Doch vielleicht, so dachte ich hoffnungsvoll, wäre Alberto zu Hause und hätte einen frischen Espresso für mich. Ich packte meine Werkzeuge beiseite und ging durch den Garten in Richtung seiner Wohnung. Von irgendwoher hörte ich Stimmen, die ich nicht kannte, was hier sehr ungewöhnlich war. Außer Donatella, Alberto und mir war niemals jemand anderes hier anzutreffen. Ich verlangsamte meine Schritte und ging nun vorsichtig in die Richtung, aus der ich die Stimmen gehört hatte. Nur wenige Augenblicke später sah ich Alberto mit zwei Frauen vor dem Hauseingang des gelben Apartments, was ich erstmal für ein Bild der Unmöglichkeit hielt. Bestimmt war mir einfach nur die Hitze auf den Kopf geschlagen. Zumal die beiden Frauen auch noch Gepäck bei sich hatten und das konnte einfach nicht sein. Ich ging ein wenig näher und stellte fest, dass ich wohl doch richtig gesehen hatte. Eine der Frauen schätzte ich in etwa auf mein Alter. Sie war groß, schlank und hatte eine sehr attraktive Figur. Die andere Frau, die etwas kleiner war als ich selbst, stand mit dem Rücken zu mir. Sie hatte wunderschönes, langes blondes Haar, was hier in Italien eher eine Seltenheit war. So wie es aussah, wollten die Beiden tatsächlich einige Zeit hier verbringen, sonst hätten sie wohl kaum Gepäck bei sich gehabt.

Zielgerichtet ging ich nun auf die blonde Frau zu, nahm ihr den schweren Koffer aus der Hand und hob ihn in das Innere des Apartments. Auch das Gepäck der zweiten *Signora* brachte ich hinein, ehe ich mich vorstellte. Nun sah ich die blonde Frau das erste Mal aus der Nähe und wäre am liebsten auf der Stelle in ihren wunderschönen grünen Augen versunken. Ich ertappte mich dabei, wie ich sie länger ansah, als es höflich war, doch konnte ich einfach nicht anders. Ihr ganzes Wesen faszinierte mich von diesem Moment an und ich fühlte mich augenblicklich wie verzaubert.

Kapitel 4

Giulia

Eine gute Idee?

Nachdem Alberto uns am Nachmittag wie versprochen wieder vom Einkaufszentrum abgeholt hatte, verstauten Katrin und ich zunächst die Lebensmittel und packten anschließend in aller Ruhe unser Gepäck aus. Mein Innerstes war immer noch wie betäubt von den Ereignissen der letzten Stunden. Nicht nur, dass wir hier in einer absoluten Einöde gelandet waren, was schon schlimm genug war, wenn man vorhatte, Italien zu erkunden. Aber das einen die eigene Großtante, der man in achtunddreißig Lebensjahren noch niemals begegnet war, einen nicht einmal kennenlernen wollte, war für mich kaum vorstellbar. Was für ein Mensch musste sie wohl sein? Eines war jedenfalls klar: mit ihrer Schwester, meiner *Nonna*, hatte sie ganz offensichtlich nichts gemeinsam, denn diese war der gütigste und liebevollste Mensch gewesen, den ich kannte. Leider hatte sie vor wenigen Jahren einen Herzinfarkt erlitten und war wenige Wochen später daran gestorben. Ich weiß, dass meine Mutter Tante Donatella eine Karte mit dem Datum der Beisetzung geschickt hatte, doch selbst zum Begräbnis ihrer eigenen Schwester war sie nicht erschienen.
Bevor ich mir weiter den Kopf über Tante Donatella, diesen eigenartigen Ort und Katrins und meinen weiteren Aufent-

halt hier zerbrach, kramte ich meinen Bikini aus den Tiefen meines Koffers, schlüpfte hinein und ging hinaus zum Pool. Katrin war noch mit ihrem Gepäck beschäftigt und so nutzte ich die Gelegenheit, das kühle Nass ein paar Minuten für mich alleine zu genießen. Es war herrlich und die Aussicht, die einem von hier geboten wurde, war wirklich paradiesisch. Ich zog etwa acht Bahnen durchgehend hin und her, bis mich plötzlich ein Gefühl tiefer Entspannung erfüllte. Auf einmal begann ich, den Augenblick, so, wie er mir gerade begegnete, vollkommen zu genießen. Das kühle Wasser, die Sonne am strahlend blauen Himmel, den Duft der Natur und das Gezirpe der Grillen. Was auch immer diesen Wandel in mir vollzogen hatte, spielte gerade überhaupt keine Rolle, denn ich war einfach nur froh, wieder ein Stück Leichtigkeit in mir zu fühlen.

„So kann man es aushalten, stimmt`s?" hörte ich eine Stimme am Rande des Pools sagen. Ich drehte mich um und erblickte Francesco, der mit einem Eimer voller Unkraut und einer Spitzhacke bewaffnet war.

„Ja, es ist herrlich", erwiderte ich und im gleichen Moment fühlte ich mich ein wenig schlecht, weil ich das kühle Wasser genießen konnte, während er im Schweiße seines Angesichts arbeiten musste. Doch ihm schien das nichts auszumachen, denn mit einem glücklichen Lächeln nickte er mir zu und verschwand ein paar Meter weiter hinter einem Palmenbusch, um dort dem Unkraut weiter auf den Leib zu rücken.

Ich stieg aus dem Pool, trocknete mich ab und ging in die Küche, um für Katrin und mich eine Flasche Rotwein zu öffnen. Als ich mit dem Getränk und zwei Gläsern wieder auf der Terrasse erschien, war Katrin ebenfalls bereits dort und hatte den Pool für sich entdeckt.

Ich schenkte uns ein und reichte ihr eines der Gläser, ehe ich ebenfalls wieder ins Wasser stieg.

„Na", meinte Katrin mit einem Lächeln. „Deine Laune scheint bereits besser zu sein."

„Ja", gab ich ohne zu zögern zurück. „Ich habe eben festgestellt, dass es hier vielleicht gar nicht *so* schlecht ist."

„Und wie kommst du so plötzlich zu dieser Annahme?" Bei dieser Frage hatte sie einen merklichen Unterton, den ich zunächst jedoch ignorierte, denn ich wusste, dass sie dachte, mein Sinneswandel läge an einer bestimmten Person, doch da irrte sie sich. Zumindest ein bisschen.

„Ich finde diesen Pool hier einfach herrlich und schau dir nur einmal die Landschaft an."

„Du hast Recht", stimmte sie mir zu, „das ist ein absoluter Traum." Sie hielt mir ihr Glas entgegen und prostete mir zu. „Auf eine neue Sichtweise", lachte sie und steckte mich sofort mit ihrem herzlichen Lachen an. „Und", setzte sie fort und machte sogleich wieder eine bedeutungsvolle Pause.

„Und?" wiederholte ich.

„Und auf das, was da noch kommen mag." Sie zwinkerte mir zu, nahm genüsslich einen Schluck Wein zu sich und nickte kaum merklich in die Richtung des Palmengebüschs, wo Francesco noch immer sein Unkraut zupfte und immer mal wieder seinen Blick in unsere Richtung schweifen ließ.

„Da hat einer mächtig Gefallen an dir gefunden", grinste sie. Ich spürte, wie mir ein wenig die Röte ins Gesicht schoss, denn ich wusste, dass sie Recht hatte. Zudem gefiel mir Francesco ebenfalls vom ersten Moment an. Da war etwas Besonderes zwischen uns, das ich nicht in Worte hätte kleiden können, doch fühlte ich es.

Der Wein schmeckte herrlich fruchtig und regte meinen Appetit an. Es war aber auch wirklich langsam Zeit zum Essen. Schließlich war unsere letzte Mahlzeit das Frühstück im Hotel in Verona gewesen und das war nun schon über zehn Stunden her.

„Ich habe eine gute Idee", entfuhr es mir plötzlich bei dem Gedanken an unser Abendessen. Wir hatten viele verschiedene kleine Köstlichkeiten besorgt. Baguette, Weintrauben, Melonen, Gurken, Käse, Grissini und Tomaten. „Was hältst du davon, wenn wir hier draußen am Pool picknicken und Tante Donatella dazu einladen?"

Katrin sah mich ein wenig skeptisch an. „Ein Picknick mit deiner Tante? Ich weiß nicht", sagte sie. „Du hast doch Alberto gehört?! Sie möchte dich nicht kennenlernen."

„Aber vielleicht überlegt sie es sich ja doch noch anders", entgegnete ich hoffnungsvoll.

„Du bist wirklich ein Optimist", lachte sie nun.

„Sag ruhig, was du wirklich denkst", lachte ich nun ebenfalls „ich bin wie immer hoffnungslos naiv." Und jetzt lachten wir beide, denn so war es nun einmal.

„Also, was sagst du?" fragte ich wenige Minuten später, nachdem wir uns wieder ein wenig eingekriegt hatten.

„Versuchen können wir es ja. Mehr als nein sagen, kann sie nicht. Obwohl ich nicht weiß, ob wir uns einen Gefallen damit tun, wenn wir sie wirklich kennenlernen."

„Das sehen wir dann", meinte ich ganz enthusiastisch, verließ den Pool und hüllte mich in mein Badetuch. „Ich bereite alles zu und gehe sie dann fragen."

„Warte, wir machen es gemeinsam." Damit schnappte sich auch Katrin ihr Handtuch und wenige Minuten später trafen wir uns in frischen Kleidern in der Küche, um alles vorzubereiten.

„Ich weiß gar nicht, wo ich klingeln oder klopfen muss", sagte ich zu Katrin, als wir mit allem fertig waren. „In welchem Gebäude wohnt Donatella denn wohl?"

„Keine Ahnung", entgegnete Katrin. „Aber frag doch mal deinen italienischen Verehrer, der weiß das bestimmt."

Augenblicklich schlug mein Herz ein wenig schneller. Ja, Francesco wusste es sicherlich und so ging ich in den Garten und schaute nach, wo er gerade war. Ich musste nicht lange suchen, da erblickte ich ihn nicht weit von unserer Eingangstür entfernt. Mittlerweile hatte er sein Shirt ausgezogen und arbeitete mit freiem Oberkörper. Für sein Alter sah er wirklich noch umwerfend aus. Mir wurde innerlich ganz heiß, als ich auf ihn zuging und er mich so vertraut und charmant anlächelte, als würden wir uns schon seit Ewigkeiten kennen.

„Ciao", entgegnete er mir und biss sichtlich genüsslich in ein Eis. „Habt ihr euch ein wenig eingelebt?"

„Ja, danke. So langsam geht es." Kurze Stille. „Ganz schön heiß heute, was?"

„Schon die ganzen letzten Wochen. Da ist Arbeiten kein Vergnügen."

„Das glaube ich. Bist du jeden Tag hier?"

Hmm", nickte er, „jeden Tag. Deine Tante weiß mich schon zu beschäftigen", dabei zwinkerte er mir vielsagend zu.

„Kannst du mir sagen, wo genau sie wohnt? Wir wollen sie zum Abendessen einladen."

Ungläubig sah er mich an, sagte aber nicht, was er gerade dachte, sondern beantwortete wie gewünscht meine Frage. „Sie wohnt in dem zweiten Gebäude auf der linken Seite." Dabei zeigte er in Richtung Parkplatz.

„Dankeschön. Weißt du, ich kenne sie nämlich gar nicht. Meine Familie hat schon lange nichts mehr mit ihr zu tun und ich dachte, ich mache mir jetzt mal selber ein Bild von ihr. Also, dann werde ich jetzt mal zu ihr gehen."

„Viel Glück", hörte ich ihn leise vor sich hin murmeln, ehe er laut sagte „Bis später."

Ich drehte mich noch einmal zu ihm um. „Bis später." Sein Lächeln war wirklich umwerfend und mit einem warmen Gefühl in meinem Magen ging ich zu Donatellas Wohnung und klopfte mutig an ihre Tür. Zunächst öffnete niemand, also klopfte ich erneut, diesmal ein wenig stärker. Doch auch jetzt tat sich nichts. Ich war mir sicher, dass sie zu Hause war, doch vielleicht hatte sie schlechte Ohren, was in einem Alter von über achtzig keine Seltenheit war. Also versuchte ich es noch ein drittes Mal und hämmerte dabei so stark an die Tür, dass es meine Hand schon ein wenig schmerzte. Doch die Tür blieb verschlossen. Stattdessen öffnete sich Albertos Tür gegenüber. „*Signora* Mayer, gibt es ein Problem?"

„Ich wollte meine Tante zum Abendessen einladen, doch sie macht leider nicht auf. Vielleicht hat sie mein Klopfen nicht gehört." Und in dem Moment kam mir eine Idee. „Könnten Sie sie nicht noch einmal für mich anrufen?"

Alberto sah wenig begeistert aus, doch zückte er schließlich doch sein Smartphone und wählte Donatellas Nummer.

„*Ciao*, meine Liebe", säuselte er wieder in den Hörer. „Deine Nichte und ihre Freundin würden dich gerne zum Abendessen einladen." Eine Weile hörte er still zu, legte dann auf und sah mich an. „Es tut mir leid, *Signora*. Donatella hat bereits zu Abend gegessen und wird Ihnen keine Gesellschaft leisten."

Wieder war ich enttäuscht. Gut, dann hatte sie eben schon gegessen. Doch konnte sie nicht wenigstens einmal die Tür aufmachen und mir persönlich ins Gesicht sagen, dass sie nichts mit mir zu tun haben wollte?! So viel Anstand hätte sie doch wenigstens haben können.

„Danke, Alberto", rief ich dem älteren Herrn zu und begab mich auf den Rückweg zu unserem Appartement. Schon von weitem sah ich Francescos erwartungsvollen Blick. „Und?" fragte er und ich schüttelte nur enttäuscht meinen Kopf.

„Mach dir nichts draus", versuchte er mich aufzuheitern. „Du hast wirklich nichts verpasst."

Langsam hatte ich auch den Eindruck, dass ich tatsächlich nichts verpasste, wenn ich sie nicht kennenlernen würde. Doch irgendetwas in mir wollte es dennoch. Ich konnte mir einfach nicht vorstellen, dass ein Mensch wirklich so schrecklich sein konnte, dass er von allen Mitmenschen gemieden wurde. Und das sogar von der eigenen Familie. Trotzdem hätte ich gerne mehr über sie erfahren und so fragte ich Francesco einfach, wie er das gemeint hatte.

„Nun ja", begann er, „Donatella mag einfach keine Menschen. In dem ganzen Jahr, in dem ich jetzt hier arbeite, hat sie nicht ein einziges Mal dieses Grundstück verlassen und genauso wenig hat sie Besuch empfangen. Sie ist unglaublich unfreundlich und mit allem und jedem unzufrieden, ein richtiger Besen. Glaub mir, ich bin so einem Menschen noch niemals in meinem Leben begegnet. Und ich bin schon einigen begegnet."

„Ich kann es mir halt nicht vorstellen. Bei uns in der Familie ist sonst niemand so, da kann doch nicht eine einzige Person so sehr aus dem Rahmen fallen. Ich weiß nicht einmal, wie sie aussieht."

Francesco sah auf seine Uhr. „In einer Stunde treffe ich mich mit deiner Tante unten am Tor, damit sie meine heutige Arbeit begutachten kann. Wenn du sie wirklich sehen oder gar kennenlernen willst, komm doch einfach dorthin. Aber bitte", fügte er ernst hinzu, „tu so, als wenn du dir lediglich den Garten anschaust. Wenn deine Tante erfährt, dass ich dir gesagt habe, wo du sie antreffen kannst, schmeißt sie mich sofort raus. Aber ich brauche diesen Job."

Ob das wohl stimmte? Würde Tante Donatella ihm wirklich kündigen, nur, weil er mir einen Tipp gegeben hatte? Ich wusste es nicht, aber ich würde es auch nicht darauf ankommen lassen. „Danke", lächelte ich ihm entgegen. „Natürlich verrate ich dich nicht. Bis in einer Stunde dann."

Kapitel 5

Donatella

Schwer von Begriff?

Ärgerlich starrte ich auf mein Festnetz-Telefon, auf dem nur Sekunden zuvor Alberto angerufen hatte. *„Ciao, meine Liebe"*, hatte er in den Hörer gesäuselt. *„Deine Nichte und ihre Freundin würden dich gerne zum Abendessen einladen"*. Diesen Anruf hätte er sich wirklich schenken können, denn ich hatte ihm schon einige Male ausdrücklich gesagt, dass ich mit niemandem mehr etwas zu tun haben wollte, schon gar nicht mit meiner Familie. Wieso verstand er das nicht? Hätte ich die Tochter meiner Nichte kennenlernen wollen, hätte ich ja gerade bloß die Tür öffnen brauchen. Doch ich wollte gar nicht. Wie eine Verrückte hatte sie an die Tür gehämmert, als wäre ich taub. Dabei höre ich noch ausgezeichnet.

Ich ließ das Telefon wieder auf der Ladestation einrasten, ging zurück in meine kleine Küche und warf noch einen Blick aus dem Fenster, um sicher zu gehen, dass die ungebetene Besucherin zurück in ihr Appartement ging. Und anscheinend hatte ich Glück, denn tatsächlich verschwand die junge Frau in den Untiefen des Gestrüpps und tauchte auch nicht wieder auf. Dann hatte sie nun hoffentlich endgültig verstanden, dass ich keinerlei Kontaktaufnahme wünschte.

Hübsch war sie wohl, das hatte ich sehen können. Ganz blonde Haare hatte sie, was sehr untypisch für eine Frau mit italienischen Wurzeln war. Aber so viel ich wusste, war ihr Vater ein Deutscher. Dann hatte sie die Haarfarbe wohl seinen Genen zu verdanken.

Aber das war auch völlig egal. Was sollte ich mir den Kopf darüber zerbrechen?! In wenigen Tagen würden sie und ihre Freundin wieder abreisen und ich konnte erneut mein Alleinsein zelebrieren.

„Donatella", hörte ich Albertos sanfte, rauchige Stimme und sein gleichzeitiges Klopfen an meiner Haustür. Hatte man hier denn niemals seine Ruhe?! Noch ehe ich „Herein" gesagt hatte, stand er auch schon hinter mir und sah mich mit seinen treuen, blau strahlenden Augen eindringlich an. „Dona, meine Liebe, ich wollte dich eben nicht mit meinem Anruf überfallen. Es ist nur so, ..."

„Das hast du aber", fuhr ich ihm ins Wort und merkte, wie mich eine Welle der Wut überkam. „Du weißt, dass ich hier niemanden sehen will. Es reicht schon, dass sich diese beiden Frauen hier einfach selber eingeladen haben. Sollen sie zufrieden sein, dass ich das dulde. Mehr können sie nicht erwarten. Und du im Übrigen auch nicht!" Ich spürte, wie mir plötzlich ein wenig schwindelig wurde und tastete mit meiner rechten Hand nach einem Stuhl. Sofort stützte mich Alberto und half mir, Platz zu nehmen. Alt zu sein machte wirklich keinen Spaß. Man hatte sich und seinen Körper einfach nicht mehr unter Kontrolle. Nicht nur, dass einem die eigenen Nerven zu schaffen machten, nein, auch die Knochen und Gelenke wurden von Tag zu Tag steifer. Irgendwann konnte man vermutlich gar nichts mehr alleine machen und war ständig auf fremde Hilfe angewiesen. Ein Gedanke, der mich zum Schauern brachte. Daran wollte ich jetzt in gar keinem Fall denken. Und ehe ich vielleicht wirklich noch in solch unsäglichen Vorstellungen versank, brachte mir Alberto ein Glas kaltes Wasser und setzte sich ebenfalls auf einen der Küchenstühle. „Hier, trink das erstmal."

„Danke." Einen Moment herrschte Stille, doch ich wusste, dass mein kleiner Wutausbruch, den ich gerade gehabt hatte, Alberto keinesfalls davon abhalten würde, mir das zu sagen, weshalb er hergekommen war. Dafür kannten wir uns jetzt schon viele Jahrzehnte lang gut genug. „Nun?" sah ich ihn also herausfordernd an.

„Dona", begann er zaghaft, aber mit bestimmtem Unterton. „Meinst du nicht, es wäre mal an der Zeit, wieder ein wenig unter Menschen zu gehen? Schau, Vico ist jetzt schon so lange nicht mehr unter uns."

„Wag es nicht", brach es erneut aus mir heraus. Doch mehr Worte wollten einfach nicht über meine Lippen kommen, denn ich spürte immer noch die Schwäche in mir, die mich schon wenige Minuten zuvor überkommen hatte. Behutsam legte Alberto seine warme Hand auf meine und strich sanft mit seinen Fingern hin und her. Er war immer schon so verständnisvoll gewesen, egal, wie ungerecht oder unverschämt ich ihn auch hin und wieder behandelte. Manchmal machte mich dieses Verhalten noch viel wütender, doch heute ließ ich es einfach geschehen, denn für Widerworte war ich gerade einfach zu schwach.

„Gut, Dona, es ist dein Leben. Aber ich bin mir sicher, deine Nichte würde dir gefallen. Sie scheint ein ziemlich herzlicher Mensch zu sein. Und schau, sie würde dich wirklich gerne kennenlernen."

„Kann sein", knurrte ich ihm entgegen. „Aber ich habe meine Gründe und die kennst du auch."

Alberto nickte und ich wartete innerlich schon darauf, dass er seinen Vortrag, den er eben versucht hatte zu beginnen, erneut aufnahm. Doch diesmal tat er es nicht. „Ja, ich weiß, meine Liebe", sagte er nur stattdessen, erhob sich und ging Richtung Ausgang. Doch bevor er die Tür hinter sich zuzog, schaute er sich noch einmal zu mir um. „Vielleicht überlegst du es dir ja noch einmal."

Eine gute Stunde, nachdem Alberto mein Haus verlassen und ich mich wieder gesammelt hatte, nahm ich meinen Gehstock, um meine abendliche Runde mit Francesco durch den Garten zu machen und sein Tagewerk zu überprüfen. Manchmal fragte ich mich, wieso ich diesen Taugenichts überhaupt noch beschäftigte, denn egal, was für eine Aufgabe ich ihm auch gab, und war sie auch noch so leicht, er erledigte das meiste nicht einmal annähernd zu meiner Zufriedenheit. Aber zumindest war er ein günstiger Arbeitnehmer, der sich nicht einmal widersetzte, wenn ich ihm einen Teil seines Lohnes strich, wenn ich etwas zu bemängeln hatte. Das hätte sich sicherlich nicht jeder bieten lassen. Und ehe ich mir noch einmal mühevoll jemand neues hätte suchen müssen, nahm ich die Mängel eben in Kauf und beschäftigte diesen Menschen weiter.

Das Tor lag nur wenige Meter unterhalb meines Hauses, doch mit jedem Tag der verging, spürte ich, wie schwer es meinen Beinen trotz Gehhilfe mittlerweile fiel, dieses Bergab und Bergauf zu bewältigen. Siebenundachtzig Jahre gingen wohl wirklich nicht spurlos an einem vorbei.

Als ich fast am Tor angekommen war, wartete Francesco bereits auf mich. „Sieh mal an", kam es über meine Lippen, „wenn es darum geht, Feierabend zu haben, bist du äußerst pünktlich."

„Ich bin halt fertig", entgegnete er mir und ich merkte, dass es ihm äußerst schwer fiel, freundlich zu bleiben.

„Dann schauen wir doch mal, was du heute wieder fabriziert hast."

Wortlos ging er schnellen Schrittes voran. Ich hatte Mühe, hinterher zu kommen, doch ließ ich es mir nicht anmerken und tat einen Schritt nach dem anderen so schnell, wie es mir noch möglich war.

„Den Zaun habe ich heute zuerst repariert. Ich denke, hier sollte jetzt niemand Ungebetenes mehr hindurchkommen."

„Denkst du das oder bist du dir sicher? Ich will, dass es vernünftig gemacht ist."

„Ich bin mir sicher."

„Gut, dann sag es auch gefälligst so." Meine Augen wanderten von einer Zaunseite zur anderen und ich musste zugeben, dass die Arbeit tatsächlich recht ordentlich aussah. Doch sagte ich es nicht. Hinterher hätte sich dieser Tunichtgut etwas darauf eingebildet und bei den nächsten Arbeiten wieder geschlampt. „Was ist mit dem Unkraut in dem vorderen Garten?"

„Das ist fast komplett entfernt."

„Fast? Hattest du nicht gesagt, du seist fertig?"

„Mit allem anderen bin ich fertig und den Rest mache ich morgen."

„So eine Arbeitseinstellung möchte ich auch mal haben." Verständnislos schüttelte ich mit dem Kopf. Am liebsten hätte ich Francesco noch heute die Reste erledigen lassen, weil er mich angelogen hatte. Doch natürlich wusste ich auch, dass zwölf Stunden Arbeit in der Sommerhitze mehr als genug waren.

„Also gut, dann erledigst du das morgen gleich als erstes, verstanden?"

„Natürlich", antwortete er mir und wischte sich mit dem Handrücken den Schweiß von der Stirn. Er sah aus, als hätte er nicht das einfachste Leben, doch war das nicht mein Problem. Dieser Mann konnte wirklich froh sein, dass ich ihm einen Job gegeben hatte. Schließlich war er auch nicht mehr der Jüngste Hüpfer, dem man die Arbeit nur so nachschmiss.

Während wir wortlos zurück zum Tor gingen, durchzog mich das merkwürdige Gefühl, dass wir beobachtet wurden. Hatte Francesco den Zaun doch nicht überall repariert? War vielleicht jemand fremdes eingedrungen? Vorsichtig ließ ich meinen Blick in alle Richtungen schweifen und stellte fest, dass meine Intuition noch ziemlich gut funktionierte. Glücklicherweise war es kein ungebetener, fremder Gast, der uns da offensichtlich auflauerte, sondern meine Großnichte. Wenn ich es mir allerdings recht überlegte, war sie ja eigentlich doch ein fremder, ungebetener Gast. Aber zumindest keiner, vor dem ich etwas zu befürchten hatte. So hoffte ich jedenfalls.

„Spionier mir nicht nach", rief ich in ihre Richtung und wedelte mit meinem Gehstock demonstrativ in der Luft herum. Wie konnte ein einzelner Mensch nur so hartnäckig sein? Oder war sie einfach schwer von Begriff? Ja, vermutlich war sie wirklich schwer von Begriff. Und sie begann mich damit ernsthaft zu nerven und wenn sie nicht aufhören würde mit ihrem penetranten Wunsch, Kontakt zu mir zu suchen, müsste ich ihre Aufenthaltszeit hier wohl beenden und sie vor die Tür setzen. Mit diesem Gedanken zog ich das Tor hinter mir zu und wandte mich wieder an Francesco.

„Ich will dich hier morgen Früh pünktlich um sieben Uhr sehen. Andernfalls feuere ich dich."

„Ich werde pünktlich sein. Versprochen", kam es so leise über seine Lippen, dass ich es kaum verstanden hatte. Ein wenig gebeutelt stieg er in seinen Wagen und rauschte davon, während ich mich mühsam das kleine Stück Weg zu meinem Haus hinauf quälte. Obwohl es bereits kurz vor acht war, war es immer noch unfassbar heiß, was mir den Anstieg nicht gerade leichter machte. Als ich mir eine kurze Verschnaufpause gönnte und mir mit meiner freien Hand etwas Luft zufächelte, spürte ich, wie mir jemand unter den Arm griff, um mich zu stützen. Erschrocken fuhr ich herum und blickte in zwei funkelnd grüne Augen.

Kapitel 6

Giulia

Überraschungen

„**H**ast du gut geschlafen?" war Katrins erste Frage, als ich am Morgen in die kleine, spartanisch eingerichtete Küche kam. Der Duft von frisch aufgebrühtem Kaffee lag in der Luft und auf einem Tablett stand schon alles für ein gutes Frühstück bereit.

„Es geht so", antwortete ich wahrheitsgemäß, nahm das Tablett in die Hände und ging damit Richtung Terrasse. Das Wetter war so unglaublich schön, dass es eine Schande gewesen wäre, drinnen zu essen. Katrin folgte mir mit der Kanne Kaffee. „Ich habe die halbe Nacht darüber nachgedacht, wie ein Mensch nur so unfreundlich und abweisend sein kann."

„Irgendeinen Grund hat es bestimmt."

„Du kannst dir gar nicht vorstellen, wie wütend meine Tante gestern war, als ich ihr ins Haus geholfen habe." Ich hielt einen Moment inne, schenkte uns Kaffee ein und trank einen Schluck davon, bevor ich weiter sprach. „Aber weißt du, auf der anderen Seite hatte ich trotzdem irgendwie das Gefühl, dass sie auch ein ganz bisschen froh war, mich zu sehen."

„Ich kenne diesen Unterton", grinste Katrin mich an. „Du hast doch was vor?!"

„Vielleicht", grinste ich zurück, denn sie hatte Recht. „Du weißt doch, wenn ich mir etwas in den Kopf gesetzt habe, dann hält mich so schnell nichts auf."

„Ja, das weiß ich. Aber wenn deine Tante wirklich mit niemandem etwas zu tun haben will, solltest du das vielleicht einfach respektieren, denke ich."

„Aber mein Gefühl sagt mir ganz klar, dass sie sich irgendwie gefreut hat, mich zu sehen."

„Na schön, wenn es tatsächlich so ist…", lenkte sie ein. „Und verrätst du mir, was du jetzt vorhast?"

Ich hatte tatsächlich stundenlang in der Nacht darüber nachgegrübelt, wie ich den Kontakt zu meiner Tante am ehesten herstellen könnte. Und auch, wenn die Idee jetzt vielleicht nicht besonders originell war, so hatte ich mir für den heutigen Abend dennoch vorgenommen, es noch einmal mit einem Picknick zu versuchen. Allerdings würde ich diesmal einen Korb mit kleinen Köstlichkeiten packen und damit an Tante Donatellas Tür klopfen. Und zwar so lange, bis sie in jedem Fall öffnete.

„Du kommst natürlich mit", strahlte ich Katrin an.

„Ich weiß nicht."

„Aber ich weiß. Also, keine Widerrede. Du wirst sehen, so schrecklich wie meine Tante auf den ersten Blick wirkt, ist sie gar nicht."

„*Ciao Signore*", erklang eine männliche Stimme hinter uns. Es war Francesco, der wieder einmal mit Eimer und Spitzhacke unterwegs war. „*Buon Appetito.*"

Mit einem Strahlen im Gesicht nickte er mir zu und augenblicklich spürte ich ein Kribbeln in meinem Bauch das meinen Appetit, den ich noch kurz zuvor verspürt hatte, in Luft auflöste.

„*Grazie*", hörte ich mich selber sagen und nippte schnell an meinem Kaffee, um meine innere Nervosität zu verbergen. Francesco sah an diesem Morgen wieder unglaublich gut aus, obwohl er noch etwas müde wirkte. Aber das lag vielleicht daran, dass es gerade mal acht Uhr in der Frühe war. Wie am Vortag trug er eine Jeans und diesmal ein olivfarbenes Muskelshirt dazu. „Heute soll es wieder sehr heiß werden", sagte er. „Da könnt ihr von Glück sagen, dass ihr einen Pool habt." Er zwinkerte mir zu, steckte sich ein Zigarillo in den Mund und begab sich winkend Richtung Olivengarten. „*Ciao, a dopo.*"

„Ja, bis später", flüsterte ich, so, dass nicht einmal Katrin es wirklich verstehen konnte.

„Was hast du gesagt?" fragte sie auch sogleich.

„Ach, nicht wichtig", antwortete ich und errötete ein wenig.

„Ah, verstehe schon", lachte sie nun. „Guten Appetit." Katrin kannte mich jetzt schon einige Jahre lang und sie wusste sehr genau, dass, wenn mir jemand wirklich gefiel, ich keinen Bissen hinunter bekam. Dennoch schmierte ich mir ein Brot mit Kirschmarmelade und aß es sehr langsam auf.

„Was machen wir denn heute?" wollte Katrin wissen. Viel stand natürlich nicht zur Auswahl, denn an diesem Ort gab es schließlich nichts.

„Wir könnten einen Spaziergang machen", schlug ich vor.

„Wenn wir einen Rucksack mitnehmen, könnten wir im Einkaufszentrum noch ein paar Kleinigkeiten besorgen, ohne, dass uns extra jemand fahren muss."

Katrin warf einen Blick auf die Uhr. „Ja, warum nicht. Noch ist es früh und die Sonne brennt noch nicht so stark. Dann lass uns so in zwanzig Minuten losgehen."

Gesagt, getan. Francesco hatte gesehen, dass wir den Hof verließen und winkte mich zu sich heran. „Bin sofort da", sagte ich zu Katrin und ging zu ihm. „Wo wollt ihr hin?"

„Ins Einkaufszentrum."

Etwas ungläubig sah er mich an. „Zu Fuß?"

„Na klar, warum nicht."

„Aber es ist weit. Ich kann euch fahren."

„Nein, danke, das ist lieb, aber wir haben doch den ganzen Tag Zeit."

Er lachte. „Stimmt." Dann zog er einen kleinen Notizzettel und einen Stift aus seiner Hosentasche und kritzelte eine Nummer darauf, die er mir anschließend in die Hand drückte. „Hier, das ist meine Handynummer. Wenn etwas ist, melde dich. Ich kann euch auch abholen."

Mein Herz schlug Purzelbäume, was ich mir jedoch nicht anmerken ließ. „Danke", kam es nur kurz über meine Lippen. Ich steckte den Zettel ein, verabschiedete mich und ging mit weichen Knien zurück zu Katrin.

„Guck, jetzt hast du sogar schon seine Nummer", sagte sie absichtlich betont und wanderte in Richtung Gartentor.

Der Weg war doch weiter, als ich gedacht hatte und auch wenn es noch recht früh war, schickte die Sonne schon ziemlich starke Strahlen auf uns herab. Lediglich ein paar weiße Quellwölkchen waren am Himmel zu sehen. Katrin und ich genossen unseren Gang hinunter ins Dorf. An jeder markanten Ecke machten wir ein Foto, damit wir später auch den Rückweg fanden.

Nach gut eineinhalb Stunden Fußmarsch waren wir endlich da. Wie erfrischend es war, als wir die Schwelle des Supermarkt-Eingangs überschritten.

„Was hältst du davon, wenn wir erstmal etwas trinken?"
schlug ich vor und Katrin war sofort damit einverstanden. In
einem kleinen Café am anderen Ende des Marktes holten wir
uns zwei eisgekühlte Getränke und suchten uns ein nettes
Plätzchen. Nach ein paar großen Schlucken, stellte ich die
Flasche zurück auf den Tisch und holte den Notizzettel, den
Francesco mir gegeben hatte, aus meiner Tasche heraus. Anschließend nahm ich mein Smartphone zur Hand und spei-
cherte seine Nummer darin ein. Sogleich erschien auch ein
Profilbild in meiner Messenger-App von ihm, wobei ich mich
im ersten Moment ernsthaft fragte, ob er das überhaupt war.
Auf dem Bild sah er um einiges älter aus und zudem blickte
er sehr ernst in die Kamera.
„Was machst du denn da?" wollte Katrin wissen und sah
mich neugierig an.
„Francesco hat mir doch seine Nummer gegeben", kam es
über meine Lippen gehaucht. „Hier, schau mal, sein Profil."
Ich hielt ihr das Smartphone entgegen und sie betrachtete mit
gerunzelter Stirn das Bild.
„Ist er das überhaupt?"
„Ja, das ist er." Nun musste ich lachen, denn Francesco sah
sich tatsächlich nicht ähnlich darauf, aber seine Augen verrieten zweifellos, dass er es auf jeden Fall war.
„Und willst du ihm jetzt schreiben?"
„Nein. Ich wollte die Nummer nur speichern, bevor ich den
Zettel vielleicht verliere und sie dann weg ist."
„Ich dachte schon, du willst, dass er uns abholt." Dabei zwin-
kerte sie mir zu. Aber das hatte ich nicht vor, denn immerhin
hatten wir zwei gesunde Beine und ich liebte es, lange Spa-
ziergänge zu unternehmen.
„Was hältst du davon, wenn wir uns heute erst einmal in Ruhe all die Geschäfte hier im Zentrum ansehen, anschließend

noch ein paar Lebensmittel besorgen und dann zurückgehen?" Mir war tatsächlich erst beim Betreten des Einkaufszentrums aufgefallen, dass ich von all den kleinen Geschäften am Vortag überhaupt keine Notiz genommen hatte. Zu groß war der Schock, den mir unsere Ankunft in dieser Einöde beschert hatte. Doch heute sah die Welt schon anders aus und ich war ein wenig offener für all das, was sich uns hier jetzt bot.

„Das ist eine gute Idee", stimmte Katrin mir zu. „Ich habe da vorne einen Laden entdeckt, der ganz viele hübsche Kleinigkeiten hat. Da müssen wir unbedingt auch rein gehen."

Es gab tatsächlich einige schöne Butiken, in denen wir genüsslich stöbern konnten. Anschließend kauften wir noch ein paar frische Lebensmittel für das vorgesehene Picknick und begaben uns dann auf den Heimweg. Es war mittlerweile früher Nachmittag und die Sonne brannte erbarmungslos. Katrin und ich hatten im Supermarkt noch jeder eine kleine Flasche Wasser gekauft, damit wir den Fußmarsch gut überstehen würden. Doch nach wenigen Metern hatten wir kaum noch etwas in den Flaschen, da unsere Körper ständig nach Flüssigkeit verlangten. Schatten suchten wir vergebens und so spürte ich schon bald, wie mein Kopf zu schmerzen begann und ich mich immer unwohler fühlte.

Es wäre ein Leichtes gewesen, Francesco anzurufen, doch auf diese Idee kam ich gerade gar nicht. Nach etwa zwei Kilometern ging es durch eine bewohnte Straße. An einer der Häusermauern war tatsächlich etwas Schatten zu finden. „Katrin", schnaufte ich, „lass uns einen Moment hier Pause machen. Ich glaub, ich schaffe den Rest des Weges sonst nicht unbeschadet."

Ich fragte mich, ob es ihr ähnlich ging, doch im Gegensatz zu mir wirkte sie immer noch recht fit. Vielleicht hatte ich am Morgen einfach zu wenig gegessen und getrunken. Das hatte ich jetzt davon. Das Sitzen auf den relativ kühlen Steinen und die Ruhe taten mir gut. In wenigen Minuten, so war ich mir sicher, könnte es weitergehen. Allerdings hatten wir noch gut die Hälfte des Weges vor uns und noch so eine bewohnte Straße mit Aussicht auf Schatten gab es nicht.

Plötzlich ging eine der Haustüren auf der gegenüberliegenden Straßenseite auf und ein Mann mittleren Alters kam herausgetreten und steuerte direkt auf uns zu.

„*È tutto bene?*"

„Ja, es ist alles in Ordnung, danke. Wir machen nur eine kurze Pause."

„In Ordnung. Es ist wirklich sehr heiß heute."

Er ging zurück ins Haus und kam nur wenige Augenblicke später wieder zu uns mit einer riesigen Flasche Wasser, die er uns reichte.

„Hier, trinken Sie das und füllen Sie Ihre Flaschen wieder damit auf."

Katrin und ich waren sprachlos. Wo in aller Welt wurde man noch mit so viel Freundlichkeit bedacht? Wie wohltuend und wunderbar dieses Wasser schmeckte. Ich spürte sofort, wie neue Lebenskraft in mich einströmte und ich mich nach wenigen Minuten wirklich dazu in der Lage fühlte, unseren Fußmarsch weiter fortzusetzen.

Etwa eine Stunde später hatten wir unser Apartment erreicht und genossen die kühle Luft, die uns entgegenströmte, als wir in die Küche eintraten.

„So eine Wanderung um diese Uhrzeit machen wir nie wieder", lachte ich und war froh, dass ich einem Sonnenstich oder ähnlichem entgangen war, wenn auch sicherlich nur knapp.

Sogleich schlüpfte ich in meinen Bikini und gönnte mir eine ordentliche Abkühlung im Pool.

„Da seid ihr ja wieder", stellte Francesco fest. „Und ihr habt gar nicht angerufen."

Und in dem Moment fiel mir überhaupt erst wieder ein, dass wir diese Option gehabt hätten. Unwillkürlich musste ich lachen.

„Was ist denn so komisch?" fragte er sichtlich irritiert. Also erzählte ich ihm von unserem spannenden Ausflug, woraufhin er nur den Kopf schütteln konnte. „Ihr seid verrückt", sagte er und stimmte in mein Lachen ein.

„Bezahle ich dich hier fürs Arbeiten oder fürs Rumquatschen?" ertönte eine unfreundliche Stimme. Es war Donatella, die am Tor stand und mit ihrem Stock wild gestikulierend umherwedelte. Es war die unmissverständliche Aufforderung für Francesco, weiter zu arbeiten. Ich sah ihn erschrocken an, doch er zuckte nur mit den Schultern, da er diese Art anscheinend schon gut genug kannte, um noch entsetzt darüber zu sein. „Ich muss weiter machen", sagte er entschuldigend, steckte sich ein neues Zigarillo an und trottete davon. Wie konnte man nur so sein, wie meine Großtante? In meinem ganzen Leben war ich noch nie einem solch kühlen Menschen begegnet. Wollte ich sie wirklich noch kennenlernen? Doch, beschloss ich. Ich wollte sie unbedingt kennenlernen, alleine schon, um herauszufinden, warum sie so war, wie sie war.

Ich stieg aus dem Pool, duschte, zog mich an und bereitete das Picknick vor. Katrin hatte sich nach unserer Wanderung erst einmal hingelegt. Scheinbar war ihr der Marsch doch auch ein wenig zu Kopf gestiegen, obwohl es zunächst anders schien.

Gegen halb sieben ging ich vorsichtig in ihr Zimmer, um zu sehen, wann sie bereit wäre, mit mir zu Tante Donatella hinüber zu gehen. „Entschuldige, Giulia", flüsterte sie mir aus ihrem Bett entgegen. „Ich habe so Kopfschmerzen, dass ich heute nichts mehr essen kann. Du musst wohl alleine gehen. Ich werde jetzt versuchen, weiter zu schlafen."

„Oh", entgegnete ich. „Ich wusste nicht, dass es dir so schlecht geht. Wir können das Picknick auch auf morgen verschieben."

„Nein, geh du mal. Vielleicht ist es auch ganz gut, wenn du erst einmal Zeit mit deiner Tante alleine hast."

„In Ordnung. Gute Besserung." Mit diesen Worten verließ ich leisen Fußes wieder Katrins Zimmer und schnappte mir den Korb, um damit zu Tante Donatella zu gehen. Doch als ich die Tür öffnete, war ersichtlich, dass sich mein Vorhaben noch einmal verschieben würde. Dieser Tag steckte wirklich voller Überraschungen.

Kapitel 7

Francesco

Wie ein Schneekönig

Ich konnte mich nicht daran erinnern, wann ich das letzte Mal nachts wegen einer Frau wach gelegen hatte. Aber in der letzten Nacht war es tatsächlich so gewesen. Seitdem ich Giulia das erste Mal in die Augen gesehen hatte, hatte es irgendwie eine kleine Explosion in meinem Herzen gegeben. Etwas, das mir vorher noch niemals so passiert war. Für meine erste Frau Emilie hatte ich Gefühle gehabt, das schon, aber diese Gefühle waren hiermit nicht ansatzweise vergleichbar. Mit Emilie hätte ich Tag und Nacht immerzu im Bett verbringen können, weil sie mich permanent körperlich erregte. Mit Giulia hätte ich mir vom ersten Moment an vorstellen können, ihr die gesamte Welt zu Füßen zu legen und nicht ausschließlich das Bett mir ihr zu teilen. Wenngleich ich mir in meiner Phantasie schon heimlich ausmalte, wie es wohl sein würde, ihren wunderschönen Körper zu berühren und in sie eintauchen zu dürfen.

Mit diesen Gedanken und Gefühlen wälzte ich mich nun also die ganze Nacht zum Unmut von Roberta hin und her, die immer mal wieder mit ihrer flachen Hand nach mir schlug. „Kannst du endlich mal still liegen bleiben", hatte sie gekeift, die Bettdecke an sich gezogen und sich von mir abgewandt. Hatte ich jemals Gefühle für diese Frau gehabt? Nein, da war ich mir ganz sicher. Ich hatte sie tatsächlich nur aus rein pragmatischen Gründen geheiratet und das hatte ich nun davon. *Bis dass der Tod euch scheidet*, ging es immer wieder durch meinen Kopf und mein Herz raste bei diesem Gedanken. Allerdings nicht vor Freude, sondern vor blanker Panik. Ein Leben mit einem Drachen zu führen war wirklich keine angenehme Sache, aber ich hatte mich nun einmal dafür entschieden.

Als der Wecker klingelte fühlte ich mich einerseits wie gerädert, andererseits aber war ich hell wach und konnte es kaum erwarten, der schönen blonden Giulia wieder zu begegnen. Ich ertappte mich dabei, wie ich unter der Dusche vor mich hin summte und zudem ohne erkennbaren Grund ein permanentes Lächeln auf den Lippen hatte. Gerne hätte ich mir etwas Besonderes angezogen, um Giulia ein wenig zu gefallen, doch ich hatte gar nichts Besonderes. Zudem musste ich arbeiten, da waren eben Alltagsklamotten angesagt. Also schlüpfte ich in praktische Jeans und ein Olivfarbenes Muskelshirt und hoffte, ich würde wenigstens ein bisschen einen guten Eindruck mit meinen Oberarmen machen. Die waren zwar nicht vollkommen muskulös, aber sie konnten sich dennoch sehen lassen. Die tägliche schwere Arbeit hatte zumindest den Vorteil, dass es ein wenig den Anschein machte, ich würde meine Muskeln regelmäßig trainieren.

Heute hatte ich sogar einmal Zeit für eine Tasse Espresso, denn ein Anruf von Jona blieb aus und so musste ich mich nicht auch noch abhetzen, um ihn zur Uni zu bringen.

Nachdem die Hunde gefüttert waren, stieg ich in meinen Wagen und fuhr rauf zu Donatellas Anwesen. Je näher ich kam, desto schneller und lauter klopfte mein Herz gegen meine Brust. Das war doch verrückt. Ich war zweiundfünfzig Jahre alt und kam mir gerade vor wie ein vierzehnjähriger

Teenager. Als ich den Motor meines Autos abschaltete war es zehn Minuten vor Sieben und Donatella öffnete sichtlich verdutzt die Wohnungstür. „Es geschehen tatsächlich noch Wunder", war ihr einziger Kommentar, ehe sie mir einen Zettel mit anstehenden Aufgaben entgegenhielt.

Aufgeregten Schrittes ging ich mit meinen bevorstehenden Arbeitsaufträgen Richtung Garten. Ich war so nervös, dass ich mir einen Zigarillo anstecken musste. Die zwei Frauen schienen noch zu schlafen, denn alle Türen und Fenster des Apartments waren noch geschlossen und kein Ton war zu hören. In aller Ruhe schaute ich mir an, welche Dinge ich an diesem Tag zu erledigen hätte und was ich wann tun würde. Alle Aufträge, die ich in der Nähe des Apartments ausführen müsste, würde ich zeitlich so legen, dass ich Giulia möglichst sehen könnte. Und da sie jetzt noch zu schlafen schien, wäre es wohl ratsam, mit anderweitigen Arbeiten anzufangen.

Es war etwa acht Uhr morgens, als ich deutsches Gemurmel auf der Terrasse vernahm. Also nahm ich meinen Eimer und die Spitzhacke, um an dieser Stelle mit dem Zupfen des Unkrauts weiterzumachen. Schon aus einiger Entfernung konnte ich sehen, wie zauberhaft die beiden Frauen aussahen. Giulia trug ein Korallefarbenes Top und dazu einen kurzen Jeansrock, der ihre makellosen Beine zur Geltung brachte, während ihre Freundin ein langes, luftiges Kleid mit Spaghettiträgern trug. Ich begrüßte die Beiden nur kurz, denn ich wollte sie nicht bei ihrem Frühstück stören. Doch schon während dieser kurzen Konversation merkte ich meine Nervosität in mir hochsteigen und steckte mir direkt den nächsten Zigarillo an, bevor ich meine Arbeit fortsetzte.

Irgendwie musste ich mit Giulia in ein Gespräch kommen, um sie ein wenig besser kennenzulernen. Aber wann wäre wohl einmal der passende Augenblick? Vielleicht, so dachte

70

ich, wenn sie sich im Laufe des Tages genüsslich auf der Veranda sonnen würde. Da ergäbe sich sicherlich eine passende Gelegenheit.

Wie gut, dass diese schöne Frau Italienisch sprach, denn das war die einzige Sprache, die ich beherrschte. Nicht einmal Englisch hatte ich während meiner Schulzeit gelernt.

Also wartete ich gespannt auf den Moment, in dem es sich Giulia mit einem Handtuch auf einem der Liegestühle bequem machen würde. Doch auf diesen Moment wartete ich vergebens, denn eine kurze Weile nach dem Frühstück der beiden Frauen, sah ich, wie sie mit Tasche und Rucksack Richtung Tor gingen. Das konnte doch wohl nicht wahr sein.

Kurz entschlossen, winkte ich Giulia zu mir heran und steckte ihr spontan meine Handynummer zu. Irgendwie und irgendwann musste es doch einmal klappen, dass ich ihr ein wenig näher käme.

Mit einem Lächeln hatte sie die Nummer entgegen genommen und ich bekam sofort weiche Knie. Ob sie sich melden würde?

Sie meldete sich nicht und in meinem Kopf kreisten die wildesten Gedanken umher. Vielleicht hatte sie mir nur aus Höflichkeit zugelächelt. Vielleicht gefiel ich ihr nicht, war ihr zu einfach oder zu alt. Oder vielleicht hatte sie auch einen festen Freund, der in Deutschland auf sie wartete. Aber eigentlich war das alles auch egal, denn ich hatte schließlich einen Drachen, der Zuhause auf mich wartete. Und trotzdem wollte mein Herz nichts mehr, als diese schöne Blondine einmal näher kennenzulernen.

Als die beiden Frauen am Nachmittag endlich von ihrem Ausflug zurückkamen und Giulia kurz darauf alleine im Pool badete, ergriff ich meine Chance und ging hin zu ihr. Leider endete unser Gespräch schon wieder, bevor es überhaupt erst richtig begonnen hatte, denn Donatella erinnerte mich unsanft daran, weshalb ich hier war, nämlich um zu arbeiten. Also ließ ich Giulia im kühlen Nass zurück und begab mich weiter an die Arbeit.

Und dann hatte ich plötzlich eine Idee. Wie aus dem Nichts kam sie angeflogen und ich freute mich wie ein Schneekönig, dass ich einen so tollen Einfall hatte.

Ich arbeitete meine Aufgaben so schnell ab, wie es mir möglich war und ließ Donatella ein Auge darauf werfen. Es war erst fünf Uhr am Nachmittag, doch alles war erledigt und tatsächlich gab es nichts von der alten Dame zu beanstanden. Also fuhr ich nach Hause, nahm eine Dusche, suchte einen guten Wein aus und fuhr zurück zu Donatellas Anwesen. Allerdings parkte ich meinen Wagen außerhalb ihrer Sichtweite, denn sie sollte keinesfalls mitbekommen, dass ich wiedergekommen war.

Voller Herzklopfen ging ich zu dem Apartment von Giulia und ihrer Freundin Katrin. Da auf der Veranda niemand anzutreffen war, ging ich zur Eingangstür, die jedoch verschlossen war. Gerade in dem Augenblick, als ich anklopfen wollte, wurde die Tür geöffnet und Giulia stand mit einem gepackten Picknickkorb vor mir.

„*Ciao*", waren die einzigen Worte, die über meine Lippen kamen.

„*Ciao*", entgegnete sie mir. „Wolltest du zu uns?"

Ich spürte, wie mir die Röte ins Gesicht stieg, als ich ihr den Grund meines Kommens nannte. „Eigentlich wollte ich zu dir."

„Oh", sagte sie und errötete ebenfalls ein wenig. Natürlich hatte ich sie nicht in Verlegenheit bringen wollen und schämte mich sogleich für meinen Überfall.

„Du willst bestimmt zu deiner Tante", assoziierte ich schnell und zeigte auf den Korb. „Da will ich dich gar nicht aufhalten."

Sie blickte auf die Flasche Wein und schaute dann mich an. „Du hast Recht. Eigentlich wollte ich zu meiner Tante. Aber komm doch bitte herein."

„Ich will wirklich nicht stören."

„Tust du nicht", lächelte sie mir entgegen und hielt mir die Tür auf. Natürlich hatte ich gehofft, sie würde das sagen, aber ich hätte es auch verstanden, wenn sie mich nicht hereingebeten hätte und stattdessen zu Donatella gegangen wäre, so, wie sie sich das vorgenommen hatte.

„Ich habe einen Wein mitgebracht und dachte, den könnten wir vielleicht gemeinsam trinken."

„Das ist eine tolle Idee."

„Aber vielleicht sollten wir das doch lieber verschieben. Ich meine, ich habe dich jetzt ziemlich überfallen und irgendwie scheint es gerade nicht so gut zu passen."

„Nein, das war wirklich eine schöne Idee. Donatella ist morgen immer noch da. Das können wir also nachholen. Den hier", sie zeigte auf die Flasche in meiner rechten Hand, „den trinken wir jetzt."

Ein Glücksgefühl durchfuhr meine Magengrube und ich freute mich, dass ich mit Giulia allein sein konnte. Das hatte ich mir insgeheim erhofft.

„Aber was ist mit deiner Freundin? Sie kann natürlich auch gerne ein Glas Wein mit uns trinken."

„Das ist lieb und das würde sie auch bestimmt gerne tun, aber sie liegt leider mit Kopfschmerzen im Bett."

„Oh, das tut mir leid. Dann ist sie vielleicht nächstes Mal dabei, falls wir es noch einmal wiederholen."

Nun holte Giulia zwei Gläser aus dem Küchenschrank und ich folgte ihr auf die Terrasse, wo wir es uns auf dem breiten Stein-Rand des Swimmingpools gemütlich machten.

„Mach du schon mal den Wein auf", sagte sie. „Ich komme sofort wieder." Und mit diesen Worten war sie schon wieder in der Wohnung verschwunden.

Giulia trug an diesem Abend ein bezauberndes, langes weißes Kleid mit einem auffälligen Schlitz an der Seite. Ihre braun gebrannte Haut kam darin doppelt gut zur Geltung und die blonden Haare verliehen ihr eine unglaubliche zusätzliche Attraktivität.

Nur einen Moment nach ihrem Verschwinden in der Wohnung tauchte sie wieder auf. In der Hand trug sie den Picknickkorb. „Ich hoffe, du hast noch nichts gegessen", strahlte sie mich an.

„Nein", antwortete ich wahrheitsgemäß und vernahm in dem Moment ein Knurren in meinem Bauch. Und das, obwohl ich vor Aufregung eigentlich gar nicht hungrig war.

„Du willst aber doch jetzt nicht den Korb plündern, der für deine Tante gedacht ist."

„Ach", winkte sie ab. „Dann gibt es morgen etwas anderes."

Und schon begann sie damit, viele kleine Köstlichkeiten auszupacken. Es gab Baguette, gefüllte Paprikaschoten, verschiedene Käsesorten, Weintrauben und noch allerhand weitere Leckereien. Der vollmundige Rotwein, den ich mitgebracht hatte, passte ausgezeichnet zu dem Essen.

„Alla salute", ergriff ich das Wort und stieß vorsichtig mit meinem Glas an das von Giulia.

„Salute."

„Jetzt musst du mir aber wirklich mal erzählen, was genau dich hierher zu dieser alten Dame verschlagen hat", sagte ich nach einer Weile, nachdem wir die ersten Köstlichkeiten probiert hatten. Und während Giulia von ihrem Verlobten und der Reise, die sie dann mit ihrer Freundin Katrin angetreten hatte, erzählte, konnte ich einfach nicht anders, als ihr permanent in die wunderschönen grünen Augen zu schauen. Jedes einzelne Wort saugte ich auf wie ein Schwamm.

„Da hast du ja ganz schön was mitgemacht", stellte ich am Ende ihrer Erzählung fest. Bei diesem Satz legte ich, ohne es bewusst zu merken, meine Hand auf ihre. Wie weich und warm sie war. Ich hatte das Gefühl, Giulia in diesem Augenblick so nah zu sein, wie ich lange niemandem mehr nahe gewesen war. Menschlich gesehen, aber auch körperlich. Im Laufe ihrer Geschichte waren wir immer ein wenig enger aneinander gerutscht. Nun trennten uns nur noch unsere zwei Weingläser und ein paar Antipasti voneinander. Ich spürte den Wein, der mir schon nach wenigen Schlucken zu Kopf gestiegen war und fühlte, wie mein ganzer Körper von einer Energie in Beschlag genommen wurde, wie ich es nicht kannte. Selbst wenn ich willentlich hätte verhindern wollen, dass meine Lippen nun die von Giulia suchten, so hätte ich es nicht gekonnt. Wie magnetisch beugte ich mich zu ihr und versank in ihren atemberaubenden Küssen. Es fühlte sich wunderbar an und so unglaublich leicht, denn Giulia signalisierte mir, dass sie mich mit meinem ganzen Sein willkommen hieß. Ich zog sie auf meinen Schoß und unsere Zungen vollführten heiße Tänze miteinander. Ihre Hände berührten mich in meinem Nacken und streichelten mich so zärtlich, dass ich innerlich zu brennen begann. Ich wollte sie. Jetzt.

Und mehr als alles andere. Ob sie mich ebenfalls wollte? Es schien so, doch war ich mir nicht sicher. Schließlich war ich nur ein einfacher Mann, dazu noch verheiratet. Was also sollte ich ihr zu bieten haben? Trotz all der Widersprüche, die in mir tobten, war mein Verlangen danach, in sie zu dringen, wie eine Droge, der ich mich nicht entziehen konnte. Also nahm ich all meinen Mut zusammen und erhob mich vom Pool-Rand, hievte Giulia mit hoch und ging mit ihr in Richtung Schlafzimmer. Ich war erleichtert, als ich merkte, dass sie mich anscheinend ebenfalls wollte, denn bereitwillig ließ sie sich bis zu ihrem Bett tragen. Voller Verlangen rissen wir uns gegenseitig die Kleidungsstücke vom Leibe und erkundeten unsere Körper. Meine Männlichkeit war bereits in dem Moment erwacht, als ich Giulias Hand draußen am Pool das erste Mal berührt hatte. Von diesem Augenblick an gab es kein Halten mehr. Ich wollte sie, ich wollte Giulia mit Haut und Haaren. Als sie sich auf das Bett fallen ließ und mir ihre starken Schenkel einladend entgegenreckte, war es restlos um mich geschehen. Vollkommen Gefühlstrunken drang ich in sie ein und ließ mich in ihre unendliche Tiefe fallen. Nichts und niemand hätte mich aus diesem Moment herausholen können. Es war, als hätte man mich auf einen Trip geschickt und am liebsten wäre ich nie mehr von dort zurückgekehrt. Ich spürte auch Giulias Verlangen und die Freude, mich ganz in sich aufzunehmen. Am Ende sank ich mit schweren und zittrigen Gliedern auf sie, rollte ein wenig zur Seite und nahm sie in meine Arme.

„Das war unglaublich schön", hauchte ich ihr entgegen und küsste sie auf die Stirn.

„Ja", stimmte sie zu. „Es war wundervoll."

Schweigend lagen wir eine ganze Weile einfach nebeneinander und lauschten unserem Atem. Ich fragte mich, was hier gerade passiert war, denn obwohl ich bereits endlos viele Male mit einer Frau geschlafen und dazu noch drei Kinder gezeugt hatte, so war dies hier ein einzigartiges Erlebnis gewesen. Etwas, das ich in einer solchen Intensität niemals für möglich gehalten hätte.

Doch dann fiel mir die Wirklichkeit wieder ein. Das Leben, das ich tagtäglich führte und in das ich in wenigen Minuten wieder zurückkehren müsste.

„Worüber denkst du nach?" riss mich Giulias Stimme aus meinen Gedanken.

„Ehrlich?" fragte ich.

„Ja, ehrlich."

„Ich muss dir etwas gestehen, fürchte ich."

Sie sah mich mit wachen Augen an. „Du meinst, dass du verheiratet bist?"

Ich war verwundert. Woher wusste sie das? Und wieso blieb sie so ruhig dabei? Roberta hätte mich an dieser Stelle sicherlich schon längst in tausend Stücke gerissen. Und jede andere Frau vermutlich auch.

„Du trägst einen Ring", zwinkerte sie mir zu.

„Und es macht dir nichts aus?"

„Nein", antwortete sie trocken. „Wieso sollte es?"

Ja, wieso eigentlich? Giulia würde ohnehin in wenigen Tagen zurück nach Deutschland reisen und ich bliebe hier. So einfach war das scheinbar.

Statt einer Antwort beugte ich mich noch einmal über sie und küsste sie leidenschaftlich auf den Mund. Wir verschmolzen abermals miteinander, aber diesmal ganz behutsam und mit viel Zeit.

Als ich das Apartment verließ war es bereits zwei Uhr in der Früh. In fünf Stunden müsste ich schon wieder hier sein, um zu arbeiten. Doch nun musste ich erst einmal nach Hause, damit weder Roberta noch Donatella etwas von unserem Treffen erführen.

„Wann fahrt ihr zurück nach Deutschland?" wollte ich wissen, als Giulia mich an der Tür verabschiedete.

„In zwei oder drei Tagen."

„Und wiederholen wir unser Treffen?"

„Natürlich", flüsterte sie mir zu uns gab mir einen Abschiedskuss, der noch stundenlang in mir nachhallte. Ich glaube, es gab keinen Menschen, der jemals hätte glücklicher sein können als ich in diesem Moment. Wieder freute ich mich wie ein Schneekönig. Und das schon zum zweiten Mal an diesem Tag.

Kapitel 8

Giulia

Ein unglaublicher Tag

Das kühle Wasser, das aus dem Duschkopf auf mich herunter prasselte, bereitete mir eine angenehme Gänsehaut. Genussvoll atmete ich tief ein und aus, ließ dann meinen Kopf sanft nach hinten gleiten, so, dass die feinen Tropfen auch mein Gesicht beleben konnten. Was für ein unglaublicher Tag dies heute gewesen war, dachte ich bei mir und unwillkürlich legte sich ein Lächeln auf meine Lippen.

Schon am Morgen beim Frühstück konnte ich mein Glücksgefühl kaum unterdrücken.
„Sag mal", sah Katrin mich eindringlich an, „gibt es einen Grund für dein unglaubliches Strahlen?"
„Fällt es sehr auf?" wollte ich nun wissen.
„Ach", winkte sie lachend ab, „nur so ein ganz bisschen. Aber mal ehrlich, was ist denn so tolles passiert? Hattest du etwa einen so schönen Abend mit deiner Tante, dass dir die Sonne aus dem Gesicht lacht?"
„Da war ich gar nicht", druckste ich vor mich her. „Mir ist quasi etwas dazwischen gekommen."
„Etwas? Oder eher Jemand?"

„Jemand", strahle ich nun. „Rate, wer gestern ganz plötzlich vor unserer Tür stand, als ich das Haus verlassen wollte." „Ich glaube, da brauche ich nicht raten", lachte sie. „Aber ich bin neugierig. Erzähl mir alles ganz genau."

Und dann berichtete ich Katrin von dem wundervollen Abend, den Francesco und ich miteinander verbracht hatten. „Ich freue mich so für dich", strahlte sie mich anschließend an, wurde dann aber auch ein wenig ernster. „Dir ist aber schon klar, dass wir in wenigen Tagen wieder abreisen, oder?"

„Ja, natürlich", kam es wie aus der Pistole geschossen über meine Lippen. „Mach dir keine Sorgen, ich genieße gerade einfach nur den schönen Moment, ganz ohne Hintergedanken. Es ist doch klar, dass das nur für ein bisschen Spaß ist."

Noch während ich diese Worte aussprach, dachte ich insgeheim schon darüber nach, ob ich es tatsächlich so locker sah, denn eigentlich war ich nicht der Typ für so einen feurigen Flirt zwischendurch. Aber ich wusste, dass Francesco verheiratet war und malte mir gerade wirklich keine romantischen Zukunftsszenarien aus. Ich genoss es einfach, nach meiner Trennung in der Aufmerksamkeit eines so wundervollen Mannes zu baden.

„Na, dann bin ich beruhigt", hörte ich Katrin sagen. „Schließlich könnte ich deinen Eltern schlecht erklären, dass ich ohne ihre geliebte Tochter zurückgekommen bin." Nun lachten wir beide und tranken jeder einen Schluck von unserem Kaffee.

„Und seht ihr euch heute wieder?" fragte Katrin nun noch, bevor wir damit begannen, den Tisch abzuräumen und eine weitere Wandertour unternahmen.

Noch ehe ich antworten konnte, läutete mein Handy und kündigte eine Nachricht an. Es war Francesco. *„Buongiorno* *bella bionda"*, schrieb er. „Darf ich dich heute Abend wieder besuchen kommen? Ich würde dich gerne sehen."

„Wenn man vom Teufel spricht", zwinkerte ich Katrin zu. „Lass mich raten. Er möchte heute auch vorbeikommen?"

„Wie hast du das nur erraten?" grinste ich. „Ist es in Ordnung für dich?"

„Na hör mal", tat sie entrüstet. „Natürlich kann er kommen. Ich habe gute Bücher mitgenommen. Da wird mir schon nicht langweilig."

Also verabredeten Francesco und ich uns für diesen Abend um zehn Uhr und ich freute mich wie ein kleines Mädchen auf den Weihnachtsmann.

„Schau mal da hinten am Tor", sagte Katrin und nickte in die Richtung unseres Eingangs. Dort stand Francesco lässig mit einem Zigarillo in der Hand und schenkte mir ein zauberhaftes Lächeln, bevor er wieder in den Untiefen des Gartens verschwand. Zigarillos schienen irgendwie sein ständiger Begleiter zu sein, was mich nicht weiter störte, auch, wenn ich selber Nichtraucher war.

„Ich glaube, den hat es aber ganz schön erwischt", mutmaßte Katrin. „Der sieht dich ja an, als kämst du von der Venus persönlich."

„Nun übertreib mal nicht", versuchte ich ihre Äußerung herunterzuspielen. Doch insgeheim spürte ich, dass sie Recht hatte. So, wie Francesco mich bereits nach nur so kurzer Zeit ansah, hatte Torben mich in all den Jahren, die wir uns kannten, nicht angesehen. Aber ich war mir trotzdem sicher, dass auch Francesco sich im Klaren darüber war, dass wir nur noch wenige Tage miteinander haben würden. Wenn ich erstmal wieder in Deutschland war, gab es ganz andere Dinge, um die ich mich kümmern musste. Doch daran wollte ich jetzt gerade noch gar nicht denken.

„Katrin, ich würde heute Nachmittag gerne noch einmal einen dritten Versuch starten und meine Tante zu einem Picknick einladen."
„Ja, das habe ich mir schon gedacht", grinste sie. „Wird schon klappen. Alle guten Dinge sind ja bekanntlich drei."
„Ich hoffe es. Aber vorher erkunden wir hier noch ein wenig die Wildnis, O.K.?"
„Unbedingt. Soll doch später keiner sagen, wir hätten nichts von Italien gesehen." Beide prusteten wir nun vor Lachen und hatten Mühe, uns wieder zu beruhigen. Irgendwie war es hier schon merkwürdig, aber je länger wir hier waren, desto mehr Gefallen fand ich an diesem Ort. Oder lag es vielleicht einfach nur an Francesco? Nein, bestimmt nicht, sagte ich mir und schob diesen Gedanken schnell beiseite.

Am Nachmittag war es dann tatsächlich soweit und Katrin und ich starteten einen neuen Versuch, mit Tante Donatella in Kontakt zu kommen. Mit dem Picknickkorb unter dem Arm gingen wir hinüber zu ihrem Haus und klopften an. Natürlich tat sich beim ersten Mal nichts und auch das zweite Klopfen ignorierte die alte Dame sehr gekonnt.
„Meine Damen", hörte ich Albertos Stimme hinter uns. „Sie sind wirklich sehr hartnäckig. Aber es hat vermutlich einfach keinen Zweck. Donatella ist da ein etwas schwieriger Fall."
Bei den letzten Worten biss er sich fast auf die Zunge und ich merkte, dass er das nicht hatte sagen wollen, auch, wenn er es offensichtlich so empfand.

Ich war mir mittlerweile bewusst darüber, was für einen guten Draht dieser Mann zu meiner Großtante hatte und nutzte hier nun meine Chance. „Alberto, mir liegt wirklich sehr viel daran, meine Tante kennenzulernen. Und es geht ja nur um ein winzig kleines Picknick. Meinen Sie nicht, Sie könnten sie eventuell doch überreden, eine Kleinigkeit mit uns zu essen? Sie sind selbstverständlich ebenfalls eingeladen."

Mit einem wohlwollenden Nicken sah er uns an. „Nun ja, ich kann es noch einmal versuchen, aber versprechen kann ich Ihnen wirklich nichts."

„Vielen Dank", entgegnete ich ihm. „Wenn es nicht klappt, dürfen Sie trotzdem mit uns essen, einverstanden?"

Seine kleinen müden Augen begannen zu leuchten und für einen winzig kleinen Moment suchte Alberto den Blick von Katrin, die davon jedoch keinerlei Notiz nahm.

Nun klopfte Alberto an Donatellas Tür, öffnete sie und ging hinein. „Warten Sie hier draußen", bat er noch und verschwand in der düsteren Wohnung.

„Denkst du, dass das Erfolg hat?" wollte Katrin wissen und klang dabei sehr desillusioniert.

„Natürlich", erwiderte ich ihre Frage in meiner optimistischen Art, obwohl ich keine Ahnung hatte, ob er es diesmal schaffen würde, eine Begegnung zu organisieren. Doch tatsächlich öffnete sich nur wenige Momente später die Tür und Alberto bat uns herein. „Sie haben ein Stündchen Zeit, Ihre Tante kennenzulernen. Danach möchte sie wieder ihre Ruhe haben."

„Oh, toll", entfuhr es mir. „Dankeschön."

Ich war glücklich, aufgeregt und zugleich auch irritiert über die Zeitvorgabe, die Donatella hatte. Aber vielleicht war das ja nur so eine Floskel. Wer käme schon auf die Idee, seine Gäste tatsächlich nach nur einer Stunde zum Gehen zu bitten.

„Und dann hat sie euch einfach sitzen gelassen?" prustete Francesco, als wir ihm am Abend von unserem Treffen mit Tante Donatella erzählt hatten. „Das sieht ihr ähnlich."
Sein Lachen war so ansteckend, dass wir alle mit einstimmten. Katrin, Alberto, Francesco und ich saßen an diesem äußerst schönen und warmen Abend noch gemeinsam auf unserer Terrasse und ließen es uns bei einem Glas Rotwein gutgehen.
Ich werde jetzt auf mein Zimmer gehen, hatte Tante Donatella nach exakt einer Stunde gesagt, erhob sich und sah mich mit einem Blick an, den ich überhaupt nicht deuten konnte", erzählte ich. „Wir würden den Weg nach draußen sicherlich alleine finden."
„Ja, es war ganz merkwürdig", stimmte Katrin mir zu und lachte dabei immer noch aus vollem Halse. „Wir hatten gerade angefangen, ein wenig zu plaudern, nachdem die alte Dame uns gefühlte Ewigkeiten nur mit bösen Blicken bedacht hatte. Da stand sie auch schon auf und deutete mit ihrem Stock zur Tür."
„Bei aller Liebe, Giulia", meinte Francesco. „Deine Tante hat schon ein ziemliches Rad ab."
Nun ergriff Alberto das Wort, sein Lachen war verstummt und er fuhr Francesco scharf an. „Du hast doch keine Ahnung! Ich möchte nicht, dass du so über Donatella sprichst."
Er machte eine kurze Pause, sammelte sich. „Ja, ihr habt Recht, so benehmen sich normale Menschen nicht. Aber alles hat einen Grund und Donatella ist in den Tiefen ihres Her-

zens ein wirklich guter Mensch, auch, wenn sie das sehr geschickt verbergen kann." Francesco schien zu spüren, dass Alberto es ernst meinte und auch wir begriffen das, wenngleich wir auch keine Ahnung hatten, wovon er da sprach. „Du hast bestimmt Recht", sagte ich leise. „Kein Mensch ist einfach so derart merkwürdig. Und ich bin froh, dass ich meine Tante zumindest einmal kurz kennenlernen durfte. Vielleicht hat sie ja morgen auch noch einmal Lust auf ein Treffen."

„Ja, wer weiß", nickte Alberto und war mir sichtlich dankbar, dass ich das Thema damit für den heutigen Tag beendet hatte.

Wir unterhielten uns noch eine ganze Zeit lang über alles Mögliche. Alberto war dabei sehr darauf bedacht, alles auch auf Englisch zu übersetzen, damit Katrin ebenfalls alles verstand. Es war süß mit anzusehen, wie er ganz verhalten mit ihr flirtete und sie es scheinbar gar nicht bemerkte. Nicht einmal, als er ihr vorschlug, einen kleinen Nachtspaziergang zu machen, kam sie auf die Idee, dass er vielleicht mehr von ihr wollen könnte, als tatsächlich nur spazieren zu gehen.

„Endlich habe ich dich für mich alleine", flüstere Francesco, als die beiden den Hof verlassen hatten. Dabei nahm er meine Hände zärtlich in seine, zog mich ganz dicht an sich heran und küsste mich mit einer solchen Leidenschaft, dass ich vor Erregung leise aufstöhnte. Natürlich blieben wir nicht lange hier draußen sitzen, sondern verschwanden in meinem gemütlichen Doppelbett, wo den Küssen auf den Mund noch Weitere an etlichen anderen Stellen folgten. Im ganzen Haus war es unglaublich heiß und unsere Körper klebten förmlich aneinander, als wir auch in dieser Nacht wieder so innig miteinander verschmolzen, als wären wir eine unzertrennliche

Einheit. Es war herrlich und ich genoss jede einzelne Berührung dieses wundervollen Mannes. Und für einen kurzen Augenblick hatte ich den überwältigenden Wunsch, dieser Moment würde ewig andauern. Um wieder einen klaren Kopf zu bekommen, sprang ich nach unserer Verschmelzung schnell unter die kalte Dusche und freute mich dabei schon darauf, in wenigen Minuten in Francescos starken Armen einzuschlafen, denn er hatte mir versprochen, diese Nacht bei und mit mir zu verbringen. Was für ein unglaublicher Tag!

Kapitel 9

Donatella

Kein gemeinsames Morgen mehr...

Die Uhr meines Radioweckers zeigte gerade mal viertel vor fünf in der Früh an. Das konnte doch nicht sein. Es war quasi noch mitten in der Nacht und ich trotzdem bereits so hellwach, als wäre der Tag schon in vollem Gange. Wahrscheinlich war es einfach viel zu heiß, mutmaßte ich.

Ich überlegte zunächst, ob ich mich noch einmal umdrehen und versuchen sollte, weiterzuschlafen, doch ich wusste genau, dass dies keinen Sinn haben würde. Also griff ich nach meinem Morgenmantel, der an einigen Stellen schon weitaus mehr war, als bloß ein wenig zerschlissen und eigentlich hätte alles dafür gesprochen, dieses alte Stück Stoff auf der Stelle auszusortieren. Doch einen neuen Morgenrock würde ich mir auf meine alten Tage auch nicht mehr zulegen, so viel war mal sicher. Also schlüpfte ich mit meinen, vom Alter gezeichneten, dünnen Armen hinein, schob meine kleinen Füße in meine braunen Lederpantoffeln und ging in die Küche, um mir erst einmal einen starken Espresso zu kochen.

Damit ich kein Licht zu machen brauchte, öffnete ich die Fenster und klappte die schweren Holzläden auf, um den Sonnenschein ins Zimmer zu lassen. Dabei bemerkte ich, dass es auch in dieser Nacht wiedermal kaum eine Abkühlung gegeben hatte und stöhnte bei der Vorstellung, welche Hitze uns auch heute wieder erwarten würde, leise auf. Italien war wirklich schön, aber an manchen Tagen auch eindeutig zu warm für eine alte Frau wie mich.

Gerade, als ich die Fenster wieder schließen und mich zum Herd drehen wollte, sah ich, wie zwei Gestalten auf den Parkplatz gingen und im ersten Moment hatte ich schon die Befürchtung, dass es vielleicht Einbrecher sein könnten, die hier ihr Unwesen treiben wollten. Doch bei genauerem Hinsehen war ich mir sicher, dass es Giulia war, denn ihre langen blonden Haare waren unverkennbar. Aber wen hatte sie da bei sich? Da ich noch keine Brille aufhatte, konnte ich es nicht auf Anhieb erkennen. Allerdings hatte ich aufgrund der männlichen Statur und der Gangart eine Vermutung. Eine Vermutung, die mir alles andere als gefiel. Wo hatte ich denn bloß meine Brille wieder hingelegt? Natürlich, erinnerte ich mich, sie lag noch auf dem Küchentisch, wo ich sie am gestrigen Abend abgelegt hatte, nachdem ich meinen ungebetenen Gästen auf die Sprünge zum Gehen geholfen hatte. Meine Großnichte war wirklich ein sehr hartnäckiges Geschöpf. Das lag wohl in der Familie. Mit dieser Hartnäckigkeit hatte sie es tatsächlich doch noch geschafft, mich zu einem Kennenlernen zu überreden. Ich hatte allerdings nur eingewilligt, weil ich endlich wieder meine Ruhe haben wollte. Also gab ich ihr eine Stunde lang die Gelegenheit, sich ein Bild von mir zu machen. Wahrscheinlich hatte sie sich das Kennenlernen etwas anders vorgestellt, denn ich hatte keinerlei Lust auf Konversation und das ließ ich sie und ihre Freundin auch spüren. Irgendwie konnte ich einfach nicht anders. Während Giulia sich bald um Kopf und Kragen redete, um ein Gespräch in Gang zu bringen, lehnte ich mich einfach in meinem gemütlichen Gartenstuhl zurück, aß ein wenig von den mitgebrachten Köstlichkeiten und verspürte keinerlei Interesse daran, mich irgendwie einzubringen. Lediglich in den letzten paar Minuten, bevor ich mich zu Bett begeben wollte, stellte ich die eine oder andere Frage, um Giulia nicht vollends vor den Kopf zu stoßen. Irgendwie hatte sie wirklich etwas Besonderes an sich, etwas, das mich an mich selbst in meiner Jugend erinnerte. Doch daran wollte ich nicht denken. Nicht in diesem Moment und auch sonst nie mehr. Und so stand ich, wie zuvor bereits angekündigt, nach einer Stunde auf und löste das spontane Zusammentreffen damit auf.

Während ich so an den letzten Abend dachte, holte ich meine Brille, setzte sie schnell auf und schaute erneut aus dem Fenster. Mein Verdacht, den ich eben noch hatte, bestätigte sich nun, wo ich besser sehen konnte und ich spürte, wie eine unglaubliche Wut in mir aufstieg. Es war wirklich Francesco, der dort mit Giulia stand. Mittlerweile lagen sie sich eng umschlungen in den Armen und küssten sich, als gäbe es kein Morgen mehr. Und nein, es würde tatsächlich kein gemeinsames Morgen mehr geben für diese beiden Taugenichtse. So etwas duldete ich einfach nicht. Francesco war mein Arbeiter und hatte nicht das geringste Recht, sich an meine Großnichte ranzuschmeißen! Zudem war er verheiratet. Aber das hatte er Giulia bestimmt gar nicht erst gesagt. Und wie kam diese überhaupt dazu, sich hier so freizügig zu geben?! Kommt einfach hierher, bringt meinen ganzen Alltag durcheinander und verdreht dann auch noch meinem Arbeiter den Kopf. Der machte auch so schon ständig nicht das, was man ihm sagte. Das konnte jetzt ja nur noch schlimmer werden, wenn seine Hormone so durcheinander gebracht wurden.
Meine Wut wurde immer größer und ich hatte nicht übel Lust, auf der Stelle zu den Beiden zu gehen und sie achtkantig vom Hof zu jagen. Doch selbst, wenn ich mich dazu ent-

schlossen hätte, wäre ich nicht mehr schnell genug gewesen, denn mittlerweile hatten sich die zwei Turteltauben voneinander gelöst. Francesco war die Straße hinunter gegangen, wo er vermutlich seinen Wagen geparkt hatte, in der Hoffnung, dass ich ihn nicht sehen würde und Giulia war zurück in ihr Apartment geschlichen.

Aber das machte man nicht mit mir. Ich würde diese Frechheit unterbinden, soviel war mal sicher. Sobald Francesco käme, würde ich ihm kündigen.
Doch bei dem Gedanken stutzte ich plötzlich, denn das konnte ich nicht machen. Für mich hätte das ansonsten bedeutet, dass ich mir jemand Neues hätte suchen müssen und das wollte ich unter keinen Umständen. Es war schon schwer genug für mich gewesen, Francesco damals hier einzustellen. Neue Menschen machten mir stets zu schaffen und wer weiß, was für eine Niete ich vielleicht als Nächstes an Land ziehen würde, sollte ich überhaupt jemand neues finden, der bei einer alten, mürrischen Frau wie mir auf Dauer arbeiten würde. Francesco mochte nicht der beste Arbeiter sein, aber er kam und tat, was ich ihm sagte und wenn ich ihm Lohn abzog, weil er zu spät kam oder schlechte Ergebnisse ablieferte, nahm er es einfach so hin. So jemanden würde ich sicherlich nicht noch einmal finden. Also musste es eine andere Lösung dafür geben. Und diese lag auch schon klar auf der Hand.

Kapitel 10

Giulia

Wer weiß, wofür es gut ist

Das Hotel sah wenig einladend aus, aber wir konnten jetzt nicht wählerisch sein, denn mitten in der Hauptsaison konnte man froh sein, überhaupt noch irgendwo ein Zimmer zu bekommen, wenn man nichts gebucht hatte. Zum Glück hatte Alberto einen guten Bekannten gehabt, der uns noch eines der letzten freien Doppelbettzimmer in diesem neuen Studenten-Hotel in der Nähe des Florenzer Hauptbahnhofes besorgen konnte. Wie in Trance checkte ich uns ein und ließ mir den Zimmerschlüssel überreichen. Ich konnte einfach immer noch nicht fassen, dass Tante Donatella uns von ihrem Anwesen geschmissen hatte. Wie eine Furie hatte sie gegen sechs Uhr morgens an unsere Tür gehämmert und geschrien, wir sollten sofort aufmachen. Als Katrin und ich zeitgleich aus unseren Zimmern stürmten, um zu öffnen, klopfte mir mein Herz bis zum Hals, weil ich sicher war, es müsse etwas Schlimmes passiert sein, wenn wir quasi noch mitten in der Nacht aus dem Schlaf gerissen wurden.

„Ihr packt jetzt sofort eure Sachen und verschwindet hier", schrie meine Großtante und ließ keinen Zweifel daran aufkommen, dass sie es ernst meinte.

„Aber warum?" fragte ich völlig fassungslos, denn ich konnte mir ihr Verhalten überhaupt nicht erklären. Zwar war unsere gestrige Begegnung nicht ganz so euphorisch verlaufen, wie ich mir das vorgestellt hatte, doch so schlimm war es auch nicht gewesen, dass man uns in aller Herrgottsfrühe rausschmeißen musste.

„Ich dulde so ein Verhalten nicht, wie du es hier an den Tag legst", schrie sie und sah mich mit einem so wütenden Blick an, dass mir für einen Moment unglaublich schwindelig wurde und mein Herz wie wild zu rasen begann. Und noch bevor ich fragen konnte, was genau sie meinte, fuhr sie auch schon fort. „Kommst hierher, störst meine Ruhe und machst dich wie ein Lustobjekt an meinen Arbeiter ran. Das werde ich mir keinen Tag länger mitansehen. Ihr werdet auf der Stelle eure Koffer packen. Um halb sieben kommt ein Taxi, das euch nach Florenz bringen wird. Und kommt nicht auf die Idee, mich noch einmal besuchen zu wollen. Ich will hier niemanden haben. Und Francesco schlag dir aus dem Kopf, Mädchen. Der ist ohnehin verheiratet."

Meine Brust wurde gefühlt immer enger und ich hatte Schwierigkeiten, noch normal zu atmen. Ich fühlte mich wie vom Blitz getroffen und hoffte insgeheim, dass dies gerade nur ein furchtbarer Albtraum wäre, aus dem ich jeden Moment erwachen würde. Doch es war kein Traum, es war bittere Realität und ich war bis ins Mark erschüttert. Gerne hätte ich noch irgendetwas erwidert, doch meine Lippen waren wie versteinert und meine Zunge wie taub. Zudem hatte ich das Gefühl, mein Kopf wäre vollkommen hohl. Tante Donatella musste Francesco und mich gesehen haben, wahrscheinlich, als ich ihn noch bis zum Parkplatz begleitet hatte. Aber das war doch kein Grund, sich jetzt so zu verhalten und uns einfach vom Hof zu jagen.

„Was fällt Ihnen ein, so mit Giulia zu reden", hörte ich nun Katrins erboste Stimme. „Egal, wie verbittert Sie sind, das gibt Ihnen noch lange nicht das Recht, sich so aufzuführen." Tante Donatellas Funkeln in den Augen wurde noch ein wenig stärker und sie wollte schon ansetzen, Katrin etwas entgegenzusetzen, doch dazu kam sie nicht, da Katrin noch nicht fertig war. „Sie brauchen nichts mehr zu sagen", meinte sie nun in ruhigem, aber bestimmten Ton. „Wir werden jetzt packen und dann sind wir auch gleich weg. Vertrocknen Sie doch hier in Ihrer Einöde. Wir kommen bestimmt nicht noch einmal hierher."

Für einen winzigen Moment hatte ich den Eindruck, bei Katrins harten Worten eine unglaublich tiefe Traurigkeit in Tante Donatellas Blick erkannt zu haben, doch das war nur ein Bruchteil einer Sekunde lang. Dann drehte sie sich um, stützte sich auf einen Stock und verschwand in Richtung Ihrer Wohnung.

Nebenan ging eine Tür auf und Alberto steckte seinen Kopf heraus. „Ist alles in Ordnung?"

„Nein", sagte Katrin. „Die alte Dame hat uns achtkantig hinausgeworfen."

„Was?" Er sah uns fassungslos an. „Aber warum denn?"

„Weil sie mich mit Francesco gesehen hat", kam eine hauchdünne Stimme über meine Lippen.

„Oh", war zunächst sein einziger Kommentar. Doch in diesem *Oh* schwang etwas mit, was ich mir nicht erklären konnte. Es klang wie eine Art Verstehen. Aber das war jetzt auch egal, denn ich konnte und wollte meine Großtante gerade gar nicht verstehen.

„Soll ich vielleicht noch einmal mit ihr reden?" bot er an.

„Nein", sagte ich mit desillusionierter Stimme. „Das nützt doch nichts."

„Ja, vermutlich" stimmte er zu. „Und wo wollt ihr dann jetzt hin?"

„Keine Ahnung", gab ich zurück. „Vielleicht fährt ja heute noch ein Zug nach Deutschland, den würden wir dann vermutlich nehmen."

„Ich schaue für euch nach", beschloss er. „Während ihr packt, rufe ich am Bahnhof an."

Natürlich hatten wir an diesem Tag kein Glück mehr, aber für den kommenden Morgen reservierte Alberto uns Fahrkarten und besorgte uns über einen guten Bekannten das Hotelzimmer, in dem wir jetzt unsere Koffer parkten, bevor wir in die Stadt gingen, um eine Kleinigkeit zu frühstücken.

Das Wetter an diesem Tag passte irgendwie zu unserer Stimmung: Wolkenverhangen und stickig. Noch bevor wir uns zu Fuß auf den Weg ins Zentrum begaben, schrieb ich Francesco eine Nachricht. Ich war mir sicher, er würde schnell antworten, denn das hatte er bisher auch stets getan. Doch ich wartete vergebens. Es verging eine Stunde, dann zwei und immer noch mehr, aber eine Nachricht erhielt ich nicht. Francesco hatte meine Zeilen nicht einmal gelesen und ich spürte, wie ich innerlich immer unruhiger und irgendwie traurig wurde.

Ein bisschen fühlte ich mich gerade wie bei unserer Ankunft bei Tante Donatella. Ich konnte nicht fassen, was geschehen war und kam mir vor wie betäubt. Katrin schien es ähnlich zu gehen, denn auch sie war völlig in sich gekehrt und einfach sprachlos.

„Florenz ist eine ganz schön hässliche Stadt", stellte ich fest, als wir eine Runde durch ein paar Gassen drehten.

„Ja", stimmte Katrin mir zu. „Es ist so furchtbar voll, laut und schmutzig. Ich weiß gar nicht, was die Leute an dieser Stadt finden."

„Nein, das weiß ich auch nicht."

Völlig genervt von den vielen Touristen gingen wir zurück zum Hotel und setzten uns in den Innenhof, wo wir uns eine kalte Limonade gönnten. Eine Limonade, die so teuer war, dass wir jeden einzelnen Schluck mit Bedacht tranken. Ich warf einen Blick auf meine Uhr. „Erst zwei Uhr nachmittags", meinte ich etwas erschrocken, denn es kam mir so vor, als hätte es schon früher Abend sein müssen.

„Was machen wir denn noch den ganzen Tag?"

„Ich weiß nicht, aber hier nur rumsitzen ist irgendwie keine Option."

Wir entschieden uns, ein wenig in den Park auf der gegenüberliegenden Straßenseite zu gehen. Allerdings machten wir schnell kehrt, als wir das Publikum dort sahen. Es sah aus, als säßen dort nur düstere Gestalten, die sich ihre Zeit mit irgendwelchen Drogen vertrieben. Zudem war es so schmutzig, dass einem schon beim Anblick die Lust auf einen Spaziergang verging. Wir wanderten also noch einmal in eine andere Richtung und stellten ebenfalls nur enttäuscht fest, dass es uns auch dort nicht gefiel. Immer wieder warf ich einen Blick auf mein Smartphone, doch von Francesco nicht ein einziges Lebenszeichen. Ich schrieb noch einmal, doch auch diese Nachricht blieb ungelesen. Vielleicht hatte er eh schon bereits mit mir abgeschlossen, mutmaßte ich. Schließlich hatte er mich gleich an zwei Abenden hintereinander ins Bett bekommen und nun war ich vermutlich schon zu langweilig für ihn geworden. Mein Gefühl sagte mir etwas anderes, aber meine Gedanken wurden von Minute zu Minute düsterer. Und überhaupt, was war das für ein schrecklicher Tag. Ich sehnte mich plötzlich einfach nur noch nach meinem Zuhause. Und da fiel es mir wieder ein. Ich hatte eigentlich gar kein Zuhause mehr. Zwar war Torben sicherlich mittlerweile mit Sack und Pack ausgezogen und ich hätte weiterhin in unserem Apartment wohnen bleiben können, doch konnte ich mir nicht vorstellen, auch nur noch eine weitere Nacht dort zu verbringen. Es war unsere gemeinsame Wohnung gewesen, doch uns gab es nun nicht mehr. Ich musste also dringend ein Telefonat führen.

„Hallo Papa", sprach ich nur einen Moment später in den Hörer meines Smartphones. „Du, könntest du Katrin und mich morgen Abend vom Bahnhof abholen? Und könnte ich dann bei euch übernachten?"

Natürlich hatte mein Vater sich gefreut und sofort zugesagt. „Wir richten dir dein altes Zimmer wieder her bis du etwas Neues gefunden hast", sagte er sofort und rief sogleich meiner Mutter zu, dass sie schon einmal das Bett beziehen sollte.

„Danke, Papa. Wir werden gegen neun am Bahnhof sein."

„Ja, ist gut. Bis morgen dann. Wir freuen uns."

„Du hättest auch bei mir übernachten können", meinte Katrin, nachdem ich aufgelegt hatte.

„Das ist lieb von dir, danke. Aber es wird wahrscheinlich ein paar Tage oder auch Monate dauern, bis ich etwas Neues gefunden habe."

„Da hast du vermutlich Recht. Sag mal, wollen wir gleich mal schauen, dass wir irgendwo etwas zu essen bekommen? Ich habe Hunger."

Mein Appetit hielt sich ehrlich gesagt in Grenzen, aber eine Kleinigkeit wäre sicherlich schon ganz sinnvoll, sagte ich mir. Zudem es mittlerweile auch tatsächlich schon fast sechs Uhr abends war. Wir schnappten uns also unsere Portemonnaies und schlenderten wieder Richtung Innenstadt. Doch ob man es glaubte oder nicht, wir fanden kein Restaurant in der Nähe und in den winzigen Einkaufsläden gab es nichts, was sich für ein Abendessen geeignet hätte.

„Ich glaube, das ist heute echt nicht unser Tag", meinte Katrin und schüttelte mit dem Kopf. „Dann müssen wir wohl im Hotel essen. Wer weiß, was uns da für Preise erwarten, wenn schon die Getränke ein halbes Vermögen kosten."

Und so war es dann auch. Katrin hatte sich trotz der unverschämten Preise für Pasta entschieden und ich für eine Pizza. Nicht nur, dass das teure Essen dann nicht wirklich lecker gewesen war, es kam auch so zeitversetzt, dass wir getrennt essen mussten. Aber bei unserem heutigen Glück musste es wohl genauso kommen.

„Komm", schlug ich vor, „wir gehen jetzt ins Zimmer und legen uns schlafen. Je schneller es Morgen wird umso besser." Schnell warf ich noch einmal einen Blick auf mein Handy in der Hoffnung, Francesco hätte sich endlich gemeldet, aber es hatte sich immer noch nichts getan. Ich beschloss, diese Geschichte ad acta zu legen, was mir jedoch nicht wirklich gelingen wollte. Doch gerade in dem Moment, als ich mein Smartphone auf mein Nachtschränkchen gelegt und den Ton ausgeschaltet hatte, kündigte sich eine Nachricht an. Es war tatsächlich Francesco, der schrieb und eine riesen Last fiel von mir ab, als ich seine Zeilen las.

„Meine liebste Giulia, entschuldige, dass ich erst jetzt schreibe. Ich hatte einen schrecklichen Tag. Als ich zu euch kam, warst du nicht mehr da und der alte Drache hat mir ordentlich die Leviten gelesen. Ich hatte wirklich Angst, dass sie mich auch auf der Stelle hinauswirft, aber ich hatte Glück und darf weiter für sie arbeiten. Zwar ist es ein schrecklicher Job, aber ich brauche ihn. Aber heute musste ich so viel Arbeit verrichten, dass ich es nicht einmal geschafft habe, eine Pause zu machen. Deshalb habe ich deine Nachrichten auch erst jetzt gesehen. Ich vermisse dich."

Oh, ich hatte schon geahnt, dass Tante Donatella Francesco nicht ungestraft davonkommen lassen würde und ich hoffte inständig, dass sie sich nach ein paar Tagen wieder beruhigen würde. So war es schließlich kein Zustand.

„Liebster Francesco", schrieb ich nun zurück, „es tut mir so leid, dass du jetzt solche Unannehmlichkeiten hast. Aber das gibt sich bestimmt alles wieder. Ich vermisse dich auch. Kannst du nicht noch herkommen?"

Ich hatte ihm schon in meiner ersten Nachricht die Adresse des Hotels geschrieben und hoffte nun inständig, dass wir uns noch voneinander verabschieden konnten, bevor ich wieder zurück nach Deutschland fuhr.

„Es tut mir leid, meine schöne Blonde. Ich bin mit meiner Familie auf einer Geburtstagsfeier eingeladen und schaffe es nicht, dich zu besuchen. Aber ich hoffe, dass wir uns so bald wie möglich wiedersehen."

Nun war ich enttäuscht. Darüber halfen mir auch die vielen Küsse und Rosen, die Francesco als Smilies mitgeschickt hatte, nicht hinweg. Wie gerne hätte ich ihn noch einmal gesehen, denn wer wusste schon, ob wir uns überhaupt noch einmal begegnen würden. Traurig legte ich mich zu Katrin ins Bett, die noch ein wenig in einem Buch am Lesen war.

„Vielleicht seht ihr euch ja irgendwann wieder", versuchte sie mich aufzuheitern. „Das hier ist ja nicht das Ende der Welt." Dabei zwinkerte sie mir zu.

„Ja, das stimmt. Natürlich ist das nicht das Ende der Welt. Ich hätte mich nur einfach gerne verabschiedet."

„Das verstehe ich gut", nickte sie und nahm ihr Handy zur Hand, das gerade vibriert hatte.

„Na, das muss ja eine schöne Nachricht sein", stellte ich bei einem Blick in Katrins Gesicht fest.

„Wieso?" fragte sie und konnte das Lächeln, das sich beim Lesen der Botschaft auf ihre Lippen gezaubert hatte, auch jetzt einfach nicht abstellen.

„Ach, weiß auch nicht, wie ich drauf komme", grinste ich jetzt zurück.

„Es war nur ein kleiner Gute-Nacht-Gruß."

Ich wurde hellhörig. „Von wem?" Zwar war die Frage überflüssig, denn ich konnte es mir bereits denken, doch kam sie einfach so aus mir herausgesprudelt.

Ein wenig verlegen schaute Katrin auf die Bettdeckte und flüsterte ganz leise Albertos Namen.

„Oh, wie schön", freute ich mich ehrlich für sie. „Das muss dir doch nicht unangenehm sein."

Nun hob sie ihren Blick wieder ein wenig und sah mich an.

„Ich wollte es dir schon erzählt haben, aber irgendwie war heute noch kein passender Moment dabei."

Und da hatte sie vermutlich Recht. Aber jetzt wollte ich natürlich alles ganz genau wissen, also erzählte mir Katrin, wie sie den vorigen Abend noch mit Alberto verbracht hatte. Die Beiden waren noch eine ganze Zeit lang spazieren gegangen und hatten dabei viele wundervolle Gemeinsamkeiten entdeckt.

„Er ist wirklich sehr charmant", schwärmte Katrin. „so ganz anders als die Männer, denen ich bisher begegnet bin."

„Und, habt ihr euch geküsst?"

Ich konnte sehen, wie eine gewisse Röte in ihrem Gesicht aufstieg, gepaart mit einem Lächeln. „Ja, haben wir. Kurz bevor wir uns voneinander verabschiedet haben und jeder in sein eigenes Bett gegangen ist. Es war wundervoll."

„Oh, Katrin, das freut mich so für dich."

„Mich auch", erwiderte sie. „Aber ich weiß auch, dass das nur etwas für den Moment war. Ein wundervoller kleiner Urlaubsflirt, der jetzt auch schon wieder vorbei ist."

Ich nickte zustimmend, denn bei Francesco und mir war es schließlich das gleiche. Mir war sehr bewusst, dass auch unser Abenteuer nur für den Moment bestand hatte und sich auflösen würde, sobald ich wieder zurück in Deutschland war, selbst, wenn wir uns vielleicht wirklich irgendwann einmal wiedersehen würden. Schließlich war er verheiratet und daran würde sich vermutlich auch nichts ändern. Und für einen winzig kleinen Moment spürte ich einen schmerzhaften Stich in meiner Brust, den ich jedoch in dem Wissen, dass jeder Anfang, und sei er auch noch so schön, auch ein Ende hat, beiseiteschob.

„Das war irgendwie ein total verrückter Urlaub", flüsterte Katrin mir zu, als wir das Licht ausgeschaltet hatten und in diesem merkwürdigen, hochmodernen Hotelzimmer lagen, das uns so gar nicht gefiel. Alleine die hässliche blaue Wand, auf die wir direkt schauten, war ein Graus. Mittlerweile war es auch tatsächlich schon so spät, dass es draußen dunkel geworden war. Wir hatten uns doch echt noch verquatscht. Und in wenigen Stunden mussten wir schon wieder aufstehen, um unseren Zug zu bekommen.

„Total verrückt", stimmte ich zu. „Da war wirklich noch viel Schönes dabei, womit ich nach unserer Ankunft bei Tante Donatella gar nicht mehr gerechnet hätte."

„Das stimmt", seufzte Katrin zufrieden. „Irgendwie waren das zwei wirklich aufregende und schöne Tage."

„Absolut. Nur das Ende hätte ich mir schon irgendwie ganz anders vorgestellt. Aber wer weiß, wozu es gut ist."

„Ja, wer weiß, wofür es gut ist" hörte ich Katrin ebenfalls noch sagen, ehe mich meine Müdigkeit übermannte und ich erschöpft einschlief.

Teil 2

Kapitel 11

Giulia

Wieder komplett auf eigenen Füßen stehen

Es war noch immer ein ungewohntes Gefühl, in meinem alten Jugendbett zu erwachen, obwohl ich nun schon über einen ganzen Monat lang hier bei meinen Eltern wohnte. Nicht, dass ich es schlecht gefunden hätte, ganz im Gegenteil. Es war schön, wieder Menschen um sich zu haben, die sich aufrichtig freuten, einen zu sehen, wenn man von der Arbeit nach Hause kam und die einem interessiert zuhörten, wenn man etwas erlebt hatte. Schon als mein Vater Katrin und mich vom Bahnhof abgeholt hatte, hatte ich mich irgendwie auf mein altes Zuhause gefreut. Und ich war froh gewesen, als wir am Tag nach unserer Rückkehr aus Italien alle meine Sachen aus Torbens und meiner Wohnung geholt hatten und ich so mit diesem Kapitel meines Lebens abschließen konnte. Um den Verkauf sollte Torben sich kümmern, schließlich hatte er sich von mir getrennt, also musste er auch alle Konsequenzen tragen, die damit verbunden waren. Sofern es ging, vermied ich auch jeglichen direkten Kontakt zu ihm. Selbst meine Schichten im Krankenhaus versuchte ich weitgehend so legen zu lassen, dass wir uns nicht über den Weg laufen mussten. Alles Wichtige klärten wir über Sms, denn telefonieren wollte ich nicht mehr mit ihm. So konnte ich wenigstens selbst bestimmen, ob und wann ich auf seine recht unpersönlichen, sehr nüchternen Nachrichten antwortete. Was hatte ich nur einmal an diesem Mann gefunden? War er schon immer so kühl und unnahbar gewesen? Vermutlich war es tatsächlich so, aber bis zu unserer Verlobung war mir das niemals so bewusst aufgefallen. Ich glaube, dass unsere Beziehung nur deshalb sechs Jahre lang angedauert hatte, weil sowohl Torben als auch ich vor unserer gemeinsamen Zeit nur recht flüchtige Bekanntschaften hatten, die nach spätestens zwei Monaten wieder auseinandergegangen waren. Diesen Punkt überwanden wir irgendwie und blieben einfach zusammen, ohne uns jemals wirklich zu fragen, ob wir überhaupt aus Liebe zusammen waren. Es war halt eher praktisch, nicht mehr alleine zu sein und sich nicht mehr vor Familie und Freunden rechtfertigen zu müssen, warum man keinen Partner hatte. Mit Liebe hatte das aus meiner heutigen Sicht tatsächlich nichts zu tun. Und wenn ich es mir nun so recht überlegte, konnte ich Torben wirklich dankbar sein, dass er sich von mir getrennt hatte. Was für eine Ehe wäre dies bloß geworden, wenn man gar keine richtige Basis hatte?! Doch darüber hatten wir beide einfach nie nachgedacht.

Während ich so in meine Gedanken versunken war, vibrierte mein Handy. Als ich es zur Hand nahm, legte sich automatisch ein Lächeln auf mein Gesicht und mein Herz schlug ein wenig schneller, denn auf dem Display sah ich, dass es Francesco war, der eine Nachricht geschickt hatte. *„Buongiorno, tesoro"* las ich und freute mich über die vielen angehängten Küsse. Es war unglaublich, aber seitdem ich zurück in Deutschland war, schrieb Francesco mir täglich. Oft telefonierten wir auch miteinander. Ich genoss es dann einfach sehr, seine rauchige und dabei doch so weiche, liebevolle

Stimme zu hören. Niemals hätte ich gedacht, dass wir unseren Kontakt aufrechterhalten würden, denn alleine die Entfernung war schon ein Grund, diese Begegnung einfach wieder im Sande verlaufen zu lassen. Ganz zu schweigen von seiner ehelichen Gebundenheit. Doch davon sprach Francesco auch nur wenig. Er hatte mir einmal während eines Telefonats erzählt, wie er seine Frau Roberta kennengelernt hatte und dass die Entscheidung, sie zu heiraten, sicherlich sein größter Fehler im Leben gewesen war.

Trotzdem war er verheiratet und ich wusste, dass eine Scheidung in der italienischen Kultur auch heute immer noch eine Schande war. Also war klar, dass es für uns keine gemeinsame Zukunft geben könnte. Und selbst, wenn er ungebunden gewesen wäre, wäre die Entfernung zwischen uns noch ein ganz anderes Hindernis gewesen. Denn Francesco wäre sicherlich nicht bereit, nach Deutschland zu ziehen, mutmaßte ich. Immerhin hatte er seine Söhne, seine gesamte Familie und Freunde in Italien. Und ich hatte meine Wurzeln hier in Deutschland. In Italien gab es nur noch Tante Donatella und die wollte von uns nichts wissen. Es war also eigentlich hoffnungslos. Und trotzdem hielten wir noch an unserem Kontakt zueinander fest und genossen jede Minute, in der wir voneinander hörten.

„Buongiorno, caro mio", schrieb ich nun zurück. „Ich wünsche dir einen ganz schönen Tag. Ich werde mir heute eine kleine Wohnung ansehen, die ich vielleicht ab Mitte Oktober mieten kann. Drück mir die Daumen, dass es klappt." Dann hängte auch ich noch drei Küsse an und versendete die Nachricht.

„Das mache ich, Schatz", kam prompt zurück. „Obwohl ich dich natürlich lieber hier hätte. Lass es mich später wissen. Dir auch einen bezaubernden Tag."

Jetzt schlug mein Herz noch ein wenig schneller. *Obwohl ich dich natürlich lieber hier hätte* hatte er geschrieben. Ein warmes Gefühl durchfuhr mich bei dem Gedanken, dass er es ernst gemeint hatte. Doch natürlich schlug ich mir auch sogleich all die Phantasien, die in mir aufkamen, aus dem Kopf, hüpfte gut gelaunt aus dem Bett und dachte nun stattdessen erstmal lieber an die Wohnung, die ich mir in gut einer Stunde ansehen würde. Ich wusste, dass sie in einem kleinen Einfamilienhaus lag, das einer älteren Dame gehörte. Ihr Mann war bereits vor einigen Jahren verstorben und seitdem wohnte sie alleine. In der letzten Zeit war ihr dies aber wohl ein wenig einsam vorgekommen und so hatte sie eine Annonce in der Zeitung aufgegeben, auf die ich zufällig gestoßen war.

Natürlich hätte ich auch bei meinen Eltern wohnen bleiben können, das hatten sie mir mehrfach angeboten gehabt, doch so sehr ich sie auch liebte und ihre Gesellschaft zu schätzen wusste, wollte ich doch wieder komplett auf eigenen Füßen stehen.

Also setzte ich mich nach einem guten Frühstück in mein Auto und fuhr zu der Adresse, die mir die ältere Dame am Telefon mitgeteilt hatte.

Kapitel 12

Francesco

Alles anders

Seitdem Giulia so plötzlich verschwunden war, war irgendwie alles anders. Nein, wenn ich es mir recht überlegte, war bereits alles anders, als sie in meinem Leben aufgetaucht war. Niemals zuvor hatte ich es erlebt, dass ein Mensch mir so nah, so vertraut war, wie diese Frau. Diese Faszination, die von ihr ausging, löste ein Feuer in mir aus, das mit Worten kaum zu beschreiben war. Ich glaube, ich hatte das erste Mal wirklich das Gefühl, als genau der Mensch gesehen zu werden, der ich tief in meinem Inneren bin. Sie sah in mir nicht den unnützen Ehemann, den dummen, aufopfernden Vater oder das schwarze Schaf der Nation, wie es irgendwie alle anderen Menschen taten, die ich kannte. Nein, Giulia hatte mir vom ersten Moment an das Gefühl gegeben, etwas Besonderes zu sein. Einfach durch ihre ganze Art und ihre liebevolle Zugewandtheit. Und nun, wo sie fort war, hatte ich das Gefühl, in mir würde sich ein Loch auftun, das von Tag zu Tag größer wurde und von dem ich einfach nicht wusste, wie ich es wieder füllen sollte.

Jede Nacht lag ich stundenlang wach und machte mir Vorwürfe, dass ich mich nicht einmal mehr von ihr verabschiedet hatte, als sie mir ihren Aufenthaltsort in Florenz mitgeteilt hatte. Doch wie hätte ich das auch machen sollen? Wir waren nun einmal zu einer Geburtstagsfeier eingeladen gewesen und da konnte ich mich nicht einfach so davonstehlen. Doch im Nachhinein hätte ich es vielleicht einfach tun sollen, denn wie gerne hätte ich noch einmal in Giulias wundervolle Augen geblickt, ihre zauberhaften Lippen berührt und mich mit meinem ganzen Körper eng an sie geschmiegt. Alleine der Gedanke daran, erließ meine Manneskraft jedes Mal zu voller Größe erblühen und ich stöhnte unbewusst vor Sehnsucht.

„Gib Ruhe und schlaf endlich", knurrte es neben mir. Roberta hatte manchmal einen sehr leichten Schlaf und jegliches Geräusch, das sie dann von mir vernahm, brachte sie bald auf die Palme. „Was stöhnst du bloß immer so vor dich hin?! Das geht mir gehörig auf die Nerven."

Schon mit dem ersten Ton, den sie dann von sich gab, war meine Manneskraft wieder in sich zusammengesackt und all die wundervollen Gefühle wichen der ernüchternden Gewissheit, dass meine Realität anders aussah, als ich sie mir so sehr wünschte.

Ich weiß, ich hätte Giulia einfach vergessen sollen, denn für uns gab es keine Möglichkeit, zusammen zu sein. Sie lebte ihr Leben in Deutschland und ich meines hier. Vielleicht gab es auch wieder einen neuen Mann an ihrer Seite, nachdem ihr Verlobter einfach so abgehauen war. Eines stand jedenfalls für mich fest. Ter Typ musste ein absoluter Trottel sein, wenn er eine so bezaubernde Frau wie Giulia einfach sitzen ließ. Und bestimmt hatte sie mittlerweile jemand Neues an ihrer Seite. So eine wundervolle Frau konnte schließlich nicht alleine bleiben, das war undenkbar für mich. Dennoch hoffte ich noch immer insgeheim, dass es anders sein könnte. Und selbst wenn nicht, ich konnte Giulia beim besten Willen nicht vergessen. Je mehr ich es versuchte, umso schlimmer wurde mein Verlangen nach ihr. Seit ihrer Abreise hatte ich ihr täglich geschrieben und sie öfter mal angerufen und wollte dies auch weiterhin tun, um ihr zumindest ein wenig nahe sein zu können. Natürlich war es nicht das gleiche, wie wenn man sich täglich sehen und fühlen konnte, aber es war irgendwie besser als nichts. Ich freute mich jedes Mal riesig, wenn eine Antwort von ihr kam oder sie von sich aus schrieb oder anrief. Ganz gleichgültig konnte ich ihr also auch nicht sein. Natürlich änderte dies trotzdem nichts an der Tatsache, dass es für uns keine Chance geben könnte.

Aber noch etwas war anders, seitdem Giulia wieder in Deutschland war. Meine Arbeit bei Donatella entwickelte sich mehr und mehr zu einem wahren Albtraum. Die alte Frau war ja immer schon mürrisch und ungerecht gewesen, aber in den letzten Wochen behandelte sie mich tatsächlich nur noch wie den letzten Dreck. Nichts machte ich mehr richtig und Geld sah ich gerade noch das Nötigste. Meine Versuche, etwas anderes zu finden, scheiterten jedoch leider kläglich. Ich zwang mich jeden Morgen, aufzustehen und trotz aller Widrigkeiten auf ihr Anwesen zu fahren, um meine Familie mit dem kläglichen Lohn über Wasser zu halten. Giulia sagte ich davon nichts, sie sollte sich keine Sorgen machen. Ändern hätte sie es wahrscheinlich eh nicht können. Obwohl ich mir manchmal nicht sicher war, ob sie es vielleicht doch gekonnt hätte, denn an einem Tag, als ich scheinbar wieder alles falsch gemacht hatte, schrie mich die alte Hexe an und gab mir die Schuld daran, dass ihre Großnichte nicht mehr wegen mir da wäre. „Nur wegen dir musste das Mädchen wieder fahren", schrie sie mich an. „Ich hab sie nicht einmal wirklich kennengelernt."

Wie vor den Kopf gestoßen stand ich da und wusste nichts zu erwidern. Sie wollte Giulia doch gar nicht kennenlernen! Was hatte ich damit zu tun?

Manchmal fragte ich mich, weshalb das Leben Giulia und mich zunächst so wundervoll zusammengeführt, und uns dann wieder so abrupt auseinandergerissen hatte. Wo sollte denn der Sinn darin liegen, wenn es überhaupt einen gab? Aber eigentlich, davon war ich überzeugt, hatte immer alles einen Sinn. Ich hoffte nur, dass er sich mir bald offenbaren würde, denn diese Zustände, die ich gerade durchlebte, würden mich auf Dauer kaputt machen und das konnte unmöglich der Sinn dieser wundervollen Begegnung sein.

Kapitel 13

Giulia

Was für eine Überraschung

Das kleine gelbe Haus hatte mir auf Anhieb gut gefallen und auch die alte Dame war mir sofort sympathisch gewesen. „Kommen Sie doch bitte herein", begrüßte sie mich mit einem, für ihr Alter, wirklich festen Händedruck. „Sie müssen meine Aufmachung entschuldigen, aber ich komme gerade aus dem Garten." Tatsächlich standen ihre dünnen, blonden Haare, die sie mit einem Reif aus der Stirn geschoben hatte, wirr zu allen Seiten und in ihrer roten Strickjacke hatten sich überall kleine Blüten und Blätter verfangen. Doch genau diese Aufmachung machte sie mir so sympathisch. Ich schätzte sie auf Ende Achtzig, vielleicht auch bereits Anfang Neunzig. Trotzdem wirkte sie noch sehr rüstig.

„Ach, das macht doch nichts", entgegnete ich ihr. „Ist es heute nicht ein bisschen heiß für Gartenarbeiten?" Wir hatten zwar schon Ende September, doch die Temperaturen lagen derzeit noch stetig bei etwa sechsundzwanzig Grad im Schatten.

„Nein", lachte sie, „das macht mir nichts aus. Und die Arbeit macht sich nicht von alleine."

„Nein, da haben Sie wohl Recht."

„Warten Sie einen kleinen Moment, ich wasche mir rasch die Hände und dann zeige ich ihnen die obere Wohnung, die ich vermieten möchte.“

Zwar hatte ich mit großer Sicherheit vermutet, dass mich kein Luxusapartment erwarten würde, aber dass ich in einer Art historischem Museum landen würde, hatte ich mir auch nicht ausgemalt. Die komplette Wohnung war noch im Stil der 50er, 60er Jahre möbliert und es war alles wirklich recht klein. Dennoch hatte es einen Charme, der mich irgendwie beeindruckte. „Ich weiß“, sagte die alte Dame, „es ist nicht gerade das Aktuellste. Aber schauen Sie sich das Bad an, das wird Ihnen bestimmt gefallen.“

„Wow“, entfuhr es mir, denn im Gegensatz zu den restlichen Räumen hatte es hier eine Komplettüberholung gegeben und alles erstrahlte in neuem Glanz. „Das sieht wirklich toll aus.“

„Ja, wir mussten es renovieren lassen, weil ich einen Wasserrohrbruch hatte. Aber den Rest der Wohnung kann man auch noch fertig machen. Ist wahrscheinlich nicht mehr so attraktiv für die heutige Zeit.“

„Naja, ein paar Dinge sind schon ganz schön“, sagte ich und meinte es auch so. „Allerdings wären neue Tapeten und ein neuer Fußboden eine gute Idee. Das würde schon viel ausmachen.“

„Na, darüber kann man ja reden.“

Nachdem sie mir alles gezeigt hatte, bat sie mich noch in ihre Wohnung im Erdgeschoss. „Ich habe gestern frischen Apfelkuchen gebacken. Sie mögen doch bestimmt ein Stück. Kaffee ist auch noch da.“

Wenn ich ehrlich war, hatte ich noch gar keinen Hunger, denn ich hatte schließlich erst kurz zuvor gefrühstückt, aber ich konnte ihr das Angebot einfach nicht abschlagen, denn ich sah die Freude in ihren Augen, als sie mir ihr Gebackenes anpries.

„Das klingt sehr gut, danke. Ich nehme gerne ein Stück."

Ebenso wie die obere Wohnung war auch diese hier wie aus einer anderen Zeit. Ein bisschen erinnerte es mich an das Haus von meiner Nonna. Auch sie hatte sich bestimmt seit vierzig Jahren keine neuen Möbel mehr gekauft und war dennoch bis zum Schluss zufrieden mit alldem gewesen, dass sie hatte.

„Sie haben einen wirklich schönen Garten", stellte ich bei einem Blick aus der Küchentür fest. „Und recht groß."

„Ja, ein bisschen zu groß vielleicht", meinte sie. „Mein Mann und ich haben früher viel Ackerfläche betrieben und Obst und Gemüse gepflanzt. Aber als er starb, wurde es immer ein bisschen weniger Fläche, weil ich es einfach nicht mehr schaffe, so viel zu pflegen."

„Das verstehe ich gut. Wie es aussieht, haben Sie trotzdem noch ein ganz schönes Stück, auf dem etwas Gesundes wächst."

Es war beeindruckend, was mir die alte Dame von ihrem Garten und ihrem Leben erzählte. Und irgendwie hatte ich das Gefühl, dass auch, wenn ich vielleicht noch etwas Besseres oder Moderneres hätte finden können, ich hier gut aufgehoben und willkommen sein würde.

„Also, ich könnte mir gut vorstellen, dass Sie hier bei mir einziehen. Vielleicht schlafen Sie ein, zwei Nächte darüber und teilen mir Ihre Entscheidung mit. Ich würde mich jedenfalls freuen."

„Ich sage Ihnen auf jeden Fall Bescheid", versprach ich. „Vielen Dank auch für den Kuchen. Der war wirklich sehr lecker."

„Ach, das freut mich. Mir schmeckt der auch immer gut."
Wir erhoben uns und die alte Dame brachte mich noch bis
zur Tür. „Auf Wiedersehen", sagte sie zum Abschied und
streckte mir noch einmal ihre Hand entgegen.
„Auf Wiedersehen. Ich melde mich dann."

„Ehrlich gesagt klingen deine Beschreibungen nicht besonders überzeugend", sagte mein Vater, als ich meinen Eltern
von der Wohnung erzählte. „Du kannst doch auch wirklich
hier wohnen bleiben. Ist doch auch schön so."
„Papa, das ist ganz lieb von euch und ich freue mich, dass ich
jetzt gerade hier sein darf. Aber auf Dauer möchte ich gerne
wieder etwas Eigenes haben."
„Also, ich verstehe das", unterstützte mich nun meine Mutter. „Natürlich haben wir dich gerne hier. Aber du bist ja
auch nicht aus der Welt, wenn du ein paar Straßen weiter
ziehst. Ist ja schließlich nicht Italien." Bei diesem Satz musste
sie furchtbar anfangen zu lachen, vermutlich, weil sie sich
gerade bildlich vorstellte, wie ich bei meiner unbequemen
Großtante einziehen würde. Und auch ich fand diese Vorstellung so skurril, dass ich lauthals in ihr Gelächter mitein-
stimmte. Mein Vater brauchte einen Moment länger, um unsere Gedanken zu erraten, doch auch er bog sich kurze Zeit
später vor Lachen. „Wahrscheinlich würde Donatella mit
Glasvasen und alten Blumentöpfen hinter dir herwerfen,
wenn du auch nur noch einmal in die Nähe ihres Grundstücks kämst", prustete er.
„Ja", gluckste ich, „und sie würde wie eine Furie mit ihrem
Stock in der Luft rumfuchteln und furchtbare Schimpftiraden
von sich geben."
Während wir gerade mitten dabei waren, unserer Phantasie
über einen Einzug bei Tante Donatella freien Lauf zu lassen,

klingelte das Telefon. Meine Mutter, die sich am Ehesten gefangen hatte, ging hin und nahm den Hörer ab. „Ja, hier Mayer." Es folgte eine winzige Pause, ehe sie weitersprach. *„Oh, ciao. Che sorpresa."*

„Sie spricht Italienisch", stellte mein Vater fest und sah mich fragend an.

„Ja", nickte ich und war ebenso erstaunt wie er, denn es gab niemanden, der sich am Telefon auf Italienisch bei uns meldete. Niemanden außer... Nein, das konnte nicht sein. Zwar hatte meine Mutter „Was für eine Überraschung" gesagt, aber diese Überraschung, die ich gerade vermutete, konnte es doch wohl nicht sein. Das war einfach nicht möglich.

Kapitel 14

Donatella

Eine große Zumutung

Als ich das Telefon mühsam zurück auf die Station stellte, fiel mir auf, wie sehr meine Hände immer noch zitterten. Ich hatte Angst vor diesem Anruf gehabt, denn zum einen wollte ich nie mehr etwas mit meiner Familie zu tun haben und zum anderen konnte diese auch sicherlich sehr gut auf mich verzichten. Doch was hätte es schon für eine andere Möglichkeit gegeben?

„Soll ich Ihnen ein Glas Wasser bringen?" fragte mich eine der Schwestern, die während meines Gesprächs in dem stickigen Krankenhauszimmer anwesend war und wohl gesehen hatte, wie durcheinander mich das Telefonat gebracht hatte.

„Das wäre nett", sagte ich so höflich, wie ich konnte, ließ mich zurück in meine Kissen sinken und stöhnte vor Schmerzen und vor Hitze. Mein rechtes Bein war komplett eingegipst, ebenfalls mein rechter Arm, mit dem ich noch versucht hatte, den Sturz vor meiner Haustür abzufedern.

Es war noch früh an diesem Morgen gewesen, als ich mir, wie an jedem Morgen, die Zeitung aus dem Postkasten holen wollte. Dabei hatte ich irgendwie einfach eine der beiden Eingangsstufen übersehen. Trotz meines Stocks verlor ich den Halt und fiel vornüber auf die Steinplatten. Leider rieb ich zu allem Unheil auch noch mit meiner rechten Gesichtshälfte über den Boden und zog mir dabei etliche Schürfwunden zu. Im ersten Moment war ich so geschockt gewesen, dass ich keinerlei Schmerzen verspürt hatte, doch als mir bewusst wurde, was gerade passiert war, überkamen sie mich auf einmal mit einer solchen Wucht, dass mir unwillkürlich die Tränen über die Wangen liefen. „Hilfe" schrie ich, so laut ich nur konnte, doch ich hatte das Gefühl, dass nur stumme Worte über meine Lippen kamen.

„Dona, was ist denn bloß passiert?" hörte ich plötzlich Albertos Stimme direkt über mir. Meine Hilferufe konnte er nicht gehört haben, trotzdem war er jetzt glücklicherweise da gewesen.

„Ich bin gefallen", hauchte ich und versuchte vergeblich, meinen alten, müden Körper wieder aufzurichten.

„Bleib liegen", sagte Alberto sanft und strich mir ein paar Haarsträhnen aus der Stirn. „Ich hole Hilfe."

Nach einer gefühlten Ewigkeit kam er zu mir zurück und legte mir vorsichtig ein Kissen unter den Kopf. Es schmerzte tierisch, denn nun lag ich mitten auf meinen Wunden. Zu allem Übel konnte ich den Geruch von meinem Blut wahrnehmen und das löste einen unglaublichen Brechreiz in mir aus. Also lief Alberto noch einmal los und holte ein paar Tücher, um mir damit meinen Mund abzuwischen. Ich kam mir furchtbar dumm vor und fühlte mich gerade wie ein kleines, hilfloses Kind. „Es tut mir so leid", flüsterte ich Alberto zu und spürte, wie meine Tränen begannen, auszuufern und ich unter schrecklichen Schmerzen aufschluchzte, ohne dass ich es hätte ändern können. Ich hatte mich gerade einfach nicht mehr unter Kontrolle.

„Na hör mal", meinte mein guter alter Freund daraufhin, „da kannst du doch nichts dafür. Unfälle passieren leider."
„Ich habe einfach nicht an die zweite Stufe gedacht. So blöd kann doch auch wirklich nur ich sein." Wut stieg in mir auf, denn schließlich waren diese zwei Stufen schon immer da gewesen. Wie konnte ich so etwas bloß vergessen?!
„Nun mach dir keine Vorwürfe. Das kann jedem mal passieren." Bei diesen Worten streichelte er mir sanft über den Rücken. Wie gut, dass er in diesem Moment da war, denn ansonsten hätte ich vielleicht noch stundenlang auf den Steinen gelegen und wäre vielleicht den Hitze-Tod gestorben. Francesco hatte ich nämlich schon ganz früh in die Stadt geschickt, um Besorgungen zu machen und da ich einige Aufträge für ihn hatte, erwartete ich ihn auch erst gegen späten Nachmittag zurück.
„Der Rettungswagen kommt bestimmt jeden Moment", flüsterte Alberto sanft und noch während er die letzten Worte dieses Satzes aussprach, fuhr dieser auch schon vor.
„*Buongiorno*", begrüßte uns der Notarzt und beugte sich über mich, um sich einen ersten Überblick über meine Verletzungen zu verschaffen. „Na, da haben Sie ja ganze Arbeit geleistet", sagte er, als er sich mein Gesicht ansah. Das werde ich gleich versorgen. Aber zuerst müssen wir schauen, ob Sie sich vielleicht etwas gebrochen haben."
Schon bei den kleinsten Berührungen meines Beines und Armes, sah ich im wahrsten Sinne des Wortes Sterne vor Augen. Als ich dann wieder zu mir kam, lag ich bereits in einem dieser sterilen Krankenhauszimmer, die ich schon immer gemieden hatte wie die Pest. Schnell fiel mein Blick auf meine eingegipsten Körperteile. Ich war entsetzt, denn wie sollte ich mit diesen Handicaps meinen Alltag bestreiten?

„Guten Tag, Frau Fratelli", sagte der Arzt, der urplötzlich an meinem Bett aufgetaucht war. „Das sieht schlimmer aus, als es ist", versuchte er mich zu beruhigen, nachdem er den aufgewühlten Ausdruck in meinem Gesicht gesehen hatte. „Sie haben sich den Oberschenkel und den Knöchel gebrochen, sowie die Schulter. Aber ich denke, in sechs bis acht Wochen sind Sie wieder Gips frei."

„In sechs bis acht Wochen?!" fragte ich fassungslos. „Aber so lange kann ich doch nicht hierbleiben!"

„Nein, keine Angst", lachte er. „Ich denke, Sie können schon in wenigen Tagen nach Hause, denn hier können wir eh nichts weiter für Sie tun. Und zu Hause kuriert man sich doch auch besser aus. Da können Sie sich dann den ganzen Tag lang von Ihren Lieben verwöhnen lassen."

Von meinen Lieben?! Welche Lieben? Ich war alleine, abgesehen von Alberto. Aber den konnte und wollte ich damit nicht belasten. „Aber ich lebe alleine", gab ich also zu bedenken.

„Ach so", nickte er. „Dann werde ich versuchen, einen Platz in einer Tagespflege für Sie zu organisieren. Oder haben Sie vielleicht noch irgendjemanden, der sich in der nächsten Zeit um Sie kümmern könnte?"

Eine Tagespflege?! Bei diesem Wort raste mein Puls, als wenn es kein Morgen mehr gäbe. So viele fremde Menschen auf einmal und dazu noch eine komplett ungewohnte Umgebung. Das konnte ich mir beim besten Willen nicht vorstellen! Doch was war die Alternative? Ich fühlte immer mehr Panik in mir aufsteigen, weil ich einfach keine Lösung vor mir sah. Zumindest keine, die mir gefallen hätte.

„Kann ich ein, zwei Stunden darüber nachdenken?" fragte ich also den Arzt und hoffte insgeheim, dass mir noch etwas ganz Schlaues einfallen würde.

„Natürlich. Ich komme am Nachmittag noch einmal zu Ihnen. Bis dahin haben Sie ja vielleicht eine Lösung gefunden. Und wenn nicht, kann ich Ihnen sagen, dass es in einer Tagespflege auch ganz schön ist."

Nun wurde ich wütend. „Ach ja?" erhob ich meine Stimme, so gut es mir möglich war. „Waren Sie schon einmal dort?"

„Äh, nein", antwortete er mir sichtlich irritiert. Wahrscheinlich war das sein Standardspruch, wenn er alte Menschen von so einer Anstalt überzeugen wollte.

„Das habe ich mir gedacht! Vielleicht sollten Sie erst einmal selbst zur Probe in so ein Heim gehen, dann sprechen wir uns wieder."

„Entschuldigen Sie", sagte er nun leise. „Sie haben Recht, ich habe keine Ahnung, ob es dort schön ist. Aber es ist bestimmt besser, als alleine hilflos in den eigenen vier Wänden zu sein."

Damit hatte er nun wohl Recht. Das alleine sein war für mich zwar die reinste Erholung, aber so ganz ohne Hilfe würde es nicht gehen. Alleine schon der Gang auf die Toilette, sich an- und ausziehen, Essen zubereiten und diverses mehr, war in meinem jetzigen Zustand undenkbar.

Also überlegte ich die kommenden Stunden so intensiv, was für Möglichkeiten ich hätte, um in meinem eigenen Zuhause bleiben zu können und dabei gut versorgt zu sein. Natürlich war mir auf Anhieb meine Großnichte Giulia eingefallen, die ich hätte fragen können. Schließlich wollte sie mich doch immer kennenlernen. Nun hätte sie wahrlich die Gelegenheit dazu, sogar bis quasi auf die nackte Haut. Doch nach meinem Verhalten ihr gegenüber würde sie sicherlich nie wieder nur ein einziges Wort mit mir wechseln wollen. Doch sie war die einzige Person, bei der ich mir vorstellen konnte, sie um mich zu haben.

Also wählte ich schweren Herzens gegen frühen Nachmittag die Nummer meiner Nichte Antonia. „Ja, Mayer", erklang es auch sogleich am Telefonhörer. „Hallo Antonia", begann ich mit leicht zittriger Stimme. „Hier ist deine Tante Donatella." Es dauerte eine kleine Weile, bis ein „Hallo, was für eine Überraschung" von ihr zu hören war. „Es tut mir leid, wenn ich störe, aber ich habe eine wirklich große Bitte an Giulia."

Und dann erzählte ich Antonia von meinem Sturz und von der Aussicht, in eine Tagespflege gehen zu müssen. Meine Nichte hörte die ganze Zeit stillschweigend zu. Sie stellte weder Nachfragen, noch gab sie irgendeinen Kommentar von sich. Das Einzige, was sie am Ende unseres Gesprächs sagte war: „Ich werde Giulia fragen und dir dann Bescheid geben. Gute Besserung. Tschüss."

Damit hatte sie aufgelegt und ich blieb in Ungewissheit zurück. Aber was hatte ich auch anderes erwartet? Schließlich hatte ich den Kontakt zu meiner Familie und all meinen Freunden vor vielen Jahren abgebrochen. Da konnte ich jetzt schlecht ein Jubelgeschrei erwarten. Aber ein wenig mitfühlender hätte Antonia schon reagieren können, fand ich. Wann sie sich wohl wieder melden würde? Ich hoffte, es gäbe noch an diesem Tag eine Entscheidung, denn ich spürte jetzt schon, dass diese Ungewissheit, was die kommenden Wochen betraf, mein Innerstes geradezu auffraß. Doch wenn ich ehrlich zu mir selbst war, rechnete ich mir keine guten Chancen aus, dass Giulia noch einmal herkommen würde. Schon gar nicht, um eine so alte, verbitterte Frau wie mich zu pflegen. So eine Zumutung würde kein normaler Mensch auf sich nehmen. Und das war ich wohl, eine große Zumutung, das wusste ich selbst.

Teil 3

Kapitel 15

Giulia

Eine zweite Chance

Noch immer konnte ich es nicht wirklich fassen, dass ich jetzt hier in diesem Zug saß und tatsächlich noch einmal zu meiner Großtante nach Italien fahren würde, denn eigentlich war dieses Kapitel für mich abgehakt gewesen. Noch niemals zuvor in meinen neununddreißig Jahren hatte mich jemand so aus seinem Leben ausgeschlossen, wie Donatella es getan hatte. Es war schon in dem Moment ein Schock gewesen, als es passierte, doch die wirkliche Enttäuschung und das große Unverständnis holte mich erst zu Hause in Deutschland wieder ein. Meine Mutter hatte mich am Abend unserer Rückkehr liebevoll in den Arm genommen und versucht, meine Traurigkeit zumindest ein wenig zu lindern. „Es hat nichts mit dir zu tun, glaub mir", hatte sie gesagt. „Tante Donatella kann einfach mit Menschen nichts mehr anfangen, seitdem ihr Mann Vico gestorben ist. Niemand von uns weiß, was damals Ende der Siebziger mit ihr passiert ist, dass sie sich so zurückgezogen hat. Ich habe es auch nie verstanden, denn ich habe sie als eine wundervolle, warmherzige und lebensfrohe Frau kennengelernt, die es liebte, sich künstlerisch zu betätigen, während ihr Mann, also mein Onkel, sich seinen Olivenbäumen widmete. Es war so schön, die kompletten Sommer-

und Weihnachtsferien bei den Beiden zu verbringen, weil es einfach so herrlich familiär war. Aber diese Zeit ist leider lange vorbei und wir müssen wohl akzeptieren, dass sie den Rest ihres Lebens alleine verbringen will."

Ich konnte mir bei aller Liebe nicht einmal ansatzweise vorstellen, dass Tante Donatella einmal eine so andere Persönlichkeit gehabt hatte. Für mich war sie nur eine alte, verbitterte Frau, die es scheinbar genoss, anderen Menschen weh zu tun, wenn sie mal welchen über den Weg lief. Zwar gab es auch winzig kleine Momente, in denen ich in ihren Augen etwas erkennen konnte, was man ansatzweise als menschlich hätte bezeichnen können. Doch sobald es aufblitzte, war es auch schon wieder verschwunden. Und jetzt wollte sie, dass ich zu ihr kam und ihr bei der Bewältigung ihres Alltags half, nachdem sie unglücklich gestürzt war und sich sowohl das rechte Bein, als auch die rechte Schulter gebrochen hatte. Ich hätte nicht übel Lust gehabt, nein zu sagen, doch irgendwie konnte ich es nicht. So enttäuscht ich auch von ihr war, sie war nun einmal meine Großtante und sie hatte niemanden, den sie hätte sonst bitten können, als uns, ihre eigene Familie. Wer hätte sich schon freiwillig um so einen alten bissigen Knochen gekümmert, wie sie einer war?! Hätte ich nicht diese große Gabe gehabt, immer auch das Gute in allen Menschen zu sehen, hätte ich ihre Bitte einfach eiskalt abgeschmettert, aber das hätte mir nun einmal nicht entsprochen. Worauf ich mich aber insgeheim sofort freute, als ich von Tante Donatellas Anliegen hörte, war die Tatsache, dass ich dann zumindest auch Francesco wiedersehen könnte und dieser Gedanke beflügelte mich sofort. „Für wie lange wird Tante Donatella denn Hilfe brauchen?" fragte ich meine Mutter, um absehen zu können, ob ich überhaupt noch genügend Urlaubstage hätte, um nach Italien zu fahren.

„Vermutlich sechs bis acht Wochen", hatte sie zu meinem ersten Schrecken gesagt. „Vielleicht auch etwas länger, denn bei alten Leuten heilen Brüche nicht mehr so schnell."

„Was?!" rief ich entsetzt, denn so viel Urlaub hatte ich auf gar keinen Fall mehr. Aber eigentlich war das auch nicht so schlimm, denn ich hatte mich ohnehin dafür entschieden, meinen Job in der Klinik zu kündigen, damit ich Torben dort nicht mehr über den Weg laufen müsste. Zwar geschah das äußerst selten, aber wenn, dann war es jedes Mal sehr unangenehm für mich, weil er sich benahm, als hätten wir uns niemals gekannt. Und dieses Gefühl, mit dem er mich dann immer zurückließ, wollte ich einfach nicht mehr spüren.

Also reichte ich noch am kommenden Tag meine fristlose Kündigung ein und war mir sicher, dass ich schnell einen neuen Arbeitsplatz finden würde, sobald ich aus der Toskana zurückkam.

Glücklicherweise musste ich auch nicht alleine zu dem alten Drachen fahren, denn meine Mutter hatte sich spontan bereit erklärt, mich nach Italien zu begleiten. Natürlich hatte ich zunächst Katrin gefragt, doch leider hatte sie gerade eine unangenehme Not-Zahn-OP hinter sich gebracht und konnte aus diesem Grund dieses Mal nicht mitkommen.

„Lust habe ich keine", hatte meine Mutter gesagt. „Ich tue das für dich und es kann sein, dass Donatella mich nicht sehen will. Dann werde ich wieder abreisen."

„Das passiert ganz bestimmt nicht", sagte ich entschlossen. „Denn wenn sie auch nur auf die Idee käme, dich nicht hereinzulassen, würde ich ebenfalls wieder fahren und dann hätte sie tatsächlich nur noch die Option, in die Tagespflege zu gehen und das will sie sicher unter keinen Umständen."

So saßen meine Mutter und ich also nur drei Tage nach dem Anruf meiner Großtante im Zug und fuhren nach Florenz, um zunächst Donatella aus dem Krankenhaus abzuholen und dann gemeinsam mit ihr auf ihr Anwesen zu fahren. Die Fahrt dauerte insgesamt vierzehn Stunden und am liebsten hätten wir erst einmal eine eiskalte Dusche genommen, ehe wir Tante Donatella abholten. Da wir jedoch keinen Schlüssel hatten, blieb uns nichts anderes übrig, als direkt mit dem Mietwagen in die Klinik zu fahren.

Mein Herz schlug automatisch ein klein wenig schneller, als ich an die Zimmertür anklopfte. Vorsichtig steckte ich meinen Kopf hindurch. Tante Donatella saß bereits mit gepacktem Koffer auf ihrem Bett und wartete.

„Das wird ja auch wirklich mal Zeit", war das erste, was ich zu hören bekam. Und es wurde nicht besser, als sie meine Mutter erblickte. „Das wird ja immer schöner", schüttelte sie mit dem Kopf. „Ich hatte nichts von einer Familienzusammenführung gesagt."

Die alte Frau sah schlimm aus. Nicht nur, dass quasi ihre komplette rechte Körperseite eingegipst war, nein, sie sah im Gesicht aus, als hätte sie jemand ganz furchtbar schlimm verprügelt. Alles war blau angeschwollen und das rechte Auge konnte sie kaum öffnen. Und trotzdem hatte sie schon wieder Haare auf den Zähnen.

„Ciao, Tante Donatella", begrüßte ich sie. „Es scheint dir ja schon besser zu gehen. Da können wir auch gleich wieder fahren." Mit diesem Satz drehte ich mich auch schon um und wollte das Zimmer wieder verlassen.

„Ach, so war das doch nicht gemeint", knurrte sie nun. „Ich freue mich, euch beide zu sehen." Und nun sah sie meine Mutter erst einmal richtig an.

„Lange nicht gesehen", sagte diese nur trocken und ein wenig abweisend.

„Da hast du Recht", pflichtete Donatella leise bei und senkte ihren Blick. Eine Schwester tauchte hinter uns auf und brachte uns einen Rollstuhl, den Tante Donatella sich für die nächsten Wochen ausleihen durfte.

„Ich setz mich nicht in das Ding da."

„Nein?" meinte meine Mutter. „Dann möchte ich sehen, wie Du hier raus kommen willst."

„Sie könnten natürlich auch Krücken bekommen", sagte die Schwester vorsichtig. „Aber das wird mit ihrem eingegipsten Arm etwas schwierig."

„Ja, ist ja schon gut", lenkte Donatella nun ein. „Dann setzt mich halt da rein."

Und obwohl sie eher leicht und schmächtig aussah, hatten meine Mutter und ich wirklich Mühe, sie in den Rollstuhl zu bugsieren.

„Ich dachte, du bist gelernte Krankenschwester!" kam als nächstes über ihre Lippen und sie sah mich dabei mit vorwurfsvollen Blicken an.

„Ja, Kinderkrankenschwester."

„Na, dann kann man wohl nichts anderes erwarten."

Sollte das jetzt wirklich die kommenden zwei Monate so weitergehen? Das würde ich nicht durchhalten, soviel war mal sicher. Zum Glück hatte ich noch Francesco, der sich auch schon unglaublich auf meine Anreise gefreut hatte. Am Telefon hatten wir schon Pläne für die Zeit geschmiedet, die wir gemeinsam verbringen würden. Natürlich war mir bewusst, dass wir uns nicht jeden Abend sehen konnten, denn schließlich hatte Francesco auch familiäre Verpflichtungen, aber zumindest hatten wir uns vorgenommen, uns so oft zu sehen, wie es sich einrichten ließ.

Als wir auf Tante Donatellas Grundstück ankamen, war es bereits am Dämmern. Doch es war noch hell genug, um meine Mutter bei dem Anblick des Anwesens in Fassungslosigkeit zu versetzen.

„Tante Donatella, was ist denn hier passiert?" fragte sie bestürzt.

„Was meinst du?" Mit einem Ausdruck des Unverständnisses sah sie meine Mutter an.

„Na, schau dir an, wie heruntergekommen alles ist! Wo ist die ganze Schönheit, die hier Jahrzehnte lang alles verzaubert hat?"

„Ich weiß wirklich nicht, wovon du sprichst", war Tante Donatellas einziger Kommentar dazu. „Jetzt lasst uns endlich reingehen."

In dem Moment öffnete sich die Tür von Alberto und er kam zu uns hinaus. Als er meine Mutter erblickte, ging in seinem Gesicht von einem Augenblick zum nächsten die Sonne auf und er breitete seine Arme aus, um sie fest damit zu umschlingen. Auch meine Mutter freute sich wie ein kleines Mädchen und so lagen sie sich beide in den Armen und weinten leise Tränen des Glücks, aber wohl gleichzeitig auch des Schmerzes über all die Zeit, die sie einander nicht gesehen hatten.

„Oh, meine liebe Antonia", schluchzte er, „ich hätte niemals gedacht, dass wir uns jemals wiedersehen. Du glaubst nicht, wie sehr ich mich freue!"

„Ja, mir geht es genauso", weinte sie und drückte ihn noch ein wenig enger an sich heran.

„Ihr habt wohl den Verstand verloren", wetterte Donatella. „Als ob euch jemand verboten hätte, euch zu sehen in den letzten Jahren."

„So war das gar nicht gemeint", versuchte Alberto sich zu rechtfertigen. „Aber mit einer solchen Überraschung hätte ich heute sicherlich nicht mehr gerechnet."

„Ja, ja, schon gut. Können wir jetzt ins Haus gehen? Ich will hier schließlich nicht festwachsen."

Alberto löste sich von meiner Mutter und warf ihr und mir einen Blick zu, der ganz klar sagen sollte: So ist sie halt, sie kann einfach nicht anders. Dann ging er auf Tante Donatella zu, gab ihr zunächst ein Küsschen auf die linke und auf die rechte Wange und schob dann den Rollstuhl mit unserer Hilfe die zwei Stufen hinauf ins Haus.

„Ich bin hungrig. Im Kühlschrank sind noch ein paar Tomaten und Eier. Du kannst uns als Abendbrot Omelette machen." Dabei sah sie mich an.

„Kann ich das, ja?" fragte ich etwas ironisch.

„Du brauchst gar nicht so einen Ton anzuschlagen. Ich dachte, du wärst hierhergekommen, um mir zu helfen."

„Da hast du absolut Recht. Trotzdem bin ich nicht deine Dienerin oder deine Angestellte. Und da kann ich auch einen angemessenen Tonfall von dir erwarten, denke ich." Bei diesen Worten schlug mir das Herz bis zum Hals, denn diese alte Frau hatte etwas Angsteinflößendes an sich.

„In Ordnung", sagte sie nun. „Wärst du so freundlich und würdest uns ein Abendessen zubereiten? Du und deine Mutter seid sicherlich ebenfalls hungrig." Sie sah mich prüfend an.

„Ja, gerne", erwiderte ich nun und wollte mich schon auf den Weg in die Küche begeben, als Tante Donatella mich bat, noch einmal kurz stehen zu bleiben.

„Ich werde dir natürlich ein Gehalt zahlen. Schließlich ist das ja so etwas wie Arbeit, die du hier verrichten wirst und wie ich gehört habe, hast du deinen Job in Deutschland gekündigt."

„Das stimmt. Aber sobald ich wieder zurück bin finde ich auch etwas Neues."

„Wärst du mit 200 Euro pro Tag einverstanden?"

Was?! Hatte ich gerade richtig gehört? 200 Euro pro Tag? Das war ja ein Traumgehalt! Ich war für einen Moment so sprachlos, dass Tante Donatella glaubte, ich sei nicht einverstanden mit der Summe und legte noch einmal eine Schippe drauf. „Also gut, 250 Euro, aber das muss auch reichen." Wie hypnotisiert nickte ich mit dem Kopf und sah sie ungläubig an.

„Gut, dann kannst du uns ja jetzt Essen machen."

Als ich zwei Stunden später in meinem Bett in Tante Donatellas Gästezimmer lag, konnte ich noch nicht fassen, dass ich wirklich wieder hier war. Immer noch war ich überwältigt von dem Gehalt, das ich bekommen würde. Hauptsache, sie hielt ihr Zahlungsversprechen und würde es nicht wie bei Francesco davon abhängig machen, wie gut oder schlecht ich ihrer Meinung nach arbeitete. A propos Francesco, dachte ich bei mir und holte mein Smartphone aus der Tasche. Ich hatte bisher keine Zeit gehabt, ihn darüber zu benachrichtigen, dass wir angekommen waren. Auf meinem Display erschien die Mitteilung über fünf verpasste Anrufe und zwei Nachrichten, die er mir geschickt hatte.

„*Ciao* meine Schöne, ich hoffe, ihr seid gut angekommen. Leider erreiche ich dich nicht. Melde dich doch, wenn du das hier liest." Das war die erste Nachricht, auf der zwei Stunden später noch eine zweite gefolgt war: „Ich warte jetzt nicht mehr und gehe schlafen. Gute Nacht."

Nun war er wohl sauer, denn er hatte nicht einmal einen einzigen Kuss oder eine Rose angehängt, so wie er es sonst stets tat. Ein Blick auf die Uhr verriet mir, dass die letzte Nachricht vor etwa zwanzig Minuten gesendet worden war, also wählte ich Francescos Nummer in der Hoffnung, dass er doch noch wach wäre. Aber natürlich hatte ich kein Glück. Wahrscheinlich wäre er auch nicht ans Telefon gegangen, wenn er noch nicht geschlafen hätte, denn schließlich war er ganz offensichtlich sauer auf mich. Also schrieb ich ihm noch ein paar Zeilen, die er dann am kommenden Morgen lesen könnte, sofern er es nicht noch an diesem Abend täte. „Mein Lieber, es tut mir so leid, dass ich mich noch nicht gemeldet habe. Irgendwie habe ich das in dem ganzen Chaos vergessen. Stell dir vor, meine Mutter darf nicht hier in Donatellas Haus schlafen, sondern muss alleine in dem Haus sein, in dem Katrin und ich während unseres Aufenthalts hier waren. Zum Glück war es für meine Mutter in Ordnung. Ich freue mich schon so sehr, dich morgen in die Arme zu schließen! Schlaf gut. Und sei mir bitte nicht mehr böse, es war wirklich nicht meine Absicht, dir erst jetzt zu schreiben."

In der Gewissheit, dass meine Nachricht für heute unbeantwortet bleiben würde, legte ich mein Smartphone an die Seite und schaltete das Nachtlicht aus. Doch da kam prompt noch eine Antwort von Francesco zurück. „Wie schön zu hören! Ich bin nicht böse, hatte mir nur Sorgen gemacht. Glaub mir, so sehr wie ich mich auf dich freue, so sehr kannst du dich gar nicht freuen... Und jetzt schlaf schön, meine schöne Blonde. Kuss, Kuss, Kuss."

Ein Stein fiel mir vom Herzen, dass zwischen Francesco und mir alles gut war. Es reichte doch schon, dass meine Großtante so schlechte Laune hatte und einem das Leben erschwerte.

Voller Müdigkeit schloss ich meine Augen, doch an Schlaf war noch lange nicht zu denken, weil ich mir in Gedanken immer wieder ausmalte, wie wohl die kommenden Wochen hier oben auf diesem einsamen Anwesen werden würden. Würde Tante Donatella einen einigermaßen humanen Umgang mit meiner Mutter und mir pflegen oder würde sie uns ihre Bissigkeit weiter entgegenbringen? Bei dem zweiten Gedanken hoffte ich inständig, dass ich diese Entscheidung, hierhergekommen zu sein, nicht bereuen würde. Aber wie hieß es immer so schön: jeder verdient eine zweite Chance und die wollte ich Tante Donatella geben.

Kapitel 16

Giulia

Ein furchtbarer erster Tag

Der erste Tag bei Tante Donatella war furchtbar für mich gewesen. Natürlich hatte ich damit gerechnet, dass es kein Traumjob sein würde, eine alte Frau in allen lebenswichtigen Dingen zu unterstützen, aber auf so einen ersten Tag war ich irgendwie doch nicht vorbereitet gewesen.

Es begann schon direkt am frühen Morgen, nein eigentlich war es noch mitten in der Nacht, als ich Tante Donatella nach mir rufen hörte. Sogleich sprang ich aus dem Bett, schlüpfte in meine Hausschuhe und lief den Flur bis ans andere Ende.
„Na endlich", war ihr erster Kommentar, als ich ihr Zimmer betrat und sie mich mit vorwurfsvollen Augen von ihrem Bett aus ansah. „Ich habe dich schon so oft gerufen, aber das hast du ja ganz wunderbar ignoriert."
„Entschuldige", sagte ich noch etwas verschlafen. „Ich habe anscheinend sehr fest geschlafen, denn ich habe dich wirklich nicht gehört."
„Wie dem auch sei", war daraufhin ihr einziger Kommentar.
„Wieso hast du mich denn gerufen?" bohrte ich nun vorsichtig nach.

„Ach, ich hatte sonst nichts Besseres zu tun", gab sie zunächst bissig von sich. „Nein, natürlich hatte ich einen Grund. Ich musste dringend mal auf die Toilette."

„Oh, dann lass uns jetzt schnell gehen." Mit einem noch vorwurfsvolleren Blick als zuvor sah sie mich an und verzog ihren Mund zu einem sarkastischen Lächeln. „Zu spät."

Na toll, dachte ich bei mir, denn das hieß, ich müsste jetzt nicht nur meine Großtante säubern, sondern auch das nasse Bettzeug wechseln. Ich war nur froh, dass uns das Krankenhaus den Rollstuhl geliehen hatte, denn Donatella hatte ein ganz schönes Gewicht, auch, wenn man es ihr auf den ersten Blick nicht ansah. Also hievte ich sie in das Gefährt und fuhr mit ihr ins Badezimmer nebenan.

„Wo hast du denn trockene Kleidung?"

„Im Kühlschrank", war ihre Antwort und ich ärgerte mich sogleich, dass ich gefragt hatte.

„Gut, dann hole ich sie dir und hoffe, dass du dir nicht deine Blase verkühlst, wenn ich dir den Slip anziehe."

Für einen Bruchteil einer Sekunde huschte tatsächlich ein Schmunzeln über Tante Donatellas Gesicht, doch das verschwand auch sogleich wieder. „Frech werden musst du nicht. Wo sollten schon meine Kleider sein? So dumme Fragen kann man doch gar nicht stellen."

„Doch, kann man wohl", gab ich zurück. „Ich gehe jetzt und hole etwas Frisches für dich."

In dem alten Kleiderschrank gab es nicht besonders viel Auswahl. Zwischen ein paar schlichten Blusen und langen Röcken hingen noch zwei bunte Kleider, die mir auf Anhieb gefielen. Also entschied ich mich für eines von ihnen, holte zusätzlich noch einen Büstenhalter und eine Unterhose aus dem obersten Schubfach einer Kommode und ging damit zurück ins Bad.

„Hast du noch etwas genäht oder wieso hat das so lange gedauert?"

Noch ehe ich antworten konnte, hatte sie auch schon das Kleid über meinem Arm entdeckt und mir unmissverständlich klargemacht, dass sie das auf keinen Fall anziehen würde.

„Aber wieso denn nicht? Das sieht doch sehr schön aus. Du hast sonst nur so schlichte Sachen und das hier ist sehr sommerlich und luftig."

„Pack es weg, ich werde es nicht anziehen. Und ich muss dir auch keinen Grund nennen."

„Nein, das musst du natürlich nicht", sagte ich nun leise und brachte es wieder zurück an seinen Platz. Ich fragte mich nur, weshalb es überhaupt in ihrem Schrank hing, wenn sie es so schrecklich fand.

Während ich sie sorgfältig wusch, schaute Donatella ein wenig beschämt zu Boden. Ich sagte nichts, denn ich konnte mir vorstellen, wie unangenehm es ihr sein musste, sich vor einem anderen Menschen so entblößt zu zeigen. Das war sicherlich schon für einen „normalen" Menschen schwierig, weil es einfach sehr intim war. Doch für jemanden, der sich aus dem öffentlichen Leben komplett zurückgezogen hatte, um niemanden mehr an sich heran zu lassen, musste es wirklich schlimm sein, sich so bloß und hilflos zu zeigen. Auch für mich war die Situation mehr als nur komisch, denn obwohl ich bis vor ein paar Tagen noch tagtäglich vielen Kindern in der Klinik beim Umziehen und Waschen geholfen hatte, war es etwas ganz anderes, einer erwachsenen, alten Frau dabei behilflich zu sein. Tante Donatella, so stellte ich fest, hatte für ihr Alter noch einen recht ansehnlichen Körper. Zwar hatte sie Falten und Altersflecken, doch waren es nicht solche Furchen, wie ich sie bei alten Menschen immer vermutet hatte. Selbst ihre Brüste waren noch wohlgeformt, wenngleich ihre Schwerkraft sie auch ein wenig nach unten zogen. „Bist du gleich fertig?" hörte ich sie plötzlich in die Stille hinein fragen.

„Ja, nur noch einen kleinen Moment", gab ich zurück. „Soll ich dich auch eincremen?" fragte ich sie, nachdem ich ihre Haut schön trocken gerieben hatte.

„Ach, papperlapapp. Was soll mir denn Creme noch nützen?!"

„Gut, dann eben nicht. Es war nur eine Frage. Manche Menschen mögen es, wenn sie den Duft einer frischen Creme auf ihrer Haut riechen können."

„Ich brauche das nicht."

Damit war die Säuberungsaktion zu einem Teil erledigt. Fehlte nur noch das Ab- und Aufziehen der Bettwäsche. Mittlerweile war eine ganze Stunde vergangen und ich hatte die Hoffnung aufgegeben, noch einmal ins Bett zu gehen und ein wenig weiter schlafen zu können. Während Tante Donatella ihren morgendlichen Kaffee trank und ein geschmiertes Brot mit Himbeermarmelade aß, widmete ich mich ihrem Bettzeug. Der Geruch des Urins war beißend und die Nässe an meinen Händen ließ einen leichten Ekel in mir aufsteigen. Ich musste dringend in den Supermarkt fahren und mir Handschuhe für den Fall besorgen, dass Tante Donatella noch einmal ein solches Missgeschick unterlief.

„Kann ich heute Vormittag dein Auto haben?" fragte ich meine Großtante also kurze Zeit später.

„Wozu?" war ihre entgeisterte Gegenfrage.

„Ich würde gerne in den Supermarkt fahren und ein bisschen was einkaufen."

„Und was soll ich in der Zeit hier alleine machen? Meinst du, ich mache mir noch einmal in die Hose, weil du nicht greifbar bist?"

Daran hatte ich in der Tat nicht gedacht. Alleine wäre es ihr tatsächlich nicht möglich gewesen, auf die Toilette zu kommen. Nicht nur, weil sie mit dem eingegipsten Bein keinen Schritt alleine laufen konnte. Sie konnte sich schließlich auch nicht die Sachen aus- und wieder anziehen oder sich den Hintern mit Toilettenpapier abwischen, da ihr rechter Arm ebenfalls nicht funktionsfähig war. Trotzdem musste es doch möglich sein, dass sie einmal für eine halbe Stunde alleine sein konnte, ohne aufs Klo zu müssen. „Bevor ich fahre gehen wir einfach noch einmal zusammen ins Bad und dann beeile ich mich auch."

Zwar sah sie nicht überzeugt aus, presste sich aber dennoch ein „Meinetwegen" über die Lippen.

Es klopfte an die Tür und meine Mutter kam herein. „Guten Morgen ihr Beiden", begrüßte sie uns. „Habt ihr gut geschlafen?"

Unsere Blicke schienen Bände gesprochen zu haben, denn meine Mutter meinte bloß: „Sieht nicht so aus."

„Deine Tochter hat mich heute Nacht schwimmen lassen."

„Wie?" fragte meine Mutter nun und hatte keine Ahnung, was der alte Drache damit gemeint hatte.

„Tante Donatella meint, dass ich ihr Rufen heute Nacht nicht gehört habe und sie deshalb ins Bett machen musste."

„Oh."

„Ja, oh", schimpfte Donatella jetzt. „Wozu habe ich deine Tochter denn bloß hierher bestellt, wenn sie nicht dazu fähig ist, mir unter die Arme zu greifen."

„Das weiß ich nicht", entgegnete meine Mutter nur trocken. „Noch ist es nicht zu spät für die Tagespflege."

Einen Moment lang herrschte Schweigen. Dann fand Tante Donatella ihre Sprache wieder. „Naja, wird sich schon einspielen."

Erneut klopfte es an der Tür. Als niemand ins Haus kam, rief Donatella mit ihrer schrebbeligen Stimme „Herein." Und im nächsten Augenblick stand Francesco in der kleinen Küche, in der wir drei am Tisch saßen. Sofort begann mein Herz zu rasen und ich spürte eine leichte Röte in mir aufsteigen. Wie gut er aussah! Er trug blaue Jeans und ein bedrucktes helles Shirt. Als er mich erblickte, begannen seine Augen von einem Moment zum anderen zu strahlen und er schenkte mir ein kurzes, intensives Lächeln. Dann fasste er sich schnell wieder und sah Tante Donatella an. „Entschuldigen Sie die Störung, *Signora*, aber haben Sie eine Liste mit den heutigen Aufgaben für mich?"

„Sehe ich so aus, als hätte ich gestern noch etwas aufschreiben können?" fuhr sie ihn an.

„Nein, entschuldigen Sie. Es tut mir auch sehr leid, dass Sie gestürzt sind. Wenn Sie mir sagen, was ich erledigen soll, dann brauche ich natürlich auch keine geschriebene Liste."

„Ach, keine Ahnung! Da draußen gibt es doch genug zu tun. Da findest du sicherlich was! Aber egal, was es ist, mach es ordentlich!"

Ich konnte an Francescos Gesicht erkennen, wie verunsichert er war. Seit über einem Jahr arbeitete er jetzt hier und hatte sich immer an Tante Donatellas Listen gehalten. Und jetzt sollte er sich selber eine Aufgabe suchen?

„Ja, ist gut", sagte er schließlich. „Vielleicht streiche ich dann heute den Zaun zur Südseite hin. Ich denke, der hat es mal wieder nötig."

„Na, was stehst du dann noch hier herum?!" Mit einer winkenden Handbewegung gab sie ihm zu verstehen, dass er nun lange genug ihre kostbare Zeit in Anspruch genommen hatte. Francesco verstand die Anweisung sofort, drehte sich mit einem Nicken um und verließ das Haus."

Meine Mutter schüttelte leicht mit dem Kopf. Tante Donatella entging das natürlich nicht. „Du brauchst gar nicht so mit dem Kopf wackeln", begann sie. „Wenn du wüsstest, was für ein Taugenichts das ist, würdest du mich verstehen."

„Nein, Tante Donatella, ich glaube nicht, dass ich dich verstehen würde." Kurz atmete sie tief ein und ließ die Atemluft wieder mit einem ebenso tiefen Seufzen hinaus. „Ich verstehe dich schon lange nicht mehr." Mit diesen Worten stand sie auf, sammelte das schmutzige Frühstücksgeschirr zusammen und begann zu spülen.

„War er das?" fragte meine Mutter etwa eine Stunde später, als wir zusammen im Auto saßen, um in den Supermarkt zu fahren. Natürlich hatte sie Francesco damit gemeint, denn ich hatte ihr erzählt, dass ich jemanden kennengelernt hatte. Sie hatte nicht nach Details gefragt und ich hatte mich auch immer ein wenig gedeckt gehalten mit irgendwelchen Äußerungen, denn schließlich war es ja nichts Ernstes zwischen uns. Zumindest nicht, wenn es nach meinem Verstand ging. Meine Gefühle sagten mir da etwas anderes, doch die überhörte ich nach wie vor so gut es eben ging.

„Ja, das ist Francesco", antwortete ich knapp, spürte aber eine innere Freude in mir aufsteigen, als ich nur seinen Namen aussprach.

„Er sieht nett aus."

„Ja, das ist er. Und er ist wirklich fleißig, auch wenn Tante Donatella das nicht so sieht."

Meine Mutter nickte nur und schwieg den Rest der Fahrt. Im Einkaufszentrum war es schön kühl und glücklicherweise auch noch recht leer. So konnten wir schnell unsere Einkäufe erledigen und wieder zurück fahren. Das letzte Stück des Weges war selbst für den alten Mercedes eine große Herausforderung, denn der Hügel, auf dem Tante Donatellas Anwesen lag, war schon eher ein halber Berg. Zu Fuß war es damals eine wirkliche Qual gewesen, die letzten Meter zu überwinden, aber die Aussicht entschädigte dann doch auch immer wieder alles. Ich hörte mein Handy in meiner Tasche vibrieren. An diesem Morgen hatte ich noch keinen einzigen Blick darauf werfen können, da ich einfach noch keine Zeit dafür gehabt hatte. Doch das holte ich nach, als ich damit fertig war, die Einkäufe ins Haus zu tragen und Tante Donatella in ihren Sonnenstuhl auf der Terrasse zu setzen. Sechs verpasste Anrufe und ebenso viele Nachrichten zeigte mein Display mir an. Die Anrufe kamen alle von Torben und ein leichtes Wutgefühl stieg in mir auf. Bereits in den letzten Tagen hatte er ständig versucht, mich anzurufen, doch ich ging einfach nicht ans Handy. Ich dachte, wenn er mir etwas wirklich Wichtiges zu sagen hätte, würde er es mir irgendwann sicherlich auch schreiben, wenn er merkte, dass ich nicht mit ihm sprechen wollte. Wahrscheinlich wollte er wissen, weshalb ich meinen Job in der Klinik gekündigt hatte, aber das ging ihn so überhaupt gar nichts mehr an. Ich drückte die Anrufe beiseite und schaute mir nun meine Nachrichten an. Eine war von Katrin, eine tatsächlich von Torben und vier insgesamt von Francesco. Und natürlich sah ich mir diese auch als erstes an.

„Guten Morgen, mein Schatz", war die erste Nachricht. „Ich habe heute Nacht von dir geträumt und mich schon so gefreut, dich wiederzusehen. Hoffentlich haben wir heute einen kleinen Moment für uns alleine…" Mit ein paar Küssen, Rosen und einem Herz hatte er die dritte Nachricht bestückt. Die Vierte kam gerade erst vor ein paar Minuten. „Wo bist du denn hingefahren? Ich kann es nicht erwarten, dich in meine Arme zu nehmen! Wie schön es war, dich heute Morgen wiederzusehen! Komm doch bitte einmal in den Garten, sobald du Zeit hast."

Mir war ein wenig unwohl bei dem Gedanken, ihn draußen aufzusuchen, denn Tante Donatella hatte sicherlich etwas dagegen. Noch einmal wollte ich nicht so von ihr angefahren und hinausgeworfen werden, wie das letzte Mal. Trotzdem wollte auch ich Francesco sehen und ihn in meine Arme schließen. Alleine wenn ich nur an seine unglaublichen Küsse dachte, wurde mir ganz heiß.

„Tante Donatella, brauchst du noch etwas?" fragte ich sie, nachdem ich mir einen kleinen Plan zurechtgelegt hatte. „Ich würde gerne eine Runde schwimmen gehen, wenn das für dich in Ordnung ist."

„Nein, ich brauche nichts. Du hast eine halbe Stunde, dann möchte ich, dass du wieder hier bist."

Na, das ging doch mal einfach, dachte ich so bei mir, als natürlich noch ein Nachsatz von ihr kam. „Aber komm nicht auf die Idee, dich mit dem Taugenichts zu treffen. Der hat hier zu tun und ich wünsche nicht, dass du ihn ablenkst."

„Ja, ist gut", sagte ich leise und hatte ein schlechtes Gewissen, weil ich sie gerade anlog. Aber anders ging es anscheinend nicht. Schnell schlüpfte ich in meinen Bikini und schrieb Francesco, dass wir uns in fünf Minuten am Pool treffen könnten.

Noch ehe ich an unserem vereinbarten Treffpunkt angekommen war, hatte meine Mutter mich an ihrer Küchentür abgefangen. „Liebes, ich habe schlechte Nachrichten für dich."

„Wieso? Was ist denn?" fragte ich entgeistert, als ich in ihr betroffenes Gesicht schaute.

„Ich muss zurück nach Deutschland fahren."

„Warum?" In der Tat war ich entsetzt, denn das bedeutete, ich müsste die kommende Zeit alleine mit Tante Donatella aushalten und das konnte und wollte ich mir beim besten Willen nicht vorstellen.

„Es sind mehrere Mitarbeiter in der Firma erkrankt und ich muss einige Schichten übernehmen."

„Aber das geht doch nicht."

„Ich fürchte schon. Wenn ich nicht komme, kündigen Sie mir meine Stelle und das kann ich mir leider nicht erlauben."

Ich konnte die Firma meiner Mutter noch nie leiden. Wie häufig war es schon vorgekommen, dass sie sie von irgendwoher zurückgerufen hatten, nur weil ständig Leute krank wurden. Kein Wunder bei dem Klima, das dort herrschte.

„Du solltest dir wirklich mal etwas anderes suchen", sagte ich. „Das kann doch nicht immer so weitergehen."

„Wer will mich schon noch haben mit meinen einundsechzig Jahren?"

„Du könntest es zumindest versuchen."

„Ja, vielleicht. Aber jetzt muss ich packen. Mein Zug fährt morgen Früh."

Ein gefühlter Hinkelstein legte sich quer in meinen Magen.

„Na dann lass dich nicht aufhalten", flüsterte ich leise und ging mit hängenden Schultern zum Pool auf der Terrasse. Francesco wartete schon und schloss mich fest in seine starken Arme. Doch er merkte sofort, dass etwas nicht stimmte. Also erzählte ich ihm, dass meine Mutter wieder abreisen müsste und dass ich keine Ahnung hatte, wie ich die nächsten Wochen mit Donatella aushalten sollte. „Sie ist so unleidlich und verbittert!" platzte es aus mir heraus. „Alles mache ich falsch und ihr Ton ist wirklich das Letzte. Aber das weißt du ja selber."

„Ja, das stimmt", pflichtete er mir bei. „Aber du musst das doch nicht tun."

Und da hatte er in der Tat Recht. Ich hätte ebenfalls meine Koffer packen und mit meiner Mutter zurück fahren können. Doch etwas in mir wollte nicht einfach so aufgeben. Zumal das auch bedeutet hätte, Francesco nicht mehr sehen zu können. Aber alleine aus diesem Grund, wollte ich nicht einfach wieder abreisen. Zärtlich schmiegte ich mich an ihn und ließ mich von seinen Küssen in eine andere Welt entführen. Doch nach einer Weile löste ich mich von ihm. „Ich muss jetzt schnell noch eine Runde schwimmen", sagte ich. „Donatella hat mir nur dafür eine halbe Stunde frei gegeben."

„Na", zwinkerte er mir zu, „dann schwimm eine Runde und ich schaue dir dabei zu."

„Wenigstens hältst du dich an abgesprochene Zeiten", meinte Tante Donatella, als ich pünktlich nach einer halben Stunde zu ihr zurückkehrte.

„Ist das Wasser nicht schon ein wenig zu kalt?"

„Nein, das geht noch."

„Gut. Ich würde gleich gerne einen Espresso trinken."

„Ja, ich mache dir einen. Ich ziehe mir nur schnell etwas anderes an."

Während ich mir ein geblümtes Kleid aus dem Schrank nahm, klingelte erneut mein Smartphone. Natürlich war es wieder Torben. Langsam ging es mir wirklich auf die Nerven und ich überlegte schon ernsthaft, ob es Sinn machte, mir eine neue Nummer zuzulegen. Aber vermutlich würde er bald mit seinen Kontaktversuchen aufhören, wenn er merkte, dass ich nicht auf ihn reagierte. Da fiel mir ein, dass er ja, ebenfalls wie Katrin eine Nachricht geschickt hatte. Bevor ich den Espresso kochen müsste, würde ich es noch schaffen, die Mitteilungen zu lesen. Ich atmete einmal tief ein und öffnete Torbens Nachricht: „Hallo Giulia, geh doch mal an dein Handy. Ich möchte dringend mit dir sprechen. Bitte! Ich habe gehört, du hast bei uns gekündigt. Warum denn? Bitte melde dich! Gruß Torben." Was sollte das denn? Ich hatte bestimmt nicht vor, mich bei ihm zu melden. Und natürlich hatte ich Recht mit meiner Vermutung gehabt, er würde wissen wollen, weshalb ich gekündigt hatte.

Schnell las ich jetzt noch, was Katrin mir geschrieben hatte, denn ich brauchte wirklich eine Ablenkung von Torben. Ich hoffte inständig, dass es Katrin besser ging als an den letzten Tagen nach ihrer OP. „Hallo meine Liebe", schrieb sie, „ich hoffe, du bist gut bei deiner Tante angekommen und hast Francesco schon sehen können. Mir geht es ein klein wenig besser, auch, wenn ich aussehe wie ein Hamster ;-) Meld dich mal, würde mich freuen, von dir zu hören. Und grüß Alberto ganz lieb von mir."

„Liebe Katrin, es freut mich, dass es dir schon etwas besser geht. Mein Start hier ist nicht so toll gewesen und zudem reist meine Mutter morgen wieder ab. Aber ich halte durch ;-) Francesco habe ich eben gerade kurz getroffen und es war so schön, ihn wiederzusehen! Natürlich grüße ich Alberto von dir. Bis ganz bald."

Ich hörte Tante Donatella nach mir rufen und eilte so schnell in die Küche, dass ich das kleine Schränkchen im Flur übersah und mit voller Wucht mit dem Zeh dagegen lief. „Oh, Shit", fluchte ich und biss die Zähne schmerzhaft zusammen.

Was war das bloß für ein mistiger Tag! Aber was hatte ich schon anderes erwartet?!

„Gibt es heute noch was zu trinken oder soll ich gleich verdursten?" meckerte Donatella.

„Ich bin ja gleich schon fertig", entgegnete ich ihr und stellte die Kanne auf den Herd.

„Du bist ja noch nicht mal angefangen", lachte sie böse auf.

„Ich kann mich zwar nicht bewegen, aber blöd bin ich deshalb noch lange nicht."

Ich ließ ihren Kommentar so im Raum stehen und widmete mich vollkommen der Zubereitung des Espressos. Wieder klingelte mein Handy und wiedermal war es Torben. Jetzt hatte ich aber wirklich langsam genug für heute. Ich drückte das Telefonat weg und schaltete den Ton aus.

„Ich probiere es später noch einmal", kam jetzt noch eine Nachricht von ihm und ich war drauf und dran mein Smartphone an die Wand zu schmeißen.

„Ist es gleich soweit?" rief Tante Donatella.

„Eine Minute noch", bellte ich zurück, nahm eine Tasse aus dem Schrank und ließ sie aus einer Unachtsamkeit heraus auf den Boden fallen. Es klirrte und alles, was von der Tasse übrig blieb, war ein Haufen von Scherben, die sich in der ganzen Küche verteilten. Mein Puls raste und ich war kurz davor, zu schreien, als meine Mutter ins Haus kam. „Warte, ich helfe dir", sagte sie, als sie sah, dass ich nicht wusste, ob ich zuerst den kochenden Espresso vom Herd nehmen oder zuerst die Scherben aufsammeln sollte." Sie holte ein Kehrblech und einen Handfeger hinter der Tür weg und beseitigte die Scherben, während ich eine neue Tasse aus dem Schrank nahm und den Espresso eingoss. „Mir ist das jetzt zu spät für Kaffee", hörte ich Tante Donatella überheblich aus dem Garten rufen. „Ich will lieber gleich zu Abend essen. Mach mir Pasta mit Pilzsoße."

War das ihr Ernst?! Das war doch die reinste Schikane! Nur, weil ich fünf Minuten länger gebraucht hatte, wollte sie jetzt keinen Kaffee mehr trinken? Ich war wütend. So wütend, dass ich hinauslief, meine Hände in die Hüften stemmte und meine Großtante mit feurigen Augen ansah. „So, du willst Abendessen? Dann sieh mal zu, wo du das herbekommst. Ich habe keine Lust dir etwas zu kochen, wenn du dich so benimmst."

Tante Donatella verzog ihren Mund zu einem breiten Grinsen. „Vielleicht hast du vergessen, dass du ein ziemlich gutes Gehalt bekommst. Und ich finde nicht, dass du dir das heute schon verdient hättest."

Nun musste ich schlucken, denn irgendwie kam es mir plötzlich so vor, als hätte sie Recht damit. In der Nacht hatte ich sie nicht gehört und sie hatte ins Bett machen müssen, dann hatte ich ihr falsche Kleidung herausgesucht, eine Tasse zerbrochen und hatte sie gleich zweimal für eine halbe Stunde alleine gelassen. Und nun wollte ich ihr auch kein Abendessen kochen. Dafür konnte ich wirklich nicht ein so fürstliches Gehalt erwarten. „Entschuldige", kam es über meine Lippen. „In einer halben Stunde kannst du essen."

„Geht doch", trumpfte sie noch einmal auf und ich merkte, wie Tränen in mir aufstiegen.

Meine Mutter hatte nicht mitbekommen, was Tante Donatella zu mir gesagt hatte, aber sie sah, dass ich weinte und wollte mich tröstend in den Arm nehmen. Doch ich war zu wütend, um mich von ihr trösten zu lassen und marschierte an ihr vorbei. „Komm, ich helfe dir schnell", sagte sie daraufhin und zog einen Topf und eine Pfanne aus dem Schrank.

„Nein, ich mache das alleine", entgegnete ich ihr in bestimmtem Ton. „Ab morgen muss ich ja sowieso alles alleine machen."

„Es tut mir wirklich leid, mein Schatz", sagte sie nun. „Aber du weißt, dass ich diesen Job noch zwei Jahre lang brauche."

„Ja, schon gut. Das weiß ich doch." Ich wischte mir meine Tränen aus dem Gesicht und ließ Wasser in den Topf laufen. „Ich habe vermutlich einfach zu wenig Schlaf gehabt letzte Nacht."

Und da war in der Tat etwas Wahres dran. Nachdem ich am letzten Abend erst gegen ein Uhr eingeschlafen war, rissen mich Tante Donatellas Rufe bereits gegen vier Uhr in der Früh wieder aus den Träumen. Ich hatte also tatsächlich nur drei Stunden Schlaf gehabt. Zudem steckte mir auch die lange Zugfahrt am gestrigen Tag noch sichtlich in den Knochen. Dann kamen noch Donatellas Unfreundlichkeit, Torbens nervende Anrufe und die unerwartete Abreise meiner Mutter hinzu.

„Vielleicht war das alles etwas zu viel für den ersten Tag", hörte ich die sanfte Stimme meiner Mutter hinter mir sagen und ich spürte, wie sie mich nun zu sich herumdrehte und mich fest in die Arme nahm. Diesmal wehrte ich mich nicht dagegen und ließ meinen Tränen noch einmal freien Lauf.

„Ein bisschen vielleicht", schluchzte ich und atmete einmal tief ein, um wieder klarer denken zu können.

„Pass auf", sagte meine Mutter nun. „Wir kochen jetzt gemeinsam und anschließend gehst du ins Bett und holst den Schlaf nach, der dir fehlt. Ich passe auf Tante Donatella auf und morgen früh frühstücken wir noch zusammen, ehe ich aufbrechen muss."

Gerne hätte ich noch widersprochen, denn ich wollte mir mein Geld selbst verdienen, doch ich war zu müde und

merkte zudem, wie sich tierische Kopfschmerzen in mir auszubreiten begannen.

„Danke", flüsterte ich ihr also zu und wir machten uns an die
Arbeit. Anschließend ließ ich mich einfach nur noch in mein
Bett fallen und war froh, dass dieser furchtbare Tag zu Ende
war.

Kapitel 17

Francesco

Vorfreude

Mit offenen Augen lag ich am späten Abend in meinem Bett und wartete sehnsüchtig darauf, eine Nachricht von Giulia zu erhalten. Doch sie hatte meine Nachrichten wieder einmal nicht gelesen und die Chance, heute noch eine Gute-Nacht-Botschaft zu bekommen, sank immer mehr gegen Null. Schon seit sie gestern bei ihrer Tante angekommen war, war es schwierig gewesen, sie zu erreichen. Das hatte ich mir wirklich anders vorgestellt, als ich vor wenigen Tagen erfahren hatte, dass Giulia wieder herkäme. Mein Herz hatte sofort wieder höher geschlagen und ich fühlte mich das erste Mal seit ihrer Abreise im Sommer wieder lebendig und optimistisch. Die letzten Wochen waren die Hölle auf Erden gewesen auf dem Anwesen Donatellas. Sie behandelte mich nur noch wie den letzten Abschaum und das Geld, das ich für meine schwere Arbeit bekam, war ein unglaublicher Hungerlohn, mit dem ich meine Familie kaum über Wasser halten konnte. Glücklicherweise war zumindest wieder die Jagdsaison eröffnet und ich konnte das eine oder andere Tier erlegen, was wir verarbeiteten und einfrieren konnten. Für den Winter sollte es dann erst einmal reichen, aber so würde es auf Dauer nicht weitergehen können. Ich kam mir selber schon vor wie der größte Versager unter der Sonne, zumal ich weit und breit keinen anderen Job finden konnte, obwohl ich so sehr danach suchte.

Während mir so allerlei Gedanken durch den Kopf wanderten, sah ich plötzlich Giulias Gesicht vor meinem inneren Auge, wie wir uns am heutigen Morgen das erste Mal wieder von Angesicht zu Angesicht gegenüber standen. Obwohl sie ein wenig müde wirkte, sah sie wieder so bezaubernd aus, wie bei unserer ersten Begegnung Wochen zuvor. Mit diesem unwiderstehlichen Lächeln hätte sie selbst riesige Eisberge zum Schmelzen bringen können. Als ich sie dann am Nachmittag für wenige Minuten in meine Arme schließen durfte, durchströmte mich ein solches Glücksgefühl, das ich all meine Sorgen und Probleme für einen Moment lang komplett vergessen konnte. Mit Giulia fühlte sich das Leben einfach so unglaublich leicht an. Kaum zu glauben, dass sie die Großnichte dieses schrecklichen Drachen war.

Ich muss zugeben, als ich von Alberto erfahren hatte, dass Donatella gestürzt war und sich Arm und Bein gebrochen hatte, empfand ich für einen Moment lang eine Art innere Schadenfreude. Doch noch im selben Augenblick erinnerte ich mich an meine gute Erziehung und schämte mich für meine schlechten Gedanken. Egal, wie wenig man jemanden leiden konnte, so ein Handicap wünschte man niemandem. Und die alte Frau sah wirklich etwas mitgenommen aus in ihrem Rollstuhl. Listen konnte sie mir so jedenfalls nicht mehr schreiben, da war schon etwas Wahres dran. Am liebsten hätte sie mich am Morgen sicherlich dafür gesteinigt, dass ich mich erdreistet hatte, danach zu fragen. Aber ich kannte es halt nur so. Sobald ich morgens auf das Grundstück fuhr, hatte Donatella ihre Liste für den Tag fertig und an die hatte ich mich strikt zu halten. Und nun sollte ich alleine entscheiden, was zu tun war. Das war so ungewohnt, dass ich mich erstmal wie gelähmt fühlte. Ich hatte tatsächlich zunächst damit begonnen, den Zaun zu streichen, so, wie ich es gesagt hatte, doch nach gut sechs Stunden war diese Arbeit erledigt gewesen und ich musste mir etwas Neues suchen, was gar nicht so leicht gewesen war. Nicht etwa, weil es nichts zu tun gegeben hätte, nein, das war nicht der Grund. Eher hatte ich Angst, dass das, was ich mir suchen würde, nicht dem entspräche, was Donatella sich vorstellte. Ehrlichgesagt wusste ich ziemlich genau, was ich in diesem Garten tun wollte und ich wusste ebenfalls dass der alte Drache niemals damit einverstanden gewesen wäre. Aber ich konnte nicht anders. Jetzt, wo ich tatsächlich selber entscheiden durfte, nahm ich mir fest vor, die Oliven zu ernten und die Bäume so zurückzuschneiden, dass sie im kommenden Jahr wieder eine wirklich ertragreiche Ernte bringen würden. Im letzten Jahr waren die dunklen Früchte einfach verkommen und die Äste wucherten bereits seit Jahren einfach kreuz und quer, sodass an eine wirklich gewinnbringende Ernte unter diesen Umständen gar nicht mehr zu denken war. Aber diese Bäume waren einfach zu schade, um sie so verkommen zu lassen. Und ich war mir sicher, dass diese Olivensorte ein wirklich gutes Öl ergeben würde.

In einem alten Schuppen, der im Garten etwas abgelegen unterhalb des Anwesens stand, gab es alles, was ich für die kommenden Tage und Wochen brauchen würde. Da waren unterschiedliche Astscheren, Netze für die Ernte, Kisten zur Lagerung der Oliven und das eine oder andere Buch, in dem ein paar gute Tricks und Kniffe zu finden waren.

Nachdem ich mir einen wirklich guten Plan zurechtgelegt hatte, suchte ich mir noch ein paar andere Aufgaben, die ich noch nebenbei erledigen wollte, um Donatella auch etwas vorweisen zu können, was sie sicherlich auf eine ihrer Listen geschrieben hätte. Von meinem Vorhaben mit den Olivenbäumen würde ich ihr nichts erzählen, denn sie hätte es mir in jedem Fall untersagt. Weshalb, das konnte ich mir nicht erklären, aber dass es so wäre, das wusste ich aus den Erfahrungen der Vergangenheit sehr genau.

Ich warf noch einen letzten Blick für diesen Abend auf mein Smartphone, doch von Giulia gab es noch immer kein Lebenszeichen. Hoffentlich ging es ihr gut. Ich hätte nicht mit ihr tauschen wollen. Es war schon schlimm genug, für den Drachen Erledigungen außerhalb des Hauses zu tätigen, aber die alte Frau rund um die Uhr pflegen und sich permanent ihre gemeinen Sprüche anhören zu müssen war eine Höchststrafe, die wirklich niemand verdient hatte. Und dann musste ihre Mutter auch schon wieder abreisen, obwohl sie gerade erst zusammen mit ihrer Tochter hier angekommen war. Das tat mir wirklich leid, denn so hatte Giulia sich das sicherlich nicht vorgestellt. Eines nahm ich mir jedenfalls für den kommenden Tag vor. Nach getaner Arbeit wollte ich Giulia am Abend mit einem Picknick verwöhnen. So, wie sie mich an unserem ersten spontanen Date verwöhnt hatte. Bei diesem Gedanken legte sich unwillkürlich ein sanftes Lächeln auf meine Lippen und ich spürte, wie ich voller Vorfreude auf den nächsten Tag völlig schwerelos in den Schlaf überglitt.

Kapitel 18

Giulia

Beschwingt und schwerelos

Als ich am Morgen erwachte, waren meine Kopfschmerzen, mit denen ich am vorigen Abend völlig erschöpft und resigniert eingeschlafen war, glücklicherweise vollkommen verschwunden und ich spürte neue Lebensgeister in mir erwachen. So einen Tag wie den gestrigen würde es nicht noch einmal geben, da war ich mir ganz sicher und ich wusste auch schon, was ich dafür zu tun hatte. Meine Uhr auf dem kleinen Nachttischchen zeigte gerade mal halb Sechs in der Früh an und ich hätte bestimmt noch gut eine Stunde liegen bleiben können. Doch entschied ich mich dafür, ein gemütliches Abschieds-Frühstück für meine Mutter vorzubereiten. Ihr Zug würde um halb Zehn von Florenz abfahren und bis dahin hatten wir noch Zeit für einen gemeinsamen Start in den Tag. Und wer weiß, vielleicht würde es ja nicht nur ihr Abschieds-Frühstück werden, sondern auch meins. Das würde sich noch zeigen.

Bevor ich aus dem Bett hüpfte, griff ich nach meinem Smartphone, das ebenfalls auf meinem Nachttisch lag. Es waren einige Nachrichten von Francesco angekommen, die ich gestern einfach nicht mehr gesehen hatte. Ein schlechtes Gewissen überkam mich, weil ich vor dem Zubettgehen nicht mehr auf mein Handy geschaut hatte. Aber dafür war ich einfach zu fertig gewesen. Und so nahm ich mir jetzt noch einen ausgiebigen Moment Zeit, um Francesco einen wundervollen Start in den Tag zu wünschen. Ich hoffte inständig, dass wir uns heute sehen würden, aber auch das würde sich vermutlich erst während des Frühstücks herausstellen. Von meinem Plan schrieb ich ihm allerdings nichts, denn damit hätte ich ihm vielleicht nur unnötige Sorgen bereitet und das wollte ich auf keinen Fall. Nachdem ich die Nachricht noch einmal überflogen hatte, schickte ich sie ab und hängte noch einen Kuss mit dran. Es dauerte tatsächlich wieder nur einen kleinen Moment, ehe eine Antwort erschien.

„Guten Morgen, meine Schöne! Starte du auch gut in den Tag. Ich freue mich schon auf dich. Kuss!"

Eine weitere Nachricht erschien: „Und bitte halte dir heute den Abend frei. Ich habe eine Überraschung für dich..."

Ein warmes Gefühl durchdrang mich nun, denn ich liebte Überraschungen. Doch sogleich hatte ich auch wieder meinen Plan vor Augen, der wie ein Blitzschlag beim Aufwachen über mich kam. Den würde ich auch durchziehen, egal, was dann auch passieren mochte. Ich hoffte nur inständig, dass alles gut gehen würde.

Eine Stunde später saßen meine Mutter, Donatella und ich am Frühstückstisch. Die Stimmung war erwartungsgemäß ein wenig bedrückt, denn an niemandem von uns war der gestrige Tag Spurlos vorbeigegangen. Bei dem Gedanken an das, was ich gleich meiner Großtante zu sagen hatte, spürte ich mein Herz vor Nervosität in meiner Brust rasen und bekam kaum einen Bissen hinunter. Der Zeiger der Uhr wanderte unbarmherzig weiter vorwärts und bald würde der Zug Richtung Deutschland abfahren. Also atmete ich noch einmal tief durch, ehe meine Stimme die Stille im Haus durchbrach.

„Tante Donatella", begann ich und nahm all meinen Mut zusammen, sah ihr bei diesen Worten direkt in die Augen und fuhr fort, „ich habe einen Entschluss gefasst. So einen Tag wie gestern werde ich nicht noch einmal mitmachen. Du hast natürlich Recht damit, dass du mir Geld für meine Arbeit zahlst, aber ich bin nicht deine Sklavin. Noch nie hat mich jemand so von Oben herab behandelt wie du es getan hast. Ich habe keine Ahnung, was dir in deinem Leben zugestoßen ist, dass du dich anderen Menschen gegenüber so verletzend verhältst, aber ich werde das so nicht dulden."

Kurz hielt ich inne und trank einen großen Schluck von meinem Kaffee, da ich das Gefühl hatte, mein Mund wäre staubtrocken. Tante Donatella sah mich währenddessen aus kleinen, zusammengekniffenen Augen an „Was soll das heißen?"

„Das soll heißen, dass wir entweder wie zwei erwachsene und vernünftige Menschen miteinander umgehen oder ich gleich mit in den Zug nach Deutschland steige. Allerdings sollte dir dann auch klar sein, dass ich nicht auch nur noch ein einziges Mal einen meiner Füße auf dein Grundstück setze."

Für einen Moment herrschte Stille. Meine Mutter sah erst mich mit großen Augen an und richtete ihren Blick dann auf Donatella, die tatsächlich ziemlich Sprachlos wirkte. Vielleicht hatte sie das Ausmaß meiner Entscheidung immer noch nicht ganz verstanden und so setzte ich noch einmal ein wenig nach.

„Dir ist sicherlich bewusst, dass du dann auf jeden Fall in die Tagespflege musst oder vielleicht schon direkt in ein Pflegeheim, weil du alleine nichts tun kannst. Aber letztendlich ist das deine Entscheidung."

Hatte ich das alles wirklich gerade von mir gegeben? Ich wusste gar nicht, woher ich all den Mut genommen hatte, doch letztlich fühlte es sich so befreiend und richtig an. Und ganz offensichtlich hatten meine Worte ihre Wirkung nicht verfehlt. „In Ordnung", krächzte es ein wenig heiser aus Donatellas Mund. „Ich werde in Zukunft freundlicher sein. Aber bitte bleib."

Nun war ich für einen kurzen Moment sprachlos. Die Chance, dass sie mich nicht auf der Stelle aus dem Haus jagen würde, war mir äußerst gering erschienen. Doch die Aussicht auf die Gesellschaft anderer und zudem noch völlig fremder Menschen in einer Tagespflege schien für meine Großtante doch das weitaus größere Übel zu sein.

„Na, dann kann ich ja scheinbar beruhigt zurück nach Hause fahren und muss mir nicht den Kopf darüber zerbrechen, was hier noch so alles passieren könnte", hörte ich nun meine Mutter sagen.

„Ja, das kannst du", nickte Donatella kleinlaut und seufzte leise. Irgendwie tat sie mir leid, denn nach wie vor hatte ich einfach das Gefühl, dass in ihr eigentlich ein sehr liebenswerter Mensch steckte, den sie nur einfach niemandem mehr zeigen wollte.

Ich erhob meine Kaffeetasse. „Ich würde sagen, dann trinken wir jetzt auf einen Neuanfang."

Natürlich war mir klar gewesen, dass in der kommenden Zeit trotz dieser kleinen Unterredung nicht zu erwarten war, dass alles reibungslos verlaufen würde. Aber ich sah dem Ganzen zumindest zuversichtlich entgegen. Der Abschied von meiner Mutter fiel mir dennoch schwer, denn zu zweit war es schon beruhigender gewesen. Ich wusste zwar, dass auch Alberto im Normalfall jederzeit helfend zur Seite stehen würde, aber er hatte auch genug eigene Dinge zu erledigen. Und

Francesco hätte ich ebenfalls immer um Unterstützung fragen können, doch den ließe Tante Donatella nicht in ihre Nähe, so wenig, wie sie von ihm hielt. Der Tag verging wie im Flug und ich freute mich wie ein kleines Kind auf die Überraschung, die mich am Abend erwarten sollte. Was Francesco sich wohl ausgedacht hatte? Er war wirklich ein außergewöhnlicher Mann. Er hatte mir keine einzige Vorhaltung gemacht, weil ich in den letzten beiden Tagen so wenig Zeit für ihn gehabt hatte und kaum auf seine liebevollen Nachrichten antworten konnte. Ganz im Gegenteil, er war so verständnisvoll, dass sich in mir ein unglaublich warmes, wohliges Gefühl auszubreiten begann, wenn ich nur einen Moment lang an ihn dachte.

Gegen neun Uhr abends brachte ich Tante Donatella zu Bett. Sie war müde von der Hitze des Tages und hatte keine Ambitionen mehr, noch mit mir gemeinsam im Wohnzimmer ein wenig fernzusehen. Mir war das ganz recht, denn je eher sie schlief, desto schneller könnten Francesco und ich uns sehen. Glücklicherweise hatte ich am gestrigen Tag ein Baby Phon im Supermarkt erstanden, das ich nun einschaltete. Natürlich hatte Donatella sich anfangs dagegen gesträubt. „Ich bin doch kein kleines Kind", hatte sie geschimpft. „Mich muss man nicht überwachen."

„Niemand will dich überwachen, Tante Donatella", hatte ich ihr daraufhin versichert. „Aber denk doch nur an die erste Nacht, in der ich dich nicht hab rufen gehört. Das war nicht nur unangenehm für dich, sondern auch für mich. Und so höre ich dich sicherlich in jedem Fall."

Ganz überzeugt war sie natürlich immer noch nicht gewesen, doch ich blieb hartnäckig. „Lass es uns wenigstens versuchen.

Wenn es nicht funktioniert, können wir immer noch nach einer anderen Lösung suchen."

Nachdem sie eingewilligt hatte, nahm ich das zweite Gerät mit in mein Zimmer, schrieb Francesco eine Nachricht, dass er nun von Zuhause losfahren könne und suchte mir etwas zum Anziehen heraus. „Du kannst in den Garten hinter dem Pool kommen", schrieb er zurück. „Ich bin schon da." Was? Damit hatte ich nicht gerechnet, denn eigentlich wollte ich noch eine ausführliche Dusche nehmen. Aber dann musste es eben auch eine schnelle Erfrischung tun. „Bin in zehn Minuten da. Freue mich. Kuss", antwortete ich, sprang unter die Dusche und machte mich rasch fertig. Meine langen nassen Haare flocht ich kurzerhand zusammen, schlüpfte in ein langes sommerliches Kleid und nahm eine luftige Strickjacke mit. Als ich schon fast aus dem Haus war, fiel mir auf, dass ich das Baby Phon vergessen hatte und kehrte schnell und noch einmal leise um, um es zu holen. Draußen empfing mich ein angenehmer Wind und ich konnte tausende Zikaden hören. Ein wenig aufgeregt ging ich nun über die vermoosten Steinwege in den Garten hinter dem Pool, wo Francesco bereits auf mich wartete. Schon aus einer kleinen Entfernung sah ich, dass einige Fackeln kreisähnlich im Boden steckten, die hell brannten und mich willkommen hießen. Inmitten des Lichterkreises lag eine große Picknick-decke, auf der viele kleine Köstlichkeiten angerichtet waren. „Wow", entfuhr es mir, als ich so nah kam, dass ich genau erkennen konnte, was mich da alles erwartete. Francesco kam mir mit zwei Gläsern Prosecco entgegen und reichte mir eines davon. Er sah unglaublich gut aus in seiner hellblauen Jeans und dem grau bedruckten T-Shirt.

„Wie schön, dass du da bist", hauchte er mir ins rechte Ohr und küsste mich sanft auf die Wange, ehe er sein Glas erhob, es leise klirrend an meines stieß und mich eindringlich ansah. „Ich hoffe, meine kleine Überraschung gefällt dir." Kleine Überraschung?! Ich war mehr als nur sprachlos. So etwas hatte bisher noch kein Mann für mich getan. Solche Gesten kannte ich nur aus Büchern und aus Filmen, aber doch nicht aus dem wahren Leben. Während wir beide einen Schluck von dem kühlen, prickelnden Getränk nahmen, fühlte ich mich wie eine Prinzessin, die gerade von ihrem Prinzen verwöhnt wird. Und noch ehe ich antworten konnte, hielt mir Francesco seine freie Hand entgegen und führte mich auf die Decke.

Es gab die verschiedensten Antipasti, Panini, Dips und kleine Törtchen zum Dessert. Zudem hatte Francesco alles mit Blumen geschmückt, die ihren süßen Duft verströmten und im Schein der Flammen in den unterschiedlichsten Farben leuchteten.

„Du musst verrückt sein", kam es nun über meine Lippen. „Das ist wunderschön!"

Ein Strahlen ging über sein Gesicht und ich konnte einen Hauch von aufsteigender Röte auf seinen Wangen erkennen. Am liebsten hätte ich diesen wundervollen Mann auf der Stelle vernascht, aber ich hielt mich zurück und konzentrierte mich zunächst wieder auf die vielen kleinen Köstlichkeiten, die vor uns standen.

„Darf ich dir ein wenig auf den Teller tun?" fragte Francesco mich und begann sogleich, eine erste Auswahl auf dem bunten Porzellan zu verteilen.

Gerade, als er mir den Teller reichen wollte, klingelte mein Handy. Ich hatte vergessen, den Ton auszuschalten und darüber ärgerte ich mich, denn ich hatte nicht vor, jetzt, egal mit wem auch immer, zu telefonieren. „*Scusa*", sagte ich ein wenig beschämt. „Ich schalte es aus." Schnell zog ich das Smartphone aus der Tasche meiner Strickjacke und wollte den Ton ausdrücken. In dem Moment sah ich, dass es wieder einmal Torben war, der versuchte, mich zu erreichen. Jetzt hatte ich aber wirklich die Nase voll davon! Ich drückte den Anruf weg und tat, was ich schon längst hätte tun sollen. Ich blockierte Torbens Nummer. Auf die Idee war ich vorher gar nicht gekommen, aber plötzlich war sie einfach da und ich setzte sie in die Tat um. Das Problem hatte sich damit wohl erledigt. Erleichtert steckte ich das Telefon zurück in die Tasche und konzentrierte mich wieder auf das wundervolle Essen, das mich jetzt erwartete.

„Es war köstlich!" schwärmte ich, als ich auch noch das letzte Stück gebackene Zucchini verschlungen hatte. Ich war schon so satt, dass ich mir kaum vorstellen konnte, auch noch einen Nachtisch zu essen.

„Das freut mich", flüsterte Francesco und rutschte so nah an mich heran, dass mir ganz heiß wurde. Sanft legte er seinen linken Arm um mich, strich mit seiner rechten Hand über meine Wange und presste seine Lippen fest auf meine. Wie ein Orkan kam es nun über uns und wir gaben uns ganz unseren Gefühlen und aufgestauten Sehnsüchten hin. Ich hatte nicht gewusst, wie sehr ich es vermisst hatte, ihn zu spüren. Aber jetzt jagte mich eine Liebeswelle nach der nächsten und ich konnte spüren, dass es Francesco ebenso erging.

Nachdem wir uns einander vollkommen hingegeben hatten, lagen wir anschließend erschöpft Arm in Arm auf der weichen Decke und lauschten unseren Atemzügen, die nur langsam wieder ruhig und gleichmäßig wurden.

„Das habe ich sehr vermisst", flüsterte Francesco und hauchte mir einen Kuss auf die Stirn.

„Ich ebenso", gab ich zurück und kuschelte mich noch ein wenig fester an seinen muskulösen Oberkörper. Dann schwiegen wir eine ganze Weile, denn wieder einmal wurde uns ein wenig schmerzhaft bewusst, dass dieses Glück nicht von Dauer sein würde.

„Ich würde dich gerne in ein Geheimnis einweihen", hörte ich Francesco irgendwann in die Stille hinein sagen.

„Ein Geheimnis?" fragte ich und war gespannt.

„Ja. Aber du musst mir versprechen, es für dich zu behalten."

„Na, sag schon", forderte ich ihn nun neugierig auf. „Das muss ja etwas ganz Besonderes sein, wenn es so geheim ist."

„Das ist es in der Tat", pflichtete er mir bei und setzte sich wieder aufrecht hin. Ich tat es ihm gleich und wartete gespannt, was er mir gleich berichten würde. „Also?!" wartete er geduldig meine Antwort ab.

„Natürlich behalte es für mich, aber nun sag schon. Was ist es?"

„Schau dich einmal um", begann er. „Was siehst du?"

Ich wusste nicht, worauf Francesco hinaus wollte, denn eigentlich war außer der Fackeln um uns herum, alles dunkel. „Bäume?" mutmaßte ich, denn davon waren wir in jedem Fall umgeben, auch, wenn sie gerade nicht so deutlich erkennbar waren.

„Genau. Viele hundert Olivenbäume."

„Und was ist mit ihnen?" wollte ich nun wissen.

„Sie stehen unverkennbar seit Jahr und Tag ungenutzt und verkümmert herum. Aber mit ein wenig Muße und Arbeit kann man sie wieder zu voller Pracht erblühen lassen und wundervolles Olivenöl aus ihren Früchten gewinnen."

„So weit so gut. Aber was ist das Geheimnis?"

„Deine Tante möchte nicht, dass jemand die Bäume wieder auf Vordermann bringt. Aber ich finde, so ein Geschenk der Natur darf man nicht einfach völlig verkommen lassen. Manch einer würde sich wünschen, so unglaublich robuste Olivenbäume zu besitzen."

„Warum möchte sie es denn nicht?" war meine Frage daraufhin, denn Francesco hatte Recht. Diese etwa 300 Bäume hatten schon einige Jahre auf dem Buckel, wie man sehen konnte und wenn sie doch eine gute Ernte bringen könnten, was gäbe es für einen Grund, sie nicht zu nutzen?

„Ich hab keine Ahnung. Aber sie hat mir so vehement verboten, mich um die Bäume zu kümmern, dass es wohl ganz offensichtlich einen Grund haben muss."

„Und du möchtest sie jetzt trotz ihres Verbotes wieder auf Vordermann bringen?".

„Ja, das will ich unbedingt."

In seiner Stimme war zu hören, dass er Feuer und Flamme für diesen Plan war und ich fand es großartig zu sehen, wie er sich für etwas einsetzte, was ihm im Grunde genommen gar nichts bringen würde. Denn es waren schließlich nicht seine Bäume und von den Erträgen hätte schlussendlich nur Donatella etwas. Aber diese hatte ganz offensichtlich keinerlei Interesse daran und so fragte ich mich schon, ob die Energie, die Francesco in dieses Projekt setzen wollte, lohnenswert wäre. „Was versprichst du dir davon?" wollte ich also wissen.

„Weißt du, Giulia", begann er, „ich liebe es, wenn im Herbst die reifen Oliven an den Zweigen darauf warten, geerntet zu werden und dabei ihren unverkennbaren, leicht herben Geruch verströmen. Dann sehe ich immer schon das kalt gepresste Öl vor mir, mit dem man die herrlichsten Gerichte zaubern kann." Er machte eine kleine Pause, ehe er weitersprach. „Natürlich bin ich mir darüber bewusst, dass es nicht meine Bäume sind und ich im Endeffekt keinen Nutzen davontrage, aber wenn ich mir vorstelle, dass diese wunderbaren alten Bäume wieder frisch beschnitten sind und großartig weiterwachsen können, dann ist mir das schon Lohn genug. Kannst du das verstehen?"

„Ja, mein Liebster, das kann ich verstehen", hauchte ich ein wenig ergriffen von seinen Worten. Worte, die so ehrlich waren und eine Absicht, die für ihn selbst vollkommen absichtslos war, dass es mir die Kehle zuschnürte. Ich hatte zwar keine Ahnung, was Donatella irgendwann dazu sagen würde, wenn sie es erfuhr. Und früher oder später würde sie es erfahren. Aber ich konnte mir nur schwerlich vorstellen, dass sie tatsächlich etwas gegen dieses Vorhaben einzuwenden hätte. „Ich will unbedingt mithelfen, sofern meine Zeit es zulässt."

„Super! Also behältst du das Geheimnis für dich?" versicherte sich Francesco nun.

„Tante Donatella wird nichts von mir erfahren", versprach ich und legte einen imaginären Reißverschluss über meine Lippen. „Allerdings gibt es da schon noch jemanden, dem du dein Vorhaben trotzdem ebenfalls mitteilen solltest."

Natürlich wusste Francesco sofort, wen ich damit meinte und er willigte ein.

„Na, dann können wir ja jetzt darauf anstoßen und uns dem Nachtisch widmen", meinte Francesco, befüllte zwei neue Gläser mit einem fruchtigen Rotwein und prostete mir zu.

Gegen ein Uhr lag ich völlig beschwingt und schwerelos in meinem Bett und freute mich über den äußerst gelungenen Abend und auf die kommende Zeit, für die wir uns einiges vorgenommen hatten.

Kapitel 19

Alberto

In Ordnung

Besonders begeistert war ich anfangs nicht gewesen, als Francesco mir seinen Plan von den Olivenbäumen anvertraut hatte, denn ich kannte Donatellas Gründe, die sie dazu bewogen hatten, Francesco einen Riegel vor seinen Vorschlag, die Pflanzen wieder auf Vordermann zu bringen, zu schieben. Und in gewisser Weise konnte ich sie sogar verstehen. Aber wenn ich ehrlich war, fand ich seine Idee dann doch unglaublich gut. Denn zum einen hatte es auf diesem Anwesen Zeiten gegeben, in denen die Olivenernte riesige Beträge eingebracht hatte und alle zufrieden und glücklich gewesen waren mit der Arbeit, die hinter all dem stand. Und zum anderen wusste ich, dass Donatella mittlerweile auf einem großen Schuldenberg saß und wenn es so weiter ginge, würden wir sicherlich schon in ein paar Monaten vor der Zwangsversteigerung stehen. Bei diesem Gedanken spürte ich ein schmerzliches Ziehen in meiner Brust, denn wie viele wunderbare Jahre hatte ich hier bereits verbringen dürfen.

Donatellas Mann Vico kannte ich schon von Kindesbeinen an, denn wir waren unmittelbare Nachbarn gewesen. Er war fast zweiundzwanzig Jahre älter als ich gewesen, dennoch wurden wir beste Freunde, nachdem ich ihm mit elf Jahren mein Leben zu verdanken hatte. Ein Auto hatte mich auf der Straße vor unserem Haus angefahren und mich sehr schwer verletzt. Vico hatte den Unfall von seinem Küchenfenster aus gesehen und mich sofort in das nächste

Krankenhaus gefahren. Der Autofahrer hatte damals Fahrerflucht begangen und mich einfach liegen gelassen. „Hätten Sie den jungen Burschen nicht umgehend hergebracht", hatte der Notarzt zu Vico gesagt, „dann wäre er jetzt auf jeden Fall tot." Und von da an waren wir unzertrennlich gewesen. Nachdem ich wieder vollkommen genesen war, hatte ich den großen Wunsch gehabt, statt weiterhin die Schulbank zu drücken, mein eigenes Geld zu verdienen. Es war im Jahr 1968 als ich zufällig eine Annonce in der Zeitung entdeckte, in der jemand Erntehelfer für die Olivensaison suchte. Da Vico zu dieser Zeit gerade ohne Arbeit war, überredete ich ihn, sich mit mir gemeinsam auf diese Posten zu bewerben. Wir bekamen sie auch sogleich, denn wir waren kräftig, schnell und jung. Zudem hatten wir beide kein Verhandlungsgeschick und waren mit dem Lohn zufrieden, den wir bekamen. Heute weiß ich, dass uns Herr Fratelli damals ganz schön übers Ohr gehauen hatte, aber für uns war es dennoch viel Geld gewesen. Und ein eigenes kleines Apartment gab es noch obendrein, denn Herr Fratelli stellte uns nicht nur für die Olivenernte ein, sondern nahm uns zunächst für ein ganzes Jahr unter Vertrag, um ihm auf seinem kompletten Grundstück zur Hand zu gehen. So konnten wir uns ein wenig Geld verdienen und nebenher Ausschau nach guten Lehr- und Arbeitsstellen für den Sommer darauf halten. Aber das waren dann auch schon alle Vorteile gewesen, an die ich mich in dem Jahr 1968, 1969 zurückerinnern kann. Die Arbeitsbedingungen waren furchtbar. Unser Tag begann um halb Fünf in der Frühe und endete manchmal erst weit nach Mitternacht, denn außer uns gab es niemanden, den Herr Fratelli eingestellt hatte und so mussten wir die Arbeit, für die im Normalfall zehn bis fünfzehn Leute nötig gewesen wären, alleine schaffen. Das Einzige, das uns diese Zeit ein wenig versüßte, war eine der beiden Töchter von Herrn Fratelli, Donatella. Sie war in Vicos Alter, doch behandelte sie mich immer mit eben demselben Respekt, den sie auch Vico entgegenbrachte. Gemeinsam unternahmen wir tolle Dinge miteinander. Mal picknickten wir im Wald nebenan, mal fuhren wir mit dem Bus nach Florenz und gingen dort in ein Café oder ins Kino. Das waren herrliche Abwechslungen, für die wir nur leider viel zu wenig Zeit eingeräumt bekamen.

Während ich diese gemeinsame Zeit natürlicherweise einfach nur unter sehr freundschaftlichen Aspekten genoss, hatten Donatella und Vico von Anfang an nur Augen füreinander gehabt. Sie waren so verliebt ineinander gewesen, dass unsere Treffen zu dritt mit der Zeit noch seltener wurden, als sie es ohnehin schon waren, und die Beiden nur noch Zeit miteinander verbrachten. Zum Leidwesen von Herrn Fratelli, der auf keinen Fall wollte, dass seine Tochter einen solchen Umgang pflegte und vielleicht sogar eines Tages auf die Idee käme, diesen „Burschen", wie er ihn stets nannte, aus eher ärmlichen Verhältnissen zu heiraten. Trotz all der Bemühungen seinerseits, diese Beziehung auseinander zu bringen, siegte schlussendlich doch die Liebe und Vico heiratete im Herbst 1969 in die Familie Fratelli ein. Für Vicos Familie war es ein herber Schlag, dass ihr eigener Sohn von da an nicht mehr den Nachnamen seiner Geburt trug, sondern den seiner Frau. Doch das war die große Bedingung gewesen, um überhaupt noch den Segen von Donatellas Vater zu erhalten. Schließlich, so meinte dieser, würde sein künftiger Schwiegersohn eines Tages sein Olivengut übernehmen und das hatte sich bereits einen Namen in der gesamten toskanischen Region gemacht. Sicherlich hätte es theoretisch auch sein zweiter Schwiegersohn übernehmen können, doch dieser war ein renommierter Anwalt, der eine eigene kleine Kanzlei in Verona hatte, die er auch nicht aufgeben wollte. Schon gar nicht, um „Oliven-Bauer", wie er selber so schön sagte, zu werden.

Ich hatte damals das große Glück, dass ich auf dem Gut als fester Arbeiter eingestellt wurde und auch weiterhin in dem kleinen Apartment wohnen durfte. Gemeinsam mit Vico und Herrn Fratelli arbeiteten wir uns immer weiter in die Kunst des erfolgreichen Olivenhandels ein. Hauptsächlich ließ die Familie Öl aus den Früchten herstellen. Doch auch Cremes und Seifen kamen später noch hinzu. Vico liebte diese Arbeit und Herr Fratelli wusste, als er im Winter des Jahres 1973 an den Folgen einer Lungenentzündung im Alter von 78 Jahren starb, dass sein Schwiegersohn das Gut in seinem Sinne weiter führen würde. Ich hätte anfangs niemals gedacht, dass aus diesen zwei Männern noch einmal Freunde werden könnten, doch ich hatte mich geirrt. Im Herzen war Donatellas Vater ein wirklich gutmütiger, liebenswerter und humorvoller Mensch gewesen. Alleine die Sorge um das Wohl seiner Töchter, seiner gesamten Familie und dem Gut ließen ihn in der Anfangszeit so hart erscheinen. Doch nachdem er verstanden hatte, dass Vico seine jüngste Tochter von ganzem Herzen liebte und ihm das Olivengut genauso viel bedeutete, wie ihm selbst, legte er seinen harten Panzer uns gegenüber ab und wurde uns ein wahrer Freund. Die Zeit nach seinem Tod war zunächst sehr anstrengend gewesen, denn zu zweit war es kaum machbar, all die Bäume fachgemäß zu beschneiden und zu pflegen. Aber ehe wir jemanden gefunden hatten, der unseren Ansprüchen genügte, vergingen bald dreizehn lange Monate. Dann hatten wir endlich einen tüchtigen und zudem äußerst lebendigen Arbeiter gefunden, der uns von da an zur Seite stand. Luigi war einfach phantastisch gewesen und wir drei kamen wunderbar miteinander aus.

An dieser Stelle beendete ich meine kurze Zeitreise für einen Moment, denn der Schmerz in meiner Brust wurde immer vehementer. Zudem bildete sich ein Kloß in meiner Kehle, den ich schnellstmöglich wieder loswerden wollte. Also nahm ich erst einmal einen großen Schluck kühles Wasser zu mir und atmete tief ein.

„Einundfünfzig Jahre" flüsterte ich leise vor mich hin. „Einundfünfzig Jahre lebe ich nun schon hier. Das ist quasi schon über ein halbes Jahrhundert."

Und wenn ich ehrlich war, wollte ich auch noch den Rest meines Lebens hier verbringen. Ich liebte diesen Ort, denn auch, wenn viele traurige Erinnerungen damit verbunden waren, so überwiegten doch immer noch die guten. Zumindest sah ich es so. Wenn ich an die wundervollen Sommerabende dachte, die wir alle gemeinsam unter dem Schatten der Olivenbäume bei einem guten Essen und köstlichem Wein verbracht hatten, dann wurde mir immer wieder ganz warm ums Herz.

„In Ordnung", nickte ich Francesco am späten Nachmittag zu, als ich ihn beim Zupfen des Unkrautes im Garten gefunden hatte. Ich hatte ihm versprochen, ihm noch an diesem Tag eine Rückmeldung zu geben. „Lass uns die Sache anpacken."
„Uns?" sah er mich ungläubig fragend an.
„Ja, uns", entgegnete ich ihm. „Oder glaubst du wirklich, du könntest all das hier alleine schaffen?"
„Nun ja", stammelte er und rieb sich mit der rechten Hand den Nacken. „Es ist schon viel Arbeit..."
„Eben. Und wenn das Ganze tatsächlich erfolgreich sein soll, braucht es ein paar mehr Hände. Also lass uns heute Abend bei einem guten Glas Wein einen Plan erstellen, damit wir gleich morgen loslegen können."

Vielleicht war ich etwas zu optimistisch, aber wenn ich an den Elan dachte, der mich früher bei dieser Arbeit durchströmt hatte, dann spürte ich, wie er auch heute noch in meinen Gliedern steckte und nur darauf wartete, wieder in Aktion zu treten. Und wenn es uns damit vielleicht sogar gelingen könnte, die „alte" Donatella wieder zum Vorschein zu bringen, dann wäre es all die Mühe in jedem Fall wert. Denn auch, wenn sich Francesco und auch sonst niemand vorstellen konnte, was für ein wundervoller und bezaubernder Mensch diese Frau einmal gewesen war, ich wusste es nur allzu genau.

Kapitel 20

Francesco

Packen wir es an

Ich hatte nicht wirklich damit gerechnet, dass Alberto sein Einverständnis geben würde, mich meinen Plan in die Tat umsetzen zu lassen. Schon gar nicht hatte ich erwartet, dass er dabei auch noch helfen wollen würde. Aber so waren die Aussichten, dass mein Vorhaben erfolgreich sein könnte, gleich fühlbar um ein Doppeltes gestiegen. Ich hatte gerade wirklich eine kleine Glückssträhne. Kaum zu glauben, ich, der eigentlich nicht einmal wusste, wie man dieses Wort buchstabierte, steckte tatsächlich mittendrin. Und es fühlte sich mehr als einfach nur gut an. Was hatte ich für einen wunderschönen Abend mit Giulia gehabt. Diese Frau war das bezauberndste Wesen, dem ich jemals begegnet war und mit jeder Begegnung hatte ich das Gefühl, mehr und mehr den Boden unter meinen Füßen zu verlieren und einfach nur noch zu schweben. Das war gefährlich, denn ich wusste, dass sie wieder gehen würde und dass ich zurück in die Höhle des Drachens musste. Doch daran wollte und konnte ich jetzt einfach nicht denken. Ich wollte, ganz im Gegenteil, auch weiterhin jeden Moment auskosten, den wir gemeinsam verbringen konnten und hatte ebenso vor, meinen Plan, das Olivengut wieder zum Leben zu erwecken, in die Tat umzusetzen.

„Du wirst es nicht glauben", schrieb ich Giulia direkt, nachdem Alberto mich zunächst wieder der Gartenarbeit überlassen hatte. „Heute Abend möchte sich Alberto mit uns zusammensetzen und Pläne schmieden."
„Was?" kam es auch prompt zurück. „Das ist ja phantastisch. Ich bin auf jeden Fall dabei!"

Und so saßen wir drei am späten Abend gemütlich auf Albertos Veranda und gingen die kommenden Tage und Wochen durch.
„Einfach wird das nicht", eröffnete Alberto das Gespräch. „Die Bäume sind Jahrelang nicht mehr vernünftig beschnitten worden und die Ernte, die jetzt zunächst bevorsteht, wird vermutlich nicht so üppig ausfallen, wie du es dir erhoffst." Dabei sah er mich an und zog ein wenig resigniert seine Schultern hoch. Doch ich hatte mir in den letzten Tagen jeden einzelnen Baum genauestens angesehen und war recht zuversichtlich, dass es für den Anfang gar nicht so schlecht aussehen würde. Wenn ich an das letzte Jahr dachte, waren da tatsächlich nur spärlich Früchte herangereift. Aber in diesem Sommer hatten wir alle erdenklich guten Wetterverhältnisse gehabt, die trotz eines Wildwuchses der Äste, eine zumindest passable Ernte versprachen.
„Na, dann hoffen wir, dass du Recht hast", meinte Alberto daraufhin.
„Wir haben sogar das Glück, dass die ersten Früchte bereits so reif sind, dass wir schon morgen mit der Ernte beginnen könnten", sagte ich und war wild entschlossen, dies auch zu tun.
„Hast du die Netze alle kontrolliert?"

„Ja, das habe ich. Ein paar von ihnen waren leider schon recht kaputt, aber ich habe sie zum Teil reparieren können und auch noch neue dazu besorgt."

„Ich würde euch auch wirklich gerne helfen", klinkte sich nun auch Giulia ein. „Aber meine Zeit ist vermutlich im Moment eher begrenzt, da Tante Donatella einfach sehr viel Hilfe benötigt und ich nicht so oft aus dem Haus kann."

„Das ist auch völlig in Ordnung", versicherte ich ihr. „Du hilfst, wenn du es kannst und den Rest schaffen wir schon alleine. Was meinst du, Alberto?!"

„*Certo!*" lachte er. „Ich bin zwar keine zwanzig mehr, aber meine Hände freuen sich schon, wieder vertraute Arbeiten auszuführen." Kurz hielt Alberto inne. Man konnte sehen, dass er über etwas nachdachte. Langsam nahm er einen großen, langsamen Schluck von seinem Rotwein. „Ich würde euch gerne etwas sagen", begann er dann. „Aber das muss auch ein Geheimnis bleiben. Versprecht ihr mir das?"

Natürlich versicherten wir ihm unser Stillschweigen und so lehnte er sich in seinem Gartenstuhl zurück und begann uns sein Geheimnis preiszugeben. „Weißt du, Francesco, ich bin sehr froh, dass du diesen tollen Plan hattest, denn das ist vielleicht eine der einzigen Möglichkeiten, um dieses Anwesen irgendwie behalten zu können."

„*Come?!*" entfuhr es Giulia. „Ich dachte, Tante Donatella geht es finanziell gut."

„Das dachte ich auch", erwiderte Alberto. „Aber ich habe bei einem meiner letzten Besuche bei deiner Großtante zufällig ein Schreiben auf dem Küchentisch liegen sehen, in dem leider nicht zu übersehen war, dass ein großer Berg Schulden auf ihr lastet. Ich glaube, sie nimmt das alles nicht so ernst, aber ich fürchte, wenn nicht bald wenigstens ein Teil davon gezahlt wird, verliert Donatella das komplette Anwesen und damit sitzen wir dann beide auf der Straße"

„Und ich habe gar keinen Job mehr", flüsterte ich sprachlos. „Von wie viel Geld sprechen wir denn hier?" wollte Giulia nun wissen. „Wenn ich es richtig gesehen habe, handelt es sich insgesamt um eine Summe von rund einhundertfünfzigtausend Euro. Davon sollen fünfzigtausend Euro in den kommenden vier Monaten gezahlt werden. Nur dann hätten wir überhaupt eine Chance, hierzubleiben." Albertos Stimme klang sehr bedrückt. Aber das waren auch wirklich keine guten Aussichten. Wer hatte schon mal eben so fünfzigtausend Euro? Geschweige denn die komplette Summe. „Nun ja", begann ich meine Bedenken zu äußern. „So viel bekommen wir mit der Olivenernte auf keinen Fall zusammen."

„Nein", stimmte mir auch Giulia zu. „Ich hätte noch ein wenig Erspartes, aber auch das wird vermutlich immer noch nicht reichen."

Für einen kleinen Moment verlor ich tatsächlich schon den Mut, mein Vorhaben überhaupt noch in die Tat umzusetzen. Doch letztlich war es so oder so einen Versuch wert. Mir lagen die Bäume einfach am Herzen und eine solche Gelegenheit ungenutzt zu lassen, wäre jetzt sicherlich das Falscheste, was man gerade tun konnte.

„Dann beginnen wir gleich morgen", bekräftigte ich noch einmal unser Vorhaben, „und vielleicht finden wir auch noch eine andere Möglichkeit, die dabei helfen könnte, das Gut und somit dein Zuhause hier zu retten." Dabei sah ich Alberto mitfühlend an, denn wenn ich mir vorstellte, dieser Mann, der seit so vielen Jahren auf diesem Anwesen lebte, müsse vielleicht den Rest seines Lebens in einem winzigen

Loch in einem Dorf der Umgebung verbringen, weil er sich nicht mehr leisten konnte, wurde mir ganz anders zumute. Er hatte schließlich keine Familie, die ihn in irgendeiner Form unterstützen könnte. Sein Leben hatte sich einzig und allein hier auf diesem Gut abgespielt. Das wusste ich, denn er hatte es mir erzählt. Zwar hatte er immer wieder Frauenbekanntschaften, durchaus auch von längerer Dauer, gehabt, aber etwas wirklich Festes fürs Herz war nie dabei gewesen. Für ihn schien das auch in Ordnung so gewesen zu sein, denn so wie er es sagte, hatte er hier stets alles gehabt, was man sich nur hätte wünschen können. Er war quasi ein Teil der Familie Fratelli geworden, liebte seine Arbeit auf dessen Anwesen und genoss seine Ungebundenheit in vollen Zügen. Sein Gehalt war mehr als großzügig gewesen und ein wunderschönes Apartment hatte er obendrein. Und doch, sollte man ihm nun tatsächlich sein Zuhause nehmen, stünde er mit leeren Händen da.

„Es gäbe da durchaus noch eine weitere Möglichkeit", sagte Alberto nachdenklich.

„Wirklich?" Giulia war ganz Ohr.

Alberto nickte. „Weißt du, deine Großtante hatte eine wirklich besondere Gabe. Ihr hatte es die Familie zu einem großen Teil zu verdanken, dass dieses Gut einige Jahre lang einer der wundervollsten Orte war, die man sich nur vorstellen kann. Ihr müsst wissen, dass es hier nicht immer so verkommen aussah. Jedes einzelne Gebäude, der komplette Garten, inklusive der Olivenbäume, waren so unglaublich schön und gepflegt, dass es schon fast märchenhaft war. Vico und Donatella wohnten in dem Apartment, zu dem der Swimmingpool gehört. Jedes einzelne Zimmer hatte Donatella zu etwas ganz Besonderem gemacht. Aber auch die anderen Gebäude waren liebevoll eingerichtet und boten jedem Platz, der die Familie besuchte. Und es war oft Besuch hier oben. Egal, ob von Verwandten oder Bekannten, Freunden oder Geschäftspartnern." Nun sah Alberto Giulia an. „Deine Mutter Antonia war besonders gerne hier. Schon als kleines Mädchen tobte sie durch den riesigen Garten und spielte mit den Hunden, die der Familie gehörten. Und sie und deine Tante Donatella waren ein Herz und eine Seele."

„Kaum vorstellbar", kam es über Giulias Lippen. „Was für eine besondere Gabe hatte Donatella denn?"

„Deine Großtante war eine sehr begnadete Malerin. Am Liebsten saß sie stundenlang draußen in der Natur und schwang den Pinsel. Aber sie hatte auch ein Händchen für Blumen und Pflanzen. Alles war immer akkurat aufeinander abgestimmt. So war das gesamte Anwesen immer liebevoll von ihr gestaltet worden und jeder, der herkam, fühlte sich auf Anhieb wohl."

„Dann hat sie die Malereien in den Häusern an die Wände gebracht?" fragte Giulia nun und ihre Augen leuchteten dabei.

„Ja, das hat sie. Aber sie hat auch viele Bilder auf Leinwand gemalt. Diese Werke stehen alle auf einem Speicher, damit sie niemand mehr sehen kann."

„Aber warum?" wollte ich jetzt wissen, denn die Wandgemälde waren wirklich richtig gut. Das musste ich durchaus zugeben.

„Es hat seine Gründe", blaffte Alberto mich mit einem Male an und wollte das Thema damit offensichtlich ganz plötzlich beenden.

Ich hakte also nicht weiter nach, doch Giulia ließ sich nicht von Albertos barscher Antwort beeindrucken.

„Du sprachst eben von einer weiteren Möglichkeit, wie wir das Anwesen noch retten könnten. Was hast du dir vorgestellt?"

Zwar sah Alberto nicht so aus, als würde er uns seine Idee noch mitteilen wollen, doch nach kurzem Nachdenken tat er es dann doch.

Als ich gut eine Stunde, nachdem Alberto uns in seinen Plan eingeweiht hatte, nach Hause fuhr, war ich mir noch immer nicht ganz sicher, ob dieses Vorhaben eine wirklich gute Idee war. Aber vermutlich war es außer der Olivenvermarktung tatsächlich so ziemlich die einzige Chance, um Alberto dabei behilflich zu sein, auf dem Gut wohnen bleiben zu können. Bei Donatella war es mir ehrlich gesagt egal, was mit ihr passierte, denn so bissig und unfreundlich, wie sie sich mir gegenüber immer verhielt, hatte sie es vielleicht auch nicht besser verdient. Allerdings stünde ich dann auf der Straße, ohne Aussicht auf etwas Neues. Vermutlich täte ich das sogar ohnehin, wenn mich der alte Drachen nicht mehr bezahlen könnte. Aber daran wollte ich jetzt nicht denken, denn ich freute mich einfach zu sehr auf die Olivenernte, das anschließende Beschneiden der Bäume und die daraus resultierenden Fruchterträge im kommenden Jahr. Und natürlich freute ich mich ebenso sehr auf die Zusammenarbeit mit Alberto und Giulia.

„Also", sagte ich laut zu mir selbst, „packen wir es an. Das wird schon klappen." Mit dieser Zuversicht fuhr ich nach Hause und versuchte noch ein paar Stündchen erholsamen Schlaf zu bekommen, bevor am kommenden Tag die erste Ernte anstünde.

Teil 4

Kapitel 21

Giulia

Eine kleine Bedingung

Die letzten zwei Wochen waren entgegen meinen Erwartungen recht entspannt gewesen. Meine eindringlichen Worte, die ich an dem Morgen der Abfahrt meiner Mutter an Tante Donatella gerichtet hatte, schienen ihre Wirkung nicht verfehlt zu haben. Zwar hatte die alte Dame weiterhin einen eher ruppigen Ton an sich und war lieber für sich allein als in Gesellschaft, jedoch gab sie sich sichtlich große Mühe, nicht zu ausfallend zu werden, wenn ihr etwas nicht passte und zeigte sogar hier und da Interesse an mir als Person. Es waren kleine Momente, in denen mir immer wieder bewusst wurde, dass in meiner Großtante noch ein Mensch schlummerte, der auch ein Herz hatte. Wenn ich an den Rest meiner Familie dachte, konnte es auch gar nicht anders sein, denn wir waren alle innerlich voller Lebensfreude und liebten es, gemeinsam Zeit zu verbringen und uns aneinander zu freuen. Auch Alberto hatte es so von früheren Zeiten an diesem Ort geschildert. Für Außenstehende wohl kaum nachvollziehbar, so trostlos, wie dieses Anwesen mittlerweile größtenteils wirkte. Doch ich konnte mir irgendwie nur allzu gut vorstellen, wie fröhlich es hier einst zugegangen sein musste und wie meine Mutter als Kind mit den Hunden durch den riesigen Garten getobt war.

Alberto hatte in den letzten Wochen nicht besonders viel preisgegeben von diesen alten Zeiten, aber jedes Mal, wenn ihm eine kleine Erinnerung über die Lippen kam, erhellte sich sein Gesicht von einem auf den nächsten Moment. Mir zeigte dies immer wieder, wie glücklich er hier gewesen sein musste und es bestärkte mich ebenfalls darin, dieses Anwesen zu retten, damit er und Donatella nicht ihr Zuhause verlieren würden. Und obwohl ich wusste, dass es eine wirklich gute Sache war, die wir seit zwei Wochen in Angriff genommen hatten, spürte ich manchmal ein mulmiges Gefühl in meiner Magengegend, denn wir taten all dies hinter Donatellas Rücken. Ehrlich gesagt, wusste ich gar nicht so richtig, weshalb wir sie nicht einweihten, aber Alberto hatte uns regelrecht angefleht, die Sache erstmal für uns zu behalten. Er meinte, wenn Donatella auch nur ansatzweise mitbekommen würde, was wir hier täten, würde sie uns sofort einen Riegel vorsetzen und all unsere Bemühungen jäh beenden. „Lieber würde sie in ein Heim gehen und dort wie eine Primel eingehen, statt an die alten Zeiten erinnert zu werden", hatte er einmal gesagt.

„Aber wieso denn?" hatte ich daraufhin gefragt, denn ich konnte mir dieses Verhalten einfach nicht erklären. Und wenn Tante Donatella sogar ins Heim gehen würde, obwohl sie Menschen um sich herum kaum ertragen konnte, dann musste es wohl tatsächlich einen triftigen Grund dafür geben. „Es tut mir leid", schüttelte Alberto nur langsam den Kopf. „Ich kann dir dazu nicht mehr sagen. Vielleicht wird Donatella es dir eines Tages selbst erzählen. Aber eines kannst du mir wirklich glauben." Dabei sah er mich eindringlich aus traurigen Augen an. „Deine Großtante war immer schon einer der warmherzigsten und liebevollsten Menschen, denen ich je begegnet bin. Aber manchmal passieren Dinge im Leben, die ein Herz leider wahrlich in einen Stein verwandeln können. Und bei Donatella war es so."

Ich sah ihn mitfühlend an, denn ich spürte, wie sehr ihn seine eigenen Worte selbst berührten. Gerne hätte ich noch etwas dazu gesagt, aber ich wusste, dass es zwecklos gewesen wäre. Es gab hier Schatten der Vergangenheit, die so schwer wogen, dass sie, zumindest im Moment, niemand durchdringen konnte. Ich konnte nur hoffen, dass unser Plan, das Anwesen zu retten, schlussendlich von Erfolg gekrönt sein würde und Donatellas Herz nicht noch vollends damit zu zerstören.

Plötzlich klingelte mein Handy mitten in meine Gedanken hinein und ich brauchte erst einen Moment, um wieder im Hier und Jetzt zu landen. „Pronto" meldete ich mich. Die Nummer, die auf dem Display erschienen war, sagte mir auf den ersten Blick nichts, doch als ich die freundliche Stimme am anderen Ende der Leitung hörte, wusste ich, mit wem ich das Vergnügen hatte. „Signora Manzini, wie schön, Sie zu hören. Haben Sie sich die Werke gemeinsam mit Herrn Palermo angesehen?"

„Ja", ertönte es erfreut am anderen Ende. „Was für unglaublich lebendige und farbenprächtige Stücke teilweise dabei sind. Da kann man auf jeden Fall etwas mit anfangen."

„Oh, das freut mich sehr! Dann kommen wir ins Geschäft?"

„Unbedingt. Mein Chef ist so begeistert, dass er sich am liebsten noch heute mit Ihnen persönlich treffen würde, um die Details zu besprechen."

Ich spürte, wie sich innerlich eine riesige Freude in mir auszubreiten begann, denn Herr Palermo traf sich nicht mit jedermann, das hatte ich schon gehört. Er war ein exzellenter Kunstkritiker und besaß ein Kunstatelier in der Florenzer Innenstadt, in der er nur Stücke ausstellte, von denen er überzeugt war, dass sie einen besonderen Charakter hatten und sich gut vermarkten ließen. Zugegeben war ich anfangs ein wenig skeptisch gewesen, ihm Tante Donatellas Bilder zur Begutachtung zu geben, aber schließlich hatte ich ja erst einmal nichts zu verlieren.

„Wann könnten Sie heute vorbeikommen?"

Ich überlegte. Zunächst müsste ich das Mittagessen kochen und Donatella und die beiden Männer mit ein paar köstlichen Kleinigkeiten versorgen. Anschließend hätte ich sicherlich eine gute Stunde Zeit, um nach Florenz zu fahren. „Was halten Sie von zwei Uhr nachmittags?"

„Prima. Dann bis später."

„Ja, bis später."

Glücklich legte ich mein Handy zurück auf den Tisch und war immer noch ein wenig sprachlos. Das musste ich unbedingt Alberto erzählen. Also schlüpfte ich schnell in meine leichten Sportschuhe, schaute noch einmal nach Donatella, die gemütlich in ihrem Gartenstuhl saß und ein Buch las, und lief dann in den Garten zu dem unteren Teil des Olivenhains. Die Ernte war bereits abgeschlossen und Francesco und Alberto hatten angefangen, die Bäume zu beschneiden. Schon von weitem konnte ich ihre fröhlichen Stimmen hören. Es war schön zu sehen, wie viel Freude ihnen die harte Arbeit bereitete, auch, wenn sie sich abends vor lauter Anstrengung kaum noch auf den Beinen halten konnten.

„Hey, ihr zwei!" rief ich ihnen entgegen und wartete, dass sie sich zu mir umdrehten. „Ich habe Neuigkeiten." Dabei spürte ich, wie meine Lippen sich von einem Ohr zum anderen zu einem breiten Grinsen formten.

„Na, das müssen ja tolle Neuigkeiten sein", stellte Francesco fest. „Du siehst aus, als hättest du im Lotto gewonnen."

„Naja, nicht ganz", lachte ich. „Aber mich hat gerade die Sekretärin von Herrn Palermo, dem Kunstkritiker angerufen. Sie

sagt, ihr Chef sei ganz begeistert von Tante Donatellas Bildern und will mich heute unbedingt treffen."
„Wow", entfuhr es Francesco nun.
„Ich wusste doch, dass ihre Kunst etwas wert ist", stellte Alberto zufrieden fest.
„Ja", stimmte ich ihm zu. „Die Bilder sind wirklich unglaublich schön."

Es war direkt am Tag nach unserem gemeinsamen Abend vor zwei Wochen gewesen, als Alberto mich mit in sein Apartment genommen hatte, um mit mir auf den Dachboden zu steigen. Dort hatte er alle Kunstwerke von Donatella aufbewahrt. Es waren bestimmt an die achtzig Bilder in allen erdenklichen Größen.
„Wieso sind sie alle hier oben?" fragte ich neugierig, denn ich konnte es mir einfach nicht erklären.
„Ich habe sie quasi gerettet", begann Alberto seine Erklärung. „Vor über dreißig Jahren, nach dem Tod von Vico, wollte Donatella ihre kompletten Bilder nicht mehr haben. Sie standen eines Morgens einfach alle am Müllplatz unten an der Straße. Der Zufall wollte es wohl an diesem Tag, dass ich noch daran vorbei fuhr, ehe die Müllpresse die Kunstwerke in tausende Kleinteile zerlegt hätte. Ich lud sie alle auf den großen Firmentransporter, den wir damals noch fuhren und versteckte sie hier oben auf meinem Speicher. Am liebsten hätte ich sie aufgehängt, aber dann hätte Donatella mich vermutlich vom Hof gejagt."
„So schlimm?" entfuhr es mir. Dabei wusste ich, dass Albertos Lippen über alle weiteren Details Stillschweigen bewahren würden.

„Wie gut, dass du sie aufbewahrt hast", fügte ich also schnell hinzu, um die Situation nicht unnötig anzuspannen. Dann begann ich, mir die Bilder nach und nach anzuschauen. Es war recht dunkel hier oben, aber es reichte zumindest, um die Motive zu erkennen. Und was ich sah fand ich auf Anhieb wunderschön. Es waren größtenteils farbenprächtige Ölgemälde, aber auch einige Bleistift- und Kohlezeichnungen. Und fast alle Bilder zeigten Menschen in den unterschiedlichsten Situationen, die alle sehr glücklich und entspannt wirkten. Auf einigen Gemälden waren zwei Männer bei der Olivenernte zu sehen, von denen ich annahm, dass es sich um Alberto und Tante Donatellas Mann Vico handelte. Andere Bilder zeigten eine große, gedeckte Tafel mitten im Grünen, an der einige Personen saßen und sich angeregt zu unterhalten schienen. All diese Eindrücke mussten wohl hier auf dem Anwesen entstanden sein und ich war beeindruckt von den vielen kleinen und liebevollen Details, die zumindest in der Dunkelheit zu erahnen waren. Wenn Tante Donatella all diese Werke wirklich selber gemalt hatte, dann musste sie zweifelsfrei einmal ein komplett anderer Mensch gewesen sein, denn so etwas konnte nur jemand aufs Papier bringen, der mit Leib und Seele liebte. Mit einem Herz aus Stein hätten solche Kunstwerke einfach niemals entstehen können, das war mir sehr bewusst, auch, wenn ich ansonsten wenig davon verstand. Und vermutlich wollte Tante Donatella all diese Bilder nicht mehr sehen, weil sie einfach nicht mehr an diese Zeiten erinnert werden wollte. Anders konnte ich es mir nicht erklären.

„Aber meinst du, wir können diese Bilder jetzt einfach so verkaufen?" fragte ich nun Alberto, der mich in den letzten Minuten stillschweigend beobachtet hatte. „Ich weiß nicht, ob meine Tante das so toll fände, wenn sie es wüsste."

„Sie muss es ja nicht erfahren. Im Grunde geht sie doch ohnehin davon aus, dass ihre Werke seit Jahren schon nicht mehr existieren. Und das Geld könnten wir gut gebrauchen." Er hatte Recht. Eigentlich waren es gar nicht mehr Tante Donatellas Bilder, denn sie hatte sie entsorgt und somit konnte ihr im Grunde genommen egal sein, ob sie noch einmal eine Verwendung fänden oder nicht. Trotzdem hatte ich ein wenig Bauchschmerzen bei dem Gedanken, die Werke tatsächlich auf den Markt zu bringen, auch, wenn es theoretisch nicht ungesetzlich war. Andererseits, was hatten wir für eine Alternative? Die Olivenernte konnte niemals alleine so viel Geld einbringen, wie wir brauchten, um das Anwesen zu retten. Also überwand ich meine Bauchschmerzen und überlegte, wie wir noch am ehesten etwas Geld mit den Kunstwerken verdienen konnten. Ich stöberte stundenlang am Abend, nachdem Alberto mir die Bilder gezeigt hatte, im Internet und landete irgendwann auf der Seite von Herrn Palermo. Sein Kunstatelier lag mitten in der Innenstadt und zog täglich etliche Touristen und auch Einheimische an. Und so beschloss ich, dort am nächsten Morgen anzurufen und mir das Ganze einmal persönlich anzusehen. Das Atelier war wunderschön hell, die Böden aus glänzendem Marmor, und alles hatte einen sehr festlichen Charakter. Die Ausstellung, die derzeit lief, stand unter dem Motto „Zauber der Nacht". Bisher hatte ich mich nie so sehr für Kunst interessiert. Torbens Mutter fragte mich häufig, ob ich sie nicht begleiten wollte, wenn mal wieder eine neue Ausstellung in der Kunsthalle in Bielefeld anstand. Glücklicherweise war ich ihr immer wieder entkommen und sie fand jemand anderes, den sie mitnehmen konnte. Die Kunst hätte mir vielleicht tatsächlich auch noch gefallen, aber alleine die Vorstellung, dort mit Marianne Kranz hinzugehen, ließ mich innerlich erschauern. Ich wusste genau, wie es war, wenn man mit dieser Frau in der Öffentlichkeit unterwegs war. Alles wusste sie immer besser als jeder andere und im Kritisieren von Menschen war sie wirklich unschlagbar. Mir war das einfach stets zu peinlich gewesen, denn sie feilschte um jeden kleinen Cent, wenn etwas nicht ganz nach ihrem Belieben war und geizte mit Trinkgeld in Cafés und Restaurants, dass man sich fremdschämen musste. Und das, obwohl sie eine der reichsten Frauen war, die ich kannte und die sich wahrlich jeden Luxus gönnen konnte, von dem andere nur träumen konnten.

Diese Ausstellung, die ich nun besuchte, war so faszinierend, dass ich nicht einmal bemerkte, wie schnell die Zeit verflog. Die dunklen Eindrücke der Nacht waren in so vielen Facetten dargestellt, das ich von der Fülle überwältigt war. Glücklicherweise hatte ich auch keinen Zeitdruck an diesem Tag, denn Alberto hatte mir versprochen, dass er sich den Vormittag über um Tante Donatella kümmern würde.

„*Scusi, Signora*", sprach mich eine Dame mittleren Alters an.

„Sind Sie Frau Meyer?"

„Ja", nickte ich und streckte ihr automatisch meine rechte Hand zur Begrüßung entgegen.

„Ich bin Frau Manzini. Wir haben einen Termin."

„Wie schön, dass Sie so spontan Zeit hatten." Erst in den frühen Morgenstunden hatte ich in der Galerie angerufen und mein Anliegen geschildert. Damit, dass ich direkt vorbeikommen konnte, hatte ich nicht gerechnet. Ich suchte mir einige der Bilder heraus und lud sie in den Wagen. Die großen, sperrigen Kunstwerke fotografierte ich. Und so saß ich nun hier mit der Sekretärin von Herrn Palermo zusammen und erzählte ihr ein wenig von meinem Dachbodenfund. Sie musste schließlich nicht mehr darüber wissen.

„Um wie viele Bilder handelt es sich denn?" wollte Frau Manzini wissen. „Ich habe etwa zwanzig kleinere Werke mitgebracht und zusätzlich ein paar Foto-Sofort-Prints von den gut sechzig anderen Bildern." „Gut, dann lassen Sie uns die Bilder hereinholen. Ich werde sie später gemeinsam mit Herrn Palermo begutachten und dann melden wir uns bei Ihnen."

Das war nun zwei Wochen her gewesen und ich hatte schon die große Befürchtung, dass die Bilder nicht gut genug waren und ich deshalb bisher noch keine Rückmeldung bekommen hatte. Doch glücklicherweise war es anders und nun hatte ich tatsächlich einen Termin mit Herrn Palermo persönlich.

„Guten Tag Signora Mayer", begrüßte mich ein älterer Herr, den ich auf etwa Mitte Siebzig schätzte, als ich den Hintereingang des Ateliers betrat. „Willkommen. Ich bin Herr Palermo." Sein Profilbild hatte ich bereits auf seiner Internetseite gesehen, doch gefiel er mir in Natura noch um einiges besser. Herr Palermo war ein großer, schlanker Italiener, der mir auf Anhieb sympathisch war. Er trug einen maßgeschneiderten, dunkel blauen Anzug und ein legeres weißes Hemd darunter, von dem er die obersten zwei Knöpfe geöffnet gelassen hatte und so einen Blick auf seine leicht behaarte Brust gewährte. Seine kurzen grauen Haare hatte er leicht nach Hinten gestylt und an den Füßen trug er passend zu der ganzen, eher jugendlich schicken Aufmachung, weiße Sportschuhe.

„Haben Sie die anderen Werke heute ebenfalls mitgebracht?"
„Nicht alle", musste ich gestehen. „Sie passten leider nicht komplett in meinen Wagen."

„Ah, verstehe. Das macht nichts. Die anderen Bilder können Sie mir in den kommenden Tagen vorbeibringen. Vorausgesetzt natürlich, dass Sie mit meinem Angebot zufrieden sein werden und sich eine Zusammenarbeit vorstellen können."

Noch bevor ich antworten konnte, fügte er noch lachend einen Nachsatz hinzu. „Ich kann mir allerdings beim besten Willen nicht vorstellen, dass Sie mein Angebot ablehnen könnten."

Und er hatte Recht. Als ich die Summe hörte, die er alleine für die Ausstellung zahlen würde, fiel ich bald vom Glauben ab. Ganz zu schweigen von den Preisen, die die Bilder bei einem Verkauf einbringen sollten. Da merkte ich noch einmal eindeutig, dass ich von Kunst tatsächlich keine Ahnung hatte.

„Und, hat Sie mein Angebot überzeugt?"

Schnell nahm ich einen Schluck von dem Wasser, dass er mir vor Gesprächsbeginn eingeschenkt hatte, zu mir und nickte.

„Ja, ich denke, das ist ein wirklich faires Angebot." Ich wollte so sachlich wie möglich klingen, doch innerlich war ich vollkommen aufgewühlt.

„Das freut mich", erwiderte Herr Palermo. „Allerdings habe ich eine kleine Bedingung."

Ah, dachte ich nun bei mir. Irgendwie war klar, dass es bei dieser großzügigen Summe einen Haken geben musste. Und als ich hörte, um was für eine kleine Bedingung es sich handelte, spürte ich, wie sämtliche Farbe aus meinem Gesicht wich, denn an dieser Stelle schien unser Plan ein jähes Ende zu nehmen.

„Ich werde sehen, was ich tun kann", sagte ich nur, erhob mich und verabschiedete mich.

Kapitel 22

Francesco

Ein ausgezeichneter Name

Ich hatte mir zwar immer wieder vorgestellt, wie es sich wohl anfühlen würde, eine komplette Olivenernte hinter sich zu bringen, aber am Ende war es noch viel schöner gewesen, als ich gedacht hatte. Zugegeben war ich jeden Abend voller Erschöpfung in mein Bett gefallen und meine Knochen machten mich permanent darauf aufmerksam, dass ich keine Zwanzig mehr war. Aber die Zufriedenheit darüber, eine wirklich gute und sinnvolle Arbeit getan zu haben, machte alles wieder wett. Wie grün schimmerndes Gold sammelten wir die Oliven in großen, luftigen Kisten, um sie anschließend zur Weiterverarbeitung wegzubringen. Glücklicherweise waren die Tage mittlerweile nicht mehr ganz so heiß, auch, wenn die Sonne es noch immer gut mit uns meinte. Und die Zusammenarbeit mit Alberto war großartig. Ihm war sichtlich anzumerken, wie sehr auch ihm die Olivenbäume am Herzen lagen und wie er bereits am ersten Tag der Ernte aufblühte.

„Du kannst dir nicht vorstellen, wie sehr ich das vermisst habe", hatte er gesagt, sich die Ärmel hochgekrempelt und die ersten Netze ausgebreitet. „Diese Zeit war für Vico und mich immer die allerschönste, weil einem erst an diesem Punkt bewusst wird, wie ertragreich das Jahr sein würde. Meist hatten wir gute Wetterbedingungen gehabt und konnten eine große Ernte einfahren. Aber es gab auch Jahre, in denen wir uns fragen mussten, ob wir vielleicht falsch beschnitten hatten oder nicht genug gegen die einen oder anderen Insekten vorgebeugt hatten. Alles in allem haben wir aber immer gute Gewinne erzielt und das Öl, das wir aus den Früchten gewonnen haben, war einfach nur köstlich. Wirst sehen, das wird dieses Jahr auch so sein." Dabei zwinkerte er mir zu und ging weiter konzentriert seiner Arbeit nach.

Allerdings waren wir am ersten Tag so euphorisch angefangen, dass wir etwas sehr wichtiges komplett vergessen hatten. „Sag mal, Alberto", begann ich, „wo bringen wir die Oliven dann überhaupt zur Verarbeitung hin?"

Ein schallendes Lachen entglitt seiner Kehle. „Oh Mann! Ich wusste doch, dass wir etwas vergessen haben." Nun musste auch ich lachen, denn da standen wir mit unseren ersten Kisten und wussten nicht, wohin damit. An und für sich war daran gar nichts komisch, denn lange konnten die Früchte so nicht gelagert werden. Andernfalls würden sie beginnen zu schimmeln und unbrauchbar werden. Aber für den Moment sahen wir darüber hinweg und hatten unseren Spaß.

„Ich habe eine Idee", meinte Alberto, kurz nachdem wir uns wieder beruhigt hatten. „Vielleicht gibt es noch unseren alten Olivenöl-Fabrikanten. Ich rufe ihn mal direkt an." Mit diesen Worten schlenderte er rauf zu seinem Apartment und ließ mich für einen Moment zurück. Ich nutzte die Gelegenheit, um mir einen Zigarillo anzustecken und Giulia eine Nachricht zu schicken. *„Sehen wir uns heute Abend?"*

„Sehr gerne. Zehn Uhr am Pool?"

„Perfekt. Ich freue mich auf dich. Kuss."

Noch ehe ich ihre Antwort lesen konnte, kam Alberto zurück. „Leider gibt es unseren Fabrikanten nicht mehr. Aber mir ist eine andere Firma eingefallen. Die ist nur wenige hundert Meter von hier entfernt."

„Ja, natürlich", nickte ich. „Da hätten wir auch schon früher drauf kommen können."

„Wir können die Oliven von heute schon direkt am Abend runter fahren. Einen guten Preis habe ich auch schon ausgehandelt."

„So schnell?" Ich war erstaunt, denn Alberto war höchstens zehn Minuten im Haus gewesen.

„Ja", sagte er wie selbstverständlich. „Ich habe immer noch ein gutes Verhandlungsgeschick."

Und so hatten wir auch dieses Problem gelöst. Die Ernte dauerte insgesamt fast zwei Wochen, denn schließlich waren wir die meiste Zeit nur zu zweit. Giulia konnte nur selten helfen, da ihre Tante sie vollends einspannte. Aber immerhin behandelte sie ihre Nichte mittlerweile etwas besser, als es noch am Anfang der Fall war. Trotzdem hätte ich nicht mit ihr tauschen wollen. Es reichte schon, dass ich einen solchen Drachen zu Hause sitzen hatte. Da brauchte ich wahrlich nicht noch einen zweiten um mich herum. Robertas Laune war in der letzten Zeit auch noch um ein deutliches schlechter geworden, als sie es ohnehin schon war. „Was hast du so gute Laune!" tadelte sie mich eines Abends, als ich mich neben sie ins Bett legte.

„Ich hatte einfach einen guten Tag", antwortete ich kurz und knapp und war dabei einfach sehr ehrlich gewesen.

„Na, wenigstens hat einer von uns dann einen guten Tag gehabt", erwiderte sie noch bissiger. „Wer weiß, was du die ganze Zeit so treibst, während ich mir hier den Hintern für ein schönes, gemütliches Zuhause aufreiße."

Schönes, gemütliches Zuhause?! Ich dachte, ich hörte nicht richtig. Bei uns war es in etwa so heimelig wie in einer Gefängniszelle. Und nicht einmal Essen kochte sie für uns. Das musste ich zusätzlich noch täglich erledigen, wenn ich wiederkam.

„Tja, da fällt dir wohl auch nichts mehr zu ein", sagte sie schnippisch, nachdem ich mir jeglichen Kommentar verkniffen hatte, drehte sich um und begann auch sogleich zu schnarchen wie ein Holzfäller. Was hatte mich bloß geritten, diese Frau zu heiraten?!

Mit der Beendigung der Ernte begann nahtlos der Beschnitt der Bäume. Wir waren sehr früh und im Normalfall wäre es optimaler gewesen, hätten wir noch einige Wochen mit dem Abschütteln der Früchte gewartet. Dann wären die Oliven schön schwarz und vollends reif gewesen, aber diese Zeit hatten wir leider nicht. Schließlich musste das Olivenöl auch erst noch verkauft werden, damit wir den Gewinn in die Schuldentilgung stecken konnten. Alberto versicherte mir auf meine Bedenken hin immer wieder, dass es dem Geschmack des Öls keinen Abbruch tat, wenn man jetzt schon erntete. Ich konnte nur hoffen, dass er damit Recht haben würde, denn andernfalls blieben wir sicherlich auf dem Öl sitzen und hatten obendrein noch die Schulden der Produktion auf unseren Schultern lasten.

„Ich freue mich schon auf das erste Stück Baguette mit einem frischen Tropfen des Öls", meinte Alberto, als wir mit unseren Astscheren den ersten Baum bearbeiteten.

„Ja, ich mich auch."

„Wir müssen uns noch überlegen, wie es heißen soll."

Ich schluckte etwas peinlich berührt und sah Alberto ein wenig schuldbewusst an. „Es hat schon einen Namen", sagte ich nun kleinlaut.

„Wie?" Alberto verstand nicht. „Was heißt, es hat schon einen Namen?"

„Nun ja", stammelte ich, „als ich die erste Fuhre vor zwei Wochen in die Fabrik gefahren habe, hat man mich gefragt, wie die Flaschen etikettiert werden sollen. Sie würden das gerne schon vorbereiten bevor all ihre anderen Großkunden kämen. Sie meinten, das würde ihnen viel Zeit ersparen."

„Und da hast du dir mal schnell einen Namen überlegt?" Albertos Stimme klang nicht ärgerlich, eher ein wenig überrascht. „Dir ist schon klar, dass der Name einen entscheidenden Einfluss im Verkauf hat?"

Ehrlich gesagt hatte ich mir darüber noch keine Gedanken gemacht, aber jetzt, wo ich es hörte, leuchtete mir dieses Argument schon ein.

„Und?" hakte Alberto nun nach. „Wie heißt es denn?"

„*Olio di Giulia*", antwortete ich und spürte, wie ich bei den Worten errötete. Dieser Name war schon sofort in meinem Kopf präsent gewesen, als meine Pläne bezüglich der Olivenernte konkreter wurden. Ich wollte Giulia damit eine Freude bereiten und ihr auf diesem Wege zeigen, was sie mir von Anfang an bedeutete. Immerhin wäre es ohne ihr Stillschweigen und ihre Loyalität für dieses Projekt überhaupt nicht möglich gewesen, all das umzusetzen.

„So, so", lachte Alberto jetzt. „*Olio die Giulia* also." Dann schwieg er einen Moment, blickte mich aber eindringlich an. Dann nickte er zufrieden. „Das ist ein ausgesprochen guter Name. Das lässt sich sicherlich verkaufen."

„Ehrlich?" fragte ich jetzt etwas ungläubig. Hatte er das ernst gemeint?

„Ehrlich", versicherte er mir. „Warte kurz hier." Er legte seine Astschere beiseite, verschwand für ein paar Minuten und kehrte dann mit zwei befüllten Prosecco-Gläsern zurück. Eines davon reichte er mir und stieß mit mir an. „Auf *Olio di Giulia.*"

„Auf *Olio di Giulia*", wiederholte ich und fand, dass es wirklich ein ausgezeichneter Name für ein Olivenöl war.

Kapitel 23

Giulia

Auf diese Weise geht es nicht

Was sollte ich jetzt bloß machen? Das Angebot von Herrn Palermo war wirklich unschlagbar und ich fragte mich, ob es sich in Künstlerkreisen immer um solche Summen handelte. Aber der Haken, der an allem hing, war aus meiner Sicht unüberwindbar. Aber vielleicht würde mir noch irgendetwas einfallen, um die gestellte Bedingung zu umgehen. Ich steuerte jetzt, nachdem ich aus dem Atelier kam, auf ein kleines Restaurant mitten auf dem Dom-Platz zu, setzte mich an einen der freien Tische, die noch draußen standen und bestellte einen doppelten Espresso. In meinem Kopf schwirrten die Gedanken. Da hatte man einen so großen Fisch vor seiner Nase und nun würde er sich vermutlich vor den eigenen Augen wieder in Luft auflösen.

„Signora, ist alles in Ordnung bei Ihnen?" fragte mich die freundliche Bedienung, als sie den Kaffee vor mir abstellte. „Sie sind ein wenig blass. Soll ich Ihnen vielleicht ein Stück Brot bringen?"

„Nein, danke. Das ist sehr lieb von Ihnen, aber mir fehlt nichts."

Mit einem höflichen Nicken entfernte sie sich und ich nahm in aller Ruhe einen Schluck von meinem Espresso. „Es muss eine Lösung geben", flüsterte ich vor mich hin. „Mir wird schon etwas einfallen." Nun warf ich einen Blick auf meine Uhr und erschrak. Es war schon fast Abendbrotzeit und ich hatte noch nichts gekocht. Schnell trank ich den Rest, zahlte und begab mich auf den Heimweg. Unterwegs klingelte mein Telefon, es war Katrin. Ich würde sie später zurückrufen, wenn ich Donatella zu Bett gebracht hatte.

Zurück auf dem Anwesen traf ich meine Großtante und Alberto im Garten an, wo sie still ihren Gedanken nachzuhängen schienen.

„Entschuldigt, dass es etwas länger gedauert hat", rief ich schon aus einiger Entfernung, denn ich hatte wirklich ein schlechtes Gewissen.

Donatella wollte schon etwas entgegenbringen, doch Alberto kam ihr zuvor. „Das ist schon in Ordnung so. Deine Tante und ich haben uns ganz gut miteinander unterhalten. Und dir steht auch mal ein wenig Freizeit zu." Er sah zu Tante Donatella hinüber. „Du wolltest doch sicherlich dasselbe sagen, oder?"

Sie presste einen etwas undefinierbaren Laut hervor, der wohl als Zustimmung gedacht sein sollte.

„Danke. Ich beeile mich jetzt auch mit dem Abendessen."

„Na, dann will ich die beiden Damen jetzt mal wieder ein wenig alleine lassen." Mit diesen Worten erhob er sich und steuerte schon Richtung Ausgang zu, als ich ihn noch am Ärmel erwischte. „Ich muss nachher unbedingt noch mit dir sprechen. Geht das irgendwie?"

„Natürlich, meine Liebe. Komm einfach rüber, wann immer du magst. Ich bin zu Hause."

Gut drei Stunden später saß ich bei Alberto in der Küche und wir tranken ein Glas Rotwein zusammen. Auch Francesco gesellte sich noch kurze Zeit später zu uns. „Na, dann erzähl mal", forderte mich Alberto neugierig auf. „Eigentlich lief alles ganz wunderbar. Herr Palermo ist ein wirklich toller Mensch und das Angebot, das er mir unterbreitet hat, würde wahrlich alle unsere Probleme lösen. Zumindest einen großen Teil davon. Einige Bilder würde er selber zu einem ausgesprochen fürstlichen Preis kaufen und bei vielen weiteren Gemälden ist er sich sicher, dass sie ebenfalls ohne Schwierigkeiten für gutes Geld verkauft werden können."

„Also bis hierhin hört es sich erstmal ganz gut an", stellte Francesco fest."

„Ja, absolut", stimmte ich ihm zu. „Aber dann kam Herr Palermo noch mit einer Bedingung auf mich zu, für die ich einfach keine Lösung finde."

Beide Männer sahen mich neugierig an. „Aber er will nicht, dass du mit ihm intim wirst, oder?" Francesco war außer sich bei dieser Vorstellung.

„Nein!" rief ich entsetzt. „Was denkst du denn für Sachen?"

„Naja, nichts ist unmöglich."

„Da hat er wohl Recht", stimmte Alberto ihm zu. „Aber sag schon, was für eine Bedingung stellt er?"

„Er möchte, dass Tante Donatella die Ausstellung mit einer Rede eröffnet."

Nun war es raus. Und ich war mir ganz sicher, dass auch die beiden Männer an diesem Punkt unser Scheitern erkennen würden. Doch diese Rechnung hatte ich ohne Alberto gemacht. Ein wenig irritiert sah er mich zunächst an. „Wie kommt Herr Palermo denn darauf, dass Du Donatella überhaupt kennst? Hast Du ihm etwa erzählt, dass Du mit ihr verwandt bist?"

„Äh, nein", stammelte ich. „Vielleicht geht er einfach davon aus, dass ich die Bilder von ihr persönlich habe. Darüber habe ich mir ehrlich gesagt gar keine Gedanken gemacht. Oder vielleicht ist es ihm auch egal, ob ich sie kenne oder nicht. Hauptsache ich schaffe es, sie zur Eröffnung aufzutreiben."

„Ja, das könnte sein", meinte Alberto und eröffnete mir daraufhin seinen Plan.

„Na, das ist doch kein Problem", sagte er so selbstverständlich, dass ich dachte, er hätte wohl vor unserem Treffen bereits einige Gläser Rotwein getrunken. Aber eigentlich wirkte er dafür doch viel zu nüchtern.

„Du sagst Herr Palermo Donatellas Kommen zu und wenn es dann soweit ist, ist sie leider ganz plötzlich an einem hartnäckigen Infekt erkrankt. Absagen kann man so eine Eröffnungsfeier schlecht."

„Das ist ja eine großartige Idee", fand Francesco. „Du bist ja ein richtig alter Fuchs." Ich sah das Ganze aber etwas skeptischer, denn Herr Palermo wollte bestimmt schon im Vorfeld mit Tante Donatella sprechen. „Ach", meinte Alberto daraufhin, „auch dafür finden wir eine Lösung. Hauptsache der Vertrag ist erst einmal unterschrieben."

„Dein Wort in Gottes Ohr", antwortete ich ihm und fühlte mich trotzdem nicht besonders wohl bei dem Gedanken, den netten Herren so anzuschwindeln. Zum einen fand ich ihn einfach zu sympathisch und unglaublich großzügig, zum anderen war es einfach falsch. Aber vermutlich war es wirklich die einzige Möglichkeit, den Vertrag unter Dach und Fach zu bringen.

„Wann musst du denn Herrn Palermo deine Entscheidung mitteilen?" wollte Francesco nun wissen.

„Ich soll morgen im Laufe des Tages noch einmal vorbei-schauen."

„Gut", sagte Alberto. „Dann werde ich dich morgen begleiten, wenn es Dir Recht ist."

Es war mir nur mehr als Recht, denn im Lügen war ich immer eine Niete gewesen. Man merkte mir einfach sofort an, wenn ich nicht die Wahrheit sagte. Das war schon von Kindheit an so gewesen und eigentlich, so fand ich, war dies auch keine so schlechte Eigenschaft. Denn mit Lügen kommt man im Leben meist nicht besonders weit. Wie sagte mal jemand so schön „Mit einer Lüge kannst du durch die ganze Welt gehen, aber nie mehr zurück."

„Du darfst mich sehr gerne begleiten. Lass uns morgen direkt nach dem Frühstück fahren, dann haben wir es hinter uns."

Nachdem wir uns auf die Uhrzeit geeinigt hatten, trank ich noch mein Glas Wein aus und verabschiedete mich. Ich musste an die frische Luft, denn auch, wenn Alberto diesen Vorschlag nur aus einer guten Absicht heraus gemacht hatte, so fühlte es sich trotzdem immer beklemmender in mir an.

„Warte, ich komme mit dir mit", hörte ich Francesco sagen, aber eigentlich war mir nicht nach Gesellschaft. Doch ehe ich etwas erwidern konnte, hatte auch er sein Glas geleert und seine Jacke übergeworfen. „Gute Nacht Alberto, bis morgen."

„Gute Nacht ihr zwei. Schlaft gut."

Schlaft gut? Dachte ich bei mir. Wie sollte ich denn schlafen können mit der Aussicht auf den morgigen Tag. Francesco legte seinen Arm um mich, als wir die Tür hinter uns geschlossen hatten und drehte mich zu sich herum. „Du möchtest den Vertrag so nicht unterschreiben, stimmt`s?"

„Ich habe einfach kein gutes Gefühl dabei. Es ist nicht richtig so. Ich bin irgendwie eher dafür, Herrn Palermo die Wahrheit zu sagen und das Risiko einzugehen, dass der Vertrag dann nicht zustande kommt. Aber wenn er Donatellas Angst vor Menschen nicht nachvollziehen kann und dennoch auf diese Option besteht, dann ist es das Angebot auch nicht wert." Francesco überlegte nicht lange. Er küsste mich innig auf den Mund und sah mich dann an. „Du bist großartig!" flüsterte er. „Ich finde, du solltest morgen genauso mit Herrn Palermo sprechen und dann werden wir sehen, was passiert. Alberto hat seinen Vorschlag nur gut gemeint. Er wollte Donatella auch nur schützen. Aber er möchte halt auch unbedingt diesen Vertrag, denn schließlich hängt auch seine Existenz von unserem Erfolg ab."

„Das stimmt und ich bin ihm auch nicht böse. Trotzdem geht es auf diese Weise für mich nicht." Ich drehte mich noch einmal um, ging zurück zu Albertos Tür und klopfte. „Ich muss es ihm jetzt sagen", erklärte ich Francesco. „Sonst mache ich heute Nacht kein Auge zu."

Alberto war zwar nicht so besonders glücklich mit meiner Entscheidung, aber er sah ein, dass seine Variante wohl tatsächlich nicht die beste Lösung gewesen wäre. „Ich würde dann aber doch lieber hier bleiben, wenn es für Dich in Ordnung ist."

„Natürlich", antwortete ich wahrheitsgemäß. „Ich fühle mich jetzt besser und durchaus in der Lage, eine gute Verhandlung mit ihm zu führen."

„Gut. Ich bin mir sicher, du wirst dein Bestes geben."

Eine viertel Stunde später lag ich müde in meinem Bett. Francesco hatte mich noch bis zur Tür begleitet und mit einem langen und innigen Kuss hatten wir uns voneinander verabschiedet.

„Vielleicht haben wir ja morgen mal ein wenig Zeit für uns alleine", säuselte Francesco mir ins Ohr.

„Das wäre sehr schön", flüsterte ich zurück und drückte ihm einen letzten sanften Kuss auf die Lippen.

„Oh nein!" entfuhr es mir plötzlich laut, als ich schon fast eingeschlafen war. Ich hatte vergessen, Katrin zurückzurufen. Was war ich nur für eine Freundin?! Schnell holte ich noch einmal mein Handy hervor und tippte eine Nachricht. *„Hallo Katrin, es tut mir so leid, dass ich dich nicht angerufen habe. Ich hole es morgen nach. Versprochen! Hoffentlich geht es dir gut. Jetzt muss ich dringend schlafen, aber ich drück dich feste! Bis morgen, meine Liebe!"* Ich legte das Smartphone zurück, schloss erneut meine Augen und glitt ohne Probleme hinüber in den Schlaf.

Kapitel 24

Giulia

Neuigkeiten

Mit zittrigen Knien saß ich in Herr Palermos Büro und wartete dort auf ihn. Frau Manzini, seine nette Sekretärin hatte mich bereits herein gelassen und mir eine Tasse Kaffee gebracht. „Entschuldigen Sie, Signora Mayer. Herr Palermo befindet sich gerade noch in einem wichtigen Meeting, aber er wird jeden Moment hier sein." Irgendwie fühlte ich mich wie bei einem Besuch bei meinem Zahnarzt Dr. Lenz. Man saß bereits im Behandlungsraum und wartete auf die Dinge, die da kamen. Immer mit ein wenig Bauchweh, falls der gute Mann ein Loch entdeckte und bohren müsste.

„Guten Morgen Signora Mayer", begrüßte mich Herr Palermo schon beim Öffnen seiner Bürotür. „Es tut mir leid, dass Sie ein wenig warten mussten, aber mein Meeting dauerte doch etwas länger als gedacht."

„Kein Problem", sagte ich so ruhig und ungezwungen wie nur möglich. „Frau Manzini war so lieb und hat mir direkt einen Kaffee angeboten."

Er nahm auf seinem großen Bürostuhl Platz und sah mich mit einem freundlichen, aufmunternden Lächeln an. „Haben Sie sich mein Angebot noch einmal in aller Ruhe angesehen?"

„Ja, das habe ich und es ist wirklich mehr als großzügig."

„In der Tat", lachte er und klang ausgesprochen gelöst dabei. „Wissen Sie, dass ich die Bilder von Signora Fratelli noch einmal in meinem Leben zu Gesicht bekomme, hätte ich nicht für möglich gehalten."

Ich war überrascht. „Sie kennen die Werke?"

„Oh ja", nickte er begeistert. „Ich habe schon vor vielen Jahren versucht, sie Donatella abzukaufen, doch sie wollte partout nicht. *Das ist nichts für die Öffentlichkeit* hatte sie ganz klar gesagt und es auch dabei belassen. Dabei hätte sie schon damals reich und berühmt damit werden können." Einen Moment schien es, als würde er in seinen Gedanken an einen Zeitpunkt zurückkehren, der schon viele Jahre zurücklag. Doch dann schnellte er zurück in die Gegenwart. „Was hat Donatella dazu bewogen, die Kunststücke doch noch zum Verkauf anzubieten?"

Ehe ich antwortete, brannte mir eine Frage auf den Lippen, die ich zunächst erst noch stellen musste. „Woher kennen Sie Donatella?"

Sein Gesicht erhellte sich, als ich ihren Namen aussprach und er lehnte sich mit verträumtem Blick in seinem Stuhl zurück. „Ich habe sie vor vielen Jahren auf der Kunsthochschule, die wir zusammen besuchten, kennengelernt. Sie war etwa fünf Jahre älter als ich und hatte sich, nach einer Ausbildung zur Näherin dazu entschieden, noch ein Kunststudium zu absolvieren, denn das Nähen lag ihr, laut eigener Aussage nicht. Sie können mir glauben, wie fasziniert ich von Anfang an von dieser wunderschönen Frau war. Mir gefiel ihre fröhliche offene Art. Sie sah in allem und jedem immer nur das Beste und scherte sich nicht darum, was andere von ihr hielten. Zudem hatte sie ein so unglaubliches, künstlerisches Talent. Viele beneideten sie darum, denn sie konnte selbst aus einem einfachen Nagel, den man ihr zum skizieren vor die Nase setzte, ein beeindruckendes Kunstwerk zaubern. In ihren Bildern steckte immer so viel Liebe zum Detail und ich konnte tatsächlich noch eine Menge von ihr lernen. Wir haben damals viel Zeit miteinander verbracht und nur allzu gerne hätte ich sie einmal zu einem richtigen Date eingeladen."

Wieder bekam er diesen Blick, der mir verriet, dass er gerade weit weg, an einem anderen Ort in der Vergangenheit war. Um weiter daran teilhaben zu dürfen, weil ich es so ausgesprochen spannend fand fragte ich „Aber?"

Er brauchte einen Moment ehe er antwortete. „Aber sie hatte bereits einen Mann. Einen Mann, den sie von ganzem Herzen liebte, wie ich schmerzlich feststellen musste. Zum Lernen und Malen traf sie sich gerne wie selbstverständlich mit mir, aber mehr konnte ich nicht von ihr erwarten, obwohl ich anfangs nichts unversucht gelassen hatte, um vielleicht doch ein wenig mehr von ihr zu bekommen als lediglich ihre Sympathie und ihre Freundschaft."

„Aha", entfuhr es mir nachdenklich. War diese Frau, die Herr Palermo hier beschrieb wirklich meine Großtante? Es war kaum vorstellbar, denn diese Frau hatte ich bisher nicht einmal ansatzweise kennengelernt. Aber wenn ich zwischen Albertos unausgesprochenen Zeilen las, konnte ich dieselben Dinge heraushören, wie sie mir jetzt geschildert wurden. Und dann fragte ich mich einfach immer wieder, was einem Menschen Schreckliches passiert sein musste, um sich in einen so kalten Drachen zu verwandeln.

„Nachdem wir mit unserem Studium fertig waren", fuhr Herr Palermo fort, „verloren wir uns für eine Zeit lang aus den Augen. Eines Tages trafen wir uns dann zufällig bei einer Kunstausstellung wieder. Mir kam es so vor, als hätte Donatella noch um einiges an Anmut und Schönheit dazugewonnen. Sie füllte einen ganzen Saal mit ihrer Präsenz, obwohl sie nur eine unter vielen Besuchern der Ausstellung war. Aber alle Blicke richteten sich auf sie, wie sie durch den Raum schritt und die Kunstwerke, die sie sich ansah, förmlich in sich aufnahm. Ich sprach sie an und sie freute sich ehrlich, mich zu sehen und ließ sich bereitwillig auf einen Kaffee einladen. Es war ein herrlicher Nachmittag, an dem sie mich nach dem Kaffee noch mit zu sich auf das Gut nahm, damit ich mir ihre Werke der letzten Jahre ansehen konnte. Donatella und ihre Familie hatten ein riesiges Anwesen mit einigen kleinen Häusern in den Hügeln hinter Florenz und ihre Kunstwerke hatte sie dort in allen dazugehörigen Gebäuden aufgehängt. Durch die edlen Rahmen wirkten die Bilder gleich noch um ein Doppeltes ausdrucksstärker. Damals war ich bereits Kunstkritiker und hätte ihre Gemälde auf der Stelle gekauft. Aber sie wollte sie nicht hergeben. Sie meinte, die Bilder wären zu privat und dienten ausschließlich der Familie als wundervolle Erinnerungen an besondere Momente auf dem Gut. Als wir uns voneinander verabschiedeten, ließ ich ihr noch meine Adresse und Telefonnummer da, für den Fall, dass sie es sich doch noch eines Tages anders überlegen würde."

„Aber sie hatte es sich nicht anders überlegt", stellte ich fest.

„Nein", sagte er in einem bedauernden Ton. „Dieses Zusammentreffen war das Letzte, das ich mit Donatella hatte. Sie hat sich anschließend nie bei mir gemeldet und der Zufall wollte wohl auch nicht, dass wir uns noch einmal begegneten. Ich hörte nur irgendwann von einem gemeinsamen Bekannten, dass Donatellas Mann Ende der Siebziger verstorben war und sie seither eher zurückgezogen lebte. Gerne hätte ich sie einmal besucht, aber ich wollte nicht aufdringlich sein und ließ es bleiben."

Sein Blick wanderte aus dem Fenster. Nun verstand ich langsam, weshalb er die Bedingung gestellt hatte, dass Donatella die Ausstellung ihrer Bilder selbst eröffnen sollte. „Sie möchten Donatella gerne wiedersehen", äußerte ich meine Vermutung. „Deshalb die Bedingung für das Angebot."
Er nickte, sagte aber zunächst nichts. „Ich weiß nicht einmal, ob sie überhaupt noch lebt", flüsterte er dann leise. „Vielleicht haben Sie die Bilder ja aus einem Nachlass oder woher auch immer."
„Nein, Signor Palermo, die Gemälde sind nicht aus einem Nachlass oder ähnlichem. Meine Großtante lebt noch."
Nun erhellte sich sein Gesicht wieder.
„Was?! Ihre Großtante? Das ist ja unglaublich!" Das Strahlen in seinem Gesicht wurde immer größer. „Sie müssen mir unbedingt von ihr erzählen. Wie geht es ihr?"
„Sie hatte vor einigen Wochen einen kleinen Sturz", begann ich erst einmal möglichst neutral. „Deshalb bin ich derzeit bei ihr und helfe ihr, bis sie wieder einigermaßen auf den Beinen ist."
„*Dio mio!*" schlug er die Hände über dem Kopf zusammen. „Ist es schlimm?"
„Sie hat sich einige Brüche zugezogen und ist im Moment ein wenig unpässlich, aber ansonsten geht es ihr soweit ganz gut."
„Wenn es ihr sonst gut geht, bin ich beruhigt. Aber nun sagen Sie, was hat ihre Großtante dazu veranlasst, die Bilder nun doch verkaufen zu wollen?"
Und da war sie wieder. Die unangenehme Frage, die nun eine Antwort verlangte.
„Ganz ehrlich", begann ich vorsichtig, „Tante Donatella weiß gar nicht, dass ihre Kunstwerke verkauft werden sollen. Genaugenommen weiß sie eigentlich nicht einmal mehr,

dass diese überhaupt noch existieren."

„Oh nein! Sie ist an Demenz erkrankt?" folgerte er aus meiner Antwort heraus voller Bedauern.

„Nein, nein!" beruhigte ich ihn. „Das ist eine lange Geschichte, Herr Palermo."

Nun beugte er sich aufrecht nach vorne. „Dann erzählen Sie mal, ich habe Zeit."

Also erzählte ich ihm, wie ich Tante Donatella das erste Mal vor wenigen Monaten kennengelernt hatte und wieso wir die Bilder, die Alberto alle vor dem Müll bewahrt hatte, jetzt verkaufen mussten. Ich ließ wirklich nichts aus, denn ich fand, dass dieser freundliche ältere Herr ruhig wissen sollte, weshalb wir diese Ausstellung und den Verkauf so dringend brauchten. Irgendwie war er einfach so vertrauenerweckend, dass ich gar nicht anders konnte, auch, wenn dies vielleicht hätte bedeuten können, dass es keinen gemeinsamen Vertrag mehr gäbe.

„Ich kann mir nicht vorstellen, dass wir hier von derselben Frau sprechen", sagte er am Ende meiner Erzählungen etwas irritiert. „Sie meinen schon Donatella Fratelli, die Frau von Vico Fratelli?"

„Genau die meine ich", antwortete ich ihm.

„Aber wie kann es möglich sein, dass sie sich so dermaßen verändert haben soll?"

„Ich weiß es nicht. Sie hatte schon lange keinen Kontakt mehr zu uns. Wie gesagt, ich habe sie erst vor kurzem kennenlernen dürfen und das war schon ein sehr schwieriges Unterfangen gewesen."

„Wissen Sie was?" sagte er plötzlich sehr entschlossen. „Ich werde meine Bedingung fallenlassen und das Angebot trotzdem aufrechterhalten. Donatella soll auf jeden Fall auf ihrem

Anwesen wohnen bleiben können, denn ich weiß, wie viel ihr dieser Ort immer bedeutet hat. Und wer weiß, vielleicht schaffen wir es ja auch trotzdem noch, dass sie bei der Eröffnungsfeier zumindest anwesend ist."

„Meinen Sie das ernst?" fragte ich etwas zögerlich.

„Mein Ehrenwort", versprach er. „Ich glaube nicht, dass es ein Zufall ist, dass die Bilder jetzt, Jahrzehnte später, doch noch den Weg zu mir gefunden haben. Irgendwie sollte es wohl so sein und nun schauen wir mal, dass wir das Beste aus ihnen herausholen. Einverstanden?"

„Sehr gerne", strahlte ich Herrn Palermo an und war für einen langen Moment nicht imstande, mehr Worte über meine Lippen zu bringen.

Herr Palermo drückte auf einen kleinen Knopf an seinem Telefon. „Frau Manzini, kommen Sie doch bitte gleich zu uns herein und bringen eine Flasche kühlen Champagner und drei Gläser mit." Dann wandte er sich wieder mir zu und schob mir den Vertrag entgegen, den er gerade unterzeichnet hatte. Ich nahm den Stift entgegen, den er mir hinhielt und setzte meine Unterschrift ebenfalls unter das Dokument. Dabei spürte ich, wie mein Herz aufgeregt gegen meine Brust hämmerte. Irgendwie war ich froh und erleichtert, dass nun alles seinen Gang nehmen konnte. Aber ein wenig mulmig war mir trotz allem immer noch zumute, auch, wenn wir im Grunde genommen nichts Unrechtes taten. Aber wäre Tante Donatella wirklich einverstanden damit, wenn sie es wüsste? Doch erst einmal wusste sie es nicht und vielleicht war es auch besser, dass es so bliebe.

„Ich bin übrigens Emilio. Emilio Palermo", lächelte er mich an. „Es ist doch in Ordnung, wenn wir uns nun Duzen?"

„Ja", stimmte ich ihm zu. „Ich bin Giulia."

In diesem Augenblick kam Frau Manzini mit dem Champagner und den drei Gläsern in das geräumige Büro, von dem aus man einen wunderschönen Blick auf den Ponte Vecchio hatte. „Sie kommen wie gerufen", sagte Emilio. „Dann stoßen wir jetzt mal auf eine gute Zusammenarbeit an."

Eine halbe Stunde später saß ich wieder im Auto und fuhr zurück zum Gut. Ich konnte immer noch nicht glauben, wie wunderbar alles gelaufen war und stellte mir schon jetzt Albertos überraschtes Gesicht vor, wenn ich ihm alles erzählte. Doch bevor ich die beiden Männer über alles informierte, musste ich unbedingt Katrin anrufen. Die musste auch schon langsam denken, dass ich nichts mehr mit ihr zu tun haben wollte. Aber so war es ganz und gar nicht. Also lenkte ich den Wagen wenige Minuten später auf den Parkplatz, nahm mein Handy zur Hand und wählte Katrins Nummer.

„Ja, hallo", sprudelte es mir auch sogleich am anderen Ende der Leitung entgegen. „Wie schön, dich zu hören!"

„Tut mir leid, dass ich mich erst jetzt zurückmelde."

„Ach, ist doch nicht schlimm", versicherte sie mir. „Alles gut bei dir?"

„Ja, soweit ist gerade wirklich alles gut."

„Das freut mich. Du, sag mal, was hältst du davon, wenn ich dich in den nächsten Tagen besuchen komme?"

Was?! Meinte sie das ernst? „Ich würde mich riesig freuen", entfuhr es mir sogleich und in mir breitete sich eine unglaubliche Freude aus.

„Na, dann setze ich mich gleich morgen in den Zug", kündigte Katrin an. „Vielleicht könntest du mich abends in Florenz am Bahnhof abholen?"

„Nichts lieber als das", entgegnete ich ihr begeistert. „Schreib mir einfach eine halbe Stunde vor deiner Ankunft, dann mache ich mich sofort auf den Weg."

„Prima. Dann bis morgen. Ich freue mich!"

„Und ich mich erst! Bis morgen meine Liebe!"

Wir legten auf und ich ließ mich für einen kurzen Moment zurück in den Sitz sinken. Was war das für ein perfekter Morgen. Wenn der Tag so weitergehen würde, könnte ja nichts mehr schief gehen. Ich fühlte mich gerade, als könnte ich Bäume ausreißen. Jetzt müsste ich erst einmal Francesco und Alberto alle Neuigkeiten mitteilen.

Kapitel 25

Donatella

Ich würde es herausfinden

Irgendetwas war seit ein paar Tagen merkwürdig hier bei uns. Ich hätte nicht sagen können, was es war, aber ich hatte einfach das Gefühl, dass Giulia und Alberto etwas hinter meinem Rücken ausheckten und das gefiel mir nicht. Wenngleich ich auch nicht wusste, was es wohl hätte sein können. Vielleicht hatte Alberto Wind davon bekommen, dass es nicht besonders gut um das Anwesen stand. Aber so eine alte Frau wie mich würde man schon nicht einfach so aus ihrem Zuhause werfen. Da machte ich mir mal gar keine Sorgen. Und woher hätte Alberto auch etwas darüber wissen können? Meine Post landete schließlich stets bei mir und so bekam auch nur ich sie zu Gesicht. Besonders seit Giulia hier wohnte, achtete ich noch um einiges akribischer darauf, dass ich meine Briefe direkt nach dem Öffnen in eine meiner Schubladen im Küchenschrank verstaute. Dort hatte niemand etwas dran zu suchen außer mir. Trotzdem ließ mich das Gefühl nicht los, dass hier etwas vor sich ging, was man mir verheimlichte. Heute Morgen war Giulia schon wieder runter nach Florenz gefahren und Alberto kümmerte sich um mich. Bereits am gestrigen Nachmittag hatte er wie ein kleiner

Wachhund mit mir auf der Terrasse gesessen und Smalltalk gehalten. Nicht, dass ich es unangenehm gefunden hätte. Eher ganz im Gegenteil, aber es war doch etwas ungewöhnlich, dass er sich so viel Zeit für mich nahm. Schließlich hatte er auch immer noch genug andere Dinge, um die er sich kümmerte und natürlich wusste er auch, dass ich lieber für mich alleine war. Allerdings musste ich schon zugeben, dass, seit Giulia hier war, ich doch auch ein wenig begann, wieder die Gesellschaft eines anderen Menschen zu schätzen. Selbst, wenn wir nicht ständig in ein und demselben Raum waren, war es irgendwie ein beruhigendes Gefühl, dass noch jemand da war, wenn man ihn mal brauchte. Als ich mir vor meinem Sturz noch in allen Belangen zu helfen wusste, war es für mich auch einfach perfekt gewesen, allein zu leben. Ich brauchte niemanden. Und wenn wirklich einmal etwas gewesen war, so wusste ich, dass Alberto nur einen Sprung weit nebenan zu finden war und das reichte mir. Aber jetzt, wo ich quasi die einfachsten Dinge nicht mehr selbst tun konnte, merkte ich, wie gut es war, nicht allein zu sein. Doch in wenigen Wochen würde sich all das wieder ändern, denn meine Brüche heilten gut. Das sagte mir zumindest der Arzt, bei dem ich einmal wöchentlich einen Termin zur Kontrolle hatte. Und sobald ich mich wieder ohne Gips bewegen konnte, würde Giulia zurück nach Deutschland reisen und ich hätte das Haus wieder komplett für mich. Es war schon komisch, denn daran wollte ich gerade einfach noch gar nicht denken. Meine Großnichte wuchs mir mit jedem Tag ein wenig mehr ans Herz, auch, wenn ich weitgehend versuchte, einen gewissen Abstand zu halten. Schließlich wollte ich auf keinen Fall einen größeren Abschiedsschmerz fühlen, als unbedingt nötig war. Aber ihre fröhliche, herzliche Art tat mir einfach gut und erinnerte mich an eine Zeit, in der ich auch einmal so sorglos gewesen war.

Diesen Gedanken schob ich schnell wieder beiseite, denn ich wollte nicht daran denken. Diese Zeit war ein für alle male vorbei und käme auch nicht wieder zurück.

Also beschäftigten sich meine Gedanken lieber wieder damit, was hier wohl vor sich gehen mochte, von dem ich nichts wusste. Es war ja auch nur so eine Vermutung, etwas, dass ich nicht hätte weiter beschreiben können. Aber dieses merkwürdige Gefühl, dass hier irgendetwas passierte, war so vehement, dass einfach etwas dran sein musste. Und irgendwann würde ich es schon herausfinden, so viel stand mal fest. Ich mochte zwar schon etwas betagt sein, aber dumm war ich deshalb noch lange nicht. Wenn es tatsächlich etwas gab, dass man gerade versuchte, mir zu verheimlichen, dann würde ich es herausfinden. „Ja", sagte ich leise zu mir selbst, „ich würde es herausfinden."

Kapitel 26

Francesco

Ein neues Kapitel

Wie wunderschön Giulia war, wenn sie schlief. Natürlich war sie auch tagsüber wunderschön, wenn das Leben durch sie pulsierte. Aber jetzt, im Schlaf wirkten ihre Gesichtszüge noch viel feiner und entspannter als sonst. Ihre Lippen waren leicht geöffnet und am liebsten hätte ich sie auf der Stelle wachgeküsst, um sie jetzt, mitten in der Nacht, noch einmal ganz nah zu spüren und sie zu kosten. Doch tat ich es nicht, da ich in wenigen Minuten nach Hause aufbrechen musste, um mich zu der Frau zu legen, der meine leidenschaftlichen Gefühle eigentlich hätten gehören sollen. Alleine bei dem Gedanken an Roberta zog sich alles in meinem Magen zusammen. Schnell verbannte ich sie deshalb aus meinem Kopf und genoss noch für eine kleine Weile den Anblick der einzigartigen Frau neben mir.

Ich musste daran denken, wie sie am heutigen Morgen zu mir in den Olivenhain gelaufen kam, um mir von ihrem Treffen mit dem Kunstkritiker zu erzählen. Ihre Augen leuchteten dabei wie zwei funkelnde Smaragde und ihre Wangen waren vor lauter Freude ganz rosig.

„Du wirst nicht glauben, was für ein tolles Meeting ich gerade hatte", rief sie mir schon von weitem entgegen. Dann kam sie direkt in meine Arme gestürzt und küsste mich, als gäbe es kein Morgen mehr.

„Na, das muss ja wirklich ein tolles Treffen gewesen sein", lachte ich und musste erst einmal wieder zu Atem kommen.

„Ja, absolut", strahlte sie mich an. „Komm, setzen wir uns kurz."

Wir ließen uns auf den lehmigen Boden sinken und ich war ganz Ohr.

„Du wirst es nicht glauben, aber Herr Palermo, Emilio, kennt Tante Donatella persönlich."

„Ernsthaft?" Ich war in der Tat überrascht. „Das muss aber aus einem früheren Leben so sein."

„So ungefähr", lachte Giulia mich herzlich an. „Die beiden sind gemeinsam zur Kunstschule gegangen und er war wohl ziemlich verliebt in meine Großtante."

Ein Kommentar dazu lag mir bereits auf der Zunge, doch ich behielt ihn lieber für mich. Ich fand es jedenfalls unvorstellbar, dass man sich in einen solchen Drachen verlieben konnte.

„Und was ist mit der Bedingung? Konntest du mit ihm darüber reden?"

„Ja, ich habe ganz offen und ehrlich mit ihm darüber gesprochen und anschließend hat er sie ohne jegliches Zögern einfach aufgelöst."

„Wow! Das ist wirklich unglaublich. Und trotzdem habt ihr den Vertrag abgeschlossen?"

Sie nickte und die rosige Farbe auf Giulias Wangen verwandelte sich von einer auf die andere Sekunde in purpurnes Rot.

„Ich glaube, um das Anwesen hier brauchen wir uns keine Sorgen mehr zu machen."

„Hast du es schon Alberto erzählt?"

„Ich komme gerade von ihm. Er war so platt, dass er sich erstmal einen Schluck Limoncello gönnen musste."

Beide lachten wir und fielen uns losgelöst in die Arme. Ich fühlte Giulias rechte Hand in meinem Nacken, die mich liebevoll streichelte und ihre Lippen, die zärtlich die meinen suchten. Was für unglaubliche Gefühle mich auf der Stelle wieder durchströmten, hätte ich nicht ansatzweise in Worte fassen können. Schnell ließ ich meinen Blick einmal in alle Richtungen um uns herum schweifen, um erleichtert festzustellen, dass wir ungestört waren. Wer hätte auch schon großartig da sein können? Höchstens Alberto, aber auch von ihm war gerade keine Spur zu entdecken. Und dann ließ ich meinen Gefühlen freien Lauf und sank mit Giulia zu Boden, wo ich mich restlos fallen ließ. Fallen in den Zauber, in den diese Frau mich vom ersten Moment ihres Erscheinens eingehüllt hatte. Dreck und Staub waren uns dabei gerade völlig egal. Sie berührte mich einfach überall und brachte mein Blut dabei unweigerlich zum Kochen. Wie zwei Liebestrunkene rissen wir uns die Kleidung vom Leibe und vereinigten uns hier inmitten der Natur. „Was machst du nur mit mir", keuchte ich voller Hingabe und befand mich in einem Zustand, den ich durchaus als vollkommenen Rausch bezeichnen würde. „Ich liebe dich, Giulia. Ich liebe dich so sehr!" Und es stimmte. Da war ich mir ganz sicher. Diese Worte strömten einfach so aus mir heraus und entsprangen direkt meinem Herzen.

„Ich liebe dich auch", flüsterte sie mir ins Ohr. Ein warmer Guss durchströmte meinen gesamten Körper und ich spürte, wie sich mein warmer, flüssiger Samen in ihr ausbreitete. Hatte sie das wirklich gerade gesagt? Ja, das hatte sie zweifelsfrei. Und, hatte sie es auch tatsächlich so gemeint? Ja, sagte alles in mir, das hatte sie. Schwer ließ ich mich neben ihr auf den Boden sinken. Mein Herz raste, als hätte es einen Marathon hinter sich gebracht. Ich war glücklich, so glücklich, wie ich es niemals zuvor in meinem Leben gewesen war. Plötzlich hörte ich von weitem Schritte. Es war Alberto, der sicherlich auf der Suche nach mir war. Giulia hatte die Schritte ebenfalls gehört und in die Richtung geschaut, aus der sie sie vermutet hatte. Schnell sprangen wir auf, zogen unsere Kleidung wieder an und versuchten, in ein normales Gespräch miteinander überzugehen. Doch Alberto war nicht dumm, er durchschaute unser Spiel sofort. „Wie die Kinder", lachte er nur. „Können wir gleich weiter arbeiten?"

„Natürlich", nickte ich ihm zu und zupfte mein T-Shirt zurecht.

„Ich muss auch wieder rein zu Tante Donatella. „Wir haben heute noch einen Kontrolltermin beim Arzt."

„Da bin ich gespannt", meinte Alberto.

„Ich auch. Ich habe das Gefühl, dass es langsam schon um einiges besser ist."

Mit diesen Worten drehte Giulia sich um und ging langsam zurück Richtung Haus. Ihre Kleidung war von der lehmigen Erde ganz verstaubt. Bei dem Gedanken an die letzten Minuten, die wir so innig gemeinsam hier verbracht hatten, lächelte ich glücklich in mich hinein.

So innig hatten wir den Abend dann auch noch fortgesetzt. Nachdem Giulia Donatella ins Bett gebracht hatte, ließ sie mich zur Haustür herein und nahm mich mit auf ihr Zimmer, wo wir zunächst gefühlt stundenlang redeten und dann noch einmal voller Genuss miteinander schliefen. Anschließend war sie direkt in meinen Armen eingeschlafen und ich konnte meinen Blick einfach nicht von ihr abwenden. „Ich liebe dich", flüsterte ich noch einmal, als ich ihr sanft eine Haarsträhne aus der Stirn schob. Dann erst wurde mir mit einem Mal das ganze Ausmaß dieser Worte bewusst und ein Gefühl von Leichtigkeit und gleichzeitig lähmender Schwere erfasste mich. Was hatte der Arzt wohl heute zu Donatellas Zustand gesagt? Bestimmt war sie, wie Giulia vermutete, bereits auf einem guten Weg der Besserung und damit würde sie bald wieder viele Dinge alleine erledigen können. Aber selbst wenn nicht, irgendwann würde es dem alten Drachen wieder besser gehen und dann wäre Giulias Zeit hier auf dem Gut vorbei und sie würde wieder zurück nach Deutschland reisen. Diese Vorstellung war so schrecklich für mich, dass ich für einen Moment lang meinte, nicht mehr richtig atmen zu können. Ich wollte diese wunderbare Frau nicht mehr gehen lassen. Seitdem sie in mein Leben getreten war, war meine Welt einfach nur bunt und schön und ich wollte, dass es so bliebe. Und ich wusste irgendwie auch schon, was ich dafür zu tun hatte. Ich musste etwas tun, was mir meine Familie vielleicht niemals verzeihen würde, aber das würde ich wohl in Kauf nehmen müssen.

Liebevoll drückte ich Giulia noch einen Kuss auf die Stirn, zog meinen Arm vorsichtig unter ihrem Kopf weg und schlüpfte in meine Klamotten, von denen unweigerlich der Staub des Tages abfiel. Dann schlich ich leise aus dem Haus und fuhr zu Roberta, die ebenfalls schon in unserem Bett lag und schlief. In dieser Nacht legte ich mich nicht neben sie, sondern setzte mich in einen Sessel am Fenster und starrte bis zum Morgengrauen in die Nacht hinaus. „Ich werde dich verlassen, Roberta", sagte ich irgendwann fest entschlossen leise zu mir selbst und fühlte mich erleichtert. Dieser Entschluss, den ich schon wenige Stunden zuvor gefasst hatte, als ich Giulia noch in meinem Arm hielt, war nun zu einer inneren Tatsache geworden. Ein Blick auf die Uhr verriet mir, dass ich in gut zwei Stunden bei der Arbeit sein musste und obwohl ich in dieser Nacht kein Auge zugemacht hatte, fühlte ich mich so frisch wie selten zuvor. Jetzt würde ein neues Kapitel in meinem Leben anfangen und darauf freute ich mich schon jetzt.

Kapitel 27

Giulia

Ein schlechter Scherz?!

„**D**u kannst dir nicht vorstellen, wie sehr ich mich freue, dass du da bist!" fiel ich Katrin um den Hals, als sie aus dem Zug gestiegen war und ihren Koffer neben sich abgestellt hatte.

„Hey!" strahlte sie mich an. „Ich freue mich auch sehr, dich zu sehen. Gut siehst du aus. Noch richtig braun."

„Wir haben auch tatsächlich noch ganz schönes Wetter hier. Nur die Nächte sind schon ziemlich kühl. Aber du siehst auch toll aus. So frisch irgendwie."

„Naja, ich kann mich nicht beklagen", meinte sie. „Arbeit läuft recht gut und jetzt habe ich erstmal zwei Wochen frei und will dir auf die Nerven gehen." Sie lachte und zwinkerte mir zu. Während wir Richtung Ausgang schlenderten, hakte sie sich bei mir ein und sah mich neugierig an. „Ich bin so gespannt, was du in den letzten Wochen alles erlebt hast. Du musst mir alles haarklein erzählen."

In der Tat gab es so viele Neuigkeiten, dass ich schon befürchtete, dass uns heute noch eine lange Nacht bevorstehen würde. „Das Spannendste zuerst, bitte", grinste sie mich an und meinte damit natürlich Francesco. Doch es gab da etwas, dass ich ihr unbedingt noch davor erzählen musste.

Der Morgen begann eigentlich wie die meisten letzten Tage auch. Nachdem ich Donatella bei der Morgentoilette geholfen und mit ihr gefrühstückt hatte, ging ich zunächst raus in den Garten, um nach Alberto und Francesco zu schauen, die von morgens früh bis abends spät fleißig an den Olivenbäumen schnitten. Seit ein paar Tagen konnte man auch schon deutliche Veränderungen erkennen. Der dunkle Hain wurde langsam immer lichter, denn die Äste wurden um einiges zurückgeschnitten und die Sonne konnte so wieder bis auf den lehmigen Boden scheinen. Es wirkte alles viel freundlicher und edler als noch vor einiger Zeit. Und die beiden Männer waren mächtig stolz auf die Entwicklung, die sie hier in Gang gesetzt hatten.

„Na, was sagst du?" fragte Alberto, als ich ihnen eine Tasse heißen Kaffee brachte.

„Es sieht richtig toll aus. Kaum wiederzuerkennen."

„Danke", strahlte er. „Da hatte Francesco wirklich eine glänzende Idee gehabt. Wenn wir schnell sind, sind wir in gut einer Woche fertig mit dem Beschnitt."

„Das schaffen wir auf jeden Fall", sagte Francesco voller Überzeugung.

„Und was macht ihr dann?" lachte ich, denn ich konnte mir nicht vorstellen, dass sie dann die Hände in den Schoß legen würden. Sie hatten viel zu viel Spaß daran, gemeinsam etwas auf die Beine zu stellen.

„Oh, uns ist da durchaus schon eine neue Idee gekommen", grinste Alberto geheimnisvoll.

„Aha", entgegnete ich. „Lasst ihr mich daran teilhaben?"

„Na klar", war seine Antwort daraufhin. „Wir haben uns überlegt, dass es doch toll wäre, wenn wir in den kalten und nassen Wintermonaten die Wohnungen hier auf dem Anwesen wieder in Schuss bringen. So, dass man sie vielleicht irgendwann als Urlaubsdomizile vermieten könnte."

„Das klingt toll", fand ich. „Aber wie stellt ihr euch das vor? Tante Donatella wird es niemals zulassen, dass hier irgendwelche Leute auf ihrem Grundstück ein und ausgehen. Zudem kostet so eine Renovierung auch ein bisschen was und noch haben wir das Geld von der Ausstellung, den Verkäufen und dem Olivenöl nicht."

„Da hast du vermutlich Recht", sagte Alberto nun etwas kleinlaut. „Die Idee mit der Vermietung kam mir irgendwie gestern Abend, als ich hier unter den frisch geschnittenen Olivenbäumen saß und mich an alte Zeiten erinnerte. Und irgendwie dachte ich, wenn wir schon dabei sind, alles wieder auf Vordermann zu bringen, dann könnten wir auch gleich Nägel mit Köpfen machen und uns den alten Gäste-Wohnungen widmen. So viel Geld für die Renovierung bräuchten wir gar nicht, denn im Kern sind sie alle noch ganz passabel. Aber die Wände müssten gestrichen und alles ordentlich geputzt werden. Ein bisschen Geld habe ich auch gespart und kann es erst auslegen. Die Einnahmen von dem Kunstprojekt sind uns doch sicher und die Summe ist so hoch, dass wir selbst nach Abzahlen der Schulden immer noch einiges übrig hätten."

„Das stimmt schon", gab ich zu. „Die Idee ist auch wirklich klasse. Aber an der Tatsache, dass Tante Donatella hier niemanden haben möchte, wird sich auch in Zukunft vermutlich nichts ändern."

„Es würde trotzdem nicht schaden, hier alles wieder schön zu machen", klinkte sich nun auch Francesco ein. „Schau dir doch dieses prächtige Anwesen einmal an. Mit ein wenig Zeit und handwerklichem Geschick ist da wirklich etwas rauszuholen. Auch ohne viel Geld."

„Und die ersten Abnehmer für das Olivenöl haben wir auch bereits. Da kommt durchaus schon eine ganz passable Summe dabei rum. Natürlich wird davon auch Francescos Lohn gezahlt, denn Donatella wird dir nichts mehr geben können im Moment, so wie es aussieht."

„Ihr habt wirklich einen Plan", lachte ich. „Und davon hält euch ganz offensichtlich auch nichts und niemand ab. Bis zur ersten Rate, die Tante Donatella zahlen muss, haben wir auch schon eine Anzahlung von Emilio."

„Emilio?" Alberto sah mich fragend an.

„Herr Palermo", ergänzte ich. „Er hat mir das Du angeboten. Sag mal, Alberto, wie überweisen wir denn das Geld, ohne dass Tante Donatella etwas davon mitbekommt?"

„Ich habe mir die Kontodaten abfotografiert und kümmere mich darum, wenn es soweit ist. Du musst nur beim Holen der Post darauf achten, dass du den Brief vom Finanzamt abfängst und mir gibst."

„Das ist ja kein Problem. Zumindest solange Tante Donatella noch nicht alleine zum Briefkasten gehen kann." Ich schaute auf meine Uhr und stellte fest, dass ich in gut einer Stunde die restlichen Gemälde zu Emilio gebracht haben musste. „Francesco, kann ich mir deinen Jeep für eine Stunde ausleihen? Damit kann ich auch die großen Bilder meiner Tante transportieren, ohne dass sie einen Schaden erleiden müssten."

„Klar. Die Schlüssel liegen auf dem Gartentisch am Pool."

„Danke", sagte ich erleichtert und hauchte ihm einen Kuss auf die Wange. „Jetzt muss ich los. Tante Donatella muss sicherlich noch einmal zur Toilette und möchte dann einen Mittagsschlaf halten."

Ich winkte den beiden zu und lief zum Gartentisch, um den Schlüssel zu holen und verschwand dann im Haus meiner Großtante.

„Vielleicht mache ich heute keinen Mittagsschlaf", sagte diese, als ich sie vom Bad in ihr Zimmer schieben wollte.

„Nein?" fragte ich etwas verwundert, denn bisher hatte sie jeden Tag nach dem Mittagessen ein Nickerchen gemacht. „Was möchtest du denn stattdessen tun?"

„Wie wäre es, wenn wir eine Runde Karten spielen?"

„Was?" entfuhr es mir, denn mit einer solchen Antwort hatte ich sicherlich nicht gerechnet. „Du willst Karten spielen?"

„War halt mal so eine Idee." Dabei hatte sie einen merkwürdigen Unterton, den ich nicht einzuordnen wusste. Für eine Runde Karten spielen hatte ich jetzt aber gar keine Zeit.

„Könnten wir auch ein wenig später zusammen spielen?" fragte ich vorsichtig.

„Wieso?"

„Ich müsste noch einmal kurz weg. In die Stadt. Aber es dauert nicht lange." Es war mir wirklich unangenehm, denn in den letzten Tagen hatte ich mich häufiger entschuldigen müssen und für Tante Donatella musste das irgendwie komisch aussehen.

„Soso", sagte sie und sah mich aufmerksam an. „Du musst also in die Stadt. Was hast du denn vor?"

„Nichts Besonderes", antwortete ich so ruhig wie ich nur konnte. „Ich wollte nur noch ein paar Kleinigkeiten besorgen, weil Katrin doch heute kommt." Davon hatte ich ihr erzählt gehabt und es war das Einzige, was mir gerade einfiel und einigermaßen plausibel klang.

„Aber das könntest du doch auch danach machen."

„Mir wäre es schon ganz lieb, wenn ich das jetzt erledigen könnte. Mittags ist es immer etwas leerer in den Läden und dann geht es schneller."

„Da hast du wohl Recht", nickte sie und ich war erleichtert, denn ich konnte den Termin jetzt unmöglich so kurzfristig verschieben. Emilio hatte nämlich vor, am Nachmittag für drei Tage zu verreisen und bis dahin wollte er sich alle Werke noch einmal genau ansehen. „Dann schieb mich doch in mein Zimmer für ein kurzes Schläfchen."

„Das mit den Karten holen wir nach", versicherte ich ihr.

„Was für Karten?" fragte sie kurz irritiert. „Ach ja, die Karten. Das ist schon in Ordnung so."

Merkwürdig. Erst wollte sie unbedingt spielen und dann war es plötzlich egal. Ich fragte mich wirklich, was in dem Kopf meiner Großtante so vor sich ging. Aber jetzt hatte ich keine Zeit mehr, mir weitere Gedanken darüber zu machen, denn die Zeit schritt erbarmungslos voran und ich musste die Bilder noch in den Wagen hieven bevor ich überhaupt vom Hof kam.

Etwa eineinhalb Stunden später war ich wieder zurück und freute mich darüber, dass Emilio auch von diesen Stücken restlos begeistert war. Er war sich sicher, dass diese Ausstellung ein großer Erfolg würde und hatte auch schon Ideen für einen passenden Titel, unter dem alles stehen sollte. Allerdings verriet er mir diese Ideen noch nicht. „Darüber sprechen wir, wenn ich aus Milano wieder da bin", hatte er nur gesagt und mir dabei geheimnisvoll zugezwinkert.

Als ich aus dem Jeep stieg und Francesco die Schlüssel zurückgeben wollte, sah ich schon von weitem, dass er sich mit jemandem unterhielt. Aber es war nicht Alberto, der war mir erst wenige Minuten zuvor mit seinem Wagen entgegengekommen, um ein paar kleine Einkäufe zu tätigen. Ich sah den

Mann nur von hinten, doch war ich mir sofort sicher, genau zu wissen, um wen es sich handelte. Mir wurde auf der Stelle heiß und kalt zugleich, denn das konnte einfach nicht wahr sein! Und als er sich plötzlich zu mir umdrehte und mir zuwinkte, hatte ich die Gewissheit, dass er es tatsächlich war. Sollte das etwa ein schlechter Scherz sein?! Wenn es einer sein sollte, so war er definitiv gelungen.

Kapitel 28

Torben

Noch eine Chance

Dass es so schwierig sein würde, noch ein einigermaßen vernünftiges Hotelzimmer in diesem Dorf zu bekommen, hätte ich nicht gedacht. Eigentlich hatte ich nicht einmal damit gerechnet, dass ich mir überhaupt irgendwo eine Unterkunft würde suchen müssen. Aber Giulia hatte mir ziemlich deutlich gesagt, dass ich nicht auf dem Anwesen ihrer Großtante übernachten konnte.

„Wir haben noch ein kleines Einzelzimmer, Signore", erklärte mir ein älterer Herr in gebrochenem Englisch.
„*Va bene. La prendo*", antwortete ich ihm dann auf Italienisch.
„Ah", hellte sich sein Gesicht erleichtert auf. „*Lei parla italiano.*"
„Ein wenig. Ist das Zimmer inklusive Frühstück?"
„Ja, es gibt ein Buffet von sieben bis um zehn Uhr. Wenn Sie wünschen gibt es auch eine Möglichkeit, hier zu Abend zu essen."
„Danke, ich weiß noch nicht, ob ich das in Anspruch nehme. Aber Frühstück klingt sehr gut."

„In Ordnung. Hier ist Ihr Schlüssel. Sie haben Zimmer Nummer einundachtzig. Den Gang hier rechts entlang und dann die letzte Tür auf der linken Seite."

Also nahm ich mein Gepäck und folgte den Anweisungen des Herrn und steckte nur eine Minute später den Schlüssel in das passende Schloss. Das Bett war ziemlich klein und aus massivem Eichenholz. An den Wänden hingen lauter Kreuze, Rosenkränze und Bilder von Maria und Jesus. Es gab eine kleine Minibar, die zugegebenermaßen recht gut gefüllt war. Außer Getränken gab es auch ein paar Snacks, wie Erdnüsse und Schokoriegel. Dieser Anblick animierte meinen Magen direkt dazu, laut zu knurren, denn meine letzte Mahlzeit war schon einige Stunden her. Bevor ich mir aber die Tüte mit den Nüssen schnappte und es mir in meinem Bett gemütlich machte, sprang ich schnell noch unter die Dusche. Gut vierzehn Stunden war ich von Bielefeld hierher durchgefahren, denn ich konnte es kaum erwarten, Giulia wiederzusehen. Die Adresse hatte ich freundlicherweise von ihren Eltern bekommen, obwohl sie anfangs nicht besonders glücklich darüber gewesen waren, mich zu sehen.

„Du hast sie einfach sitzen lassen", hatte ihr Vater vorwurfsvoll gesagt und mir nur böse Blicke geschenkt.

„Das war auch ein riesen Fehler", entschuldigte ich mich auf der Stelle. „Ich hatte wohl einfach kalte Füße bekommen. Aber jetzt will ich es wieder gut machen und deshalb will ich Julia unbedingt dort in Italien überraschen."

„Giulia", sagte nun Frau Mayer in ebenso vorwurfsvollem Ton wie ihr Mann. „Unsere Tochter heißt Giulia, nicht Julia."

„Ja, ich weiß. Entschuldigung. Könnt ihr mir jetzt bitte sagen, wo ich *Giulia* finden kann?"

Die beiden sahen zunächst wirklich nicht so aus, als würden sie mir die Adresse jemals verraten, taten es aber nach einigem Zögern doch noch.

„Vielen lieben Dank!" entfuhr es mir erleichtert. Zu Hause packte ich anschließend meinen Koffer und machte mich mitten in der Nacht auf den Weg in die Toskana. Die Fahrt erschien mir endlos lang, aber das war mir egal. Ich wollte einfach nur zu Giulia. Die letzten Wochen, ja bereits Monate, waren sehr einsam gewesen ohne sie. Auch, wenn ich durchaus einige sehr attraktive Frauen in der Zwischenzeit kennengelernt hatte. Aber mit keiner von ihnen hätte ich mir vorstellen können, zusammenzuziehen und etwas längerfristiges daraus erwachsen zu lassen. Mit Giulia war von Anfang an immer alles so unkompliziert gewesen. Mal unternahmen wir Dinge gemeinsam, mal getrennt voneinander. Ich nahm sie gerne mit zu Beruflich bedingten Dinner Partys oder Wohltätigkeitsveranstaltungen. Giulia war dort stets ein gern gesehener Gast gewesen und wusste die Leute gut zu unterhalten, ohne aufdringlich zu sein. Viele meiner Kollegen beneideten mich um sie und hätten gerne mit mir getauscht. „Ihr seid so ein wundervolles, ideales Paar", hatte mein Chef einmal gesagt, als wir gemeinsam zu Abend gegessen hatten. Mir wurde erst bewusst, dass er wohl Recht hatte, als Giulia kein Teil meines Lebens mehr war. Aber die Vorstellung, wirklich verheiratet zu sein, war mir plötzlich zu viel gewesen. Immer mit ein und derselben Frau zusammen zu sein, erschien mir auf einmal wie das größte Gefängnis. Also hatte ich die Reißleine gezogen und war einfach gegangen. Anfangs hatte es sich auch wirklich noch richtig gut angefühlt, auch, wenn ich vorübergehend in einem Hotel wohnte, bis ich schließlich ein neues hübsches Apartment gefunden hatte. Doch bald wurde es mir zu einsam und ich begann, Giulias

Gesellschaft zu vermissen. Auch musste ich mich jetzt selber um alles kümmern, wie das Einkaufen, Waschen, Kochen und Putzen. Meine Hemden gab ich direkt einer Reinigungsfirma, nachdem ich gleich in das erste schwarze Brandlöcher gebügelt hatte und die Falten nur noch schlimmer gewesen waren als zuvor. So hatte ich mir meine neue Freiheit nun wirklich nicht vorgestellt. Das schlimme war dann auch noch, dass ich Giulia nicht einmal mehr während der Arbeit sah. Anfangs hatte sie ihre gesamten Schichten getauscht und dann hatte sie einige Wochen später sogar ihre Kündigung eingereicht. Zig mal hatte ich versucht, sie telefonisch zu erreichen, aber nie ging sie ran und auch meine Nachrichten ignorierte sie. Dabei wollte ich mich einfach ehrlich bei ihr entschuldigen und ihr sagen, dass ich sie jetzt doch heiraten wollte. Das musste doch auch in ihrem Interesse sein, schließlich liebte sie mich, davon ging ich jedenfalls aus. In guten wie in schlechten Zeiten, hieß es da immer so schön. Wir hatten die schlechten Zeiten halt einfach schon mal vorgezogen, das war doch kein Beinbruch. So sah ich das zumindest, aber Giulia stellte sich ziemlich stur. Denn nicht nur, dass sie nicht mehr ans Telefon ging, nein, sie hatte mich tatsächlich eines Abends auf ihrem Handy blockiert und ich kam weder mit Nachrichten noch mit Telefonaten bei ihr durch. Das machte mich wahnsinnig. Ich wollte meinen Fehler wieder gut machen und sie legte mir Steine in den Weg. Zum Glück hatte ich noch Romeos Telefonnummer. Wir hatten immer einen ganz guten Draht zueinander gehabt. Zumindest bis ich Giulia hatte sitzen lassen. Seitdem war diese Verbindung auch nicht mehr so, wie sie einmal gewesen war. Freundlicherweise hatte er mir aber wenigstens verraten, wo seine Schwester gerade steckte und so entschied ich mich dafür, sie bei ihrer Großtante aufzusuchen.

Und nun lag ich hier in diesem winzigen Hotelzimmer, starrte die Decke an und ließ meine Ankunft auf dem Anwesen, auf dem Giulia nun vorübergehend lebte, Revue passieren. In dem Haus, in dem ich zuerst geklingelt hatte, öffnete mir niemand die Tür, also versuchte ich es direkt beim nächsten. Doch auch dort hatte ich Pech gehabt. Also ging ich durch ein großes Eisentor hindurch und kam in einen recht großen und eher verwilderten Garten, in dem augenscheinlich hunderte von Olivenbäumen standen.

„Hallo", rief ich und hoffte, dass mich irgendjemand hören würde. Als sich nichts rührte, wagte ich mich noch ein wenig weiter auf das Grundstück und rief abermals. Diesmal hatte ich Glück und erhielt eine Antwort. „Ciao." Es kam mitten aus dem Olivenhain und klang nach einer ziemlich rauchigen, männlichen Stimme. Nur einen Moment später kam mir ein braun gebrannter Italiener mit Zigarillo zwischen den Lippen entgegen. „Kann ich Ihnen helfen?" fragte er in seiner Landessprache und sah mich neugierig an. Mein Italienisch war nicht perfekt und so versuchte ich zunächst, das Gespräch auf Englisch zu beginnen. Allerdings merkte ich schnell, dass dieser Mann kein einziges Wort von dem verstand, was ich sagte, also überwand ich mich dazu, Italienisch zu sprechen. „Entschuldigen Sie, aber können Sie mir sagen, wo ich Frau Giulia Mayer finde?"

Der Mann begutachtete mich recht genau und antwortete nicht gleich auf meine Frage. „Was wollen sie denn von ihr?" wollte er stattdessen wissen.

„Ich bin Torben, *Giulias Verlobter.*" Und obwohl es nicht meine Absicht gewesen war, betonte ich diese letzten Worte ganz besonders. Ich hätte nicht einmal sagen können, wieso, aber irgendetwas veranlasste mich dazu.

„Soso", antwortete er betont gelassen. „Ich bin Francesco. Und Giulia hat gesagt, dass Sie sie haben sitzen lassen. Demnach sind Sie auch nicht mehr mit ihr verlobt."

Wieso hatte Giulia mit diesem Typen über uns und unsere Situation gesprochen?! Das ging doch nun wirklich niemanden etwas an, schon gar nicht so einen alten Mann, der nicht einmal alle Zähne im Mund hatte. Gerne hätte ich ihm noch ein paar Takte entgegengebracht, aber dazu kam es nicht mehr, denn ich hörte Schritte im Hintergrund und als ich mich umsah, entdeckte ich Giulia. Es war unfassbar, wie gut sie aussah. Aber das täuschte bestimmt. Vermutlich sorgte nur die toskanische Bräune für ihr frisches Aussehen. Innerlich war sie bestimmt genauso aufgewühlt und vermisste mich ebenso stark wie ich sie.

„Torben", hörte ich sie sagen. „Was machst du denn hier?" Bildete ich mir das ein oder klang sie tatsächlich etwas unterkühlt? Gut, vielleicht hatte sie auch ein wenig Grund, mich nicht gleich mit offenen Armen zu empfangen, aber letztlich sollte sie doch einfach froh sein, dass ich nun hier war, um wieder alles zwischen uns ins Lot zu bringen.

„Liebling", sagte ich jetzt so fröhlich, wie ich nur konnte, „ich wollte dich überraschen."

„Na, das ist dir gelungen", setzte sie in dem gleichen kühlen Ton fort. Sie war wohl wirklich verärgert. Aber das bedeutete eindeutig, dass sie mich vermisste und vermutlich nur darauf gewartet hatte, dass ich hier aufkreuzte.

„Können wir irgendwo ungestört reden?" fragte ich Giulia nun, denn ich fühlte mich ziemlich beobachtet von diesem Francesco. Dabei zog ich sie behutsam an ihrem Ärmel Richtung Parkplatz.

„Eigentlich habe ich keine Zeit. Ich muss meiner Großtante gleich das Abendessen servieren und sie anschließend Bettfertig machen."

„Ich kann gerne warten. Ihr habt bestimmt ein Zimmer für mich, wo ich schon mal meine Sachen unterbringen kann."

„Äh", stammelte sie, „das tut mir leid, aber übernachten kannst du hier nicht. Das wäre Tante Donatella gar nicht recht. Sie mag keine Besucher."

„Ok", antwortete ich etwas resigniert. „Dann suche ich mir ein Hotel hier in der Nähe und komme später noch einmal wieder."

„Das halte ich für keine gute Idee."

„Wieso nicht?" Wollte sie mich hier gerade veralbern? Ich fuhr ausnahmslos wegen ihr zig Stunden durch die Weltgeschichte, nur um dann so abserviert zu werden?

„Ich wüsste nicht, was wir noch zu besprechen hätten."

Ich spürte, wie ich innerlich zu kochen begann. Aber ich wusste auch, wenn ich jetzt den falschen Ton an den Tag legte, würde Giulia mir vermutlich tatsächlich keine Chance mehr geben und dieses Risiko durfte ich nicht eingehen. Sollte sie halt bockig sein. Ich würde ihr schon zeigen, dass ich meinen Fehler ehrlich bereute. „Giulia, es tut mir leid", sagte ich kleinlaut. „Du hast alles Recht der Welt, sauer auf mich zu sein, aber ich habe viel nachgedacht in den letzten Wochen und jetzt bin ich hier, um dir alles zu erklären. Schick mich nicht einfach wieder weg."

Es dauerte eine ganze Weile, ehe sie mir ein entgegenkommendes Nicken schenkte. „Also gut. Wir können reden, aber nicht mehr heute. Morgen Mittag, wenn Tante Donatella schläft, können wir in der Stadt einen Kaffee zusammen trinken."

Damit ließ sie mich stehen und ging in das Haus, in dem ich zuerst geklingelt hatte. Erst hatte ich noch ein wenig Hoffnung gehabt, sie würde noch einmal herauskommen und mir vielleicht doch noch heute zuhören. Aber als sich nichts tat, machte ich mich auf den Weg zu meinem Auto. Dabei konnte ich die Blicke dieses Italieners immer noch auf mir spüren. Francesco. Ich war mir sicher, dass er etwas von Giulia wollte, das sagte mir eine innere Stimme. Aber mit so einem alten Mann würde Giulia ohnehin nichts anfangen. Das war gar nicht ihr Typ.

Der Wecker auf meinem Nachttisch zeigte an, dass es bereits kurz vor Mitternacht war. Mein Gedankenkarussell drehte sich immer noch ein wenig, aber langsam siegte die Müdigkeit. Am morgigen Tag musste ich außerdem fit sein und mein Bestes geben, um Giulia davon zu überzeugen, dass sie mir noch eine Chance gab. Unser Wiedersehen hatte ich mir auch tatsächlich ein wenig anders vorgestellt, irgendwie freudvoller. Aber wie sagte man so schön „Neuer Tag, neues Glück". Und mit dieser Zuversicht schlief ich dann auch irgendwann ein.

Kapitel 29

Giulia

Irritiert

„**U**nd morgen willst du dich wirklich auf einen Kaffee mit ihm treffen?" fragte Katrin und meinte damit natürlich Torben.

„Ich denke, es ist gut, das Ganze vernünftig zu Ende zu bringen. Aber heute hätte ich das nicht mehr gekonnt, dafür war ich zu überrumpelt. Ich habe ja nicht einmal mehr daran gedacht, dass du auch noch an diesem Abend kommen würdest. Das fiel mir erst ein, als ich das Abendessen gekocht habe."

„Ja, mich kann man schon mal vergessen", lachte Katrin und buffte mich freundschaftlich in die Seite. „Aber mal etwas ganz anderes. Wie geht es deiner Großtante?"

„Sie ist auf einem guten Weg der Besserung hat der Arzt heute gesagt. Wenn alles gutgeht, wollen sie in der kommenden Woche die Gipse entfernen und schauen, dass wieder ein wenig Mobilität in die alte Dame kommt."

„Das heißt, dass du bald wieder zurück nach Hause kommst", freute sich Katrin nun. „Wir vermissen dich alle schon sehr."

Eigentlich hätte ich mich an dieser Stelle freuen sollen, doch in meinem Magen zog es sich bei dem Gedanken, bald von hier fortzugehen, augenblicklich zusammen. Katrin entging das natürlich nicht. „Du scheinst nicht so begeistert davon zu sein. Gefällt es dir mittlerweile so gut hier, dass du vielleicht gar nicht wiederkommen willst?"

„Ehrlichgesagt hatte ich bisher noch gar keine Zeit, mir darüber Gedanken zu machen. Das war alles immer noch so weit weg. Und natürlich freue ich mich auch, meine Freunde und meine Familie wiederzusehen. Aber..." Ich sprach nicht weiter, denn das, was gerade in meinem Kopf passierte, machte mich selber ein wenig sprachlos.

„Aber du hast dich verliebt", beendete meine beste Freundin meinen Satz stattdessen und lächelte mich dabei an.

„Ja, ich glaube schon", kam es nun über meine Lippen gehaucht. Ein warmes Gefühl durchfuhr mich, als ich Francesco in meinen Gedanken vor mir sah. Sein herzliches Lachen, seine starken Arme und seine unglaublich lebendige italienische Art hatten mich vollkommen verzaubert. Wann war der Punkt gekommen, an dem ich meine Gefühle für diesen Mann nicht mehr unter Kontrolle gehabt hatte? Hatte ich überhaupt jemals die Kontrolle darüber gehabt oder hatte ich mir das bloß eingeredet? Ich wusste es nicht, aber bei der Vorstellung, Francesco hier in naher Zukunft zurücklassen zu müssen und alleine nach Deutschland heimzukehren, fühlte es sich furchtbar bedrückend an. Auch jetzt schien Katrin meine Gedanken lesen zu können, denn sie nahm mich tröstend in den Arm. „Noch ist es ja nicht soweit, dass es zurück nach Bielefeld geht."

„Nein, noch nicht."

„Was hältst du davon, wenn wir langsam schlafen gehen?" Ich schaute auf meine Uhr auf dem Handy. „Oh je", stellte ich erschrocken fest. „Es ist ja schon nach Eins." Schnell schlüpften wir in unser Nachtzeug, putzten uns die Zähne und ließen uns in die weichen Kissen meines großen Doppelbettes fallen. „Morgen beziehe ich dir ein Bett im Gästezimmer nebenan, aber für heute geht es sicherlich auch so."

„Na klar", nickte Katrin. „Hauptsache schlafen. Ich bin unglaublich müde von der langen Fahrt." Einen kurzen Moment war alles still und ich war gerade dabei, das Licht auszuschalten, da drehte sich Katrin noch einmal zu mir um. „Du, sag mal, weiß Alberto dass ich da bin?"

„Ehrlichgesagt nein. Ich habe total vergessen, es ihm mitzuteilen. Aber hast du es ihm nicht gesagt?"

„Nein. Wir hatten ja beide gewusst, dass es eine einmalige Sache war zwischen uns und deshalb habe ich seine Nummer auch direkt nach unserem Urlaub gelöscht."

„Und er hat sich auch nicht bei dir gemeldet?" fragte ich verwundert.

„Das weiß ich nicht", druckste sie herum. „Ich habe ihn auch gleichzeitig blockiert, weil es für mich einfach ein abgeschlossenes Kapitel war."

Es klang nicht sonderlich überzeugend. „Aber?"

„Aber irgendwie musste ich immer mal wieder an ihn denken. Wieso weiß ich auch nicht.

Ich schmunzelte ein wenig in mich hinein. „Soso... na, dann wird es ja morgen vielleicht eine Überraschung für ihn sein. Gute Nacht, meine Liebe."

„Gute Nacht."

Als der Wecker nur wenige Stunden später klingelte fühlte ich mich wie gerädert. Hatte ich nur geträumt, dass Torben hier aufgetaucht war und dass Katrin mich besucht hatte oder war das wirklich passiert? Beim Öffnen meiner Augen wusste ich zumindest, dass Katrin keiner nächtlichen Erscheinung entsprungen war. Und Torben? Nein, das hatte ich wohl auch nicht geträumt. Er war tatsächlich hier aufgekreuzt und wollte mit mir sprechen. Wir wollten uns an diesem Tag gegen Mittag treffen, doch hatten wir noch gar keinen konkreten Ort und auch keine Uhrzeit abgemacht. Da Katrin noch schlief, nahm ich zunächst schnell mein Handy zur Hand und löste die Blockierung von Torbens Nummer. *„Komm heute gegen zwei Uhr nachmittags auf den Domplatz zu dem kleinen Café an der Nordseite. Ich erwarte dich dort"*, schrieb ich.

„Guten Morgen meine Liebste", kam daraufhin prompt zurück. *„Ich kann es kaum erwarten. Bis später dann."*

Schon beim Lesen dieser Nachricht hatte ich bereits keine Lust mehr, mich noch einmal mit ihm zu treffen, aber ich wollte das Ganze ein für alle Male vernünftig beenden. Torben konnte doch nicht wirklich glauben, dass ich ihm eine zweite Chance geben würde, nachdem er einfach abgehauen war.

Von meinem Panini bekam ich an diesem Morgen kaum einen Bissen hinunter.

„Giulia, bist du krank?" fragte Tante Donatella und klang ein wenig besorgt. „Wieso isst du wie ein Spatz?"

„Es ist alles in Ordnung, Tante Donatella. Ich habe nur gerade noch keinen Appetit. Es ist ein wenig spät gestern geworden."

„Ja, das scheint mir so", nickte sie und schaute zu Katrin hinüber, die mit uns frühstückte. „Ich hätte ja nicht gedacht, dass wir uns noch einmal wiedersehen", sagte sie in ziemlich gutem Englisch und grinste ein wenig sarkastisch vor sich hin.

„Nein, das hätte ich auch nicht gedacht", antwortete Katrin. „Aber was nimmt man nicht alles in Kauf, um seine beste Freundin wiederzusehen."

„*Bene*", nickte Donatella nun. „Es ist gut für meine Nichte, wenn noch jemand da ist, mit dem sie sich mal unterhalten kann. Ich tauge da nicht so sehr für."

„Ach", lachte ich nun. „Das ist doch schon viel besser geworden." Und es stimmte. Manchmal führten wir durchaus so etwas wie ganz normale Gespräche. Das war zwar nicht allzu häufig der Fall, aber es gab durchaus Momente, in denen Tante Donatella scheinbar vergaß, dass sie niemanden leiden konnte, auch nicht mich.

„Wenn du mir gleich beim Ankleiden geholfen und mich in meinen Gartenstuhl gesetzt hast, könntet ihr beiden Frauen ein wenig gemeinsam unternehmen. Zum Mittagessen reicht mir heute auch ein Brot."

„Das ist sehr lieb von dir", sagte ich und sah Katrin an. „Was hältst du von einem Gang in den Supermarkt?"

„Du meinst wie damals, als wir fast einen Sonnenstich auf dem Rückweg bekommen haben?" Dabei lachte sie und sah mich abenteuerlustig an. „Das ist eine sehr gute Idee."

„Schön", lachte ich nun auch und hatte die Bilder unserer ersten Wanderung wieder so klar vor Augen, als wäre es erst gestern gewesen. Diese Anfangszeit hier in den abgeschiedenen Hügeln der Toskana war irgendwie immer noch so unwirklich, dass ich mich noch so manches Mal fragte, ob ich mir das nicht alles einfach nur eingebildet hatte. Aber alles um mich herum waren eindeutige Zeichen dafür, dass es die Realität war. Tante Donatella, die keine Ahnung hatte, weshalb wir so gut gelaunt waren, schüttelte nur ein wenig mit dem Kopf. „Alberne Hühner", murmelte sie dabei vor sich hin, konnte sich aber ein kleines Lächeln dabei nicht verkneifen. Plötzlich klopfte es an der Tür und ehe jemand von uns „herein" sagen konnte, stand Alberto schon vor uns. „*Buongiorno*" sagte er und richtete seine Augen direkt auf Katrin. Einen Moment lang war er regelrecht sprachlos. „Was machst du denn hier?" In seiner Stimme klang sowohl Freude als auch ein wenig Kühle mit.

„Ich wollte Giulia besuchen", antwortete Katrin und lächelte ihn vorsichtig an.

„Ach so", kam es nun nur zurück. Dann wandte er sich an Tante Donatella und würdigte Katrin keines Blickes mehr. „Ich bin eigentlich nur gekommen, um zu fragen, ob du etwas aus dem Supermarkt brauchst. Da wollte ich gerade ein wenig Einkaufen fahren."

„Das ist lieb von dir, danke. Aber die beiden Frauen gehen gleich ebenfalls runter in den Markt und können mir eine Kleinigkeit mitbringen."

„Gut. Dann wünsche ich noch einen schönen Tag." Mit diesem Satz machte er kehrt und verließ das Haus ohne einen weiteren Ton. So kühl kannte ich Alberto gar nicht. Es musste ihn wirklich überrascht haben, Katrin hier zu sehen, aber unfreundlich musste er deswegen noch lange nicht werden, fand ich.

„Er ist sauer auf mich", schlussfolgerte Katrin wenige Minuten später, als wir unterwegs zum Supermarkt waren.

„Ja, vermutlich ist er das. So kurz angebunden ist er sonst nie."

„Bestimmt hat er doch versucht, mich auf dem Handy zu erreichen und gemerkt, dass ich ihn blockiert habe."

„Es spricht zumindest einiges dafür."

„Ich werde nachher einmal zu ihm rüber gehen und mit ihm reden. Wenn er mir überhaupt aufmacht."

Mein Handy klingelte. Es war Francesco. „*Buongiorno, tesoro.* Wo bist du? Ich habe noch gar keinen Kuss heute Morgen von dir bekommen."

„*Buongiorno*", meldete ich mich und hatte ein wenig ein schlechtes Gewissen. Normalerweise ging ich jeden Morgen nach dem Frühstück zuerst runter zum Olivenhain und begrüßte Francesco. Doch heute hatte ich es komplett verschwitzt. „*Scusa*, ich bin schon mit Katrin unterwegs. „Wenn ich wiederkomme bekommst du einen riesigen Schmatzer von mir, mein Herz." Bei diesen Worten strömte wieder dieses warme Gefühl durch mich hindurch, das mich in letzter Zeit ständig begleitete, wenn ich Francesco sah, ihn hörte oder auch nur an ihn dachte.

„*Va bene*", säuselte er in den Hörer. Ich freue mich schon darauf. Bis später meine Schöne."

„Bist du nervös wegen heute Mittag?" fragte Katrin nun und meinte damit natürlich mein Treffen mit Torben.

„Nein. Ich bin einfach nur froh, wenn wir miteinander gesprochen haben und er danach wieder zurück nach Deutschland fährt."

„Das kann ich gut verstehen. Hoffentlich schnallt er auch tatsächlich, dass du ihm keine Chance mehr geben willst."

„Ja, das hoffe ich auch."

Etwa fünf Stunden später stellte sich zunächst allerdings leider heraus, dass Torben hartnäckiger war, als ich gedacht hatte. Wie bei einem ersten spannenden Date hatte er sich passend zurechtgemacht und spielte den großen Gentleman.

„Setz dich, meine Liebe. Ich habe uns bereits eine Flasche Champagner bestellt und ein paar Antipasti. Die magst du doch besonders gerne."

„Torben", begann ich und nahm ihm gegenüber Platz.

„Nein, sag jetzt noch nichts. Das ist erst der Anfang meiner Wiedergutmachung." Dabei strahlte er mich an, als wäre für ihn schon vollkommen klar, dass ich erneut ein Teil seines

Lebens würde. „Weißt du, Giulia, ich habe in den letzten Monaten schmerzlich festgestellt, dass du mir wirklich an meiner Seite fehlst. Du glaubst gar nicht, wie sehr ich es vermisse, dass ich nach Hause komme und du mich beim Bügeln meiner Hemden begrüßt und es in der Wohnung nach leckerem Essen duftet." „Ach ja", blickte ich ihn irritiert kühl an. Doch Torben merkte nicht einmal, wie ich innerlich bei seinen Worten vor Wut zu kochen begann. „Ja!" strahlte er stattdessen. „Ich habe erst jetzt erkannt, was für einen Luxus ich mit dir hatte. Stell dir vor, ich muss meine Hemden jetzt immer in die Reinigung geben, weil ich selber wirklich zu blöd bin, die zu bügeln." Dabei lachte er fröhlich und schenkte uns galant von dem teuren Champagner ein, den uns die Kellnerin an den Tisch brachte. „Du hast mich doch sicherlich auch vermisst", mutmaßte er selbstgefällig und wollte ziemlich offensichtlich gar keine Antwort darauf von mir hören. „Darauf stoßen wir jetzt an. Darauf, dass wir uns nicht mehr länger vermissen müssen und jetzt einen Neuanfang starten können." Er reichte mir ein gefülltes Glas, stieß mit seinem daran an und trank genüsslich einen Schluck davon. Als er merkte, dass ich keinerlei Anstalten machte, es ihm gleichzutun, sah er mich aus verträumten Augen an. „Da hat es dir ganz offensichtlich die Sprache verschlagen. Wie schön, dass mir meine Überraschung gelungen ist. Aber nun koste mal. Das ist ein ganz edles Tröpfchen. Da habe ich mich nicht lumpen lassen."

„Torben", begann ich noch einmal in einem ganz ruhigen Ton. Doch bevor ich weitersprechen konnte, musste ich zunächst meine Gedanken und meine Worte ordnen, denn hier lief ganz offensichtlich etwas so unglaublich schief, dass ich am liebsten zu schreien begonnen hätte. Aber das hätte jetzt auch nichts gebracht.

„Es ist wirklich sehr lieb von dir, dass du den weiten Weg extra hierhergekommen bist, um dich zu entschuldigen."

„Ja, nicht wahr!" fuhr er mir ins Wort. „Das hätte nicht jeder getan."

„Nein, das hätte bestimmt nicht jeder getan. Aber Torben, das mit uns ist vorbei."

„Ach, Giulia", lachte er nun ein wenig verunsichert. „Ich verstehe, dass du mich noch ein bisschen zappeln lassen willst. Aber das ist gar nicht nötig. Ich weiß jetzt, was ich an dir habe und es tut mir unendlich leid, dass ich das nicht vorher schon erkannt habe. Ich habe dich wirklich ganz schrecklich vermisst."

„Sei mir nicht böse, aber ich glaube nicht, dass du tatsächlich mich meinst, die du vermisst hast, sondern eher das bequeme Leben, das ich dir geboten habe."

„Das bequeme Leben, das du mir geboten hast?" wiederholte er nun. Dabei verschwand das verunsicherte Lachen und seine Mine verfinsterte sich. „Bequem habe ich es dir doch wohl gemacht. Oder glaubst du, du hättest von deinem spärlichen Gehalt in einem solchen Luxusapartment wohnen und dir so teure Kleider leisten können?"

Ich spürte, dass ich einen wunden Punkt in ihm getroffen hatte. Doch er versuchte schnell, wieder seine Fassung zu finden, fuhr sich einmal mit seiner rechten Hand lässig durchs Haar und beugte sich zu mir. „Giulia, es tut mir leid. Das meinte ich nicht so."

„Das weiß ich Torben. Ich glaube dir durchaus, dass du mich vermisst hast, dass es dir zu einsam war alleine und es freut mich auch, dass du festgestellt hast, wie angenehm es ist, wenn alles fertig ist, wenn man nach Hause kommt. Aber sei doch mal ganz ehrlich. Liebst du mich? Liebst du mich so sehr, dass du dich tatsächlich darauf einlassen könntest, dein ganzes Leben auf engstem Raum mit mir zu verbringen? Jeden Tag und jede Nacht? Und das auch, wenn ich von nun an aufhören würde, mich um deine Wäsche zu kümmern, dich zu bekochen und dich auf wichtige Geschäftstermine zu begleiten?"

Bei diesen Worten sah ich Torben so eindringlich in die Augen, dass er keine Chance hatte, sich meinem Blick zu entziehen. Er nahm meine Hand in seine, ohne seine Augen von mir abschweifen zu lassen. „Nein", flüsterte er dann kleinlaut. „Diese Vorstellung beängstigt mich tatsächlich noch immer." Nun ließ er seinen Blick beschämt auf die weiße Papiertischdecke sinken. „Es tut mir leid."

Behutsam hob ich sein Kinn, so, dass er mich wieder ansehen musste. „Es muss dir nicht leidtun. Ich habe unsere Verbindung auch lange Zeit für Liebe gehalten, aber heute weiß ich, dass sich Liebe anders anfühlt."

„Ja?" fragte er verwundert? „Wieso? Wie denn?"

„Es fühlt sich einfach alles so leicht an, auch, wenn vielleicht gar nicht immer alles so leicht ist. Aber du spürst einfach, dass, egal was kommt, irgendwie alles gut ist. Du möchtest den anderen immerzu in deiner Nähe wissen, einfach, weil es ihn gibt und nicht, weil er etwas Besonderes tut." Ich hielt kurz inne, denn ich wusste, dass meine Worte gerade wie spitze Nadeln in Torben eindrangen. „Schau", fügte ich anschließend hinzu. „Wir hatten eine schöne Zeit zusammen und alles war gut, so, wie es war. Wir kannten es ja nicht anders und ich bereue auch nichts. Natürlich hat mich deine Flucht im ersten Moment tief getroffen. Aber heute bin ich dir unglaublich dankbar dafür, denn wir wären niemals wirklich glücklich miteinander geworden."

Er nickte und ich spürte eine seiner Tränen, die auf meinen Handrücken tropfte.

„Du wirst auch noch so eine Liebe finden, da bin ich mir ganz sicher."

„Danke für deine Ehrlichkeit, Giulia. Du bist wirklich wunderbar", hauchte er. „Darf ich dich etwas fragen?"

Ich nickte.

„Es ist dieser Francesco, oder?"

„Ja", sagte ich und konnte dabei nicht verhindern, dass sich ein Lächeln auf mein Gesicht legte.

Nun nickte Torben und erhob sich. „Ich muss jetzt gehen." Aus seiner Geldbörse zog er einen großen Schein, legte ihn unter sein Glas und verließ das Café ohne ein weiteres Wort.

Ich blieb etwas irritiert zurück, denn als Torben mich ohne eine richtige Verabschiedung zurückließ, war er weiß wie eine Wand geworden und das machte mir irgendwie Sorgen. Nicht, dass er noch auf dumme Gedanken käme. Dafür war er eigentlich nicht der Typ, aber kannte ich ihn wirklich gut genug, um das so genau zu wissen?

Kapitel 30

Katrin

Genau zur richtigen Zeit

Giulia hatte bereits zweimal versucht, mich anzurufen, doch ich war nicht ans Telefon gegangen. Nicht, weil ich es nicht gehört hatte, sondern weil ich nicht wusste, was ich ihr hätte sagen sollen. Lieber wollte ich warten, bis sie zurück auf dem Anwesen war, um persönlich mit ihr zu sprechen. Das hielt ich in jedem Fall für die bessere Lösung.

Als ich am Nachmittag, nachdem Giulia nach Florenz gefahren war, rüber zu Alberto ging, hatte ich schon etwas Herzklopfen gehabt. Es war nicht richtig gewesen, ihn einfach so zu blockieren, aber irgendwie hatte ich nach der Trennung von meinem damaligen Mann Angst, jemanden wieder so nah an mich heran zu lassen und so erschien es mir das Vernünftigste und Einfachste, so zu handeln. Im Nachhinein hatte ich mich auch bereits das eine oder andere Mal darüber geärgert, denn ich merkte schon, dass mir Albertos herzliche Art fehlte. Wir hatten wunderbare Gespräche miteinander geführt in meinem Urlaub dort in Italien und ich war froh, dass er so gut Englisch sprechen konnte wie ich. Denn sonst wäre es nicht möglich gewesen, überhaupt eine Konversation miteinander zu betreiben. Ich empfand diesen Mann als einen wirklichen Gentleman, bei dem man sich einfach wohlfühlen musste.

Dass wir uns jemals wiedersehen würden, hatte ich niemals für möglich gehalten und deshalb hatte ich mir damals in dem Moment, in dem ich ihn blockiert und gleichzeitig seine Nummer gelöscht hatte, keine Gedanken darüber gemacht, dass es vielleicht doch mehr war als eine einmalige gemeinsame Zeit.

Bevor ich an Albertos Tür klopfte, atmete ich noch einmal tief ein und versuchte meine Nervosität unter Kontrolle zu bekommen. Es dauerte eine kleine Weile, bis die Tür geöffnet wurde, nämlich in dem Moment, in dem ich mir überlegt hatte, einfach wieder kehrt zu machen.

„Hallo Alberto", kam es nun etwas krächzend aus meinem Mund. „Darf ich hereinkommen?"

Er sagte zwar nichts, öffnete jedoch die Tür und ließ mich herein. Als ich meine Schuhe auf dem Türläufer ausziehen wollte, entdeckte ich einen Briefumschlag, der darunter lag und nur zu einem kleinen Stück herausragte. Ich hob ihn hoch und gab ihn Alberto, der ihn, ohne ihn sich genauer anzusehen, einfach mitnahm. Wir gingen durch den kleinen Flur ins Wohnzimmer und setzten uns dort an den Esszimmertisch, auf dem eine Kanne frischer Kaffee und eine halb gefüllte Tasse standen.

„Möchtest du auch etwas trinken?" fragte er und nickte in Richtung des Kaffees. Es duftete herrlich aromatisch und so nahm ich das Angebot gerne an. Alberto stand auf und holte aus der Küche eine weitere Tasse. Für sein Alter sah er wirklich noch unglaublich gut aus. Dass er in den letzten Wochen viel an der frischen Luft gearbeitet hatte, sah man ihm gleich an, denn sein Teint war noch recht braun und die Wangen ganz rosig. Seine kleinen blauen Augen waren eher untypisch für einen Italiener und ließen ihn irgendwie gerade dadurch ganz besonders aussehen.

„Es tut mir leid", hörte ich mich plötzlich in die Stille des Raumes hineinsagen.

„Was genau meinst du?" fragte er, während er mir Kaffee einschenkte und sich mir gegenüber an den Tisch setzte.

„Naja", begann ich, „zum einen tut mir leid, dass ich mich nicht mehr bei dir gemeldet habe. Und zum anderen hast du vermutlich gemerkt, dass du mich nicht mehr erreichen konntest, weil ich deine Nummer blockiert habe." Schnell nahm ich peinlich berührt einen Schluck des heißen Getränks zu mir und umklammerte meine Tasse mit beiden Händen.

„Es muss dir nicht leidtun. Wir hatten ja gesagt, dass es etwas Einmaliges war." Bei diesen Worten starrte er auf seine Kaffeetasse, die er, ebenso wie ich, mit beiden Händen festhielt. Ich spürte, dass er sich dennoch etwas anderes erhofft hatte, auch, wenn er nun versuchte, es sich nicht anmerken zu lassen.

„Mir tut es trotzdem leid, denn ich habe dich schon ein wenig vermisst." Hatte ich das wirklich gerade gesagt?! Auch wenn es so war, musste ich es doch nicht sofort preisgeben wie ein offenes Buch. Doch meine Worte ließen ihn aufhören und sein Blick richtete sich mit einem kleinen Lächeln auf mich.

„Ja?"

„Ja", kam es wieder einfach so über meine Lippen. *Mensch Katrin*, ermahnte ich mich nun selber. Was sollte dieser Mann denn jetzt von mir denken?

„Ich habe dich auch vermisst", flüsterte er mir nun zu meiner großen Überraschung leise zu und griff dabei nach meiner rechten Hand, die auf dem Tisch ruhte. Ein Kribbeln durchfuhr meinen Körper und löste eine kleine Hitzewelle in mir aus. „Gleich zwei Tage nachdem du wieder zurück in

Deutschland warst, hatte ich versucht, dich anzurufen, wollte deine Stimme hören, einfach so. Aber ich kam am Telefon nicht durch. Zuerst habe ich gedacht, es wären sicherlich nur Verbindungsschwierigkeiten, doch als es auch Tage später noch genauso war, da ahnte ich, dass ich in deinem Leben wirklich nicht mehr erwünscht war."

Ein Kloß bildete sich in meinem Hals, denn so hatte ich es vorher noch nie betrachtet und plötzlich kam ich mir richtig schäbig vor. Also setzte ich zu einer entschuldigenden Erklärung an, doch Alberto unterbrach mich sanft. „Ist schon gut, *bella* Katrin. Vergessen wir das einfach. Ich hätte ja auch nie gedacht, dass mir noch einmal eine Frau so nah kommen würde. Aber bei dir habe ich mich von Anfang an wohl gefühlt und als du weg warst, fehlte mir plötzlich deine frische und fröhliche Art."

„Weißt du", begann ich nun, „wenn ich ehrlich bin, habe ich in den letzten Jahren immer Angst davor gehabt, dass mir ein Mann zu nahe kommen könnte, denn die Trennung von meinem Mann war kein besonders schönes Erlebnis in meinem Leben gewesen. Und so etwas sollte mir nicht noch einmal passieren. Lieber würde ich bis an mein Lebensende alleine bleiben."

„Und dann kam ich", lächelte er nun.

„Ja, und dann kamst du."

Ich kam mir gerade ein bisschen vor wie in einem Kitsch-Roman, doch fühlte es sich nicht kitschig, sondern irgendwie unglaublich besonders an. Man sagte den Italienern gerne mal nach, sie wären die größten Flirtkünstler und ich hielt das bisher immer irgendwie für ein Klischee. Aber wer weiß, vielleicht war doch etwas dran an dem Gerücht, schließlich hatte Francesco auch Giulias Herz im Sturm erobert.

Wir saßen noch eine ganze Weile einfach so beieinander, redeten, schwiegen und genossen diese, irgendwie ganz neue Zweisamkeit. Wer hätte gedacht, dass das Leben so einfach sein konnte, wenn man einmal ehrlich zueinander war und sich gegenseitig sagte, was einem gerade auf der Seele brannte. Und wenn man sich auch mal auf etwas einließ, vor dem man innerlich aus unerfindlichen Gründen riesige Angst hatte. Zwar hatte ich gerade keine Ahnung, wie sich diese Geschichte hier mit uns weiterentwickeln würde, aber ich war gespannt, es herauszufinden. Und ich hatte das Gefühl, dass es Alberto ebenso ging.

Plötzlich fiel sein Blick auf den Briefumschlag, den ich unter seiner Fußmatte entdeckt hatte. Er nahm ihn zur Hand und beäugte ihn von allen Seiten, um zu schauen, wer der Adressat war. Da er keinen Namen entdecken konnte, öffnete Alberto das Kuvert und zog einen handgeschriebenen Brief hervor, den er mir direkt vorlas.

„Oh mein Gott", flüsterte ich, als Alberto den letzten Satz beendet hatte. „Das kann er doch nicht machen. Wie soll ich das denn Giulia sagen?"

„Vielleicht weiß sie es ja schon", meinte Alberto daraufhin.

„Kann ich mir nicht vorstellen."

Die Leichtigkeit, die uns noch bis vor wenigen Minuten begleitet hatte, war auf einmal wie weggeblasen. Ungläubig starrten wir auf das bekritzelte Stück Papier und waren einfach nur sprachlos. In die Stille hinein klingelte irgendwann zum dritten Mal mein Telefon, das die Nummer meiner besten Freundin einblendete.

„Ich gehe jetzt rüber", entschied ich, „und warte dort auf Giulia. Am Telefon kann ich mit ihr nicht darüber sprechen.

Egal, ob sie es schon weiß oder nicht. Darüber müssen wir persönlich sprechen."

Mit ein wenig zittrigen Knien erhob ich mich und ging Richtung Ausgangstür. So wie es aussah, war ich wohl genau zur richtigen Zeit wieder hierhergekommen, denn es war klar, dass Giulia jetzt jemanden an ihrer Seite brauchen würde.

Kapitel 31

Giulia

Leere

„**H**i", begrüßte ich Katrin, nachdem ich von meinem Treffen mit Torben zurückkam. „Wieso gehst du nicht an dein Handy? Ich hatte dich angerufen und wollte dich fragen, ob du heute Abend Pizza essen magst. Jetzt habe ich dir einfach eine mitgebracht." Demonstrativ öffnete ich die beiden großen Kartons, aus denen es wunderbar nach frischer Pizza duftete. Die eine war mit Thunfisch und roten Zwiebeln belegt und die andere mit Schinken, Pilzen und Ananas. „Ich dachte, wir könnten Tante Donatella jeweils ein Stück davon abschneiden, das reicht ihr bestimmt." Während ich die Kartons zunächst wieder zuklappte und uns ein Glas Rotwein einschenkte, damit ich Katrin gleich alle Einzelheiten meines Treffens erzählen konnte, fragte ich sie, ob sie Francesco gesehen hätte. „Ich wollte ihn eben begrüßen, aber sein Wagen ist nicht mehr da. Heute nach unserem Einkauf war ich gar nicht mehr dazu gekommen, zu ihm zu gehen."
„Nein, ich habe ihn nicht mehr gesehen."
„Na, dann rufe ich ihn schnell einmal an, damit er weiß, dass ich jetzt da bin und ihn später erwarte." Und ehe ich hörte, was Katrin daraufhin erwidern wollte, hatte ich auch schon mein Handy gezückt und Francescos Nummer gewählt. „Die-

se Rufnummer ist nicht vergeben" erklang eine mechanische Stimme am anderen Ende und ich war mir sicher, dass ich mich aus Versehen verwählt hatte. Also legte ich auf und versuchte es noch einmal. Dieses Mal passte ich auf, dass ich nicht auf eine andere Taste kam, doch das Ergebnis war dasselbe. „Merkwürdig", sagte ich laut und starrte auf das Display meines Smartphones. „Irgendwie spinnt mein Telefon. Ich schreibe einfach eine Nachricht, das wird ja wohl gehen."

„Giulia", hörte ich Katrin nun sagen.

„Gleich", antwortete ich und fühlte, wie aus irgendeinem Grund eine Art leichte Panik in mir aufkam. Schnell tippte ich eine kurze Nachricht in den Messenger und schickte sie ab, doch sie kam nicht durch. Auch Francescos Profilbild war mit einem Mal verschwunden. Nun begann ich innerlich zu zittern, denn hier stimmte ganz offensichtlich etwas nicht.

„Giulia", wiederholte Katrin noch einmal, „setz dich bitte mal. Ich muss dir etwas sagen.

„Es ist etwas passiert, oder?!" fragte ich nun voller Besorgnis und sah Katrin eindringlich an. Zuerst nickte sie bloß, sagte aber nichts. Doch sie schien schnell zu merken, dass mich ihr Schweigen nur noch mehr aufwühlte und brachte endlich eine Antwort über ihre Lippen. „Ich war doch heute bei Alberto", begann sie und ich nickte. „Da lag ein Brief auf seiner Türschwelle, der von Francesco war." Wieder zögerte sie, weiterzusprechen. Mich machte das bald vollkommen wahnsinnig, denn ich wollte endlich wissen, was hier los war.

„Katrin, jetzt sag mir bitte, wo Francesco ist, sonst bekomme ich gleich einen Herzinfarkt vor Sorge!" Und es fühlte sich in der Tat so an, als wäre mein Herz aus irgendeinem Grund völlig außer Rand und Band. Vielleicht gab es gar keinen wirklichen Grund dafür, aber ich fühlte, dass das, was Katrin mir gleich sagen würde, nichts wäre, was mich beruhigen könnte.

Sie nahm meine Hände in ihre und sah mir direkt in die Augen. „Francesco hat seine Kündigung bei Alberto abgegeben und in dem Brief deutlich gemacht, dass er für niemanden mehr erreichbar sein wird."

„Was?!" rief ich völlig schockiert. Unweigerlich traten mir dabei Tränen in die Augen und mir wurde ganz schwindelig. Das konnte doch nicht sein! Was war denn bloß passiert?! In meinem Kopf herrschte völliges Chaos und ich merkte, wie ich regelrecht panisch wurde, denn ich konnte mir einfach nicht vorstellen, dass ich meinen wundervollen Francesco nie mehr wiedersehen würde. Er konnte nicht einfach so aus meinem Leben verschwinden. Ich hatte doch gar nichts getan! Doch dann dämmerte es mir langsam. „Da hat sicherlich Torben etwas mit zu tun", krächzte ich und schluchzte so laut, dass Tante Donatella, die noch auf der Terrasse saß, zu uns hineinrief. „Ist alles in Ordnung?"

„Ja, alles gut", rief ich ihr leicht schniefend zurück und spürte, wie Katrin mich plötzlich fest in den Arm nahm, um mich zu trösten.

„Jetzt beruhige dich erst einmal. Es wird sich sicherlich alles aufklären. Aber was meinst du damit, dass Torben etwas damit zu tun hat?"

Und dann erzählte ich Katrin unter Tränen von unserem Gespräch vor wenigen Stunden.

„Es war am Ende alles ganz gut gelaufen, aber plötzlich stand Torben auf, war weiß wie ein Gespenst und ist einfach gegangen. Er hat sich nicht verabschiedet, nichts. Das fand ich schon sehr merkwürdig und im ersten Moment hatte ich sogar ein bisschen das Gefühl, dass er sich vielleicht etwas antun würde. Aber scheinbar hatte sein Verhalten einen ganz anderen Grund."

„Dann ruf ihn doch mal an und frag ihn, ob er etwas mit Francescos Kündigung zu tun hat."

Ja, das war eine gute Idee. Ein wenig Hoffnung, dass sich alles schnell aufklären würde, keimte in mir auf. Nervös scrollte ich in meinen Kontakten zu seiner Nummer herunter. „*Der Teilnehmer ist derzeit nicht zu erreichen. Bitte versuchen Sie es später erneut*", erklang wieder eine mechanische Stimme.

„Das kann doch alles nicht wahr sein", sagte ich und spürte, wie die Tränen mich erneut überrannten. Dann fiel mir Alberto ein. „Er weiß bestimmt, wo Francesco wohnt. Lass uns rübergehen und ihn fragen", animierte ich Katrin und war bereits auf der Hälfte des Weges zur Tür hin, als Katrin mich zurückhielt. „Alberto hat keine Ahnung, wo Francesco wohnt. Darüber haben sie nie gesprochen. Diese Idee, ihn dann dort aufzusuchen, hatten wir auch schon. Tut mir leid."

Ich fiel in ein tiefes schwarzes Loch und konnte immer noch nicht fassen, was hier gerade vor sich ging. Selbst wenn Torben etwas mit dem Ganzen zu tun hätte, so konnte er doch nicht der einzige Auslöser für Francescos abruptes Verschwinden sein. „Es war doch noch alles in Ordnung heute Morgen", flüsterte ich vor mich hin. „Wir haben uns doch aufeinander gefreut und Francesco war so liebevoll wie immer. Was habe ich denn bloß falsch gemacht?"

„Du hast gar nichts falsch gemacht", versicherte mir Katrin. „Das darfst du erst gar nicht denken."

„Aber wieso verschwindet er dann einfach so von jetzt auf gleich aus meinem Leben? Er hat sich nicht einmal von mir verabschiedet. Katrin, was mache ich denn, wenn ich ihn nie wiedersehe?" Diese Vorstellung war so schmerzhaft, dass ich auf der Stelle zu Boden sank und mein Körper von einer einzigen Schmerzwelle überrollt wurde. Katrin setzte sich ganz dicht neben mich und hielt mich fest. Ich hätte nicht sagen können, wie lange wir so da unten auf dem Küchenboden saßen, aber irgendwann stand Alberto neben uns und blickte ein wenig hilflos zu uns hinunter.

„Es tut mir so leid", sagte er und fasste mich unter den Arm. „Komm, wir bringen dich in dein Bett. Es wird das Beste sein, wenn du jetzt erstmal etwas schläfst."

„Aber Tante Donatella", sagte ich und dachte daran, dass sie in gut einer halben Stunde ihr Abendbrot essen wollen würde.

„Darum kümmere ich mich schon", antwortete Katrin und half mir ebenfalls auf die Beine.

Als ich nur wenige Minuten später in meinem Bett lag, war ich mir sicher, ich könnte niemals einschlafen, denn in meinem Kopf tanzten die Gedanken immer noch wie wild hin und her. Ich nahm mein Handy zur Hand und starrte stundenlang unter Tränen auf das verschwundene Profilbild meines liebsten Francesco und war einfach nur am Boden zerstört. Bilder aus unserer Anfangszeit tauchten vor meinen Augen auf. Bilder, die so schön und bunt waren, dass sie mir für einen Moment lang vorgaukelten, es wäre alles in Ordnung. Doch dann holte mich die harte Realität wieder ein und ich wusste, dass diese Bilder nur noch eine Erinnerung waren. Es fühlte sich an, als wäre Francesco gestorben und hätte einen Teil von mir mit sich genommen. Aus den wilden Gedanken entstand anschließend urplötzlich eine Leere in mir. Ich war erschöpft vom vielen weinen und bemerkte gar nicht, wie ich in einen tiefen, dumpfen Schlaf glitt.

Kapitel 32

Francesco

Ein gebrochener Mann

Nun saß ich hier inmitten unseres kleinen Gartens und sah den Hunden beim Herumtollen zu. Gerne wäre ich mit ihnen eine Runde durch den Wald gelaufen, doch mein Körper war zu träge und ich einfach insgesamt zu müde und erschöpft. Rosso, der kleinste Welpe kam auf mich zugestürmt und leckte meine Hand, ganz so, als wüsste er von meinem Kummer und wollte mich trösten. Aber mich konnte nichts trösten, denn heute am späten Vormittag hatten sich all meine Träume, Hoffnungen und Pläne, die ich für die Zukunft gehabt hatte, zerschlagen. Wie hatte ich auch nur so naiv sein können, zu glauben, dass ich tatsächlich mal meinem tristen, grauen Leben entfliehen könnte. Das war nicht nur naiv, nein, das war auch unglaublich dumm von mir gewesen. Und obwohl ich so sehr an dieses triste graue Leben gewöhnt war, fühlte ich mich gerade, als würde ich davon erdrückt. Ich konnte und wollte mir gar nicht vorstellen, dass alles wieder so sein sollte, wie noch vor wenigen Wochen und Monaten, noch bevor Giulia in mein Leben getreten war. Doch ich hatte wohl keine Wahl. Ich musste zurück zu Roberta, die so kalt war wie ein Fisch, musste zurück in eine Arbeitswelt, die mich bereits als alten Taugenichts abgeschrieben hatte und musste zurück in einen Alltag, der gefüllt war von den Erwartungshaltungen meiner Familie und Freunden. Glücklicherweise hatte ich Roberta noch nichts davon gesagt, dass ich fest entschlossen gewesen war, sie zu verlassen, denn dann hätte ich jetzt zu allem Übel auch noch auf der Straße gesessen. Eines war schließlich klar gewesen. Auch, wenn das Haus und das Grundstück, auf dem es stand, mir gehörten, so hätte Roberta mich achtkantig hinausgeworfen. Das sie dort wohnen bleiben konnte wäre ich ihr schuldig gewesen, das hatte mir klar sein müssen. Wenigstens das blieb mir jetzt erspart. Ich schluckte schwer und fühlte, wie Tränen über meine Wangen strömten, ohne, dass ich es hätte verhindern können. Wieso hätte ich auch einfach mal Glück haben sollen?!

Dabei fing der Tag so unglaublich schön an. Ich hatte zwar in der ganzen Nacht kein Auge zugetan, doch war ich frisch und voller Euphorie in den Morgen gestartet. Schon auf dem Weg zur Arbeit sang ich lauthals die Lieder mit, die im Radio gespielt wurden. Das wäre mir im Normalfall nie passiert, denn ich zählte zu den absoluten Morgenmuffeln. Für den heutigen Tag hatte ich mir allerdings vorgenommen, Giulia zu fragen, ob sie sich vorstellen konnte, hier bei mir zu bleiben, um eine gemeinsame Zukunft mit mir aufzubauen. Und da ich keinen Zweifel daran hatte, dass sie es sich vorstellen konnte, war ich so gut gelaunt gewesen, dass ich vor Vorfreude hätte Bäume ausreißen können. Während ich mich an den Olivenbäumen zu schaffen machte, sah ich immer wieder ungeduldig auf meine Uhr und wartete darauf, dass Giulia mit einem Kaffee um die Ecke käme, um mir einen guten Morgen zu wünschen. Eigentlich war sie immer in etwa um dieselbe Zeit da, nämlich direkt nach dem Frühstück, wenn sie ihre Großtante zumeist auf die Terrasse gebracht hatte. Doch heute war es bereits um einiges später und ich hatte noch nichts von ihr gehört. Allerdings war auch ihre Freundin Katrin am Abend zuvor gekommen und vermutlich hatte Giulia dadurch ein wenig die Zeit vergessen. Als jedoch gegen zehn Uhr noch immer kein Lebenszeichen von ihr zu hören oder zu sehen war, nahm ich mein Smartphone zur Hand und rief meine Liebste kurzerhand an. Gut, dass jemand das Telefon erfunden hatte. Es klingelte zweimal, dann hatte ich Giulia am Apparat.

Leider war sie gar nicht mehr auf dem Anwesen, wie ich feststellen musste, sondern befand sich bereits zu Fuß auf dem Weg in den Supermarkt. Meine kleine Enttäuschung, die ich innerlich verspürte, verdrängte ich schnell, denn spätestens zur Mittagszeit wären die beiden Frauen schließlich wieder zurück und dann würde ich mit Giulia sprechen können.

„*Buongiorno*", hörte ich jemanden in gebrochenem Italienisch hinter mir sagen, nachdem wir aufgelegt hatten. Es war wieder dieser Typ vom Vortag, Torben oder so ähnlich.
„*Buongiorno*. Wenn Sie Giulia suchen, die ist nicht hier."
„Nein", entgegnete er, „ich wollte zu Ihnen."
„Zu mir? Was kann ich denn für Sie tun?"
„Ich denke, wir sollten uns mal unterhalten. Mir ist gestern nicht entgangen, wie Sie meine Verlobte angesehen haben und ehrlichgesagt, gefiel mir das gar nicht."
Wie ein kleiner arroganter Prolet stand mir dieser Deutsche hier gegenüber und sah mich mit bohrenden Blicken der Verachtung an. Sollte ich wirklich auf so eine Konversation eingehen? Das war mir eigentlich zu blöd und so entschied ich mich dazu, meine Gartenarbeit weiterzuführen und diesen Mann, in der Hoffnung dass er dann schon wieder ginge, zu

ignorieren. Leider ließ er sich nicht so schnell abwimmeln. „Hey", meinte er nun unfreundlich, „ich spreche mit Ihnen." Also drehte ich mich jetzt doch noch einmal zu ihm um. „Das habe ich gehört, aber ich wüsste nicht, was Sie das überhaupt anginge." Damit meinte ich seinen Kommentar, dass ich Giulia gestern laut seinen Beobachtungen angestarrt hatte, denn das konnte ihm wirklich vollkommen egal sein.

„Oh", plusterte er sich auf, „das geht mich sehr wohl etwas an, denn schließlich ist Giulia *meine* Verlobte und ich möchte nicht, dass *Sie* ihr zu nahe kommen."

Was bildete sich dieser Typ eigentlich ein?! Erst einfach eine so tolle Frau sitzen lassen und dann wiederkommen und Ansprüche stellen. Das ging mal gar nicht!

„Wenn ich es richtig weiß, haben *Sie* Giulia verlassen."

„Das war nur ein kleines Missverständnis. Jetzt bin ich ja wieder da."

„Aber Giulia will gar nichts mehr von Ihnen", versuchte ich ihm nun unmissverständlich klarzumachen.

„Ach. Aber Sie meinen, dass sie was von *Ihnen* will?! Wovon träumen Sie denn nachts?"

„Wissen Sie", sagte ich jetzt in ruhigem Ton, obwohl ich ihm gerade am Liebsten meine Faust ins Gesicht gerammt hätte, „ich glaube nicht, dass wir uns hier weiter unterhalten sollten."

„Das glaube ich aber unbedingt", fuhr er mich an. „Sie glauben, Sie könnten mir Giulia ausspannen, aber das lasse ich nicht zu!"

„Ich kann Ihnen ja gar nichts ausspannen, was nicht einmal mehr zu Ihnen gehört."

„Giulia gehört sehr wohl zu mir! Und ich verbiete Ihnen, sie auch nur noch einmal so anzustarren, wie Sie es gestern getan haben, sonst vergesse ich mich!"

Ich schmunzelte ein wenig in mich hinein. Mit hochrotem Kopf und mit breiten Schultern baute er sich nun vor mir auf und dachte, er wäre mir körperlich überlegen. Dabei hätte ich nur einmal pusten müssen, dann wäre er schon von alleine umgefallen. Aber bei allem Amüsement, das er mir hier gerade bot, spürte ich, wie eine unbändige Wut in mir aufkeimte. Dachte er tatsächlich, dass er einfach darüber bestimmen könnte, was angeblich wie zu sein hätte?! Ich ermahnte mich dennoch, weiterhin ruhig und freundlich zu bleiben, denn auf so ein unteres Niveau wollte ich mich nicht mehr einlassen. Diese Zeiten hatte ich hinter mir gelassen. Ja, früher, da hatte ich auch schon mal meine Fäuste eingesetzt. Das ging manchmal einfach schneller als mit Worten zu überzeugen. Doch seit ich Giulia kannte, hatte ich mich verändert. Ich wusste, dass sie ein solches Verhalten nicht dulden würde und so riss ich mich jetzt zusammen.

Mit feurigen Augen fixierte er mich. „Habe ich mich jetzt klar und deutlich ausgedrückt? Finger weg von Giulia!"

„Giulia ist, denke ich, alt genug um selber zu entscheiden, was und wer für sie richtig ist."

„Ja, jetzt verstehen wir uns", grinste er in überheblichem Ton. „Dass *Sie* nicht infrage kommen ist doch vollkommen klar." Er machte eine kurze Pause und ließ seinen Blick abschätzig an mir heruntergleiten. „Schauen Sie sich doch selber einmal an. Denken Sie wirklich, Giulia würde sich auf Dauer mit einem solchen *Bauern* abgeben?! Was hätten Sie Ihr schon zu bieten? Sie haben ja nicht einmal alle Zähne im Mund."

Bleib bloß ruhig, ermahnte ich mich selber innerlich und biss mir auf die Unterlippe. Seine Worte trafen mich wie ein scharfes Messer mitten in die Magengrube. Da wäre es mir lieber gewesen, er hätte mir einen ordentlichen rechten Haken verpasst, aber mit solch niederschmetternden Worten hatte ich nicht gerechnet. Und er war noch nicht fertig. „Glauben Sie, dass ich den ganzen Weg hierher umsonst gefahren bin? Nein, ganz bestimmt nicht. Heute Nachmittag treffe ich mich mit meiner Verlobten und spätestens in ein paar Tagen sind wir wieder auf dem Weg nach Hause." Nun, wo er scheinbar alles gesagt hatte, was er sagen wollte, drehte er sich um und setzte zum Gehen an. „Arrivederci", flötete er noch einmal in meine Richtung. „Ich wünsche Ihnen noch einen schönen Tag." Damit war er dann verschwunden. Was für ein arrogantes Ekelpaket, dachte ich bei mir und war immer noch geschockt von der Art und Weise, wie er mich hier soeben behandelt hatte. So konnte ich gerade nicht weiterarbeiten. Also setzte ich mich für einen Moment auf einen alten Gartenstuhl und versuchte, meinen viel zu hohen Puls unter Kontrolle zu bringen. In meinem Kopf hallten seine Worte immer und immer wieder wie ein dumpfes Echo nach. Und je mehr ich über das Gesagte nachdachte, wurde mir schmerzhaft bewusst, dass er Recht hatte. So eine wundervolle Frau wie Giulia hatte wahrlich einen Mann verdient, der ihr etwas bieten konnte. Jemand, der im Stande war, ihr auch ihre kühnsten Träume zu erfüllen. Und das konnte ich ganz sicher nicht. Ich hatte ja nicht einmal das nötige Geld, um meinen ausgefallenen Zahn, der diesem Typen nicht entgangen war, zu ersetzen. Bisher hatte mich das nie gestört und auch Giulia hatte mich niemals darauf angesprochen. Aber vielleicht war sie einfach nur zu höflich gewesen. Für eine kleine Liebelei mochte sie das noch in Kauf nehmen, aber sich so mit mir in der Öffentlichkeit zu zeigen stand auf einem ganz anderen Blatt. Ich spürte, wie eine Art Verzweiflung in mir aufkam, die mit jedem Gedanken größer wurde. Dieser Typ würde Giulia heute treffen und mit Sicherheit würde sie ihm verzeihen, schließlich hatte sie ihn ja noch vor wenigen Monaten geliebt und Liebe verblasste nicht so schnell. Dann würden sie vermutlich am Abend Händchenhaltend hierher zurückkommen und ich hatte ausgedient. Aber ich würde es nicht aushalten, die beiden zusammen zu sehen, also musste ich möglichst schnell eine Lösung für dieses Problem finden. Und für mich gab es nur eine einzige Möglichkeit, die ich gerade sah, um dieser Demütigung zu entgehen. Also lief ich rauf zu meinem Wagen und holte ein weißes Blatt Papier, einen Stift und einen alten Briefumschlag, den ich zufällig noch im Handschuhfach hatte, heraus und setzte mich damit an den großen Gartentisch neben dem Pool, um folgendes zu schreiben:

Kündigung

Hiermit kündige ich mit sofortiger Wirkung auf eigenen Wunsch und aus privaten Gründen. Ich möchte nicht, dass irgendjemand versucht, mich aufzusuchen und mich umzustimmen. Das Gehalt für diesen Monat könnt Ihr behalten.

Alles Gute
Francesco

Gerne hätte ich noch ein paar persönliche Worte an Alberto und an Giulia gerichtet, doch zum einen war in meinem Kopf gerade alles vollkommen durcheinander und zum anderen wollte ich den Brief schnell vor Albertos Tür legen und mich dann aus dem Staub machen, damit mich niemand mehr sehen und aufhalten konnte.
Im Olivenhain ließ ich alles stehen und liegen, setzte mich in den Wagen und fuhr zunächst wie ferngesteuert in den Su-

permarkt, um mir ein günstiges neues Handy zu besorgen. So konnte mich niemand, vor allem Giulia, mehr unter meiner bekannten Nummer erreichen. Vielleicht hätte sie es nicht einmal versucht, aber für den Fall, dass sie es doch tat, würden ihre Anrufe ins Leere gehen und ich würde es glücklicherweise nicht einmal mitbekommen. Das Kapitel Giulia war hiermit für mich beendet, wenn auch ziemlich ungewollt und viel zu abrupt, aber so war es jetzt eben. Besser ein Ende mit Schrecken als sich vielleicht mit lieb gemeinten Worten abservieren zu lassen. Das hätte ich nicht verkraftet. Immer noch wie in Trance tauschte ich direkt nach meinem Handy-Kauf auf dem Supermarktparkplatz meine Telefone aus, löschte Giulias Nummer und fuhr nach Hause, wo ich zunächst einmal eine kalte Dusche nahm, um meinen Kopf wieder ein wenig frei zu bekommen. Natürlich hatte das nicht geholfen, deshalb zog ich meine Arbeiterstiefel an und ging raus zu den Hunden. Roberta verstand natürlich die Welt nicht mehr, als ich so unangekündigt mitten am helllichten Tag wieder zurück war. „Bist du krank oder haben sie dich gefeuert?" fragte sie bissig.

„Ach, sei doch still", giftete ich zurück und ignorierte ihre weiteren Kommentare.

Die Zeiger meiner Uhr standen mittlerweile auf halb Drei am Nachmittag. Ob sich Giulia schon mit diesem furchtbaren Typen getroffen hatte? Wie konnte sie nur an so einen oberflächlichen Egoisten geraten sein? Er mochte Geld haben und war vielleicht auch eine vorzeigbare Partie, doch eines fehlte ihm definitiv: ein Herz. Es stand fest, dass ich Giulia nichts hätte bieten können, was er ihr bieten konnte. Aber eines war ganz sicher. Ich liebte diese Frau wie ich noch nie eine andere Frau zuvor geliebt hatte und ich hätte mein Leben für sie gegeben, wenn es jemand von mir verlangt hätte. Nun, das hatte niemand von mir verlangt, aber vielleicht war es genauso ehrenhaft, dem Menschen, den man liebte, die Freiheit zu schenken und nicht im Wege zu stehen, wenn ein anderer einfach das geben konnte, was man selber nicht einmal ansatzweise hätte geben können.

Die Tränen, die ich mittlerweile vergossen hatte, benetzten bereits den oberen Teil meines Shirts und der Wind, der das feuchte Kleidungsstück immer wieder an meine Brust blies, ließ mich vor Kälte erschauern. Ich hatte nicht einmal bemerkt, dass es irgendwann nicht mehr nur meine Tränen waren, die nasskalt auf meiner Haut klebten, sondern ein Regenschauer eingesetzt hatte, der auch den Rest meiner Kleidung durchnässte. Doch ich rührte mich nicht von der Stelle. Während die Hunde bereits in ihrer Hütte nach trockenem Schutz suchten, saß ich einfach nur da und konnte immer noch nicht verstehen, wie alles hatte plötzlich so anders kommen können, als ich es mir vorgestellt hatte. Niemals zuvor hatte ich solche Selbstzweifel gehabt, wie an diesem Tag. Mir war klar gewesen, dass ich kein Prinz aus einem Märchen war, aber hatte ich nicht vielleicht auch ein kleines Anrecht auf ein wenig Glück im Leben?

„Komm doch endlich rein du fauler Kerl", rief Roberta von der Küche aus. „Sonst kannst du gleich draußen bei den Hunden schlafen. Den Dreck von deinen matschigen Stiefeln will ich nicht hier drin haben."

Ich ignorierte auch diese Sätze, die meine Frau mir entgegenschleuderte. Als ob sie den Dreck weg machen würde. Das wäre ja mal etwas ganz neues. Aber hier draußen konnte ich wirklich nicht bleiben, denn ich war klitschnass und zitterte vor Kälte. Ich wischte mir mit meinen nassen Ärmeln die Tränen aus dem Gesicht und ging mit schweren Schritten ins

Haus, wo ich erneut eine Dusche nahm. Diesmal aber so heiß, dass es um mich herum nur so dampfte. Anschließend sagte ich Roberta, dass ich Kopfschmerzen hätte und verkroch mich in mein Bett. Was hätte ich jetzt darum gegeben, auf der Stelle einschlafen zu können und nicht mehr aufwachen zu müssen. Dann hätte ich die Schmerzen, die seit Stunden vehement in meiner Brust hämmerten, nicht mehr gefühlt und ich hätte mir keine Gedanken mehr darüber machen müssen, wie es nun für mich weiterginge.

Doch statt überhaupt einschlafen zu können, wälzte ich mich unruhig von einer auf die andere Seite. Sobald ich auch nur annähernd meine Augen schloss, tauchte Giulia in meinen Gedanken auf. Wie sehr ich sie schon jetzt vermisste! Die Vorstellung, diese einzigartige Frau niemals mehr wiederzusehen, brach mir das Herz. Am liebsten hätte ich jetzt einfach mein Handy genommen und ihr eine Nachricht geschickt. Aber das wäre keine gute Idee gewesen. Es hätte vermutlich alles nur noch viel schmerzlicher gemacht. Sollte sie doch mit diesem egozentrischen Torben glücklich werden. Bestimmt war ihr noch nicht einmal aufgefallen, dass ich nicht mehr da war. Vielleicht hatte sie mich heute Morgen auch absichtlich nicht mehr persönlich aufgesucht, weil ihr schon klar war, dass sie wieder zu diesem Typen zurückgehen würde. Und um es mir nicht ins Gesicht sagen zu müssen, war sie einfach ohne ein Wort mit ihrer Freundin in den Supermarkt gegangen. Eigentlich sah ihr das gar nicht ähnlich, aber wenn ich es mir recht überlegte, konnte es doch nur so gewesen sein. Wieder kamen mir die Tränen. Denn an dieser Stelle wurde mir zu allem Übel auch noch schmerzlich bewusst, dass selbst, wenn ich Giulia hätte eine Nachricht schreiben oder anrufen wollen, ich das gar nicht mehr gekonnt hätte. Schließlich hatte ich vor wenigen Stunden auf dem Supermarktparkplatz einfach ihre Nummer gelöscht. Was hatte ich mir überhaupt bei dieser ganzen Aktion gedacht? Ich konnte mir eigentlich gar kein neues Handy leisten, denn ich würde in der kommenden Zeit jeden Cent brauchen, den ich noch irgendwo aufbringen konnte. So hatte ich mir meinen heutigen Tag ganz sicher nicht vorgestellt. Am Morgen fühlte ich mich noch wie der größte Gewinner unter der Sonne und jetzt, am späten Nachmittag, war ich ein gebrochener Mann, der die Liebe seines Lebens verloren und obendrein noch seinen Job hingeschmissen hatte.

Kapitel 33

Giulia

Verabschiedung

Am Ende dieses Tages wusste ich, was ich jetzt zu tun hatte. Lange waren meine Gedanken im Kreis herumgeirrt und in meinem Kopf hämmerte es, als wäre jemand mit dem Presslufthammer am Werk gewesen.

„Ich habe dir eine leichte Suppe gemacht", hörte ich Katrin sagen, die leise mit einem Tablett in mein Zimmer geschlichen kam.

„Das ist sehr lieb von dir, aber ich habe keinen Appetit."

„Aber du musst wenigstens eine Kleinigkeit essen, sonst bekommst du noch Kopfschmerzen."

„Die habe ich schon", hauchte ich ihr jetzt entgegen.

„Siehst du, dann wird es aber höchste Zeit." Damit stellte sie das Tablett vor mir ab und setzte sich neben mich aufs Bett. Den ganzen Tag hatte ich hier in meinem Zimmer verbracht, während Katrin sich um Tante Donatella gekümmert hatte.

„Du bist ein Schatz, dass du mir heute meine ganzen Aufgaben abgenommen hast", sagte ich und sah sie dankbar an.

„Na, hör mal, das ist doch selbstverständlich."

„Nein, das ist es nicht. Aber ich hätte wirklich nicht gewusst, wie ich heute auch nur einen Fuß aus dem Bett hätte setzen

sollen. Ich fühle mich, als hätte mich eine Achterbahn überrollt." Nicht, dass ich gewusst hätte, wie sich so etwas tatsächlich anfühlte, aber so in etwa stellte ich es mir vor. „Wie
gut, dass du da bist."

„Das sollte wohl so sein", meinte sie. „Hat Torben sich jetzt
endlich mal gemeldet?"

Alleine der Name trieb mir schon wieder Tränen in die Augen. Ich nickte. „Er hat vor etwa einer Stunde endlich mal
zurückgerufen, dieser verdammte Idiot."

„Dann hat er wirklich etwas mit Francescos plötzlichem Verschwinden zu tun?!" Obwohl es irgendwie auf der Hand gelegen hatte, war Katrin dennoch ein wenig sprachlos.

„Ich habe ihn natürlich direkt gefragt."

„Und?"

„Er stammelte erst irgendwelches undefinierbares Zeug vor
sich her und meinte dann, dass es durchaus sein könnte, dass
er nicht ganz unschuldig daran wäre." Ich schluchzte leise
vor mich hin. „Es ist unfassbar, aber Torben war gestern
Morgen, als wir unterwegs in den Supermarkt waren, hier
auf dem Anwesen und hat sich Francesco tatsächlich vorge-
knüpft."

„Was?!" entfuhr es Katrin nun fassungslos. „Wieso das
denn?"

„Das weiß ich nicht. Ich konnte mir sein blödes Gerede nicht
mehr weiter anhören und habe einfach aufgelegt. Natürlich
hat Torben noch einige Male versucht, mich zu erreichen,
aber ich bin nicht mehr dran gegangen."

„Das kann ich verstehen. Was bildet der sich denn bloß ein?!"
Mitleidig sah sie mich an und strich mir tröstend über den
Arm. „Und was hast du jetzt vor?"

Ich hatte tatsächlich den ganzen Tag darüber nachgedacht und kam immer wieder auf die gleiche Lösung, auch wenn es die vermutlich schlechteste Variante für Tante Donatella sein würde.

„Ich muss hier weg", flüsterte ich Tränenerstickt.

Katrin nickte. „Ja, das kann ich gut verstehen."

„Aber was mache ich mit Tante Donatella? Ich kann sie doch nicht einfach so hier im Stich lassen. Sie hat schließlich nichts mit alledem zu tun und sie jetzt in ein Übergangsheim zu geben würde ihr sicherlich furchtbar zu schaffen machen. Aber wenn ich auch nur noch einen Tag länger hier bleibe, gehe ich ein vor Liebeskummer." Dies war wahrlich nicht einfach nur so dahin gesagt. Ich hatte tatsächlich das Gefühl, dass mich der Schmerz innerlich zerreißen würde, wenn ich tagtäglich all das vor mir sehen würde, was mich an Francesco erinnerte. Und mich erinnerte eigentlich alles hier an ihn, denn für mich gehörte er einfach hierher.

„Vielleicht hätte ich da eine Idee", sagte Katrin nun.

„Ja?" fragte ich überrascht. „Was denn für eine?"

„Wenn du möchtest, könnte ich noch die restliche Zeit bis zur Genesung deiner Großtante hierbleiben. Ich habe doch eh nur einen Aushilfsjob und da ist immer wieder dran zu kommen."

„Meinst du das ernst?" fragte ich sie verblüfft, denn mit einem solchen Angebot hätte ich sicherlich niemals auch nur annähernd gerechnet.

„Klar meine ich das ernst. Es gibt sicherlich nettere Arbeitgeber, aber vermutlich auch wesentlich schlimmere", lachte sie. „Und wenn es dir dann bald wieder besser geht, helfe ich umso lieber aus."

„Du bist ein Engel", weinte ich jetzt vor Erleichterung. „Dann kann Tante Donatella hier bleiben und in zwei, drei Wochen sollte sie auch wieder soweit hergestellt sein, dass sie hier erstmal niemanden mehr für eine dauerhafte Unterstützung braucht."

„Aber was willst du ihr denn sagen? Sie wird sicherlich wissen wollen, weshalb du so plötzlich abreisen willst. Alleine heute hat sie schon zig Mal gefragt, was denn mit dir los sei, dass du nicht einmal zum Essen herunterkämst."

„Da lasse ich mir noch etwas einfallen. Was hast du ihr denn heute gesagt?"

„Dass dir ein wenig übel wäre und du Kopfschmerzen hättest."

„Danke", sagte ich und fühlte mich wirklich sehr erleichtert. Gleich am kommenden Morgen würde ich meine Koffer packen und zurück nach Deutschland fliegen. Mit dem Zug würde es mir diesmal zu lange dauern und wenn ich Glück hätte, flöge eine Maschine gegen Mittag, dann wäre ich am Abend zurück in Bielefeld. Was meine Eltern sagen würden wusste ich nicht, aber vermutlich würden sie gar nichts Besonderes dazu sagen. Dabei fiel mir ein, dass ich der freundlichen alten Dame, bei der ich mir die Wohnung angesehen hatte, noch gar keine Rückmeldung gegeben hatte. Hoffentlich hatte sie noch nicht anderweitig vermietet, dann könnte ich vielleicht direkt in den kommenden Tagen dort einziehen. Auch einen neuen Job musste ich mir suchen, aber das sollte mir wohl keine großen Schwierigkeiten bereiten. Die Hauptsache war jetzt erst einmal, dass ich diesen Ort hier verlassen konnte, damit ich Francesco möglichst schnell vergessen würde. Die Chance, dass er doch noch einmal zurückkäme, ging sicherlich gegen Null und ohne eine Adresse oder irgendeinen Anhaltspunkt, wie ich ihn doch noch erreichen konnte, gab es auch keinen Hoffnungsschimmer für mich.

„Ich werde dich aber schon ganz schön vermissen", meinte Katrin nun.

„Ja, ich dich auch. Vor allem, weil ich mich so über deine Anreise gefreut habe. Wir hätten so eine schöne gemeinsame Zeit hier haben können." Fast wollte ich schon sagen, dass wir das Nachholen könnten aber diese Worte schluckte ich schnell wieder hinunter, denn ich hatte ganz bestimmt nicht vor, diesen Ort noch einmal zu besuchen.

„Jetzt iss ein wenig von der Suppe, sonst verschwinden deine Kopfschmerzen garantiert nicht."

Und auch, wenn ich überhaupt keinen Hunger verspürte, aß ich nun ein wenig von der frischen, köstlich duftenden Minestrone, die Katrin extra für mich gekocht hatte. „Ich werde morgen in der Frühe mit dem Taxi nach Florenz fahren. Von da aus nehme ich dann wohl das Flugzeug."

„Du sagst das so, als ob wir uns vor deiner Abreise nicht mehr sehen."

„Ich möchte schon weg sein, bevor Tante Donatella aufwacht. Das ist vermutlich das Beste. Und ich werde dich nicht extra wecken. Wir sehen uns dann, wenn du wieder zurück nach Hause kommst." Katrin drückte mich an sich, um sich bereits jetzt von mir zu verabschieden. „Melde dich, sobald du angekommen bist."

„Das mache ich natürlich."

„Und Giulia", sie sah mich eindringlich an. „Alles wird wieder gut."

Erneut bildete sich ein Kloß in meinem Hals, denn so zuversichtlich war ich gerade nicht. Trotzdem nickte ich und wischte mir einmal mit meinem Handrücken über die feuchten Augen.

„Schlaf gut", flüsterte Katrin mir noch zu, als sie mein Zimmer verließ. Doch statt zu schlafen hatte ich mir etwas ganz anderes vorgenommen. Ich wollte Tante Donatella einen Brief schreiben, denn so ganz ohne eine Verabschiedung konnte ich nicht gehen. Und so wie es aussah, war es eine Verabschiedung für immer.

Kapitel 34

Torben

Wiedergutmachen

Was war ich nur für ein unsäglicher Idiot? Ich kannte mich selber nicht wieder und das war vermutlich das Schlimmste an allem. Giulia hatte wirklich alles Recht der Welt, sauer auf mich zu sein und ich verstand es nur allzu gut, dass sie nicht mehr ans Telefon ging. Jetzt hätte ich es sogar verstanden, wenn sie mich blockiert hätte, aber bisher war sie einfach nur nicht mehr an ihr Handy gegangen. Bereits am gestrigen Tag hatte sie versucht, mich anzurufen, aber ich hatte vorsorglich mein Smartphone ausgeschaltet, weil ich mir keine Vorträge anhören wollte, auch, wenn ich sie mehr als verdient hatte. Aber ich konnte mich natürlich auch nicht ewig entziehen und so rief ich Giulia eben zurück. Ich hatte damit gerechnet, dass sie mich anschrie, spätestens nachdem ich ihr erzählte, dass ich diesen Francesco aufgesucht und ihn zur Rede gestellt hatte. Doch Giulia schrie nicht, nein, sie brachte nicht einen einzigen Ton mehr heraus, als ich ihr meine Dummheit gebeichtet hatte. Stattdessen vernahm ich ein leises Schluchzen ihrerseits, bevor sie einfach auflegte. Das hatte ich so wirklich nicht gewollt. Mit hängenden Schultern saß ich nun auf meinem Bett in dem kleinen Hotelzimmer und starrte hinaus aus dem Fenster. In meinen Ohren hallten immer noch ihre lieben Worte nach, die sie gestern in dem Café für mich gehabt hatte. Eine herzlichere und ehrlichere Trennung hätte es sicherlich nicht geben können. Vor allem hatte Giulia Recht mit allem gehabt, was sie gesagt hatte. Ich hatte mich so sehr an unser bequemes Leben gewöhnt, dass ich dachte, dass dies ein Zeichen für die Liebe war, die ich einfach aus einer Laune heraus weggeworfen hatte. Aber als Giulia dann begann mir in ihren Worten zu beschreiben, wie sich Liebe wirklich anfühlte, musste ich schweren Herzens feststellen, dass mir solche Gefühle irgendwie völlig fremd waren. Wenn ich ehrlich zu mir selbst war, hatte mir einfach nur die gewohnte Bequemlichkeit gefehlt. Nicht, dass mir Giulia nichts bedeutete, so war es ganz und gar nicht. Vielleicht, so dachte ich bei mir, würde es sich so anfühlen, eine Schwester zu haben oder einfach eine gute Freundin. Die würden mir vermutlich nicht meine Hemden bügeln, aber sie wären vielleicht da, wenn man sie bräuchte. So war es mit Giulia gewesen. Sie war wirklich immer da gewesen, hatte mich auf berufliche Feierlichkeiten begleitet, mich zu Hause erwartet und alles liebevoll hergerichtet. Und das fehlte mir. Doch wäre es wirklich Liebe gewesen, hätte mein Herz sicherlich irgendeine Art Liebeskummer verspürt, aber den hatte ich nicht.

Nach und nach wurde mir bewusst, was für eine riesen Dummheit ich gemacht hatte und ich schämte mich, vielleicht zum ersten Mal in meinem Leben, wirklich in Grund und Boden. Wie ein eifersüchtiger Prolet hatte ich mich vor dem Italiener aufgebaut, ihn beleidigt und meine Besitzansprüche geäußert, die ich gar nicht hatte. Ich konnte nicht ahnen, dass Giulia ehrliche Gefühle für ihn hegte und er offensichtlich auch für sie. Und nun hatte er das Feld geräumt und ich hatte keine Ahnung, wie ich das jemals wiedergutmachen konnte. Gleich nach dem Gespräch mit Giulia am Mittag war ich schnell noch einmal zu dem Anwesen gefahren, weil ich mich bei diesem Italiener, Francesco, entschuldigen wollte. Leider war er nicht dort und so klingelte ich bei Giulias Großtante, um zu fragen, wann oder wo ich den Mann erreichen konnte. Nachdem mir auch nach mehrmaligem Klingeln niemand öffnete, fuhr ich zurück ins Hotel und nahm mir fest vor, am heutigen Tag noch einmal mein Glück zu versuchen. Allerdings hatte ich ein so schlechtes Gewissen, dass ich mir erst einen Plan zurechtlegen wollte. Schließlich musste ich mich nicht nur bei Francesco entschuldigen, sondern auch bei Giulia. Zum einen, weil ich so einen Blödsinn veranstaltet hatte und zum anderen, weil ich sie einfach hatte im Café sitzen lassen.

Und nachdem ich gegen Mittag mein Handy wieder eingeschaltet und Giulias viele entgangene Anrufe registriert hatte, fehlte mir nur noch mehr der Mut, mich persönlich bei den beiden blicken zu lassen. Also wählte ich irgendwann mit klopfendem Herzen Giulias Nummer, um dann von ihr zu erfahren, dass Francesco gekündigt hatte und einfach verschwunden war. Was hatte ich mir bloß bei alldem gedacht? Was hatte ich mir selber beweisen wollen? Nein, so konnte ich das alles nicht stehenlassen. Ich musste meine Fehler wiedergutmachen, das war ich Giulia schuldig. Erst hatte ich unsere gemeinsame Zukunft kaputtgemacht und dann sorgte ich auch noch dafür, dass ihr neues Glück, dass sie hier in den Hügeln der Toskana gefunden hatte, auch zerstört wurde.

„Eines ist jedenfalls klar", sagte ich laut zu mir selbst. „Ich fahre erst wieder zurück nach Hause, wenn ich mich selber wieder mit reinem Gewissen im Spiegel anschauen kann."

Kapitel 35

Donatella

Hiobsbotschaften

Ich hatte doch gewusst, dass hier irgendetwas nicht stimmte. Auf meine Sinne war also noch immer Verlass, auch, wenn ich beim besten Willen nicht im Entferntesten hätte sagen können, was da hinter meinem Rücken lief. Aber als ich es heute in vollkommenem Ausmaß gewahr wurde, spielten meine Gefühle nahezu verrückt.

Bereits am frühen Morgen, als ich meine Klingel zum Zeichen dafür läutete, dass ich wach war und aufstehen wollte, kam nicht wie gewohnt Giulia, sondern schon zum zweiten Mal hintereinander ihre Freundin Katrin herein.
„Wieso kommt Giulia nicht?" fragte ich ein wenig unwirsch, denn ich hatte keine Lust, mich von einer Fremden waschen und anziehen zu lassen. Zwar hatte sie dies am Vortag auch schon getan, doch das war für mich eine einmalige Ausnahme gewesen. Und das auch nur, weil es meiner Großnichte nicht gut zu gehen schien.
„Es geht ihr noch nicht besser", sagte Katrin und hob mich in meinen Rollstuhl hinein. Gott, war ich froh, dass der Arzt gesagt hatte, dass man mich voraussichtlich in der kommenden Woche von den Gipsen befreien wollte.

„Dann muss sie sich untersuchen lassen", schlussfolgerte ich. „Hauptsache, sie ist so schnell wie möglich wieder fit."
Von Giulias Freundin kam kein einziger Ton mehr zu dem Thema und ich fand, dass sie insgesamt sehr nachdenklich wirkte. Wenige Minuten später, als sie mich in der Küche an den Esstisch schob, wusste ich, weshalb. Da lag auf meinem Gedeck ein zusammengefalteter Brief, auf dem „Für Tante Donatella" stand. Mit leicht zittrigen Händen griff ich danach und faltete ihn auseinander.
„Ich werde nach oben gehen und mich ein wenig frisch machen. Wenn Sie etwas brauchen, rufen Sie einfach nach mir."
Vermutlich wusste sie sehr genau, was in dem Brief geschrieben stand und wollte mir Zeit geben, ihn in aller Ruhe alleine zu lesen.
„Ist gut", erwiderte ich und begann, in die Zeilen einzutauchen.

„Liebe Tante Donatella,

es tut mir sehr leid, dass ich dich jetzt einfach so im Stich lasse, aber ich kann nicht anders. Ehrlich gesagt, weiß ich gar nicht, wo ich anfangen soll, dir zu erklären, weshalb ich so überstürzt abgereist bin. Es hat jedenfalls überhaupt nichts mit dir zu tun, das musst du mir glauben! Weißt du, ich bin froh, dass wir uns doch noch näher kennenlernen konnten. Vielleicht magst du es nicht gerne hören, aber du bist Oma und Mama ähnlicher als du vielleicht denkst. Ich habe keine Ahnung, weshalb du dein Herz so verschlossen hast, aber zumindest habe ich dankbar festgestellt, dass du eines hast ;-) Nein, im Ernst, Alberto hat nie irgendwelche Details über dich und deine Vergangenheit preisgegeben, aber wenn er von dir sprach, konnte ich immer heraushören, wie sehr er dich immer schon als Mensch schätzte. Und je mehr Zeit ich mit dir verbringen durfte, umso mehr entdeckte ich, was er meinte, auch, wenn du nach wie vor dein Bestes gegeben hast, um diese weiche Seite zu verbergen.

Nun aber erst einmal wieder zu meinem Grund der Abreise. Wie du bereits bemerkt hattest, haben Francesco und ich uns von Anfang an mehr als nur gut verstanden und so, wie ich dich mittlerweile einschätze, wirst du auch wissen, dass sich daran auch nichts verändert hat. Ja, ich weiß, er ist verheiratet und ich konnte da auch gut mit leben, da es für mich zunächst nur einfach eine schöne gemeinsame Zeit war. Aber dann habe ich mich wirklich in ihn verliebt und ich hätte mir gut vorstellen können, irgendwie ein gemeinsames Leben mit ihm aufzubauen. Doch das Schicksal hat wohl etwas anderes mit uns vor, denn Francesco ist durch einen dummen Streit mit meinem Ex-Verlobten einfach abgetaucht und hat uns damit quasi aufgegeben. Du kannst dir nicht vorstellen, wie sehr mein Herz blutet, denn ich kann es nicht einmal mehr geradebiegen, da Francesco mit Sack und Pack weg ist. Er arbeitet also auch nicht mehr für dich. Das wirst du vermutlich noch gar nicht mitbekommen haben.“

An dieser Stelle unterbrach ich und spürte, wie mein eigenes Herz sich zusammenzog. Unweigerlich tauchten alte Erinnerungen vor meinem geistigen Auge auf. Ich sah Vico und mich, sah unsere Anfänge vor mir, die Hürden, die wir gemeistert hatten und dann das abrupte Ende. Meine Augen füllten sich mit Tränen, auch, wenn ich mich vehement dagegen zu wehren versuchte. Ich hatte seit Jahren nicht mehr aus Kummer geweint, hatte weder Trauer noch Freude an mich herangelassen. Aber diese Zeilen berührten mich. Vor allem begann ich zu realisieren, dass Giulia tatsächlich nicht mehr hier war. War sie bereits gestern fort gewesen oder gerade eben erst? Ich wusste es nicht, aber vielleicht stand die Antwort noch irgendwo geschrieben. Also schluckte ich einmal und las weiter.

„Weißt du, Tante Donatella, Francesco ist ein guter Mann. Vielleicht hat er nicht alle deine Aufgaben so erfüllt, wie du es erwartet hattest, aber ich bin mir sicher, dass er immer sein Bestes gegeben hat. Du solltest dich heute einmal von Alberto oder Katrin in den großen Garten schieben lassen, dann wirst du sehen, was für ein tüchtiger und uneigennütziger Mensch Francesco ist. Es kann auch sein, dass du im ersten Moment ziemlich sauer sein wirst, weil er etwas getan hat, was du ihm verboten hattest. Aber glaub mir, er hat es nur zu deinem Besten getan. Und Alberto hat ihm dabei geholfen, sie waren also beide sehr fleißig.
Und wenn ich gerade schon dabei bin, dir alles aufzuschreiben, was mir auf der Seele brennt, dann verrate ich dir auch, was dich in deinem Olivenhain erwartet. Es sieht alles wieder wunderschön aus! Die Bäume sind wie neu und überall ist es Lichtdurchflutet, denn Francesco und Alberto haben sie in mühevoller Arbeit geschnitten, nachdem sie eine gute Olivenernte eingeholt haben.“

Was?! Ich war geschockt. Wie konnten mich die Drei nur so hintergehen?! Ich wollte tatsächlich unter keinen Umständen, dass sich etwas an dem Olivenhain veränderte. Es sollte alles genauso bleiben, wie Vico es hinterlassen hatte. All seine Arbeit, all seine Mühe, die er in seine Bäume gesteckt hatte. So, wie er sie zum letzten Mal beschnitten hatte, so sollten sie auch weiterwachsen. Und nun das?! Ein Schmerz bohrte sich durch meine Brust. Ja, es waren vielleicht nur Bäume und vielleicht war dieser Beschnitt wichtig für sie, aber es hätten Vicos Hände sein müssen, die diese Arbeit hätten verrichten sollen. Dann war es vermutlich auch das, was sie mir verschwiegen hatten und von dem ich spürte, dass da etwas ist.

Am liebsten hätte ich mir das Elend in meinem Garten sofort angeschaut, doch ich musste zuerst diesen Brief zu Ende lesen. Wer wusste schon, welche Hiobsbotschaften da vielleicht noch drinstanden.

„Das Öl müsste in den nächsten Tagen geliefert werden. Schade nur, dass ich nicht selber dabei sein kann, um davon zu kosten... Bestimmt bist du jetzt schon böse auf uns, aber wir haben es nur getan, um dir damit zu helfen. Denn wir wissen, dass du hohe Schulden hast und das Gut versteigert wird, wenn du nicht zahlen kannst. Also haben wir uns überlegt, wie das Geld am Ehesten aufzubringen wäre. Das Olivenöl war also eine der Ideen, doch hätte es niemals dafür ausgereicht, die Schulden zu bezahlen. Also hatte Alberto noch einen weiteren Plan..."

Ich las die nächsten Zeilen und bei jedem weiteren Satz hatte ich das Gefühl, dass sich in meinem Kopf und in meinem Magen alles mehr und mehr drehte. Wieso wussten sie von meinen Schulden? Und wie konnte es sein, dass Alberto alle meine Gemälde aufbewahrt hatte, ohne dass ich auch nur im Geringsten etwas davon mitbekommen hatte? Wie viele Jahre war es her gewesen, dass ich sie allesamt an den Müllplatz gestellt hatte?! Und wie war es möglich, dass die Bilder jetzt ausgerechnet bei Emilio Palermo gelandet waren? Dem Mann, der schon immer so begeistert von meinen Gemälden gewesen war. Und aus unerfindlichen Gründen auch von mir. Ja, es stand in dem Brief, dass Giulia zufällig auf seiner Homepage gelandet war, doch konnte man hier wirklich noch von Zufall sprechen? Das war doch alles mehr als skurril.

Ich legte den Brief für einen Moment aus meinen zittrigen Händen und griff in meine Rocktasche, um mir ein Taschentuch herauszuholen, denn ganz unbemerkt begannen irgendwann wieder meine Tränen zu fließen. So viele Erinnerungen, so viele Eindrücke und so viele weggesperrte Gefühle drängten sich nun an die Oberfläche, dass ich sie einfach nicht mehr unter Kontrolle hatte. Sollte ich weiterhin wütend sein oder lieber dankbar für die Unterstützung, die ich nicht im Geringsten verdient hatte? Mit verweinten Augen nahm ich den Brief abermals zur Hand und las auch die restlichen Zeilen.

„Liebe Tante Donatella,
ich hoffe sehr, dass Du verstehen kannst, dass ich nicht mehr zurückkommen kann auf dein wunderschönes Anwesen, denn es lasten einfach zu viele Erinnerungen an Francesco daran. Deshalb möchte ich mich hier an dieser Stelle von Dir verabschieden und Dir sagen, dass ich mich wirklich sehr gefreut habe, Dich kennenzulernen! Es hat sich gelohnt, so hartnäckig zu bleiben und ich nehme viele schöne Eindrücke mit nach Hause zurück und bin froh, dass wir noch ein so gutes Miteinander hinbekommen haben. Liebend gerne hätte ich mich persönlich von Dir verabschiedet, aber das hätte vermutlich nur noch mehr Tränen gegeben und davon habe ich in den letzten Stunden wirklich mehr als genug vergossen.
Hab Dank für die besonderen Erfahrungen, die ich bei Dir machen durfte und grüße mir Alberto ganz herzlich.

Deine Giulia!"

Nun musste ich noch einmal zu meinem Taschentuch greifen, denn Giulias Worte trafen mich mitten in mein Herz. Diese Frau war wirklich unglaublich, denn auch, wenn unsere gemeinsame Zeit in den letzten Wochen tatsächlich schon etwas von einem Miteinander gehabt hatten, war ich dennoch immer noch recht unterkühlt und abweisend ihr gegenüber gewesen. Nicht, dass ich nicht versucht hätte, ein wenig offener zu sein, doch so richtig war es mir nicht gelungen, das wusste ich. Und trotzdem fielen die Worte meiner Großnichte so warmherzig aus. Sie war wirklich etwas ganz Besonderes. Und nun war sie fort. Fort für immer. Ein Schluchzen entfuhr meiner Kehle und eine große Traurigkeit durchschüttelte meinen Körper. Ähnlich schmerzlich hatte es sich bei Vico angefühlt, als er starb. Die grausame Tatsache, einen geliebten Menschen nicht mehr in die Arme schließen zu können, ihn nie mehr zu sehen oder seine Stimme zu hören, brachte einen bald um den Verstand. Wieso musste das Leben so hart sein?! Wieso nahm es einem immer das, was man am Meisten liebte?! Diese Frage stellte ich mir nun schon seit Jahren, aber eine Antwort hatte ich darauf bisher nicht gefunden.

Eine gefühlte Ewigkeit hatte mein Körper sich von den Emotionen mitreißen lassen, ehe er wieder ganz allmählich zur Ruhe kam und müde und ausgelaugt in sich zusammensank. Mich überkam eine Müdigkeit, die ich nicht aufhalten konnte. Ich wollte meinen Kopf nur für einen Moment auf meinen Armen ablegen und beugte mich über den Küchentisch, um meine brennenden Augen zu schließen.

„Donatella, wachen Sie auf", hörte ich eine weibliche Stimme sagen und spürte ein sanftes Rütteln an meinen Schultern. Ich musste tatsächlich tief und fest eingeschlafen sein.

„Wo bin ich?" fragte ich im ersten Moment völlig orientierungslos. Mein Kopf schmerzte und mein Körper fühlte sich vollkommen taub an.

„Sie sind in der Küche eingeschlafen."

Und dann war plötzlich alles wieder da. Der Brief, die Traurigkeit, die Wut, alles war präsent.

„Hier, trinken Sie einen Schluck Wasser", sagte Giulias Freundin Katrin, „das wird Ihnen guttun."

„Danke", entgegnete ich und nahm einen großen Zug davon. Und es stimmte, die Lebensgeister kamen allmählich zurück in meinen müden Körper.

„Ich muss es sehen", sagte ich und sah Katrin dabei an.

„Was müssen Sie sehen?"

„Na, den Olivenhain. Ich muss ihn sehen, auch, wenn es mir vielleicht das Herz brechen wird."

„In Ordnung, ich schiebe sie dorthin. Aber seien Sie nicht allzu böse, die Drei haben es wirklich nur gut gemeint."

Ein wenig später konnte ich schon von weitem die Veränderungen, die sie dort vorgenommen hatten sehen. Etwas in mir hatte Angst davor, das ganze Ausmaß zu sehen, doch je näher wir kamen, umso mehr verflog diese Angst zu meiner Erleichterung und entwickelte sich in eine Art Freude. „Es sieht aus wie damals", kam es ehrfürchtig über meine Lippen. „Es sieht genauso aus, als hätte es Vico persönlich geschnitten." Erst jetzt realisierte ich, wie schön unser Anwesen wirklich einmal gewesen war. Die Bäume trugen ihr prächtigstes grünes Kleid und durch die frisch geschnittenen Äste schien die Sonne hell und warm bis auf den lehmigen Boden. Es roch nach purer Natur, noch ein wenig nach Sommer und doch auch schon sehr herbstlich.

„Ist es so schlimm?" hörte ich Katrin fragen?

„Nein", schüttelte ich den Kopf.

„Aber wieso weinen Sie dann?"

„Ich habe einfach nicht mehr gewusst, wie schön es hier sein kann." Ehrfürchtig sah ich mir alles genauestens an. Das komplette Grundstück war auf Vordermann gebracht worden. Die Rasenflächen waren gemäht, die Blumen vom Unkraut und die Wege vom Moos befreit. In den vielen Ton- und Terrakotta-Töpfen brachen noch einige bunte Knospen auf und hier und da saß noch eine Biene auf den Blüten. Es war herrlich.

„Hat das alles Francesco gemacht?" fragte ich.

„Sehr viel davon jedenfalls", gab Katrin zurück. „Alberto hat auch mitgeholfen und Giulia, wenn sie Zeit hatte. Aber das meiste ist wohl wirklich Francesco zu verdanken."

Ich hatte immer schon gewusst, dass er im Grunde ein sehr fleißiger Mann war, doch dies hätte ich niemals zugeben können, denn niemand war so tüchtig, wie es mein Vico gewesen war. Niemand hätte ihm Konkurrenz machen können, zumindest nicht damals, als wir noch jung und voller Leben waren. Heute sähe es natürlich auch schon anders aus, so viel stand fest, denn mit der Zeit wollen die Knochen und die Gelenke nicht mehr so, wie man es selber gerne hätte.

„Dann gefällt es Ihnen?" fragte Katrin in meine Gedanken hinein.

„Ja", nickte ich, „es gefällt mir großartig. Aber sagen Sie, hat Francesco wirklich gekündigt?"

„Das hat er leider. Sein Schreiben liegt bei Alberto auf dem Küchentisch."

„Na, das wollen wir doch mal sehen." Gerne hätte ich noch einen weiteren Satz angehängt, doch da hörte ich von oberhalb des Gartens eine Männerstimme ein Hallo in unsere Richtung rufen, die ich nicht einzuordnen wusste. „Katrin, drehen Sie meinen Rollstuhl herum. Wer ist das?"

„Oh je", kam über ihre Lippen. „Das ist Torben Kranz, der ehemalige Verlobte von Giulia."

„Ah, der kommt mir gerade recht."

„*Buongiorno Signora*", begrüßte er mich in gebrochenem Italienisch. „Ich möchte gerne zu Giulia."

„Da kommen Sie aber zu spät", giftete ich ihn an.

„Wieso? Wo ist sie?"

„Sie ist zurück nach Deutschland gefahren, nachdem sie ihr ihre Zukunft kaputtgemacht haben. Was ist Ihnen denn da eigentlich eingefallen? Nicht nur, dass die arme Frau jetzt völlig am Boden zerstört ist, nein, auch ich bin es, denn sie ist gefahren, ohne sich von mir zu verabschieden." Ich schnappte nach Luft, denn meine Worte waren gefühlt in einem einzigen Schwall aus mir herausgebrochen und ich spürte meine Verärgerung über diesen dahergelaufenen Möchte-gerne-Macho.

„Oh nein", flüsterte dieser und raufte sich das Haar. „Das habe ich wirklich nicht gewollt, Signora. Das müssen Sie mir glauben. Ich habe mich schon so über mich selbst geärgert und wollte meinen Fehler jetzt wiedergutmachen. Aber dann ist das wohl jetzt zu spät."

So, wie dieser Mann nun vor mir stand, mit hängenden Schultern und sichtlich betroffenem Blick, tat er mir fast ein wenig leid, doch das ließ ich mir ihm gegenüber nicht anmerken.

„Ach, papperlapapp", sagte ich, „Sie können sehr wohl etwas tun. Ist mir ganz recht, dass Sie hier aufgetaucht sind, dann muss ich mich nämlich nicht selbst um alles kümmern, was hier gerade so im Argen liegt. Sie können sich nämlich nicht vorstellen, was ich heute Morgen schon alles an Hiobsbotschaften erhalten habe. Kommen Sie, gehen wir ins Haus, um alles zu besprechen."

Teil 5

Kapitel 36

Giulia

Alles auf Anfang

Irgendwie fühlte es sich fremd an, wieder zurück in Deutschland zu sein. Der Flieger landete in Osnabrück gegen zwölf Uhr mittags und mein Vater erwartete mich bereits am Ausgang. „Wie lieb, dass du dir die Zeit genommen hast, mich abzuholen", entgegnete ich ihm und umarmte ihn zur Begrüßung. „Na, hör mal", tat er entrüstet. „Du weißt doch, dass ich dich jederzeit abhole, wenn ich kann."

„Das stimmt. Dankeschön."

Gemeinsam gingen wir zum Auto und schwiegen dabei eine Weile. Allerdings hielt dieses Schweigen nicht allzu lange an.

„Ich möchte ja nicht neugierig sein", begann mein Vater, „aber was hat dich denn dazu bewogen, so plötzlich wieder abzureisen? War Tante Donatella wieder so schrecklich zu dir?"

Der Kloß, der schon seit Stunden in meinem Hals steckte, weil ich ihn immer wieder unterdrückt hatte, um nicht in der Öffentlichkeit losweinen zu müssen, platzte nun förmlich auf und trieb mir wieder die Tränen in die Augen. „Nein, Tante Donatella hat damit nichts zu tun", schluchzte ich. „Ich erzähle es euch später in Ruhe, einverstanden?"

„Oh, natürlich. Entschuldige bitte, ich wollte dich nicht zum Weinen bringen." Mein Vater blieb einen Moment lang stehen und nahm mich einfach in seinen Arm.

„Ist schon gut", meinte ich. „Du kannst ja nichts dafür, dass ich gerade so nah am Wasser gebaut bin."

Die Fahrt über schwiegen wir und ich sah Gedankenverloren aus dem Fenster. Hier in Deutschland war es mittlerweile tiefer Herbst mit Temperaturen, die bereits unter der zehn Grad Marke lagen und die Bäume hatten ihre gefärbten Blätter schon zum größten Teil verloren. Alles war trist und grau, genau wie mein Leben. Ich musste quasi noch einmal ganz von vorne anfangen. Neuer Job, neue Wohnung, neuer Alltag, neues Leben. Aber wie sollte das gehen, wenn einen das Herz bald erdrückte und man kaum einen Lichtblick am Horizont sehen konnte? Das einzige, auf das ich mich wirklich schon ein wenig freute war die Wohnung im Haus der alten Dame, die ich mir vor meiner Reise zu Tante Donatella angesehen hatte. Ich hoffte inständig, dass sie sie noch nicht anderweitig vermietet hatte.

Um das herauszufinden, rief ich nur wenige Stunden später dort an, um Gewissheit drüber zu bekommen, ob und wann ich in der kleinen Mietwohnung einziehen konnte. Leider ging auch nach mehrmaligem Klingeln niemand an den Hörer und ich versuchte es am frühen Abend noch einmal. Als ich auch dann kein Glück hatte, beschloss ich, einfach am nächsten Tag persönlich zu der alten Dame zu fahren und mit ihr zu sprechen. „Hoffentlich ist sie nicht böse, weil ich mich so lange nicht gemeldet habe", sagte ich zu meiner Mutter, die in der Küche das Abendessen zubereitete.

„Naja, du hättest dich vielleicht schon einmal dort melden können zwischendurch", erwiderte diese daraufhin.

„Aber ich wusste doch nicht einmal, wann ich wiederkommen würde. Mit so einer Aussage kann man ja keine Wohnung mieten."

„Da hast du Recht. Morgen weißt du auf jeden Fall mehr." Sie sah mich mit einem etwas besorgten Blick an und schien zu überlegen, ob sie nun ein weiteres Gesprächsthema beginnen sollte. Und natürlich blieb es nicht bei den Überlegungen, sie tat es auch.

„Giulia, ich möchte mich nicht in irgendetwas einmischen, aber ich sehe, dass es dir nicht gut geht und ich wüsste so gerne, ob ich dir irgendwie helfen kann." Statt einer Antwort liefen die Tränen. Wieder mal. So langsam hatte ich die Nase ziemlich voll davon, aber ich konnte es nicht steuern. Sie liefen, ohne dass ich etwas dagegen hätte tun können. Meine Mutter kam nun auf mich zu, setzte sich neben mich und ermunterte mich noch einmal, ihr zu erzählen, was mir so zu schaffen machte. Also erzählte ich ihr die ganze Geschichte von Francesco und von Torben. Aber ich sprach auch über Tante Donatella und das, was wir hinter ihrem Rücken auf die Beine gestellt hatten, um ihr zu helfen.

„Ach, Kleines", sagte meine Mutter mitfühlend, nachdem sie mir mit belegter Stimme gebeichtet hatte, dass sie und mein Vater nicht ganz unschuldig an der Sache mit Torben waren, da sie ihm Tante Donatellas Adresse verraten hatten. „Das ist wie in einem Fernsehfilm. Lauter Irrungen und Wirrungen."

„Ja", schluchzte ich. „Nur, dass es in solchen Filmen immer ein Happy End gibt. Aber das habe ich hier nicht mehr zu erwarten."

„Das weißt du doch noch gar nicht."

„Doch", schluchzte ich abermals, „das weiß ich."

Statt weiterer tröstender Worte nahm mich meine Mutter nun einfach in den Arm. Sie wusste vermutlich ebenso gut wie ich, dass ich Recht damit hatte. Happy Ends gab es nur in kitschigen Romanen, die Wirklichkeit sah anders aus.

Dass dies tatsächlich so war, das wurde mir am nächsten Tag noch einmal ziemlich deutlich vor Augen geführt. Nach einer recht bescheidenen Nacht mit wüsten Träumen, fuhr ich nach dem Frühstück zu der alten Dame, um mich nach der Wohnung zu erkundigen. Als ich klingelte, dauerte es nur wenige Augenblicke, bis mir die Tür geöffnet wurde. Allerdings war es nicht das bekannte Gesicht, das ich erwartet hatte. Es empfing mich eine Frau mittleren Alters, die mich, als ich ihr mein Anliegen schilderte, hereinbat.

„Kommen Sie, wir gehen in die Küche." Sie ging vor und bot mir einen Platz an, ehe sie sich selber auf einen Stuhl setzte.

„Es tut mir wirklich sehr leid", begann sie dann, „Die Wohnung steht zur Vermietung nicht mehr zur Verfügung. Meine Mutter ist vor drei Wochen ganz plötzlich verstorben."

„Oh", entfuhr es mir, „das tut mir aufrichtig leid."

„Danke. Sie hatte ein wirklich langes, und ich denke zumeist auch glückliches Leben. Trotzdem trifft es einen irgendwie wie einen Schlag, wenn es dann auf einmal vorbei ist." Sie sah mich an und ich konnte die Ähnlichkeit der beiden Frauen erkennen. Gleichzeitig fuhr ein Stich in meine Magengrube, weil ich ihre Worte so gut nachvollziehen konnte.

„Ja, da haben Sie Recht. Solche Abschiede sind unglaublich traurig."

„Sie hatte mir von Ihnen erzählt. Ich weiß, dass sie Sie gerne hier bei sich im Haus gehabt hätte und wäre sie noch da, hätten Sie sofort hier einziehen können. Doch jetzt liegen die Dinge anders."

Ich sah, wie unangenehm es der Frau war, mir quasi eine Abfuhr zu erteilen. „Das ist schon in Ordnung", entgegnete ich deshalb schnell. „Ich werde schon etwas anderes finden."

Dann erhob ich mich, um die Situation nicht noch unnötig in die Länge zu ziehen. „Auf Wiedersehen und alles Gute für Sie."

„Danke. Das wünsche ich Ihnen ebenfalls."

Als ich das Haus verließ und noch einmal meinen Blick durch den Vordergarten schweifen ließ, entfuhr mir ein leises Stöhnen des Bedauerns, denn nun galt es auch in diesem Bereich meines Lebens, wieder komplett bei null anzufangen.

„Also, alles auf Anfang", sagte ich zu mir und stieg in meinen Wagen, um zurück in das Haus meiner Eltern zu fahren.

Kapitel 37

Donatella

Menschlich

„**K**omm bitte rüber, wir müssen uns unterhalten." Mit diesen Worten beendete ich das kurze Telefonat mit Alberto und legte den Hörer zurück auf den Küchentisch. Dann wandte ich mich an Katrin, die gerade dabei war, ein wenig Staub zu wischen.

„Könnten Sie uns bitte einen frischen Kaffee aufbrühen? Ich denke, das Gespräch gleich wird ein wenig länger dauern."

„Natürlich, Signora", antwortete sie und steuerte direkt auf die Kaffeemaschine zu. Fleißig war diese Frau, das musste ich zugeben. Aber sie war nicht Giulia und konnte sie auch nur schwer ersetzen, selbst wenn sie sich noch so große Mühe gab.

„Möchten Sie vielleicht auch noch ein wenig von dem Kuchen, der von gestern übrig geblieben ist?"

„Ja, warum eigentlich nicht."

Es klopfte an der Tür und Alberto kam mit etwas zurückhaltenden Schritten hinein.

„Du kannst ruhig rein kommen, damit ich dir ordentlich den Kopf waschen kann."

„Donatella", begann er in beschwichtigendem Ton.

„Ach, nichts da, Donatella. Komm hierher und setz dich."

„Ich werde solange die Betten frisch beziehen", sagte Katrin und entfernte sich aus der Küche. „Der Kaffee ist sofort fertig, ihr braucht ihn dann nur noch zu holen."

„Danke", nickte ich ihr zu und blickte dann wieder zu Alberto. „Sag mal, was habt ihr euch bloß dabei gedacht?", fuhr ich ihn an. „Mich so hinter meinem Rücken zu hintergehen?" Ich sah die leichte Panik in seinen Augen und freute mich, dass ich ihn gerade ein wenig aufs Korn nehmen konnte, denn im Grunde war ich überhaupt nicht mehr sauer. Nachdem ich am gestrigen Tag den Brief gelesen und den Garten gesehen hatte, war ich einfach nur überwältigt gewesen von dem Anblick und der Tatsache, dass Alberto, Giulia und sogar Francesco mir helfen wollten, mein Anwesen zu retten. Und das, obwohl ich ihnen gegenüber immer distanziert und teilweise wirklich ungerecht und hart gewesen war. Eine solche Unterstützung hatte ich überhaupt nicht verdient, das wusste ich durchaus. Gerade Francesco hatte alles Recht der Welt, mich eher zu verfluchen, als mich in irgendeiner Art und Weise zu unterstützen.

„Es tut mir wirklich leid, meine Liebe", sagte Alberto und hatte seinen Blick dabei auf den Küchentisch gerichtet.

„Ach ja?!" spielte ich noch einmal ein wenig erzürnt, griff dann aber nach seiner Hand und wechselte zu einem sanfteren Tonfall. „das muss es aber nicht. Ich weiß gar nicht, wie ich euch das jemals danken soll!"

Nun sah er mich an. Zunächst ein wenig zaghaft, weil er sich vermutlich nicht sicher war, ob ich ernst meinte, was ich da sagte. Doch als er mein Lächeln registrierte, entspannten sich seine Gesichtszüge langsam.

„Alberto, ihr seid wirklich großartig! Ich habe keine Ahnung, womit ich eure Hilfe und Unterstützung verdient habe, aber ich bin euch wirklich zutiefst dankbar!" Und diese Worte waren nichts als die Wahrheit. Ich hatte mich innerlich schon damit abgefunden, dass ich am Ende dieses Jahres auf der Straße landen würde, denn die geforderten Zahlungen hätte ich im Leben nicht aufbringen können. Ich hatte es Alberto bloß verschwiegen, weil ich nicht gewusst hatte, wie ich es ihm hätte beibringen sollen. Schließlich war es auch sein Zuhause gewesen. Und so hatte ich den Zeitpunkt, ihn einzuweihen, immer wieder vor mich hingeschoben. Und natürlich hatte ich auch insgeheim gehofft, man würde eine so alte Frau wie mich nicht einfach so aus dem eigenen Zuhause jagen. Irgendwie hatte Alberto es aber dann ganz offensichtlich doch herausgefunden.

„Das mit dem Olivenhain war Francescos Idee."

„Ja, ich weiß. Wie gut, dass er so ein Dickschädel ist und sich nicht an meine Anweisungen gehalten hat." Ich musste ein wenig lachen, denn es hätte sicherlich nicht viele Menschen gegeben, die sich mir widersetzt hätten, da war ich mir sicher. „Aber eines musst du mir wirklich noch erklären."

Alberto wusste genau, worauf ich hinauswollte und beantwortete meine Frage noch ehe ich sie überhaupt gestellt hatte.

„Ich konnte es damals einfach nicht zulassen, dass deine wunderschönen Bilder dem Erdboden gleich gemacht wurden. Natürlich habe ich deinen Schmerz verstanden, der unweigerlich immer wieder in dir hochgekommen wäre, wenn du weiter von diesen Kunstwerken umgeben gewesen wärst. Schließlich waren es die persönlichsten Erinnerungen an die glücklichen Zeiten, die du hier mit Vico verbracht hast. Aber ich wollte diese Erinnerungen gerne behalten, denn auch für mich waren es die schönsten Jahre hier mit euch zusammen. Und so habe ich alle Bilder von den Müllcontainern zurückgeholt und sie auf meinem Dachboden gelagert. Immer in der

Hoffnung, sie eines Tages wieder an den Wänden hier auf dem Anwesen hängen zu sehen."

„Es waren wirklich wundervolle Jahre", flüsterte ich. „Vico, du und ich. Und anfangs natürlich auch noch meine Eltern und die ganze Familie, wenn Feste gefeiert wurden oder Ferien waren. Wie viel Leben hier pulsierte und wie viel Freude wir miteinander hatten." Kurz legte sich ein Lächeln auf meine Lippen, doch dann schluckte ich schwer, denn diese Zeiten waren lange vorbei. „Du hast sie tatsächlich alle aufbewahrt?", fragte ich, um wieder ins Hier und Jetzt zu gelangen.

„Alle", strahlte er.

„Das ist unglaublich. Und jetzt sind sie bei Emilio. Bei dem Mann, der sie immer schon hatte haben wollen." Ich schüttelte ungläubig den Kopf. „Wie verrückt das doch ist. Hast du ihn gesehen?"

„Nein, die Verhandlungen hat alle Giulia geführt. Ich hatte auch ehrlich gesagt gar nicht daran gedacht, dass es DER Emilio sein könnte, den du gut gekannt hast." Alberto machte eine kleine Pause und war für einen kurzen Moment in seinen Gedanken versunken. Doch dann kam er wieder in die Gegenwart zurück und sprach weiter. „Sein Interesse an den Bildern ist auf jeden Fall immer noch genauso groß, wie es das damals schon war. Du kannst dir nicht vorstellen, was er für ein Angebot gemacht hat."

In der Tat konnte ich mir das nicht vorstellen. Darüber hatte Giulia auch kein Wort verloren. Ich wusste nur, dass wir uns um das Anwesen jedenfalls keine Sorgen mehr machen mussten. Als Alberto dann den Preis aussprach, wurde mir für einen Moment ganz schwarz vor Augen, denn das konnte unmöglich sein ernst gewesen sein. „Du willst mich auf den Arm nehmen", entfuhr es mir völlig euphorisch.

„Nein, das will ich ganz und gar nicht. Diesen Preis hat er genannt und das, was die Ausstellung selber noch einbringt, kommt zu einem gewissen Prozentsatz auch noch obendrauf."

Ich war vollkommen sprachlos und hätte eigentlich allen Grund zur Freude gehabt. Doch gab es einen ganz entscheidenden Punkt, der mich daran hinderte, diese Freude wirklich fühlen zu können. Giulia war fort und obwohl ich noch am gestrigen Tag ein Gespräch mit diesem Torben geführt hatte, war ich mir nicht sicher, ob mein Plan, den ich mir spontan ausgedacht hatte, funktionieren würde und Giulia vielleicht doch noch einmal hierher zurückkäme. Wie konnte ich froh sein, wenn der Mensch, dem ich all das mit zu verdanken hatte, gerade selber furchtbar unglücklich war?! Ich musste Torben Kranz anrufen und fragen, ob er schon etwas erreichen konnte. Am besten gleich sofort. Also nahm ich den Hörer zur Hand und griff in meine Rocktasche nach der Visitenkarte, die er mir gegeben hatte.

„Was hast du vor?" fragte Alberto und sah mich völlig verwundert an.

„Das wirst du gleich erfahren", antwortete ich nur knapp, wählte und wartete, bis am anderen Ende der Leitung abgenommen wurde.

„Guten Tag Herr Kranz. Hier ist Signora Fratelli. Ich wollte wissen, ob es bereits Neuigkeiten gibt."

Und die gab es in der Tat. Nachdem wir das Telefonat beendet hatten, erzählte ich Alberto von Torben Kranz und davon, dass dieser seinen Fehler, Francesco und Giulia auseinander gebracht zu haben, unbedingt wiedergutmachen wollte. Also hatte ich ihm eine Möglichkeit eröffnet, dies auch in die Tat umzusetzen.

„Donatella, in dir steckt doch noch etwas menschliches", kam es aus Albertos Mund herausgesprudelt. Schnell biss er sich gleich darauf auf die Unterlippe und errötete peinlich berührt. „Entschuldige!", fügte er schnell hinzu. „Das war nicht so gemeint."

„Schon gut." Ich musste lachen, denn er hatte schließlich Recht. Meine menschliche Seite hatte ich viele Jahre weggesperrt. Die Donatella von früher, die immer unbeschwert, fröhlich und voller Liebe für das Leben gewesen war, die hatte es nicht mehr gegeben nach Vicos Tod. Doch seitdem Giulia in meinem Leben aufgetaucht war, hatte sich etwas in mir verändert. Die harte Schale, die mich Jahrzehntelang umgeben hatte, schien immer mehr porös und löchrig zu werden. Mit Lachtränen in den Augen sah ich meinen langjährigen Freund Alberto an. „Ein Wunder, dass du es so lange mit mir ausgehalten hast." Nun stimmte auch er in das Gelächter mit ein. Für einen Moment vergaß ich, wie alt wir beide schon waren, denn es fühlte sich so an, als wären wir gerade erst Mitte zwanzig. Als wir uns ein wenig beruhigt hatten, bat ich Alberto um einen Gefallen. „Ich brauche dringend die Telefonnummer von Emilio. Kannst du schauen, ob du sie im Telefonbuch findest?"

„Natürlich. Das mache ich gerne. Was hast du denn jetzt vor?"

„Ich muss eine Verhandlung mit ihm führen", zwinkerte ich ihm zu und lehnte mich entspannt in meinem Rollstuhl zurück.

Kapitel 38

Francesco

Nicht zu spät für ein glückliches Leben?

Als ich die Tür hinter meinem unerwarteten Besucher schloss, bemerkte ich, wie sehr meine Hände zitterten und ebenfalls meine Beine. Um zu verhindern, dass ich noch hier im Flur zusammensank, bewegte ich meine müden Glieder ins Wohnzimmer und setzte mich dort in meinen gemütlichen Ledersessel. Dieser war schon so alt, dass man den wundervollen Geruch des Leders gar nicht mehr wahrnehmen konnte und an manchen Stellen war er so abgerieben, dass es sich auf nackter Haut richtig rau anfühlte. Trotzdem liebte ich dieses Möbelstück, denn es war noch ein Überbleibsel aus meinen Kindheitstagen, die mittlerweile schon viele Jahre, ja sogar Jahrzehnte zurücklagen. In diese Zeit hätte ich mich gerade auch gerne zurückgewünscht. Da schien alles noch so leicht und unbekümmert gewesen zu sein. Heute erdrückten mich beinah die vielen Sorgen des Alltags.

Die letzten zweieinhalb Monate bildeten da nur eine schöne Ausnahme, eine Zeit, die wie ein riesiges Geschenk in meinem sonst eher düsteren Leben wirkten.

Ich atmete tief ein, versuchte die Worte zu sortieren, die mir dieser Deutsche gerade in seinem gebrochenen Italienisch entgegengebracht hatte. Er hatte bestimmt sein Bestes gegeben, alles so auszudrücken, wie er es gemeint hatte, doch war ich mir nicht sicher, ob er sich nicht vielleicht doch eher versprochen und ich es einfach falsch verstanden hatte. Ich war nur froh, dass Roberta nicht zu Hause gewesen war, sondern sich schon recht früh in die Stadt verabschiedet hatte. Es war kaum auszuhalten, sie den ganzen Tag um mich zu wissen. Selbst, wenn ich viel Zeit draußen bei den Hunden verbrachte, erfüllte mich alleine das bloße Wissen über ihre Anwesenheit auf diesem Grundstück mit Unwohlsein. Wie sollte ich es bloß schaffen, noch den Rest meines Lebens mit dieser Frau zusammen zu sein? Ich konnte bloß froh sein, dass sie auf Sex mit mir genauso gut verzichten konnte wie ich mit ihr. So sollte das in einer Ehe eigentlich nicht sein, aber unsere Ehe war schließlich durch und durch so ganz anders als das normalerweise hätte sein sollen.

Wie schön war die Aussicht darauf gewesen, diesen Drachen zu verlassen und ein neues Leben mit Giulia anzufangen. Sie war wirklich der warmherzigste Mensch, den ich jemals kennengelernt hatte und ihre Nähe fehlte mir schmerzhaft.

Noch einmal kehrten meine Gedanken zurück zu dem Gespräch mit diesem Torben, Giulias ehemaligem Verlobten. War er tatsächlich hergekommen, um sich bei mir zu entschuldigen? So hatte ich es zumindest verstanden und wenn ich mir seinen Gesichtsausdruck dazu vor Augen führte, dann musste es wohl so gewesen sein. Eigentlich hätte er sich für nichts entschuldigen müssen, denn das, was er mir vor wenigen Tagen ins Gesicht gesagt hatte, entsprach schließlich der Wahrheit. Giulia hatte durchaus etwas Besseres verdient als mich. Das hatte ich von Anfang an gewusst, wenn ich es auch aufgrund der unbändigen Zuneigung, die sie mir in unserer gemeinsamen Zeit entgegengebracht hatte, erfolgreich verdrängt hatte. Ob nun ausgerechnet dieser Torben der richtige Mann für sie war, wagte ich trotzdem immer noch zu bezweifeln. Zumindest hatte er genügend Geld, um Giulia alles bieten zu können, wonach ein Frauenherz vermutlich verlangte. Teurer Schmuck und weite Reisen hatte man von mir jedenfalls nicht zu erwarten.

Aber was hatte er noch zu mir gesagt, nachdem ich ihn nach seiner Entschuldigung ins Haus gebeten hatte?

„Setzen Sie sich doch", hatte ich ihm angeboten, nachdem wir in die Küche gegangen waren. Roberta war noch nicht zurück zu erwarten, also konnte ich diesen Mann ruhig hereinbitten, wenn er schon den Weg zu mir gefunden hatte. Wie er an meine Adresse gekommen war, war mir allerdings schleierhaft, doch fragte ich zunächst auch nicht nach, weil mich mehr interessierte, was ihn überhaupt zu mir trieb.

„Danke. Ich muss dringend mit Ihnen sprechen."

„Darf ich Ihnen einen Kaffee oder ein Wasser anbieten?"

„Ein Wasser würde ich nehmen." Während ich ihm ein Glas davon einschenkte, rutsche er ein wenig nervös auf seinem Stuhl hin und her. „Also, wie gesagt, ich bitte Sie vielmals um Entschuldigung."

„Ja, das sagten Sie in der Tat schon. Aber was führt Sie hierher?"

„Um es kurz zu sagen, ich habe mich so bescheuert benommen, dass ich mich in Grund und Boden schäme. Ich habe sehr schnell gemerkt, dass Giulia etwas für Sie empfindet und Sie ebenfalls etwas für sie. Das hat mich ziemlich in meiner männlichen Ehre gekränkt. Also wollte ich nichts lieber, als sie beide möglichst schnell auseinanderzubringen. Was mir ja auch tatsächlich gelungen ist."

Ich nickte, auch, wenn ich mir nicht sicher war, ob ich wirklich verstand, was er sagte.

„Als ich gemerkt habe, was für einen riesigen Fehler ich gemacht habe, war schon alles zu spät. Glauben Sie mir, ich wollte nicht, dass Sie kündigen und auf der Stelle vom Erdboden verschwinden. Naja, also vielleicht anfangs schon, aber nicht wirklich. Und sicherlich wollte ich auch nicht, dass Giulia einfach so abreist."

„Was?!" Ich war schockiert. „Wie, sie ist abgereist?"

„Ja", sagte er kleinlaut. „Sie ist zurück nach Deutschland gefahren. Und das ist alles meine Schuld. Aber glauben Sie mir, Giulia liebt Sie, das weiß ich jetzt."

In meinen Ohren dröhnte es. Ich hörte ihn reden, doch konnte ich all das, was er sagte, nicht mehr in mich aufnehmen. Alles vermischte sich nur noch zu einem einzigen Rauschen. Dennoch sprach er weiter, denn er schien nicht zu merken, wie schwer es mir fiel, seinen Worten zu folgen. Wie ein Bilderbuch plapperte er auf mich ein. Der erste Satz, der irgendwann wieder bei mir ankam, hatte nichts mehr mit Giulia zu tun. Vermutlich war es das, was mich aus meiner Lethargie herausgerissen hatte, denn plötzlich ging es um den alten Drachen Donatella und meinen Job.

„Übrigens hat Frau Fratelli ausdrücklich gesagt, dass sie Sie am Montag pünktlich um sieben Uhr bei sich auf dem Anwesen erwartet. Ihre Kündigung akzeptiert sie nicht." Mit diesem Satz stand er auf, reichte mir seine Hand und ging dann Richtung Haustür, zu der ich ihm folgte. „Alles Gute für Sie und rufen Sie Giulia an", sagte er noch, während er in seinen Sportwagen stieg und ich wie mechanisch mit dem Kopf nickte.

Rufen Sie Giulia an, hallte es nun in mir nach. „Ja, das werde ich tun. Auf der Stelle hole ich mein Telefon und rufe Giulia an", sagte ich noch laut zu mir selbst, als mir wieder einfiel, dass ich quasi in einer Nacht- und Nebelaktion ihre Nummer gelöscht und zudem selber ein neues Telefon inklusive einer neuen Telefonnummer hatte. Vielleicht hatte Giulia noch versucht, mich zu erreichen und ich war so blöd gewesen, alles aus meinem Leben zu entfernen, was mich auch nur in irgendeiner Weise an sie erinnern hätte können. Was war ich nur für ein Idiot?! Ich konnte nicht einmal mehr diesen Torben nach Giulias Nummer fragen, da er jetzt bereits über alle Berge war. Und selbst, wenn ich noch irgendwie an die Kontaktdaten herangekommen wäre, so hätte Giulia sicherlich nicht mal mehr Ansatzweise Lust auf irgendwelche fadenscheinigen Erklärungen von mir gehabt. Ich hatte sie einfach zurückgelassen, ohne ein Wort, ohne dass ich auch nur ein einziges Mal ihre Sicht der Dinge gehört hatte. Und das nur, weil ich ganz selbstverständlich davon ausgegangen war, dass dieser Torben Recht hatte und Giulia mich gar nicht wirklich wollen würde. Statt um sie zu kämpfen hatte ich mich wie ein geprügelter Hund in meine Hütte verkrochen und da saß ich nun. Alles hatte ich kaputt gemacht und das schlimmste daran war, dass ich es bis zu diesem Zeitpunkt nicht einmal gemerkt hatte.

Die Haustür wurde aufgeschlossen und Roberta kam hereingepoltert. „Sitz da nicht so nutzlos rum", meckerte sie gleich drauflos. „Hilf mir, die Einkäufe ins Haus zu tragen."

Will ich das wirklich noch für den Rest meines Lebens ertragen? Schoss es mir durch den Kopf. Nein, das wollte ich ganz bestimmt nicht! Das Maß an Unverschämtheiten und diesem unsäglichen Zusammenleben war voll! Ohne über eventuelle, weitreichende Konsequenzen nachzudenken, tat ich, was ich schon längst hätte tun sollen. „Hol doch den Kram alleine", entgegnete ich ihr, stand auf und ging rauf ins Schlafzimmer, um ein paar Sachen zusammenzupacken. „Bist du nicht mehr ganz bei Trost?!" rief sie bloß nach oben und kümmerte sich nicht weiter um mich. Mir war das ganz recht, denn ich hatte die Befürchtung, wenn sie auch nur noch einen Ton mehr von sich gegeben hätte, wäre ich ihr an die Gurgel gegangen. Ich schleppte meinen gepackten Koffer zum Wagen, holte einmal tief Luft und ging in die Küche, wo Roberta gerade die Eier und die Milch im Kühlschrank verstaute.

Liebend gerne hätte sie mir eine weitere Unfreundlichkeit an den Kopf geworfen, das konnte ich in ihren Augen sehen. Aber als sie meinen Gesichtsausdruck sah, blieb sie stumm und schaute mich nur fragend an.

„Ich werde jetzt für drei Tage zu einem meiner Söhne ziehen. Wenn ich wiederkomme, hast du mein Haus verlassen, hast du das verstanden?!"

Natürlich hatte ich mich schon auf den größten Krach und einen herben Protest eingestellt, doch zu meiner Verwunderung blieb das aus.

„Wie meinst du das?" fragte Roberta stattdessen vorsichtig.

„So, wie ich es sage. Ich will, dass du dieses Haus verlässt und auch nicht wiederkommst. So eine Ehe wie wir sie führen wünscht man nicht mal seinem ärgsten Feind. Sieh zu, dass du jemand anderen rumkommandieren kannst. Ich kann das das nicht mehr ertragen. Und bevor du mir damit kommst, was die Leute sagen werden, kann ich dir sagen, dass mir das vollkommen egal ist, denn die müssen ja nicht mit dir zusammenleben."

Mit diesen Worten drehte ich mich um und ging hinaus. An der Haustür drehte ich mich noch einmal um. „Die Scheidungspapiere werfe ich bei deinen Eltern in den Briefkasten. Mach`s gut."

Mehr hatte ich nicht zu sagen gehabt und ehe Roberta wieder zu ihrer Sprache zurückfinden konnte, schmiss ich den Motor meines Jeeps an und fuhr vom Hof. Mein Sohn würde vermutlich etwas verwundert dreinschauen, wenn ich in wenigen Minuten vor seiner Tür stand, doch das war jetzt auch schon egal.

Vielleicht würde ich es nicht mehr schaffen, an Giulia heranzukommen, geschweige denn ein gemeinsames Leben mit ihr aufzubauen, auch, wenn es mein größter Wunsch war, aber so leben wie bisher das konnte und wollte ich auch nicht mehr. Und wenn mir tatsächlich noch die Chance gegeben würde, Giulia irgendwie zu erreichen und ihr alles erklären zu können, würde ich sie nutzen. In jedem Fall würde ich um diese Frau kämpfen, wenn es sein musste, denn ich liebte sie. Ich liebte sie so sehr, dass ich alles dafür gäbe, sie wieder in meinen Armen halten zu dürfen, den zarten Duft ihrer Haut zu riechen und ihre Stimme hören zu können. Sogar bei dem Drachen würde ich wieder arbeiten, wenn ich dadurch vielleicht die Aussicht hätte, so an Giulias Nummer zu kommen. Nicht, dass das sehr wahrscheinlich war, aber ich würde es zumindest versuchen. Also würde ich am Montag pünktlich um sieben Uhr bei Donatella auf dem Hof stehen und konnte nur hoffen, dass dieser Torben keinen Mist erzählt hatte und ich wirklich wieder dort arbeiten durfte. Aber vermutlich hatte er die Wahrheit gesagt, auch, wenn ich mich schon etwas darüber wunderte, dass Donatella meine Kündigung nicht akzeptierte. Schließlich war ich in ihren Augen nur ein Taugenichts, der nicht nur nichts konnte, sondern der auch ständig unpünktlich war. Aber vermutlich hatte sie auf die Schnelle niemand Neues gefunden und da war ich wohl besser als keiner. Was auch immer ihre Beweggründe waren, ich konnte den Job gut gebrauchen, denn von der Hand in den Mund alleine konnte man nicht leben. Selbst wenn es nur vorübergehend sein sollte, so würde ich mir wenigstens eine warme Mahlzeit am Tag verdienen. Und vielleicht öffnete mir das Leben auf diesem Wege doch noch einmal eine Tür und gab mir eine zweite Chance. Vielleicht, so fragte ich mich, war es doch noch nicht zu spät für ein glückliches Leben?

Kapitel 39

Donatella

Das wird großartig

Emilio sah noch genauso gut aus wie damals, nur dass er mittlerweile um einige Lebensspuren auf der Haut reicher geworden war. Aber er hatte immer noch denselben Charme wie früher und kleidete sich so elegant und sportlich wie eh und je. Selbst das Flirten hatte er in all den Jahren nicht verlernt. Ihn nach so langer Zeit wiederzusehen erfüllte mich mit Freude, wenngleich ich auch ein wenig Angst vor unserer ersten Begegnung nach so langer Zeit gehabt hatte.

Pünktlich um drei Uhr am Nachmittag klingelte es an der Haustür. Da ich selber mit dem Rollstuhl zu ungelenk war, öffnete Katrin für mich und bat meinen Gast hinein. Mit einem Strahlen im Gesicht betrat er meine Küche und überreichte mir einen wunderschönen Strauß bunter Blumen. Sein Aftershave, das mir noch sehr bekannt vorkam, erfüllte den Raum augenblicklich aus und für einen kurzen Moment meinte ich, keine Luft mehr zu bekommen. Er hatte es wie immer etwas zu gut damit gemeint und ich musste ein wenig darüber schmunzeln. Macho blieb wohl Macho, egal welches Alter schwarz auf weiß im Personalausweis angeben war.

„*Ciao bella Donna*", begrüßte er mich mit einem sanften Handkuss und reichte Katrin die Blumen, um sie ins Wasser zu stellen. Schon früher hatte er mich immer so genannt, weil er fand, dass Donatella zu hart und unmelodisch klang. „Die Blumen sind natürlich für dich." Ein wenig unsicher sah er mich an, so, als würde er mich studieren wollen. Vermutlich hatte er einiges über mich zu hören bekommen, was ihm selber bisher unbekannt war, schließlich kannten wir uns noch aus einer anderen Zeit.

„Setz dich doch", bot ich ihm Platz an. „Lange her, dass wir uns gesehen haben."

„An mir lag es nicht. Du hast dich nie gemeldet", kam es ein wenig vorwurfsvoll über seine Lippen.

Ich nickte, denn er hatte Recht. Nachdem er mir nach unserem letzten Treffen seine Telefonnummer gegeben hatte, in der Hoffnung, ich würde ihm meine Bilder verkaufen oder mich einfach so mit ihm verabreden wollen, hatte ich mich tatsächlich nicht mehr bei ihm gemeldet. Nicht, weil ich es vielleicht nicht gewollt hätte. Meine Bilder hätte ich ihm zwar nicht verkauft, aber einen Kaffee mit ihm zu trinken und über Kunst zu philosophieren, hätte ich mir schon gut vorstellen können.

„Wieso eigentlich nicht?" hakte er nun vorsichtig nach und wartete geduldig, bis ich darauf antwortete.

„Ach, weißt du, ich hatte in den letzten Jahren zu niemandem mehr Kontakt nach Vicos Tod." Meine Worte kamen nur langsam und schwer über meine Lippen, denn in den letzten Tagen nachdem Giulia abgereist war, hatte ich viel darüber nachgedacht, ob meine Art, mit dem Verlust eines geliebten Menschen umzugehen, wirklich richtig gewesen war. Vielleicht hätte ich mein Leben durchaus anders leben können, doch jetzt war es nun einmal so, wie es eben war. Ich hatte mich zu einer einsamen, alten und verbitterten Frau entwickelt, die gedacht hatte, das Leben so leichter ertragen zu können. Emilio nickte einfühlsam, so, als würde er verstehen, was gerade in mir vor sich ging.

„Ich weiß, du hast deinen Mann sehr geliebt."

„Ja, über alles", flüsterte ich und richtete meinen Blick auf ein altes Foto von Vico und mir, das auf der Küchenanrichte stand.

„Und du wolltest nicht mehr verletzt werden, das ist verständlich."

„Aber ich habe dadurch alles verloren, was mir jemals etwas bedeutet hat."

An dieser Stelle erschrak ich über mich selbst. Emilio hatte gerade erst mein Haus betreten und schon offenbarte ich ihm meine geheimsten Gedanken. Gedanken, die ich jahrzehntelang weggesperrt und erst recht mit niemandem geteilt hatte.

„Erzähl mir von Vicos Tod", bat er mich und legte seine Hand vorsichtig auf die Finger meiner eingegipsten Hand.

Ich schluckte schwer, denn auch, wenn dieses Ereignis sehr lange zurück lag, schmerzte es noch immer in meinem ganzen Körper. „Es war ein wundervoller Morgen im Oktober 1975. Vico und ich hatten noch ausgiebig zusammen gefrühstückt, ehe er raus in den Olivenhain zur Ernte ging. Das Wetter war so schön gewesen, dass wir draußen gegessen hatten und um uns herum zwitscherten die Vögel wie an einem sonnigen Tag im Mai, selbst ein paar Grillen waren noch zu hören. Bevor Vico ging, hauchte er mir noch einen Kuss auf die Stirn und schenkte mir dieses unbändige Lächeln, das mir jedes Mal sagte, wie sehr er mich liebte." Tränen füllten meine Augen und ich sah nur noch verschwommen. Es war, als erlebte ich diesen Augenblick von damals noch einmal ganz frisch. Ich spürte Vicos Lippen auf meiner Haut, roch seinen männlich herben Duft und sah seinen Blick so klar vor meinem inneren Auge, dass sich unweigerlich Freude und Schmerz miteinander vermischten. „Es war das letzte Mal, dass ich ihn lebend gesehen habe."

„Was ist passiert?"

„Nur kurze Zeit später, ich war gerade dabei, die Wäsche im Garten aufzuhängen, hörte ich Alberto verzweifelt nach Hilfe schreien. Ich solle einen Krankenwagen rufen. Er klang furchtbar panisch. Ohne nachzudenken rief ich den Notarzt an, der sich sofort auf den Weg machte. Dann lief ich runter zum Olivenhain, um zu sehen, was passiert war. Mein Herz schlug so laut, dass ich bald nichts anderes mehr hörte. Die Schreie von Alberto waren versiegt noch ehe ich die beiden Männer erreicht hatte. Er saß auf dem staubigen Erdboden, hielt den völlig regungslosen Vico in seinen Armen und weinte so bitterlich, dass mir auf der Stelle klar war, dass jede Hilfe zu spät kommen würde. *Er ist tot*, rief Alberto immer wieder. *Er ist tot und ich konnte ihn nicht retten.* Natürlich wollte etwas in mir das nicht glauben, also beugte ich mich über meinen geliebten Mann, fühlte seinen Puls und kontrollierte seine Atmung, doch da war nichts. Alles Leben war aus ihm gewichen und der Notarzt konnte ihn nur noch mit einem Laken bedecken und mir sein Beileid ausdrücken. Vico war an einem Herzinfarkt gestorben."

„Oh, Donna, das tut mir entsetzlich leid!" sagte Emilio mitfühlend. „Das muss wirklich schrecklich gewesen sein."

„Ich habe wochenlang nur in meinem Bett gelegen und geweint, wollte es einfach nicht wahrhaben. Es fühlte sich an, als hätte er einen großen Teil von mir mit sich mitgenommen. All die Freude, all das Glück was wir miteinander geteilt hatten, war plötzlich fort und niemand konnte mich auch nur ein wenig darüber hinwegtrösten, auch, wenn alle sehr um mich bemüht waren. Meine ganze Familie, meine Freunde, alle wollten sie da sein für mich, aber ich konnte es nicht ertragen, sie in meiner Nähe zu haben. Mehr und mehr überkam mich die Angst, es könnte mir bei jedem geliebten Menschen so unendlich wehtun, ihn zu verlieren, und diese Angst erdrückte mich. Und so tat ich, was ich für das Richtige hielt. Ich zog mich zurück, wollte mit niemandem mehr etwas zu tun haben. So, glaubte ich, würde ich es nicht einmal bemerken, wenn jemand aus dem Leben schied und müsste diesen Schmerz demnach nie wieder so intensiv fühlen." Meine Stimme versiegte und ich wurde von Traurigkeit geschüttelt. Immer klarer wurde mir bewusst, wie falsch diese innere Entscheidung gewesen war, denn wie viele schöne Dinge hätte ich auch nach diesem schweren Schicksalsschlag noch erleben können?! Die Hochzeit meiner Nichte beispielsweise oder die Taufen meiner Großnichte und meines Großneffen. All das waren Ereignisse, zu denen ich eingeladen worden war, doch hatte ich nicht einmal einen einzigen Gedanken daran verschwendet, hinzugehen. Und nun war ich eine alte Frau, die einen Großteil ihres Lebens alleine und einsam verbracht hatte. Das hätte Vico sicherlich nicht gewollt. Ich schämte mich plötzlich. Schließlich hatte ich nicht nur mir Chancen genommen, sondern auch den Menschen, die mich liebten und mich ganz offensichtlich gerne um sich gehabt hätten. Nicht einmal zur Beerdigung meiner eigenen Schwester war ich gegangen, obwohl wir einst ein Herz und eine Seele gewesen waren.

„Ja, vielleicht war es tatsächlich der falsche Weg, den du gegangen bist. Aber heute kannst du es anders machen, immer noch. Es ist niemals zu spät, einen neuen Weg einzuschlagen. Glaub mir, ich weiß, wovon ich rede." Auch in seiner Stimme klang ein wenig Traurigkeit mit und ich hatte das Gefühl, wirklich von ihm verstanden und nicht verurteilt zu werden. Und das, obwohl auch Emilio allen Grund gehabt hätte, sauer auf mich zu sein. Vom ersten Moment an hatte ich gewusst, dass er in mich verliebt gewesen war und ich hatte ihm immer wieder einen Korb geben müssen, da ich seine Zuneigung nicht erwidern konnte. Dennoch stand er mir stets zur Seite und ertrug die Tatsache, dass er niemals mehr für mich sein würde als ein guter Freund. Er hätte sich ganz sicher über einen Anruf damals gefreut, aber auch ihn hatte ich einfach aus meinem Leben gestrichen und keinen Gedanken mehr an ihn verschwendet. Und nun saß er hier in meiner Küche und erzählte mir voller Zuversicht, dass es nie zu spät sei für einen neuen Weg.

„Ich hoffe, dass du Recht hast", flüsterte ich. „Weißt du, seitdem meine Großnichte Giulia hier bei mir aufgetaucht ist, hat sich vieles in meinem Leben verändert und ich wünsche mir im Moment nichts sehnlicher, als sie wieder auf diesem Gut um mich zu haben."

„Ja, das verstehe ich gut. Sie ist eine wirklich bemerkenswerte junge Frau. Schon bei der ersten Begegnung strahlte sie so etwas Zauberhaftes aus. Als sie mir dann irgendwann sagte, dass sie deine Großnichte sei, wurde mir klar, woher sie ihren unbändigen Charme hat. Das muss bei euch in der Familie liegen."

Ich musste lachen, denn da war er wieder, der Macho, dem damals alle Frauen zu Füßen gelegen haben, weil er stets die richtigen Worte fand, die ein weibliches Wesen gerne hörte und vermutlich war es auch heute noch so.

„Was?!" spielte er empört. „Ist ein Kompliment ein Grund mich auszulachen?" Dabei begann er selber in mein Gelächter einzustimmen. Wie herrlich unkompliziert er doch immer noch war.

Wir saßen noch gefühlt stundenlang beisammen, schwelgten in Erinnerungen und sprachen über meine Gemälde, die er zu einem Großteil bereits selber gekauft hatte und die er noch mit einigen anderen Bildern in seiner Galerie ausstellen wollte.

„Du rettest damit mein wunderschönes Zuhause", kam es nach einer Weile über meine Lippen. „Weißt du das?"

„Ja, deine Großnichte hat es mir erzählt. Du kannst dir nicht vorstellen, wie unglaublich ich mich gefreut habe, als ich die Bilder erblickte. Wie gerne hätte ich sie dir schon damals abgekauft weil sie so einzigartig und atemberaubend schön waren und immer noch sind. So viel Liebe zum Detail stecken nur wenige Künstler in ihre Werke. Die meisten sind froh, wenn sie ein Bild fertig haben und schnell verkaufen können. Aber du hast immer und immer wieder etwas gefunden, was du noch ergänzen konntest, hast die Lichtverhältnisse so perfekt in Szene gesetzt, dass alles so lebensecht wirkte, fast wie eine Fotografie. Das habe ich stets so sehr bewundert. Malst du noch immer?"

Bereits in dem Moment, in dem Emilio diese Frage herausrutschte, kannte er die Antwort bereits, dennoch ging ich darauf ein. „Nein, ich habe seit über vierzig Jahren keinen Pinselstrich mehr getätigt. Aber wer weiß, vielleicht hole ich das nach." Jetzt zwinkerte ich ihm zu, denn wenn ich wirklich einen neuen Weg einschlagen würde, würde vielleicht auch das Malen wieder dazugehören. „Denkst du wirklich, dass ich noch einmal neu beginnen könnte?" fragte ich zaghaft. „Ich meine, schau wie alt ich mittlerweile bin. Und wie soll ich meinen Lieben erklären, weshalb ich auf einmal wieder Kontakt haben möchte."

„Ich glaube, diese Frage meinst du nicht ernst. Du bist nicht zu alt und du hast nichts zu verlieren, wenn du deinen Lieben die Wahrheit sagst. Da bin ich mir ganz sicher."
Dennoch hatte ich Angst vor diesem Schritt, denn ich hatte sie alle weggebissen und mich hier oben in der Einsamkeit verschanzt. Ich hatte es mir damit gemütlich gemacht, mir selber immer wieder gesagt, dass ich niemand anderes bräuchte und hatte es mir selber geglaubt. Doch nun spürte ich immer mehr, was für eine riesige Lüge ich mir da selbst aufgetischt hatte. Einsamkeit war wirklich das schlimmste Gefängnis, das man sich vorstellen konnte. Es machte einen bitter und unfähig, dem Leben Raum zu geben. Der einzige Mensch, der mich in all dieser Zeit ertragen hatte war Alberto und das rechnete ich ihm hoch an.
„Du hast wiedermal Recht", sagte ich. „Ich habe tatsächlich nichts mehr zu verlieren. Aber wenn ich Glück habe, habe ich eine ganze Menge zu gewinnen."
„Na, so gefällst du mir schon besser", lächelte Emilio mir entgegen. „Weißt du schon, was dein erster Schritt auf deinem neuen Weg sein wird?"
„Ja", erwiderte ich entschlossen. „Das weiß ich in der Tat schon. Ich muss dafür sorgen, dass zwei Menschen, die sich lieben, wieder zueinander finden."
„Oh, das klingt spannend."
„Das ist es. Und du könntest mir wunderbar dabei helfen."

Bis ich Emilio in alles eingeweiht hatte verging noch einmal eine ganze Weile. Katrin war in der Zwischenzeit so lieb gewesen und hatte uns ein paar frische Tagliatelle mit Pesto und Salat zubereitet und eine Flasche Wein für uns geöffnet. Als ich am Abend in meinem Bett lag fühlte ich mich so frei und schwerelos wie schon lange nicht mehr. Ich wusste gar nicht mehr, dass ich überhaupt noch im Stande war, solcherlei Gefühle zu spüren. Es hatte gut getan, sich einmal alles von der Seele zu reden und ein wenig Zuspruch zu erhalten. Vor allem war Emilio gleich Feuer und Flamme für meine Idee gewesen, die ich hatte, um einer großen Liebe wieder auf die Sprünge zu helfen.

„Das wird großartig", hörte ich seine Worte in meinem Ohr klingen und wusste, dass er auch damit Recht haben würde.

Kapitel 40

Francesco

Doch nur ein Verlierer

Mit einem ziemlich nervösen Magen fuhr ich die Hügel hinauf zu Donatellas Anwesen. Wenn ich Pech hatte, gab es jetzt erst einmal ein riesiges Donnerwetter, weil ich mich einfach aus dem Staub gemacht hatte, ohne meine Kündigung bei dem alten Drachen persönlich abgegeben zu haben. Vielleicht warf sie mir nun Arbeitsverweigerung vor und schmiss mich anschließend von sich aus raus, nur, um mir noch einmal richtig eins auszuwischen. Alles war möglich, denn Donatella war für mich unberechenbar. Ich fühlte mich furchtbar und zudem war ich völlig übermüdet. Die komplette letzte Nacht hatte ich kaum ein Auge zugemacht, weil meine Gedanken permanent Karussell fuhren. Nicht nur, weil ich keine Ahnung hatte, was mich jetzt auf dem Gut erwarten würde, sondern auch, weil ich nicht wusste, wie mein Leben von nun an weitergehen würde. Wäre Roberta später wirklich verschwunden, wenn ich abends zurück nach Hause fuhr, statt eine weitere Nacht bei Jona zu verbringen? Der hatte sich ohnehin gewundert, als ich am Freitag-Nachmittag so plötzlich vor seiner Tür gestanden hatte.

„*Babbo*, was machst du denn hier?" hatte er mit überraschtem Blick gefragt, als er mich mit meinem Koffer erblickte. „Willst du verreisen?"

„Nein, ich will nicht verreisen. Kann ich drei Nächte bei dir schlafen? Ich habe Roberta verlassen."

„Was? Wieso denn?"

„Kann ich vielleicht erstmal reinkommen?"

„Klar." Er ließ mich an sich vorbei passieren und folgte mir in sein kleines Wohnzimmer, was auch gleichzeitig als Schlafzimmer diente. „Setz dich. Du siehst ziemlich scheiße aus, wenn ich das mal so sagen darf."

„Oh, danke", war alles, was mir darauf einfiel.

„Ist ja nicht böse gemeint. Aber hast du vielleicht selber mal in den Spiegel geschaut?" Eine Antwort darauf wollte er ganz offensichtlich nicht von mir haben, denn er redete sofort weiter auf mich ein. „Also, dann erzähl mal, wieso hast du Roberta verlassen? Hat sie einen anderen?"

Ich lachte etwas böse auf. „Wer würde sich schon freiwillig so einen Drachen angeln?!"

Jona wusste im Grunde, dass Roberta und ich nicht aus Liebe geheiratet hatten, doch war er stets der Meinung gewesen, dass wir uns zumindest gut ergänzten und es immer noch besser war, *so* eine Frau, wie er es gerne betonte, an seiner Seite zu haben, als gar keine. Dass er selber sie nicht besonders gut leiden konnte, hatte er zwischendurch immer mal wieder kundgetan, doch akzeptierte er sie, solange sie ihn in Ruhe ließ und sich nicht in sein Leben einmischte.

„Also nicht", schlussfolgerte er nun. „Was ist es dann?"

Sollte ich ihm die Wahrheit sagen? Ich wusste es nicht. Schließlich war er mein Sohn und er musste nicht die Lasten seines Vaters kennen und schon gar nicht tragen. Auf der anderen Seite hätte er mir vielleicht einen Rat geben können.

Junge Menschen sahen das Leben noch einmal mit anderen Augen und eventuell wäre es hilfreich gewesen. „Können wir vielleicht morgen darüber sprechen?" fragte ich also in der Hoffnung, am nächsten Tag schon ein wenig klarer sehen zu können. Wer weiß, was Jona von mir hielte, wenn ich ihm von Giulia erzählen würde. Denn zum einen stand es mir nicht zu, mich mit einer anderen Frau einzulassen, solange ich verheiratet war und zum anderen war Giulia überdies auch noch um Längen jünger als ich.

„Ich wüsste schon ganz gerne, was mit dir los ist", bohrte er nach. „Aber natürlich warte ich auch noch bis morgen, wenn du dann mit der Sprache rausrückst."

Spätestens an diesem Punkt war klar, dass mein Sohn in jedem Fall so lange nachhaken würde, bis ich ihm alles erzählt hatte. Aber damit hatte ich vermutlich auch rechnen müssen, wenn ich schon Zuflucht bei einem meiner Kinder suchte.

„Ich hole jetzt erstmal eine Flasche Wein", sagte er fest entschlossen und ging in die winzige, angrenzende Küche, in der kaum Platz war, um sich darin umzudrehen, um einen Wein aus dem Schrank zu holen. Aber für Jonas Bedürfnisse reichte diese kleine Wohnung derzeit aus, so versicherte er mir immer wieder. Er hätte auch weiterhin bei Roberta und mir wohnen können, doch diese Option hatte er abgelehnt. „Ich will auf eigenen Füßen stehen", hatte er immer wieder gesagt, als er sein Studium begonnen hatte und war direkt ausgezogen, als sich die nächstbeste Gelegenheit geboten hatte. Vermutlich wäre er auch in ein Kellerloch gezogen, um nicht mehr bei uns zu wohnen. Und ich konnte es ihm nicht verdenken, denn wer wollte schon freiwillig in einem Drachenkerker wohnen?!

Jona kehrte mit einer frisch geöffneten Flasche Wein und zwei Gläsern aus der Küche zurück und schenkte uns ein.

„*Alla salute*", prostete er mir zu und nahm einen großen Schluck von dem tiefroten Merlot. Ich tat es ihm gleich und spürte, wie mir der Alkohol sofort in den Kopf stieg. Immerhin hatte ich seit gefühlten Ewigkeiten nichts mehr gegessen und so packte mich auf der Stelle eine gewisse Taubheit, die sich mit jedem weiteren Schluck mehr und mehr verdichtete. Es hatte sicherlich nicht einmal eine ganze Stunde gedauert, ehe wir eine zweite Flasche Wein geköpft hatten und ich nicht mehr hätte sagen können, wo rechts und links von mir gewesen wäre. Ich fühlte mich müde und schwer, dazu unsagbar traurig. Meine Zunge gehorchte mir ab einem gewissen Punkt nicht mehr, genauso wie der Rest meines Körpers. Selbst wenn ich gewollt hätte, hätte ich mich nicht einen einzigen Millimeter mehr von meinem Platz, an dem ich saß, wegbewegen können. Um es in einfachen Worten zu sagen: ich war bald an diesem Nachmittag sternhagelvoll gewesen und erwachte erst am nächsten Tag mit einem Schädel, den ich sicherlich meinen Lebtag nicht mehr vergessen würde.

„*Buongiorno*", hörte ich Jona fröhlich sagen, als er bemerkte, dass ich erwacht war.

„Oh, nicht so laut", flehte ich ihn an und schaute auf die Uhr meines Handys, die bereits ein Uhr mittags anzeigte.

„Ich dachte schon, du willst gar nicht mehr aufstehen." Jona zwinkerte mir zu und setzte sich zu mir auf die Couch. Er war topfit. Wie konnte das sein nach dem gestrigen Tag? Auf dem Tisch standen drei leere Flaschen Wein und ich war der festen Überzeugung, dass wir diese gemeinsam geleert hatten. Doch Jona meinte, er hätte bereits nach der ersten Flasche das Handtuch geworfen und wäre auf Wasser umgestiegen. Kein Wunder also, dass ich mich fühlte, als hätte mich ein Traktor frontal erwischt.

„Und jetzt erzähl mir doch bitte noch einmal von dieser Giulia. Das muss ja eine ganz besondere Frau sein, so, wie du gestern von ihr geschwärmt hast. Leider war die Hälfte deiner Worte so überlallt, dass ich nicht alles verstanden habe."
Wie auf Kommando schoss mir die Röte ins Gesicht und eine Welle der Übelkeit überrollte mich. Hatte ich ihm gestern tatsächlich von uns erzählt? Ich konnte mich beim besten Willen nicht mehr daran erinnern, doch so, wie Jona mich angrinste, hatte ich ihm anscheinend mehr erzählt, als mir lieb war. Verdammter Alkohol, dachte ich bei mir und fuhr mir einmal mit den Händen durchs Gesicht, um die Müdigkeit zu verscheuchen. Und dann tat ich meinem Sohn den Gefallen und erzählte ihm, wie ich Giulia kennengelernt und wie sich alles zwischen uns entwickelt hatte.
„Oh Mann", sagte er am Ende meiner Erzählung. „Das ist ja alles kompliziert. Und du hast wirklich ihre Nummer gelöscht?"
Ich nickte nur und betrachtete die Muster in Jonas altem Teppich, der bereits völlig abgenutzt war.
„Das war wirklich dumm", tadelte er und sah mich vorwurfsvoll an. „Wie willst du sie denn jetzt wiederfinden?"
Und dann erzählte ich ihm, dass am Montag, wenn ich zu Donatella fahren würde, ich sie um Giulias Nummer bitten würde.
„Und du glaubst, dass sie sie dir wirklich geben wird?! So wie du sie beschreibst wird das das Letzte sein, was sie tun würde."
„Danke für die aufmunternden Worte", knurrte ich und griff nach der angebrochenen Wasserflasche, die auf dem Tisch stand, um einen großen Schluck davon zu trinken. Ich war wie ausgetrocknet, was kein Wunder war bei der Menge an Alkohol, die noch immer in meinem Blut kursierte.

„Sorry. Aber wenn du nicht immer gleich so überreagieren würdest, würde dir sicherlich so manche Kacke erspart bleiben." Sein Tonfall ließ manchmal wirklich zu wünschen übrig, aber er hatte ja Recht mit dem, was er sagte. Ich wusste, dass ich dazu neigte, immer schnell über zu reagieren. Das hatte mich schon so manches Mal in Teufels Küche gebracht. Aber niemals zuvor war das Ausmaß für mich so ernüchternd gewesen.

„Bestimmt will sie so einen Idioten wie mich gar nicht mehr, der so schnell den Schwanz einzieht."

Jetzt legte mir Jona seinen Arm um meine Schulter, so, wie es ein guter Freund tat, wenn er einen aufmuntern wollte. „Ach, *Babbo*, du bist ein toller Kerl und das weiß deine Giulia ganz offensichtlich auch. Solltest du wirklich an ihre Nummer herankommen, wird sie dir sicherlich auch verzeihen können, wenn du ihr alles erklärst."

„Ja, vielleicht", murmelte ich leise vor mich hin. „Aber erstmal muss ich ihre Nummer haben."

Und mit diesem Vorsatz war ich nun auf dem Weg zu Donatella. Je näher ich dem Gut kam, desto unruhiger wurde ich. Als ich das Auto auf dem Parkplatz abstellte und zum Haus des alten Drachen ging, überfluteten mich die Erinnerungen der letzten Wochen. Schnell schob ich sie, so gut es ging beiseite und atmete noch einmal tief durch, bevor ich an die Tür klopfte, die nur wenige Augenblicke später von Giulias Freundin Katrin geöffnet wurde. „*Buongiorno*", sagte ich. „*Signora* Fratelli?"

Giulias Freundin bedeutete mir nun mit einer Geste, dass ich hereinkommen sollte. Da sie kein Wort Italienisch sprach und ich kein Englisch, geschweige denn Deutsch, war eine weitere Konversation ausgeschlossen. Ich putzte mir die Schuhe auf dem kleinen Läufer ab, trat ein und ging in die Küche, wo ich Donatella vermutete. Und ich hatte Recht gehabt, denn dort saß sie am gedeckten Frühstückstisch und empfing mich direkt mit einer Liste für den Tag, ganz so, wie ich es aus früheren Zeiten gewohnt war.

„Buongiorno", begrüßte ich sie und versuchte, ihrem bohrenden, bösen Blick standzuhalten.

„Wie schön, dass du dich daran erinnert hast, dass du hier einen Job hast", sagte sie bissig. Ich hoffe dir ist klar, dass du einiges nachzuholen hast."

„Natürlich, Signora", stammelte ich und kam mir vor wie ein dummer Schuljunge, der seine Hausaufgaben nicht erledigt hatte und nun vor der gesamten Klasse deswegen bloßgestellt wurde. „Es tut mir leid, dass ich einfach verschwunden bin."

„Das sollte es auch! Und vor allem sollte dir leidtun, dass Giulia deinetwegen von heute auf morgen abgereist ist."

Ein Kloß bildete sich in meiner Kehle. Musste sie mir das entgegenschmettern?! War es nicht schon genug, dass ich mir selbst die schlimmsten Vorwürfe deswegen machte?!

„Da fällt dir offensichtlich nichts zu ein", bellte sie mich böse an und reichte mir ihre Liste. „Bis heute Abend ist das alles erledigt. Und jetzt ab an die Arbeit. Du wirst schließlich nicht fürs rumstehen bezahlt."

Sì Signora", nickte ich, nahm die Liste und verließ auf der Stelle das Haus. Hätte ich jetzt nach Giulias Nummer gefragt wäre klar gewesen, dass ich achtkantig rausgeflogen wäre. Ohne Nummer selbstverständlich. Also sparte ich mir das und nahm mir vor, am Abend oder vielleicht sogar erst am nächsten Tag einen Versuch zu wagen, nachdem ich die Aufgaben auf der Liste gewissenhaft abgearbeitet hatte. Als ich auf dem Weg nach draußen an Katrin vorbeiging, schaute sie mich nur mitleidig an. Von ihr hätte ich die Nummer vielleicht bekommen, aber was nützte mir das, wenn ich sie nicht danach fragen konnte.

Als ich vor der Tür war, sah ich mir die Aufgaben an, die nun an diesem Tag auf mich warteten. Einen Moment lang wusste ich nicht, was ich von dem, was ich da las, halten sollte. *Erstens: Netze, Kisten und sämtliche Werkzeuge der Olivenernte gründlich säubern und sachgemäß einlagern. Zweitens: Den Beschnitt der Bäume überprüfen und ggf. nacharbeiten. Drittens: Das Gästehaus am Pool grundreinigen, die Betten frisch beziehen und Handtücher für zwei Personen im Badezimmer drapieren. Dazu einen Einkauf erledigen und den Kühlschrank mit köstlichen Leckereien füllen. Viertens: Feierabend machen und morgen pünktlich um acht Uhr wiederkommen.* Was war das denn?! Wo waren die Aufgaben, wie ich sie kannte? Zaun reparieren; Unkraut jäten; Steine von A nach B schleppen; etc.? Und wieso sollte ich am nächsten Tag um acht Uhr anfangen statt um sieben? Ich verstand die Welt nicht mehr. Vor allem, weil die ersten zwei Aufgaben ganz klar Dinge waren, die Donatella mich hätte niemals machen lassen. Vielleicht hatte Alberto die Liste erstellt und Donatella hatte sich nicht angeschaut, was darauf stand. Ihre Schrift war es in der Tat nicht. Da sie ihren rechten Arm auch immer noch in Gips hatte, war es ihr auch nicht möglich gewesen, die Liste selber zu verfassen. Dann hatte ich vermutlich mit meiner Annahme Recht. Aber was, wenn ich jetzt tat, was auf dem Zettel stand und ich am Ende des Tages einen riesigen Einlauf bekäme, weil es vielleicht nur ein schlechter Scherz war?! Mir wurde heiß und kalt zugleich, denn ich wollte keinen Fehler riskieren. Wie automatisch bewegte ich mich jetzt zunächst einmal auf das Haus von Alberto zu. Er wüsste bestimmt, ob meine Arbeitsanweisungen richtig wären oder nicht. Ich klingelte, doch niemand öffnete. Auch nach mehrmaligen Versuchen tat sich nichts. Also steckte ich den Zettel in meine Hosentasche und ging runter zu dem Schuppen, in dem die Netze und alle anderen Utensilien der Olivenernte gelagert waren. In der Tat hatten wir noch keine Zeit gehabt, alles zu säubern und so begab ich mich gleich ans Werk. Wieder kamen Erinnerungen über mich. Daran, wie Alberto und ich und zum Teil auch Giulia die reifen Früchte von den Bäumen geschüttelt und gepflückt hatten, wie wir alles beschnitten hatten und wie ich Giulia heiß und innig auf dem staubigen Boden lieben durfte. Noch immer hatte ich ihren süßen Duft nach Rosenparfüm in der Nase. Was hätte ich darum gegeben, sie jetzt hier bei mir zu haben. Die schönen Erinnerungen wichen den Schmerzlichen und ich wollte sie so schnell wie möglich wieder loswerden. „Alles wird gut", versuchte ich mir selber immer wieder einzureden, wusste aber nicht, ob ich mir selber Glauben schenken sollte. Die Zeit verging wie im Flug und ehe ich mich versah, war es früher Abend geworden und ich fertig mit all den Aufgaben, die auf meiner Liste gestanden hatten. Als ich auch das letzte Handtuch an seinen Platz in dem kleinen spartanischen Bad legte, fragte ich mich, für wen dieser Aufwand hier betrieben werden sollte. Die Alte bekam nie Besuch, aber vielleicht würde Katrin dort einziehen. Schließlich war sie keine Verwandte von Donatella und vermutlich sollte sie aus diesem Grund nicht bei dem alten Drachen im Haus wohnen. Und apropos Drache, jetzt, wo ich mit allem fertig war, würde ich das erste Mal nach drei Tagen wieder zurück nach Hause fahren und hoffte inständig, dass Roberta meine Worte ernst genommen hatte und ausgezogen war.

Bevor ich in meinen Wagen stieg, überlegte ich noch kurz, ob ich es wagen sollte, heute noch nach Giulias Nummer zu fragen. Jedoch entschied ich mich dagegen, denn irgendwie hatte ich das Gefühl, dass heute nicht der richtige Tag dafür war. Donatella hatte am Morgen noch so wütend gewirkt, dass ich mir sicher war, dass sich das auch im Laufe des Tages vermutlich nicht gelegt haben würde. Morgen sähe die Welt vielleicht schon wieder anders aus. Also öffnete ich die Tür meines Jeeps, stieg ein und startete den Motor, als ich einen Zettel erblickte, der unter meinen Scheibenwischer geklemmt war. Ich stieg aus und zog ihn vorsichtig darunter weg. Es war bereits eine neue Arbeitsliste für den kommenden Tag. *Erstens: Einen Blumenstrauß aus Blumen aus dem Garten zusammenstellen, in einer Vase drapieren und auf den Küchentisch im Poolhaus stellen; Zweitens: den Rasen akkurat mähen und den Geräteschuppen streichen.*

Na, dann wusste ich ja bereits heute, was ich morgen zu tun hätte. Das hieße vermutlich auch, dass ich Donatella wohl nicht zu Gesicht bekäme. Dennoch müsste ich versuchen, mit ihr zu sprechen, um nach Giulias Nummer zu fragen. Noch einen weiteren Tag in Ungewissheit darüber, ob ich sie jemals wiedersehen würde, würde ich sicherlich kaum aushalten. Aber nun hieß es erstmal nachsehen, ob Roberta das Haus geräumt hatte.

Und in der Tat hatte sie das. Als ich die Haustür aufschloss und eintrat, spürte ich sofort, dass sie nicht mehr da war. Ich durchschritt jeden Raum, um mir Gewissheit zu verschaffen. Im Badezimmer fehlten alle ihre Utensilien. Haarbürste, Shampoo, Cremes, alles war weg. Der Kleiderschrank im Schlafzimmer war zur Hälfte leer, es hingen nur noch meine Sachen darin. Im Wohnzimmer fehlten einige Bilder und Fotos und in der Küche gab es nur noch eine klägliche Auswahl an Geschirr, doch das war mir egal. Roberta war gegangen und das war alles, was in diesem Moment zählte. Ich schenkte mir ein Glas Rotwein ein und ließ mich damit in meinem geliebten Sessel nieder, nachdem ich mich um die Hunde gekümmert hatte, die zufrieden in ihrem Unterstand herumtollten.

Während ich an meinem Glas nippte, lauschte ich der Stille. Kein böses Wort war zu hören, nichts. Ein ruhiges, zufriedenes Gefühl durchströmte meinen Körper. Es war wie Balsam für die Seele, nicht mehr von dieser Frau umgeben zu sein, die nichts in mir sah als den letzten Looser auf Erden. Eine ganze Zeit lang ließ ich diesem Gefühl freien Lauf und genoss es, hier alleine zu sein. Ich genoss es so lange, bis plötzlich Giulia vor meinem inneren Auge auftauchte. Ab da fühlten sich die Stille und die Leere dieses Hauses wie ein neues Gefängnis in mir an. Was, wenn ich hier für immer alleine wäre? Was, wenn mir die Stille irgendwann den Verstand rauben würde? Angst kam in mir auf und ich überlegte, ob ich nicht vielleicht doch noch jetzt auf der Stelle zurück zum Gut fahren und Donatella nach Giulias Nummer fragen sollte. Dann fielen mir wieder Jonas Worte ein, die er vor wenigen Tagen zu mir gesagt hatte. *„Wenn du nicht immer gleich so überreagieren würdest, würde dir vielleicht so manche Kacke erspart bleiben."* Also versuchte ich, mich zusammenzureißen, doch ich schaffte es nicht. Ich setzte mich in meinen Jeep und fuhr rauf zum Gut, wo ich direkt an Donatellas Tür klopfte. Es war bereits gegen neun Uhr abends und vielleicht lag die alte Frau schon im Bett, aber das war mir egal. Nach einer Weile, ich hatte bereits mehrmals geklopft und geklingelt, öffnete mir Katrin die Tür.

„Signora Fratelli?" fragte ich. Katrin sah mich ein wenig irritiert an und bedeutete mir dann mit einer Geste, dass ich warten sollte. Kurze Zeit später erschien sie wieder und schob Donatella in ihrem Rollstuhl vor sich her.

In dem Moment packte mich die blanke Panik. Was machte ich bloß hier?! Donatellas Blicke sprachen Bände und in meinem Kopf hallten immer wieder die Worte von Jona nach. Aber jetzt war es zu spät. Jetzt stand ich hier und konnte nicht einfach wieder gehen.

„Was willst du so spät hier?" blaffte mich die Alte an.

„*Scusi, Signora*. Ich wollte Sie nur fragen, ob Sie mir sagen können, wie ich Giulia erreichen kann? Ich muss dringend mit ihr sprechen. Sie haben doch ihre Telefonnummer?"

Nun schien sie noch verärgerter zu sein. „Wie unverschämt bist du eigentlich, eine alte Frau zu einer solchen Uhrzeit aufzusuchen? Geh schlafen und belästige mich nicht mehr mit so dummen Fragen." Dann gab sie der Tür einen Schubs mit ihrem gesunden linken Arm. Mit einem lauten Krachen fiel sie ins Schloss und ich stand wie ein begossener Pudel davor. Noch einmal fragte ich mich, was ich hier bloß gewollt hatte?! Ich hätte es doch wissen müssen. Solche Aktionen konnten nur schief gehen. Und das hier war gerade gründlich schief gegangen, so viel war mal sicher. Mit einem tiefen Seufzer drehte ich mich um und ging langsamen und gebeutelten Schrittes zurück zu meinem Wagen. Hinter mir hörte ich, wie die Tür noch einmal geöffnet wurde und Donatella etwas in meine Richtung krächzte. „Komm morgen bloß pünktlich um acht zur Arbeit."

Na toll, dachte ich bei mir und ärgerte mich furchtbar über mich selbst. Alle Hoffnung schien erloschen. Die Chance, jemals an Giulias Nummer heranzukommen hatte ich mit großer Sicherheit gerade verspielt und die Aussicht, am nächsten Tag wieder hier zum Arbeiten auflaufen zu müssen, gab mir noch den Rest.

Wahrscheinlich war ich doch nur ein Verlierer. Das musste ich vielleicht endlich einmal einsehen.

Teil 6

Kapitel 41

Giulia

Kein Happy End erkennbar

Hieß es nicht, alle guten Dinge seien drei? Doch wie kam man überhaupt auf so eine These? Eigentlich war es auch egal, es fiel mir nur trotzdem gerade ein, als ich wieder einmal im Zug auf dem Weg nach Italien saß. Ein drittes Mal, um genau zu sein innerhalb von nur drei Monaten. Da ich noch unendlich viel Zeit hatte und gerade auch nichts anderes zu tun, holte ich mein Smartphone hervor und gab den Spruch, der mir hier ständig durch den Kopf geisterte, in die Suchmaschine ein. Dort hieß es überwiegend, dass die These auf das Mittelalter zurückging. Drei Mal im Jahr fand damals eine Ratsversammlung statt und es gab für jeden Angeklagten drei Möglichkeiten, sich vor den Richtern zu präsentieren. Erschien man als Angeklagter auch bei der dritten Gerichtsverhandlung nicht, wurde man vom Richter verurteilt. So hieß es zu dieser Zeit „Aller guten „Thinge" (Gerichtsverhandlungen) sind drei. Zudem spielt die Zahl drei in der Symbolik, der Mythologie und in Religionen eine weitere besondere Rolle. „Wieder etwas dazugelernt", murmelte ich leise vor mich hin und schaute hinaus in die kahle Landschaft, durch die wir schon seit Stunden fuhren. Gerade hatten wir den Brenner hinter uns gelassen und passierten jetzt einen Tunnel nach dem anderen. Ich saß alleine in meinem Abteil, denn an einem Dienstag-Vormittag gab es kaum Menschen, die um diese Jahreszeit nach Italien reisen wollten. Eigentlich wollte ich das auch nicht, doch in gewisser Weise hatte ich keine andere Wahl.

Es war am späten Samstag-Nachmittag als mein Handy klingelte. Im ersten Moment zuckte ich ein wenig zusammen, denn es war eine italienische Nummer und für einen kurzen Moment überlegte ich, ob ich einfach nicht rangehen sollte. Da ich das dann aber doch zu albern fand, meldete ich mich mit meinem Namen und war überrascht, wer am anderen Ende der Leitung war.

„*Ciao*, Giulia", flötete es fröhlich in den Hörer. „Ich bin`s, Emilio."

„*Ciao*, Emilio. Was für eine Überraschung."

„Ja? Wieso?"

Ich überlegte kurz. Ja, wieso eigentlich? „Ach, weiß auch nicht", stammelte ich ein wenig peinlich berührt vor mich hin.

„Du, hör mal", begann er nun. „Wir müssten uns noch einmal treffen und die Eröffnung der Ausstellung besprechen. Ich dachte daran, sie Anfang Mai kommenden Jahres zu machen, dann ist das Wetter schon schön und die ersten Touristen kommen angereist. Außerdem haben wir vergessen, einen der Kaufverträge zu unterschreiben und ohne die Unterschrift kann ich nicht weiter planen. Hättest du Dienstag am späten Nachmittag etwas Zeit?"

Ich schluckte. Emilio hatte natürlich noch keine Ahnung davon, dass ich gar nicht mehr in Italien war. Woher auch? Er war für ein paar Tage verreist gewesen und seither hatten wir keinerlei Kontakt mehr zueinander gehabt.

„Emilio, es ist so", druckste ich herum. „ich würde mich am Dienstag liebend gerne auf einen Kaffee mit dir treffen, aber ich bin wieder zurück in Deutschland. Das wird wohl etwas schwierig. Könntest du mir den Vertrag vielleicht mit der Post schicken und die Planungen besprechen wir am Telefon?"

Ehrlichgesagt wusste ich gar nicht, um was für einen Kaufvertrag es sich noch handelte, denn ich dachte, wir hätten bereits alles unter Dach und Fach gebracht.

„Oh", hörte ich ihn nun sagen. „Ich wusste nicht, dass du wieder Zuhause bist." Einen Moment lang herrschte Stille und ich hatte das Gefühl, Emilio würde überlegen, wie nun weiter zu verfahren wäre. „Also, die Planungen können wir natürlich auch am Telefon durchgehen, obwohl ich das in einem persönlichen Rahmen schon bevorzugen würde. Aber den Kaufvertrag kann ich Dir nicht zuschicken. Den musst du vor Ort unterschreiben."

„Warum?" Ich war etwas irritiert. „Wenn wir ihn per Einschreiben versenden, sollte es doch kein Problem sein."

„Das geht leider nicht", wiederholte er noch einmal. Hier wartet ein Notar auf uns, der bezeugt, dass wir beide den Vertrag unterzeichnet haben."

Na toll, dachte ich bei mir. Das konnte doch jetzt wohl nicht wahr sein.

„Und der Termin ist am Dienstag?" hakte ich dann noch einmal nach.

„Ja. Ich war einfach davon ausgegangen, dass es kein Problem für dich sein würde, dir eine Stunde bei Donatella frei zu nehmen, denn ich hätte nicht erwartet, dass du nicht mehr bei ihr bist. Aber natürlich kann ich auch versuchen, den Termin noch einmal zu verschieben. Dann können meine Anwälte das Geld für Donatella allerdings erst dementsprechend später überweisen. Für die erste Rate käme es dann vermutlich nicht mehr pünktlich genug."

Das wollte ich natürlich auf gar keinen Fall. Tante Donatella sollte das Geld so schnell wie nur möglich auf ihrem Konto haben, bzw. sollte es zunächst auf das Konto von Alberto gehen, damit er die Rechnungen damit bezahlen konnte. Aber für mich hieße das jetzt, noch einmal nach Italien reisen zu müssen, auch, wenn mir gar nicht danach zumute war.

„Nein, Emilio, ist schon in Ordnung", sagte ich dann. „Ich buche den Nachtzug und werde vermutlich gegen Mittag in Florenz sein."

„Prima", klang es nun erfreut am anderen Ende des Hörers. „Ich hole dich am Bahnhof ab und dann fahren wir gemeinsam zum Notar. Vielleicht hat er ja auch schon ein wenig eher Zeit für uns, dann gehen wir anschließend noch schön essen."

„Ja, ist gut. Ich melde mich bei dir, sobald ich weiß, wann ich ankomme. *Ciao, a presto.*"

Tja, und so saß ich jetzt hier im Zug und hoffte, dass ich direkt am nächsten Tag wieder zurückreisen können würde. Ein Zugticket hatte ich allerdings noch nicht gebucht, denn wer wusste schon, was Emilio vielleicht noch so einfiele. Ab Verona konnte ich langsam kaum noch sitzen, weil mein Hintern von der langen Fahrt schon ganz taub war. In etwa zwei Stunden hätte ich es aber glücklicherweise geschafft, dann würden wir in Santa Maria Novella eintreffen. Wenigstens war die Landschaft mittlerweile nicht mehr so kahl und grau. Hier in Italien war es noch immer ein wenig Spätsommerlich und das freute mein Gemüt. Meinem Hintern war das allerdings egal, der blieb taub. Wieso war ich eigentlich nicht geflogen, fragte ich mich. Vermutlich, weil ich dann erst hätte wieder zu irgendeinem Flughafen fahren müssen und dazu hatte ich nicht so viel Lust gehabt. Da war es praktischer gewesen, sich erst für zehn Minuten in die Straßenbahn zu setzen, um von da aus dann bequem in den Zug am Hauptbahnhof in Bielefeld einzusteigen.

Trotzdem waren vierzehn Stunden Fahrt schon ein bisschen eine Tortur. Aber zumindest hatte ich auch ein paar Stunden mittelmäßigen Schlaf gefunden.

Pling machte mein Handy und kündigte eine Nachricht an. Es war Katrin, die sich erkundigte, ob ich schon eine neue Wohnung und vielleicht auch schon einen passenden Job gefunden hatte. Ich hatte ihr nicht erzählt, dass ich spontan nach Italien kam, denn ich wollte so schnell wie möglich wieder zurück nach Deutschland reisen. In etwa zwei Wochen wäre Katrin vermutlich auch wieder zu Hause und dann hätten wir genug Zeit, um uns über alles auszutauschen. Mir wäre es zu diesem Zeitpunkt einfach noch zu schwer gefallen, mir ihre Erzählungen von Tante Donatella, Alberto und dem Gut anzuhören. Vielleicht gab es sogar Neuigkeiten von Francesco, doch die wollte ich gerade erst recht nicht hören. So gut es ging versuchte ich ohnehin, überhaupt nicht an ihn zu denken, was mir leider irgendwie so gar nicht gelingen wollte. Ständig fragte ich mich, was er jetzt wohl machte, wo er wäre und wie es ihm ginge. Torben hatte ihm eingeredet, dass er mir nichts zu bieten gehabt hätte und dass er niemals eine wirkliche Chance bei mir haben würde mit dem Lebensstil, den er führte. Doch glaubte Francesco diesen Schwachsinn tatsächlich? Hielt er mich für so oberflächlich? Wie oft waren meine Gedanken in den letzten Tagen um all das gekreist, ohne auch nur im Geringsten wirklich erkennen zu können, warum alles so plötzlich vorbei gewesen war. Ich wusste, dass Francesco einen impulsiven Charakter besaß, das hatte er mir einmal erzählt, doch so hatte ich ihn niemals erlebt und so hatte ich ihn auch nicht eingeschätzt. Aber dass er nicht einmal das Gespräch mit mir gesucht, sondern sich einfach aus dem Staub gemacht hatte, das verstand ich am allerwenigsten.

Bisher hatte Katrin jedenfalls kein einziges Wort über ihn verloren und ich hatte sie auch nicht nach ihm gefragt.

„Hey Katrin, leider habe ich bisher noch keine neue Wohnung gefunden", antwortete ich ihr nun. *„Das eilt ja zum Glück auch nicht, aber auch die Jobsuche war leider noch nicht erfolgreich und das setzt mir schon ein wenig zu. Trotzdem bin ich noch optimistisch, dass ich nicht mehr allzu lange ohne Arbeit bin. Wie geht es dir denn so? Ist Donatella ganz umgänglich?"*

Es dauerte nicht lange, bis eine Antwort kam und so schrieben Katrin und ich noch eine ganze Zeit lang hin und her. Natürlich hatte ich zwischendurch doch überlegt, ob ich ihr sagen sollte, dass ich schon ganz in ihrer Nähe war, aber ich entschied mich letztlich dagegen. Ich war froh, wenn ich nach meinem Treffen mit Emilio in irgendeinem kleinen Hotel am Bahnhof einchecken und am nächsten Morgen zurückfahren konnte.

Für die letzten eineinhalb Stunden Fahrtzeit schloss ich noch einmal meine Augen und träumte irgendwelches, wirres Zeug, an das ich mich anschließend nicht mehr erinnern konnte. Aber als der Zug endlich in Florenz hielt, fühlte ich mich wie gerädert. Ich schnappte mir mein Köfferchen, stieg aus und betrachtete die Menschenmassen, die auf dem Bahnhof unterwegs waren.

„Hallo Giulia", hörte ich jemanden hinter mir sagen und spürte eine Hand auf meiner Schulter. Es war Emilio, der mich bereits erwartet hatte. „Wie schön, dass du da bist. Du siehst ziemlich KO aus."

„*Ciao*, Emilio", begrüßte ich ihn und gab ihm ein Küsschen links und rechts auf die Wange. „Ja, so eine Fahrt ist doch ganz schön anstrengend."

„Wenn du möchtest kannst du dich im Atelier ein wenig frisch machen und dann fahren wir gleich weiter zu unserem Termin."

„Frisch machen klingt sehr gut. Dann kann ich mir auch schnell etwas anderes anziehen."

Ganz Gentleman like nahm Emilio mir meinen kleinen Koffer aus der Hand und trug ihn zu seinem Wagen. Bis zum Atelier waren es mit dem Auto nur fünf Minuten durch die vollen Gassen der Stadt.

„Während du im Bad bist, werde ich kurz noch in mein Büro gehen. Du kannst einfach dahin kommen, wenn du fertig bist. Aber lass dir Zeit, wir haben es nicht allzu eilig."

Emilio hatte eine Wohnung direkt über dem Atelier, was ganz praktisch war, denn so konnte ich tatsächlich noch eine ausgiebige Dusche nehmen, mich mit Creme verwöhnen und ein frisches Makeup auflegen. Eine halbe Stunde später fühlte ich mich wie ein neuer Mensch. Ich schlüpfte in eine hellblaue Stoffhose und ein eng anliegendes, passendes dunkelblaues Top. Zur Vorsicht warf ich noch eine leichte Strickjacke über, obwohl es draußen noch gut zwanzig Grad waren. Kaum zu fassen, wenn ich daran dachte, dass ich in der Nacht zu Hause bei Minusgraden in den Zug gestiegen war. Aber hier in Italien war es meistens wärmer als in Deutschland, manchmal sogar noch um einiges.

„Oh, du siehst bezaubernd aus", sagte Emilio als ich die Tür zu seinem Büro öffnete.

„Dankeschön. Von mir aus können wir dann jetzt fahren."

„In Ordnung. Dann mal los."

Mit dem Wagen ließen wir Florenz hinter uns und begaben uns auf die Schnellstraße Richtung Industriegebiet. Unweigerlich begann ich leise zu seufzen, denn diese Strecke weckte wieder einmal zig Erinnerungen in mir.

„Wo genau ist der Notar, wo wir hinfahren?" fragte ich und hoffte inständig, dass er nicht in der Nähe des Dorfes meiner Großtante wäre.

„Es ist nicht mehr weit", antwortete Emilio nur, ließ seinen Blick kurz zu mir herüberwandern und lächelte mich an.

„Ok" hörte ich mich sagen und versuchte mich ein wenig zu entspannen. Doch je weiter wir fuhren, umso nervöser wurde ich, denn diesen Weg, auf dem wir uns befanden, kannte ich irgendwann nur allzu gut und als wir an dem großen Einkaufszentrum vorbeifuhren, schlug mein Herz unweigerlich immer lauter. Wieso musste dieser Notar sein Büro scheinbar wirklich ausgerechnet in der Nähe von Tante Donatella haben? Das war doch nicht zu fassen.

„Ich muss dir etwas sagen, Giulia", sagte Emilio irgendwann. Statt etwas zu erwidern sah ich ihn an, denn als ich seine Worte hörte, hatte ich plötzlich so eine Ahnung in mir, die sich auch sogleich bestätigte.

„Wir haben keinen Termin bei einem Notar. Wir fahren zu Donatella."

„Was?" schrie ich fast. War das sein Ernst?! „Wieso denn? Was ist das für ein Spiel, das hier gerade gespielt wird?"

Ich spürte, wie Wut in mir aufkeimte und Emilio entging das keineswegs.

„Beruhige dich", bat er mich. Doch diese Worte machten mich nur noch wütender. Ich wollte nicht zurück auf dieses Gut. Nicht jetzt, nicht mit all den traurigen Erinnerungen, die ich gerade am meisten damit verband.

„Dreh um Emilio, ich meine es Ernst! Oder lass mich hier auf der Stelle aussteigen. Ich will da nicht hin. Hast du das verstanden?!"

„Giulia", begann er noch einmal in beruhigendem Ton. „Es tut mir leid, dass ich dich unter einem falschen Vorwand zurück nach Italien geholt habe, aber ich kann es dir erklären." Er lenkte seinen Wagen an den Straßenrand und stellte den Motor ab. Am liebsten wäre ich jetzt wirklich auf der Stelle aus dem Wagen gesprungen und hätte mich aus dem Staub gemacht. Aber wo hätte ich schon hingehen sollen? Hier war ja nichts, nur Einöde um uns herum. Also atmete ich einmal tief ein und sah Emilio aus böse funkelnden Augen an. „Da bin ich jetzt aber gespannt!"

„Giulia, noch einmal, es tut mir aufrichtig leid." An seinem Blick konnte ich erkennen, dass es stimmte. „Ich habe nicht gewusst, dass es so schlimm für dich sein würde, wieder hierher zu kommen. Weißt du, ich habe vor wenigen Tagen mit Donatella Kontakt aufgenommen. Wir hatten ein schönes Wiedersehen nach all den Jahren und nachdem wir über so vieles Vergangenes gesprochen hatten, hat sie mir irgendwann auch erzählt, was in den letzten Wochen und Monaten bei ihr losgewesen ist. Und sie hätte dich so gerne noch einmal gesehen und da dachte ich, ich könnte dich einfach unter einem Vorwand herlocken."

„Und weiß Tante Donatella davon?"

„Ja, sie weiß es."

Schweigen zwischen uns. Ich musste erst einmal meine Gedanken sortieren und mein Herz beruhigen. Im Endeffekt hatte Emilio es ganz offensichtlich nur lieb gemeint, aber hätte er nicht einfach mit offenen Karten spielen können? Diese Frage verwarf ich jedoch schnell, denn wenn ich ehrlich zu mir selbst war wusste ich, dass, wenn er es getan hätte, ich mich niemals darauf eingelassen hätte. Zumindest noch nicht jetzt, wo alles immer noch so furchtbar weh tat in meinem Herzen. Ich wollte dass es heilte und nicht, dass alles nur noch schlimmer würde.

„Bist du noch sehr böse?" fragte Emilio irgendwann vorsichtig und sah mich prüfend an.

„Nein", antwortete ich und meinte es auch so. „Aber richtig finde ich es trotzdem gerade nicht und ich weiß auch noch nicht, ob es mir gut tun wird, auf das Gut zu fahren. Also versprich mir bitte eines." Ich hielt einen Moment inne und wartete auf seine Reaktion.

„So ziemlich alles, meine Liebe", sagte er und sah mich gespannt an.

„Ich möchte am Abend zurück in Florenz sein und in einem Hotel übernachten. Auf dem Gut schlafe ich auf keinen Fall. Und morgen fahre ich wieder mit dem Zug nach Hause."

„Va bene", nickte er. „Wir können mit Donatella einen Kaffee trinken und später vielleicht auch noch ein Abendessen gemeinsam zu uns nehmen und anschließend fahren wir zurück nach Florenz. Dort musst du dir auch kein Hotel suchen, du kannst in meinem Gästezimmer übernachten."

Nun spürte ich, wie eine kleine Erleichterung über mich kam. Insgeheim freute ich mich ja auch, Tante Donatella noch einmal zu sehen und mich gebührend von ihr verabschieden zu können. Ich hoffte nur, dass meine Erinnerungen an Francesco nicht allzu präsent sein würden, wenn ich all das wiedersah, was uns miteinander verband. Doch alleine bei diesem Gedanken schnürte sich meine Kehle zu. Bevor Tränen in mir aufstiegen, gab ich Emilio das OK, weiterzufahren und lehnte mich für den Rest der Fahrt in meinem Sitz zurück. Es war nicht mehr weit, eigentlich nur noch ein Katzensprung, aber für diese kurze Zeit schloss ich meine Augen, um die herrliche Landschaft um mich herum nicht sehen zu müssen. Andernfalls hätten mich meine Tränen doch noch übermannt und ich wäre verweint bei Tante Donatella angekommen und das wollte ich nun wirklich nicht.

Als der Motor ausgeschaltet wurde, öffnete ich meine Augen wieder. Wir standen fast an derselben Stelle, an der uns der Taxifahrer das allererste Mal hier abgesetzt hatte. Damals war es brütend heiß gewesen und Katrin und ich dachten, wir wären in einem falschen Film gelandet.

Langsam stieg ich aus. Es roch nach trockener, lehmiger Erde, nach frisch gemähtem Rasen und nach diversen Pflanzen. Irgendwie ein herrlicher Geruch, ganz anders als Gärten bei uns zu Hause rochen. Gemeinsam gingen Emilio und ich zum Haus von Donatella. Ich war aufgeregt und automatisch sah ich mich einmal zu allen Seiten um, um zu sehen, ob nicht vielleicht doch Francesco irgendwo aus dem Nichts auftauchte. Aber weit und breit war niemand zu sehen. Auf der einen Seite beruhigte mich das, weil ich plötzlich irgendwie Angst davor hatte, dass, selbst wenn er auf einmal vor mir stände, er mich gar nicht mehr wollen würde. Sonst hätte er sich vermutlich doch einfach mal in den letzten Tagen bei mir gemeldet. Auf der anderen Seite war ich auch ein wenig enttäuscht, denn in einem Film wäre dies jetzt der passende Zeitpunkt für ein Happy End gewesen. Sicherheitshalber sah ich mich also doch noch einmal ganz unauffällig um. Doch auch jetzt war kein Happy End in Sicht.

Kapitel 42

Donatella

Was dieser Tag so alles mit sich bringen wird

Als ich die Tür ein weiteres Mal hinter Francesco ins Schloss fallen ließ, sah Katrin mich ziemlich irritiert an. Ich wusste, dass sie kein Wort von dem verstanden hatte, was ich zu Francesco gesagt hatte, aber an meinem Ton erkannte sie natürlich, dass es keine freundliche Konversation gewesen war. Gut, dass meine Englischkenntnisse, die ich mir schon vor vielen Jahren angeeignet hatte, immer noch ausgezeichnet waren.

„Schauen Sie nicht so erschrocken", beruhigte ich sie. „Es ist alles in Ordnung. Ich musste Francesco nur noch eine kleine Lektion erteilen. Morgen wird sich alles aufklären lassen."

„Sie klangen schon ziemlich verärgert", wandte sie ein.

„Na, hören Sie mal", spielte ich jetzt etwas entrüstet. „Immerhin hatte er die Frechheit, mich noch zu so später Stunde herauszuklingeln. Das ist doch ziemlich unhöflich, finden Sie nicht?" Bei den letzten Worten konnte ich mein Lachen jedoch nicht mehr zurückhalten und nun merkte auch Katrin, dass ich keinerlei böse Absichten gegen meinen Arbeiter hegte. Ganz im Gegenteil sogar. Ich war froh, dass Francesco an diesem Tag tatsächlich seine Arbeit wieder aufgenommen hatte, denn ich war mir nicht sicher gewesen, ob der Deutsche eine gute Überzeugungsarbeit geleistet hatte. Versichert hatte er es mir, aber ich machte mir lieber selbst ein Bild davon. Und wäre Francesco nicht gekommen, hätte das vielleicht meine ganzen Pläne durcheinander gewirbelt, die ich mit Emilio geschmiedet hatte.

Dass er am heutigen Abend noch einmal zurück aufs Gut käme, hatte ich nicht ahnen können, das gehörte nicht mit zu unserem Plan. Und bei seinem Anblick hatte ich gerade tatsächlich leichte Schwierigkeiten gehabt, hart zu bleiben und ihm Giulias Nummer vorzuenthalten. Bereits am Morgen hatte ich gesehen, wie schlecht es ihm ging und jetzt am Abend war dies noch viel deutlicher zum Vorschein gekommen. Tiefdunkle Schatten hatten sich unter seine Augen geschlichen und seine Körperhaltung glich bereits der eines alten Mannes. Dabei war er eigentlich noch in den besten Jahren. Aber bis zum nächsten Tag würde er es schon noch aushalten. Damit er auch wirklich wiederkäme, hatte ich die Tür noch ein zweites Mal von Katrin öffnen lassen, um ihm noch einmal unmissverständlich klar zu machen, dass ich ihn wie gewohnt zur Arbeit erwartete. Ich wollte nicht riskieren, dass er ein weiteres Mal einfach so verschwand. Doch so war ich mir sicher, er würde am nächsten Tag erscheinen, wenn vielleicht auch nicht pünktlich, aber das wäre auch egal.

„Kommen Sie, Katrin", sagte ich nun. „Ich würde gerne noch einen Tee mit Ihnen trinken und Sie in etwas einweihen."

Mir schien es sinnvoll zu sein, Katrin darauf vorzubereiten, dass wir Giulia am kommenden Tag hier auf dem Gut zu erwarten hätten. Ich erzählte ihr, was Emilio und ich uns ausgedacht hatten und bat Katrin anschließend um absolute Diskretion.

„Sie können sich auf mich verlassen", versprach sie. „Das ist eine wundervolle Idee. Obwohl ich mir vorstellen könnte, dass Giulia ziemlich sauer sein wird, wenn sie herausbekommt, dass sie gar nicht wegen der Unterzeichnung eines Vertrages nach Italien gereist war."

„Das müssen wir wohl in Kauf nehmen", meinte ich. „Wären Sie so lieb und würden mich jetzt zu Bett bringen? Ich denke, es ist Zeit, schlafen zu gehen."

Doch an Schlaf war irgendwie nicht zu denken, denn meine Gedanken wanderten die ganze Zeit einfach hin und her. Zudem fühlte ich mich innerlich, als hätte sich in den letzten Tagen und Wochen plötzlich ein Knoten gelöst, der zuvor alles Lebendige in mir abgeschnürt hatte. Die harte Schale, die ich mir nach Vicos Tod von einem auf den anderen Tag zugelegt hatte, war auf einmal verschwunden. Und das hatte ich Giulia zu verdanken.

Schon als sie bei ihrem ersten Besuch so hartnäckig gewesen war, mich kennenlernen zu wollen, hatte sie etwas in mir berührt, was ich bis in die Untiefen meines Seins verbannt hatte. Sie erinnerte mich vom ersten Moment an an mich selbst und das hatte mich sowohl fasziniert als auch geängstigt, aber letztendlich siegte zweifelsfrei die Faszination über die Angst. Spätestens als ich Giulias unglaublichen Brief gelesen hatte, brach auch der Rest meiner Schutzmauer komplett ein. Ich war bereit, endlich die schweren und dunklen Zeiten in meinem Leben hinter mir zu lassen und den schönen Dingen wieder Raum zu geben. Unweigerlich musste ich schmunzeln, denn gerade fiel mir die Weihnachtsgeschichte von Charles Dickens ein, in der der alte, hartherzige Ebeneezer Scrooge in einer Nacht von drei Geistern heimgesucht wird und durch diese Begegnungen sein Herz ganz neu öffnet. Er erwacht nach dieser Nacht quasi als ein neuer Mensch. Und genauso kam ich mir auch gerade vor, nur dass mich keine

Geister heimgesucht hatten, sondern einfach nur meine Großnichte Giulia. Ich konnte kaum fassen, wie sehr ich mich darauf freute, sie wiederzusehen. Auch das hatte ich lange nicht mehr von jemandem behaupten können. Der einzige Mensch, mit dem ich mich noch wohl an meiner Seite gefühlt hatte, war Alberto gewesen. Er hatte all meine Launen ertragen und war stets da gewesen, wenn ich ihn gebraucht hatte. Meine Gedanken wanderten noch einmal zu Francesco. Wie schwer es mir gefallen war, die Donatella herauszukehren, die ich noch vor gar nicht allzu langer Zeit gewesen war. Bissig und voller Groll ihm gegenüber. Er hatte ein hartes Jahr bei mir gehabt und es war ein Wunder, dass er nicht schon viel früher das Handtuch geworfen hatte. Aber ich würde meine Fehler wiedergutmachen. Sollten meine Bilder tatsächlich so viel Geld einbringen, wie Alberto behauptet hatte, würde ich Francesco einen wohlverdienten Lohn nachzahlen und sein Gehalt angemessen erhöhen.

Mit diesen Gedanken glitt ich irgendwann doch unbemerkt in einen traumlosen Schlaf und erwachte erst, als Katrin die Vorhänge meines Zimmers aufzog.
„Guten Morgen Frau Fratelli", strahlte sie mich an. „Sie sind spät heute. Es ist bereits halb neun, da dachte ich, ich wecke Sie mal."
Ich bekam einen Schreck, denn normalerweise erwachte ich immer von alleine pünktlich gegen sechs Uhr in der Frühe.
„Ist Francesco schon da?" fragte ich bald ein wenig panisch, denn ich konnte mich nun daran erinnern, dass ich mit Gedanken an ihn eingeschlafen war.
„Ja", beruhigte sie mich. „Er war schon vor acht Uhr hier und hat direkt angefangen zu arbeiten."

„Das ist gut. Dann bin ich gespannt, was dieser Tag so alles mit sich bringen wird."

Kapitel 43

Giulia

Eine Frage, die seit Tagen in mir brannte

Emilio klopfte an die Tür. Als sie geöffnet wurde, empfing uns Katrin und strahlte mich an wie ein Honigkuchenpferd. „Herzlich Willkommen", rief sie und drückte mich, als hätten wir uns Ewigkeiten nicht gesehen. Allerdings wirkte sie nicht ein kleines bisschen überrascht, mich zu sehen.

„Du hast es gewusst", mutmaßte ich also und sah sie ein wenig spielerisch tadelnd an.

„Ja", hauchte sie leise. „Entschuldige, dass ich dich nicht vorgewarnt habe. Aber ich habe es auch erst gestern Abend erfahren. Und wenn du es gewusst hättest, wärst du sicherlich auch nicht gekommen."

„Da hast du Recht", sagte ich und musste ein wenig schmunzeln.

„Kommt rein."

Im Haus empfing uns der Duft von Kaffee und frisch gebackenem Limonen-Kuchen. Erst jetzt merkte ich, wie hungrig ich war. Im Zug hatte ich nur ein paar kleine Snacks zu mir genommen und das war auch schon wieder eine ganze Weile her. Tante Donatella saß in ihrem Rollstuhl am Esszimmertisch und schaute ziemlich finster drein als wir eintraten.

„Einfach so verschwinden, junge Dame", schimpfte sie in meine Richtung. „Was hast du dir nur dabei gedacht?!"

Gerade wollte ich schon zu einem Gegenschlag ausholen, denn das konnte doch jetzt unmöglich ihr Ernst gewesen sein. Doch dann sah ich, wie sich Tante Donatellas Zornesfältchen komplett verflüchtigten und sie vor Freude in Tränen ausbrach. „Ich bin so froh, dass du hier bist", schniefte sie nun. „Komm und schenk deiner schrecklichen alten Großtante eine Umarmung."

In diesem Moment war ich tatsächlich irgendwie froh, dass Emilio mich hierhergelockt hatte, denn Tante Donatella so glücklich zu sehen, freute mich wirklich riesig. So menschliche Züge hatte ich vorher noch nie an ihr gesehen, wenngleich sie zumindest manchmal zu erahnen gewesen waren. Ich ging also zu ihr und wir drückten uns eine ganze Zeit lang. Als wir die Umarmung lösten, bemerkte ich, dass wir beide ganz allein in dem stilvoll antik eingerichteten Esszimmer waren. Katrin und Emilio hatten sich unbemerkt entfernt und die Tür hinter sich zugezogen.

„Setz dich, meine Liebe", sagte Tante Donatella und klopfte mit der linken Hand auf den freien Stuhl neben sich. „Ich möchte mich von ganzem Herzen für all das bei dir bedanken, was du für mich getan hast in den letzten Wochen und Monaten."

Ich war gerührt. „Das war doch selbstverständlich", sagte ich und meinte es auch so.

„Nein, mein Kind, das war es ganz und gar nicht. Ich war ein Scheusal und habe all das, was du und auch Alberto und Francesco für mich getan habt, nicht im Geringsten verdient. Und trotzdem habt ihr es getan, ganz selbstlos und das macht mich einfach nur sprachlos."

Auch ich war gerade sprachlos. Nämlich darüber, was für eine verwandelte Frau ich hier auf einmal neben mir sitzen hatte. Wie konnte das sein? Was hatte den Schalter in Tante

Donatella so umgelegt, dass sie mir vorkam wie ein neuer Mensch? Sie schien meine Gedanken erraten zu haben und lachte. „Du hast mir die Augen geöffnet, Giulia. Vor allem die Worte in deinem Brief haben so sehr an meiner harten Schale gerüttelt, dass sie buchstäblich in sich zusammengebrochen ist. Du kannst dir nicht vorstellen, wie sehr ich geweint habe, als ich deine Zeilen las."

„Oh Tante Donatella, ich wollte dich sicherlich nicht zum Weinen bringen", sagte ich leise und hatte auf der Stelle aus irgendeinem Grund ein schlechtes Gewissen.

„Aber nein", beruhigte sie mich. „Es war gut, dass ich so viele Tränen vergossen habe. Das war lange überfällig gewesen in meinem Leben."

Sie sah mich aus ihren kleinen braunen Augen, die an diesem Tag äußerst wach und lebendig wirkten, an und streckte mir die Finger ihrer eingegipsten Hand entgegen. Behutsam griff ich danach und streichelte sie zärtlich. Das war sie also wohl, die Donatella, von der Alberto und auch Emilio immer wieder gesprochen, ja, teilweise sogar richtig geschwärmt hatten. Und nun verstand ich auch, weshalb.

„Darf ich dich etwas fragen, Tante Donatella?"

Sie nickte und wartete geduldig, bis ich den Mut gefunden hatte, meine Frage in Worte zu kleiden. „Was hat dich so furchtbar hart werden lassen?"

Statt einer direkten Antwort begann Tante Donatella nun, mir ausführlich über sich und ihr Leben zu erzählen. Angefangen bei ihrer wundervollen Kindheit, die sie hier auf dem Gut verbracht hatte, über die Begegnung mit ihrer großen Liebe Vico bis hin zu seinem plötzlichen Tod. Während ihrer Erzählungen kamen ihr immer wieder die Tränen, ebenso wie mir und je mehr ich über sie und ihr Schicksal erfuhr, desto besser konnte ich verstehen, warum sie so hart und unnahbar geworden war.

„Das mit deinem Mann Vico tut mir sehr leid", sagte ich irgendwann, als ich das Gefühl hatte, dass Tante Donatella mit ihren Erzählungen am Ende war.

„Danke", schniefte sie und zwinkerte mir im nächsten Moment zu. „Du hättest ihm gefallen."

Unweigerlich legte sich ein kleines Lächeln auf mein Gesicht. Nachdem ich wusste, dass ich meiner Großtante vom Charakter her recht ähnlich war, hätte ich mir das auch nicht anders vorstellen können.

„Nun aber mal etwas anderes, Giulia", meinte Tante Donatella und sah mich freudestrahlend an. „Ich habe mir den Olivenhain angesehen und ich bin überwältigt gewesen von dem Ergebnis."

Jetzt strahlte auch ich, denn ich empfand es genauso. „Das hast du Francesco und Alberto zu verdanken."

„Aber du hast auch mitgeholfen hat Alberto gesagt."

„Manchmal ein wenig, wenn ich Zeit hatte. Aber das Kompliment gebührt im Wesentlichen den beiden Männern." Nun musste ich unweigerlich wieder an Francesco denken und spürte sofort, wie schwer mein Herz sich augenblicklich wieder anfühlte.

„Es war auf jeden Fall eine riesige Überraschung für mich", sagte sie. „Würdest du mir den Gefallen tun und dir den Hain noch einmal mit mir gemeinsam ansehen?"

Mein Innerstes wollte verneinen, aber bei dem freudestrahlenden Gesicht von Tante Donatella, in das ich nun blickte, bekam ich es nicht übers Herz, ihr eine Abfuhr zu erteilen.

„Natürlich", sagte ich stattdessen, erhob mich und schob ihren Rollstuhl Richtung Ausgangstür. „Können wir vielleicht auf dem Weg einmal bei Alberto vorbeischauen? Ich würde ihn auch so gerne begrüßen."

„Der ist leider nicht da."

„Oh, schade. Wann kommt er denn wieder?"

„Er ist am Sonntag nach Verona gefahren, um ein paar Erledigungen zu tätigen. Wir erwarten ihn gegen frühen Abend zurück."

„Na, dann sehe ich ihn vielleicht noch", hoffte ich, denn ich hätte mich auch gerne von ihm noch einmal richtig verabschiedet.

Je näher wir dem Olivenhain kamen, desto nervöser fühlte ich mich innerlich. Mein Herz klopfte schnell und laut, weil die Gedanken an Francesco immer präsenter wurden. Ich musste an den Nachmittag denken, als wir uns auf dem staubigen Boden geliebt hatten und anschließend quasi von Alberto ertappt wurden.

Wie schön hier alles aussah. Alleine der frisch gemähte Rasen gab dem Grundstück ein so gepflegtes Aussehen, dass ich so manche Ecke kaum wiedererkennen konnte. Als wir den Olivenhain erreichten, blieb ich stehen, damit Tante Donatella sich alles genau ansehen konnte.

„Genauso hat es bei Vico immer ausgesehen", schwärmte sie. „Er war immer so zufrieden und ausgeglichen, wenn gegen Mitte des vierten Quartals alle Arbeiten im Hain erledigt waren und er sich auf die kommende Ernte im Folgejahr freuen konnte."

„So ein Gut ist auch wirklich etwas ganz Besonderes", fand ich und atmete einmal tief ein, um die Gerüche der Natur in mir aufzunehmen. Mein Herz wurde ein wenig ruhiger, obwohl ich auch den bohrenden Schmerz noch immer mehr als deutlich spüren konnte.

Nach ein paar Minuten wurde es mir allerdings doch etwas viel. Die schönen Erinnerungen begannen sich immer vehementer mit den Schmerzlichen zu vermischen und ich wollte lieber wieder zurück ins Haus.

„Wollen wir jetzt wieder zu Emilio und Katrin gehen?" fragte ich und hoffte, Tante Donatella wäre einverstanden mit dem Vorschlag.

„Du könntest mir vorher noch einen Gefallen tun", meinte sie.

„Was für einen denn?"

„Ich habe im Geräteschuppen noch einen ziemlich guten Rotwein gelagert. Den könntest du bitte einmal holen, dann öffnen wir ihn später zum Abendessen."

Wenn ich ehrlich war, tat ich ihr den Gefallen nur ungern, denn so musste ich noch einmal durch den kompletten Olivenhain hindurchgehen, obwohl ich gerade nichts lieber getan hätte, als einfach umzudrehen. Doch wie hätte ich Tante Donatella das erklären sollen?

„Ja, ist gut", sagte ich also und betätigte die Bremsen an dem Rollstuhl. „Ich bin gleich zurück."

Sie nickte und lächelte vor sich hin. Schnellen Schrittes ging ich nun Richtung Schuppen, denn ich wollte so zeitnah wie möglich wieder ins Haus, um meinen Gedanken und Erinnerungen zu entfliehen. Die Schuppentür stand auf und eine Leiter stand an der rechten Wandseite. Zudem hörte ich Geräusche, die von der hinteren Seite zu kommen schienen. Mir wurde etwas unwohl zumute, denn Tante Donatella hatte nicht gesagt, dass jemand hier wäre. Trotzdem war ich mir sicher, es müsse jemand da sein, so, wie es sich anhörte. „Hallo", rief ich ein wenig zögerlich und zog vorsichtshalber mein Smartphone aus der Tasche, um eventuell einen Notruf zu wählen, wenn es sein musste. Ich wartete auf eine Antwort, doch bekam ich keine. Stattdessen hörte ich Schritte hinter dem Schuppen, die immer näher kamen. Und dann stand er plötzlich vor mir. Francesco. Mein Herz schien für einen kurzen Moment auszusetzen, ehe es daraufhin begann, wie wild zu rasen. „Francesco", hauchte ich und ohne, dass ich es hätte verhindern können, füllten sich meine Augen mit Tränen, die über die Ufer traten und ungehindert über meine Wangen liefen. Mit dieser Situation war ich gerade überfordert. War ich glücklich ihn zu sehen? War ich traurig? Oder vielleicht wütend? Ich wusste es nicht. Aber eines spürte ich ganz deutlich. Ich war irgendwie erleichtert zu sehen, dass es ihn noch gab.

„Giulia", flüsterte er zurück. „Was machst du denn hier?" Er war weiß wie eine Wand, was nicht an der weißen Farbe lag, die er in einem kleinen Eimer mit sich trug, um den Schuppen damit zu streichen, und hatte Schatten unter den Augen, als hätte er Ewigkeiten keinen Schlaf mehr bekommen.

„Ich", begann ich eine Erklärung, doch meine Kehle war so zugeschnürt, dass kein einziges weiteres Wort mehr über meine Lippen kam. Auch Francesco hatte plötzlich Tränen in den Augen. Eine gefühlte Ewigkeit standen wir uns schweigend und von Gefühlen überwältigt gegenüber und rührten uns nicht einen Millimeter.

„Es tut mir so leid, Giulia", hörte ich Francesco plötzlich in die Stille hinein sagen und sah, wie er langsam auf mich zukam. Er kam so nah, dass am Ende nicht einmal ein Blatt Zeitungspapier zwischen uns gepasst hätte. Dann schaute er mir tief in die Augen, so, als würde er darin nach einer Erlaubnis suchen, mich umarmen zu dürfen. Und scheinbar hatte er sie für sich gefunden, denn von einem Moment auf den anderen fand ich mich in seinen starken Armen wieder, die sich so fest um mich geschlungen hatten, dass es mir schwer fiel zu atmen. „Ich war so ein Idiot", schluchzte er. „Du hast mir so gefehlt."

„Du hast mir auch gefehlt", kam es bald lautlos über meine Lippen.

„Da bin ich aber froh, dass meine Überraschung geglückt ist", erklang Tante Donatellas Stimme laut vernehmlich hinter uns. Nun spürte ich, wie Francesco seine feste Umarmung ein wenig lockerte, doch hielt er mich weiterhin in seinen Armen. Beide sahen wir Tante Donatella, die von Emilio geschoben wurde, neugierig an. Auch Katrin hatten sie mit im Schlepptau.

„Wie meinst du das?" fragte ich irritiert.

„Nun ja", begann sie, „Ich konnte es doch nicht zulassen, dass zwei Menschen, die sich so sehr lieben wie ihr, einfach quasi grundlos auseinanderbrechen, nur weil die Umstände mal ein wenig holprig werden und das Leben sie auf eine kleine Probe stellt." Ein etwas verschmitztes Lächeln breitete sich auf ihrem Gesicht aus. „Oder denkst du, ich wollte riskieren, dass einer von euch beiden auch so verhärtet, wie es bei mir der Fall war?"

„Das kann man doch nicht vergleichen", entgegnete ich ein wenig peinlich berührt, denn schließlich waren Francesco und ich beide noch am Leben.

„Oh doch, mein liebes Kind, das kann man sehr wohl vergleichen. Wenn du keine Möglichkeit mehr hast, an den anderen heranzukommen, ist das dem Tode gefühlt sehr ähnlich und der Schmerz, den seine Abwesenheit in dir verursacht, übermannt dich früher oder später und ist zu allem imstande. Das kannst du mir mal glauben."

Mein Blick wanderte kurz von Tante Donatella zu Francesco, der mit geöffnetem Mund und ungläubigen Blicken dastand.

„Es tut mir auch ehrlich Leid, Francesco", wandte meine Großtante sich jetzt an ihn, „dass ich dich gestern einfach wieder so vom Hof gejagt habe. Aber ich hatte schon einen konkreten Plan, wie ihr zwei euch wiederbegegnen solltet. Und außerdem finde ich, ein bisschen Strafe musste auch sein." Sie zwinkerte ihm zu und wartete auf eine Reaktion seinerseits. Für Francesco schien das hier gerade jedoch alles wie in einem skurrilen Film zu sein, denn er war eine ganze Zeit lang nicht imstande, einen vernünftigen Satz herauszubringen. Doch irgendwann hatte er sich gefangen.

„Sie haben Recht *Signora* Fratelli. Ich hatte tatsächlich eine Strafe verdient. Aber glauben Sie mir, ich habe mich selbst schon mit am härtesten bestraft, durch meine Dummheit, einfach so zu verschwinden." Noch einmal sah er mich aus liebevollen Augen an. „Es tut mir unendlich leid, *tesoro*."

„Was ist hier denn los?" ertönte eine weitere Stimme. Es war Alberto, der zu uns stieß.

„Nein, Giulia, was für eine Überraschung!" rief er und strahlte über das ganze Gesicht als er mich erblickte. Ganz offensichtlich hatte er nicht gewusst, dass ich hergelockt worden war. „Du kommst ja wie gerufen." Er blieb ein wenig von uns allen entfernt stehen und winkte uns zu sich. „Kommt mit, ich habe etwas mitgebracht."

Wir sahen uns alle fragend an, taten dann aber, worum Alberto uns gebeten hatte und folgten ihm auf die Terrasse des Poolhauses. Dabei nahm Francesco meine Hand zärtlich in seine und beugte sich nah zu mir herüber. „Ich lasse dich jetzt nie wieder los", flüsterte er und drückte meine Finger noch ein wenig inniger. Ein Gefühl von tausend wild flatternden Schmetterlingen breitete sich in meinem Bauch aus und fast meinte ich, selbst fliegen zu können. Auf dem Gartentisch hatte Alberto einen Karton abgestellt. „Hier, Francesco", er hielt seinem Freund eine Schere entgegen. „Öffne ihn mal."

Vorsichtig nahm Francesco die Schere zur Hand und ritzte in die Klebefolie, so, dass der Karton sich leicht aufklappen ließ. Fast ein wenig ehrfürchtig zog er eine dunkelgrüne Flasche Olivenöl hervor. Er strahlte, als er das Etikett sah. „Na los", animierte Alberto ihn, „zeig es ihr." Dabei nickte er in meine Richtung. Francesco reichte mir die Flasche. „Olio di Giulia", las ich laut und streichelte sanft über das wunderschöne Etikett. Die Buchstaben waren in einer geschwungenen Schrift aufgesetzt worden und waren umrahmt mit gezeichneten Olivenzweigen, an denen jeweils drei reife Früchte hingen.

„Es ist wunderschön", sagte ich ergriffen.

„Ich habe es nach dir benannt", sagte Francesco.

„Und es hätte keinen besseren Namen tragen können", lachte Alberto. „Die Händler haben es mir fast aus den Händen gerissen, so begeistert waren sie. Natürlich Hauptsächlich vom Öl selber. Aber der Name ist das absolute Sahnetüpfelchen."

„Zeig mal her", war nun Tante Donatellas Stimme zu hören und schon griff sie nach der Flasche, die ich ihr daraufhin entgegenhielt. „Das ist ja großartig! Das probieren wir auf der Stelle. Alberto, sei doch so gut und trag die Kiste ins Haus. Wir haben noch frisches Ciabatta."

Emilio schob Tante Donatella Richtung Haus und wir folgten ihnen. „Emilio, halte mal kurz an", bat sie. Dann sah sie Francesco und mich an. „Es tut mir leid, ihr beiden, aber euch nehmen wir nicht mit."

„Wieso?" entfuhr es mir.

„Ihr dürft eine Flasche Öl mit ins Poolhaus nehmen. Francesco hat gestern alles Gasttauglich gemacht und den Kühlschrank mit ein paar köstlichen Lebensmitteln befüllt. Zudem hat Katrin noch eine frische Lasagne gemacht, die ihr euch im Ofen erwärmen könnt. Ich möchte, dass ihr es euch zu zweit ganz schön macht und gehe einfach davon aus, dass ihr die Nacht hier auf dem Gut verbringt und wir morgen früh alle gemeinsam frühstücken können."

„Wow", entfuhr es mir. „Du hast ja wirklich an alles gedacht."

„Natürlich", lachte sie. „Und nun habt einen schönen Abend." Mit diesen Worten ließ sie sich von Emilio zu ihrem Haus schieben und Francesco und ich blieben alleine zurück.

„Ist das zu fassen?!" fragte ich vollkommen überwältigt.

„Also ich verstehe hier gar nichts mehr", meinte Francesco und schaute immer noch hinter Donatella her, die schon längst in ihrem Haus verschwunden war.

Ich zupfte an seinem Shirt, damit er aus seiner fast hypnotischen Haltung erwachte und zwinkerte ihm zu. „Wollen wir rein gehen? Ich habe unglaublichen Hunger."

Statt einer Antwort hob er mich auf seine starken Arme und trug mich über die erhöhte Türschwelle.

„Bist du nicht etwas voreilig?" lachte ich und spürte wieder, wie die Schmetterlinge in meinem Bauch erneut zu tanzen begannen.

„Wieso?" Etwas irritiert sah er mich an, ohne Anstalten zu machen, mich wieder herunterzulassen.

„Na, über die Schwelle wird man doch erst getragen, wenn man verheiratet ist."

„Ach", lachte er nun ebenfalls. „ich dachte, ein bisschen üben kann ja nicht schaden."

„So, so", grinste ich. Doch dann wurde ich ein wenig ernster, sah in seine wunderschönen braunen Augen, die immer noch umrahmt waren von dunklen Schatten und strich ihm liebevoll über die Wange. Vielleicht war dies nicht der richtige Zeitpunkt für ein Gespräch, aber es gab eine Frage, die seit Tagen in mir brannte und ich musste sie einfach stellen.

Kapitel 44

Francesco

Niemals mehr zurücklassen

„**W**ieso bist du einfach verschwunden?" hatte Giulia gefragt und liebend gerne hätte ich ihr eine plausible Antwort darauf gegeben. Doch die gab es nicht. So etwas tat man einfach nicht. Man ließ nicht einen Menschen Wortlos zurück, den man liebte. Schon gar nicht, wenn es keinen triftigen Grund dafür gab und den hatte ich nun wahrhaftig nicht gehabt. Ich hatte ihn mir eingebildet, hatte mich klein und wertlos gefühlt, wie viele Jahre meines Lebens zuvor. Doch Giulia hatte mich niemals so gesehen und so, wie sie mich auch heute vom ersten Moment an wieder angesehen hatte, tat sie es noch immer nicht. „Ganz ehrlich?" kam es jetzt über meine Lippen.

„Ja, natürlich." Ihre Worte klangen liebevoll und ein wenig besorgt, so, als würde sie den Grund für mein Verschwinden bei sich selber suchen. Ich ließ sie langsam und behutsam von meinen Armen gleiten, nahm ihre Hand und ging mit ihr durch das Wohnzimmer auf die Terrasse. Der Abendhimmel färbte sich bereits dunkelorange, obwohl es noch gar nicht allzu spät war, aber die Tage wurden jetzt merklich kürzer.

„Setz dich", sagte ich nun zu ihr. „Ich hole uns eine Flasche Wein und schiebe die Lasagne in den Ofen."

Als ich mit zwei Gläsern und einer Flasche Wein zurückkam, saß Giulia auf dem steinernen Rand des Pools und ließ eine Hand durch das seichte Wasser gleiten. „Ganz schön kühl", stellte sie fest.

„Ja, die Sonne hat schon ziemlich an Kraft verloren." Ich musste an unser erstes Picknick denken, dass wir hier gemeinsam eingenommen hatten. Hier war es gewesen, wo Giulia und ich uns zum ersten Mal geküsst und uns anschließend leidenschaftlich geliebt hatten. Mit einem kleinen Seufzer setzte ich mich neben sie und nahm ihre Hände in meine. Nun konnte auch ich Hautnah fühlen, wie kalt das Wasser mittlerweile war, denn ihre nasse Hand befeuchtete jetzt unweigerlich auch meine. Aus liebevollen und sanften Augen sah sie mich eindringlich an. „Erzählst du es mir jetzt?" hakte sie vorsichtig nach und streichelte sanft meine Finger. Langsam nickte ich. „Erinnerst du dich daran, dass ich dir irgendwann einmal von meinem impulsiven Charakter erzählt habe?" begann ich.

„Ja, daran erinnere ich mich", antwortete sie und wartete, darauf, dass ich weiter sprach.

„Als dein ehemaliger Verlobter Torben hier in der letzten Woche aufgetaucht ist und mir quasi eine Szene gemacht hat, da bin ich am Ende innerlich total durchgedreht. Ich war mir sicher, er hätte Recht damit, als er mir zu verstehen gab, dass ich dich nicht verdient hätte. Also hab ich Hals über Kopf meine Kündigung verfasst und mich so schnell es ging aus dem Staub gemacht." Ich stockte, denn dieser Tag, an dem alles so plötzlich beendet war, war auf einmal wieder so präsent in meinem Inneren, dass es mir schwer fiel, auch nur ein einziges weiteres Wort über meine Lippen zu bringen. So schwiegen wir eine ganze Zeit lang einfach, hielten uns an den Händen und sahen uns an.

„Hast du das wirklich geglaubt?" fragte Giulia dann irgendwann in die Stille hinein und hielt ihre Blicke weiterhin fest
auf mich gerichtet.

„Was genau meinst du?"

„Dass du mich nicht verdient hast?"

„Ja", kam es leise über meine Lippen. „So war es bisher mit
allen guten Dingen in meinem Leben gewesen. Andere hatten
mir immer sehr deutlich zu verstehen gegeben, dass ich es
nicht wert war, sie zu erhalten. Und eine solche Frau wie dich
hatte ich dann sicherlich erst recht nicht verdient."

„Habe ich dir jemals das Gefühl gegeben, nichts wert zu
sein?"

Ich schluckte schwer, denn gerade kam ich mir ziemlich
schäbig vor.

„Nein, nie", antwortete ich ehrlich.

„Gut, das hätte ich mir auch nicht erklären können, denn das
entspräche nicht einmal ansatzweise der Wahrheit. Ich finde,
du bist ein wundervoller Mensch und hast das Beste genauso
verdient wie jeder andere auch."

Während Giulia diese Worte aussprach, bildete sich ein Kloß
in meinem Hals, der bei jedem weiteren Satz größer wurde.

„Weißt du, ich kenne niemanden, der so selbstlos etwas für
einen anderen Menschen getan hat wie du. Und schon gar
nicht für jemanden, von dem er weiß, dass er ihn nicht einmal
besonders gut leiden kann. Überhaupt bewundere ich dich
für deine Art, dein Leben zu meistern und ich liebe es, dass
ich bei dir sein kann, wie ich sein möchte. Das ist nämlich
auch nicht selbstverständlich."

So wie Giulia aussah, wäre ihr noch so vieles eingefallen, was
sie hätte sagen können, aber als sie sah, wie sehr mich ihre
Worte berührten und ich meine Tränen nicht mehr länger
zurückhalten konnte, nahm sie mich einfach liebevoll in den

Arm und gab mir auch auf dieser Ebene eindeutig zu verstehen, dass ich einen Wert hatte in dieser Welt. Zumindest in ihrer Welt.

„Weißt du, Giulia", brachte ich irgendwann hervor. „Du bist für mich das größte Geschenk in meinem Leben. Niemals zuvor bin ich einer Frau begegnet, die so viel Gutes in mir gesehen hat wie du. Ich liebe dich und es tut mir so leid, dass ich einfach abgehauen bin."

„Ich liebe dich auch", hauchte sie. „Und ich finde, du hast dich jetzt mehr als genug entschuldigt. Die Hauptsache ist doch, dass wir wieder zusammengeführt wurden." Dabei strahlte sie über das ganze Gesicht.

„Ja, da hast du absolut Recht." An dieser Stelle musste ich, statt weiterer Worte zu wechseln, meinen Gefühlen freien Lauf lassen und Giulia einen innigen Kuss auf ihre warmen, weichen Lippen geben. Wie sehr hatte ich mich in den letzten Tagen danach gesehnt und wie wundervoll fühlte es sich an, diese Frau jetzt und hier wieder in meinen Armen halten zu dürfen.

„Wollen wir jetzt essen?" riss sie mich aus meiner, sich anbahnenden Ekstase. „Ich habe furchtbaren Hunger." Natürlich hatte sie bemerkt, dass ich bereits dabei war, in andere Sphären einzutauchen und lachte mich herzlich an. „Das muss noch ein bisschen warten, mein Lieber. Ansonsten habe ich keine Kraft für dich." Sie zwinkerte mir zu und verschwand in der Küche, um die Lasagne aus dem Ofen zu holen.

Nur wenige Stunden später lagen wir nach einer innigen Wiedervereinigung eng umschlungen in dem großen, gemütlichen Doppelbett, das ich am Vortag frisch bezogen hatte. Giulia schlief bereits und ich lauschte ihrem ruhigen, gleichmäßigen Atem, so, wie ich es schon einmal getan hatte. Wir hatten noch viel geredet an diesem Abend. Über uns, über die recht plötzliche Verwandlung von Donatella und auch über Roberta. Ich hatte Giulia alle Details über unsere Ehe erzählt und dass sie von nun an nur noch Geschichte war. In Giulias Augen konnte ich erkennen, wie erleichtert sie darüber war. Als wir uns dann gegen Einbruch der Nacht heiß und intensiv liebten, konnte ich diese Erleichterung, die sich ebenfalls in mir ausgebreitet hatte, auch fühlen und ich wusste, dass ich diese Frau niemals mehr zurücklassen würde.

Mai 2019

Kapitel 45

Donatella

Auf den Zauber

Entspannt saß ich auf meiner Terrasse und genoss die letzten wärmenden Strahlen der untergehenden Mai-Sonne. Was war das nur für ein herrlicher Tag gewesen. Nicht nur, weil das Wetter uns mit einem wolkenlosen Himmel und bald schon sommerlichen Temperaturen verwöhnt hatte, sondern weil einfach alles perfekt gewesen war.

Bereits am frühen Morgen, als die ersten Sonnenstrahlen durch mein Schlafzimmerfenster lugten, freute ich mich riesig auf den bevorstehenden Tag. Ja, ich war regelrecht aufgeregt gewesen, denn ich konnte mich schon gar nicht mehr daran erinnern, wie es war und wie es sich anfühlte, seinen Geburtstag zu feiern. In den letzten Jahrzehnten hatte ich diesen Tag genauso monoton verbracht wie jeden anderen auch. Ich hatte nicht einmal einen einzigen Gedanken daran verschwendet, wenn am achten Mai wieder ein neues Lebensjahr für mich begann, denn es war mir schlicht und ergreifend egal gewesen. Dabei hatte ich es als Kind und auch noch als junge Frau sehr genossen, diesen, damals für mich so besonderen Tag im Jahr mit Freunden und Verwandten gebührend zu zelebrieren. Meine Mutter hatte immer eine wundervolle Torte gebacken, die mit Kerzen und ganz viel Zuckerguss verziert war und auf dem Frühstückstisch erwartete mich stets ein frisch gepflückter Strauß Blumen. Am Nachmittag kamen viele Gäste, die sich Zeit für mich genommen und mir Geschenke mitgebracht hatten. Meist war das Wetter so schön gewesen, dass wir draußen im Garten feiern konnten und das bis spät in die Abendstunden hinein. Doch auch dieses Ritual hatte es nach dem Tod von meinem geliebten Mann Vico nicht mehr gegeben. Das war jetzt schon über vierzig Jahre her und niemals hätte ich gedacht, dass ich diesem achten Mai jemals wieder Aufmerksamkeit schenken würde. Überhaupt hätte ich es nie für möglich gehalten, dass mein Leben noch einmal so aufblühen würde, wie es in den letzten Monaten geschehen war.

Es klopfte an der Tür. „Herein", rief ich mit noch etwas morgendlich belegter Stimme und war überrascht, als daraufhin ein Ständchen einsetzte und sich meine Familie vor meinem Bett versammelte. Ich war so überwältigt von dieser herzlichen kleinen Szene, dass mir vor Freude die Tränen kamen. Da standen sie alle: Giulia mit ihren Eltern, ihrem Bruder Romeo und dessen Frau, Francesco, Katrin und sogar Alberto hatte sich bereits für mich aus dem Bett gequält. Die Uhr zeigte gerade mal sieben an.

„Vielen lieben Dank", schluchzte ich und klatschte in die Hände, nachdem sie sogar „Viel Glück und viel Segen" im Kanon gesungen hatten.

„Alles Gute zum Geburtstag" ertönte es von allen. Dann trat Giulia hervor. In den Händen hielt sie ein Tablett mit einer Erdbeer-Sahne-Torte darauf, die mit Kerzen verziert war und auf der mit Zuckerglasur mein Name und meine Geburtstagszahl standen.

„So wie früher", erklang die Stimme von Giulias Mutter Antonia. Dabei strahlte sie über das ganze Gesicht.

„Ja, so wie früher", stimmte ich ein wenig melancholisch zu. Aber es war eine freudige Melancholie.

„Die schneiden wir gleich zum Frühstück auf", meinte Giulia und hielt mir die Torte unter die Nase, damit ich die Kerzen auspusten konnte. „Und wünsch dir etwas."

„Ich brauche mir nichts mehr zu wünschen", sagte ich, nachdem auch die letzte Kerze erloschen war. „denn ich habe bereits mehr als ich mir jemals noch hätte erträumen können." Voller Dankbarkeit sah ich in die Gesichter meiner Lieben und atmete tief ein. Wie schön, dass sie alle hier waren. „Aber jetzt raus hier. Ich muss mich fertig machen, damit wir die Torte auch probieren können."

Lachend entfernten sich alle und ich hüpfte aus dem Bett, um mich zu waschen und anzuziehen. Natürlich hüpfte ich nicht mehr wie ein junges Mädchen in meine Pantoffeln, aber seitdem ich mich nach meinem Unfall wieder bewegen konnte, tat ich dies auch viel mehr als noch zuvor. Ich genoss es, meine Selbstständigkeit zurückbekommen zu haben, ohne, dass ich irgendwelche Einbußen gehabt hätte. Selbst meinen Stock brauchte ich nicht mehr als meinen ständigen Begleiter, weil ich jeden Tag die Übungen machte, die mir der Physiotherapeut aus der Klinik gezeigt und empfohlen hatte.

Eine halbe Stunde später saßen wir alle draußen im Garten am gedeckten Frühstückstisch und plauderten über längst vergangene Zeiten, als Emilio mit Herrn Calzo zu uns stieß. Herr Calzo war Emilios Notar und Finanzberater.

„Buongiorno", begrüßte ich die beiden und bat sie, Platz zu nehmen.

„Tanti auguri di buon compleanno", beglückwünschten sie mich zuvor und überreichten mir einen großen Strauß bunter Frühlingsblumen.

„Darf ich vorstellen", sagte ich zu allen am Tisch sitzenden Personen. „Emilio kennt ihr bereits alle. Und das ist Herr Calzo. Er wird mir heute einen großen Geburtstagswunsch erfüllen."

„Ich dachte, du hast gar keine Wünsche mehr", lachte Giulia.

„Das stimmt auch. Dieser Wunsch ist nicht wirklich für mich. Er ist für dich."

„Für mich?" fragte sie nun mehr als überrascht.

„Ja. Ich möchte dir gerne mein Anwesen überschreiben."

„Was?!" kam es hustend aus ihr hervor und ihre Wangen begannen zu glühen. „Aber das geht doch nicht!"

Ich sah, wie Antonia ihre Hand auf die ihrer Tochter legte und sie aufmunternd anlächelte. Natürlich hatte ich zuvor mit ihr und ihrem Mann über alles gesprochen, denn ich wollte jedem von ihnen bereits jetzt etwas vererben und nicht erst dann, wenn ich unter der Erde läge und nicht mehr an ihrer Freude teilhaben könnte. Zu glücklich war ich, dass ich mich mit allen ausgesöhnt hatte. Sie hatten es mir aber auch wirklich leicht gemacht und alleine dafür war ich ihnen unglaublich dankbar. Lange Gespräche hatte ich mit Antonia geführt und ihr alles in Ruhe erklärt. Am Ende war sie mir einfach um den Hals gefallen und drückte mich, als gäbe es kein Morgen mehr. „Hättest du doch nur ein einziges Wort gesagt", schniefte sie, „wir wären so gerne für dich dagewesen in dieser schwierigen Zeit."

„Das weiß ich, Antonia, Liebes. Aber ich konnte es einfach nicht. Dafür freue ich mich jetzt umso mehr." Und das war die Wahrheit. Damals hätte und hatte ich niemanden an mich herangelassen, weil ich es in der Tat nicht konnte. Doch mit dem Auftauchen von Giulia hatte sich alles verändert und dieses Glück wollte ich jetzt teilen.

„Doch, natürlich geht das", sagte ich also. „Ich möchte, dass dieses Gut hier wieder so richtig zum Leben erwacht. Du, Francesco und Alberto ihr habt schon viel dafür getan und ich möchte, dass hier auch weiterhin das Leben pulsiert. Deshalb habe ich mir überlegt, dass wir die leerstehenden Gästehäuser schön herrichten und als Feriendomizile vermieten. Auf diese Idee hat mich Alberto gebracht und ich finde sie ausgezeichnet. Zudem brauchst du auch wieder einen guten Job, der dir Freude bereitet und ich bin mir sicher, dass dies genau das Passende für dich wäre."

In den vergangenen Monaten hatte Giulia, die Ende letzten Jahres gemeinsam mit Francesco in das Poolhaus eingezogen war, in der Klinik bei Personalengpässen als Kinderkrankenschwester ausgeholfen, doch eigentlich hatten sie keine wirklich freie Stelle für sie. Und hier auf dem Gut würde es genug zu tun geben, wenn wir Ferienunterkünfte vermieten würden.

„Du meinst das ernst, oder?" fragte sie nun zögerlich.

„Aber natürlich. Mit so etwas scherzt man doch nicht. Und den großen Verschlag der unterhalb des Poolhauses liegt, könnten wir nutzen, um weitere Ausstellungen und Veranstaltungen zu organisieren"

Den Verschlag gab es schon viele Jahre lang. Früher hatten Vico und Alberto dort ihr Olivenöl zur Verköstigung und anschließendem Verkauf angeboten. Es war ein großer überdachter Bereich, in dem man wunderbar diverse Feierlichkeiten veranstalten konnte. Heute würden wir diesen Bereich des Guts noch für eine große Besonderheit nutzen und auch darauf freute ich mich bereits jetzt riesig, obwohl es erst am frühen Nachmittag soweit wäre.

„Tante Donatella, du bist unglaublich", gluckste Giulia, sprang von ihrem Platz auf und kam auf mich zu gerannt, um mich fest zu umarmen.

„Nein, mein Kind, du bist unglaublich. Ich habe dir so viel Gutes zu verdanken und glaub mir, ich freue mich, wenn mein wunderschönes Zuhause auch wieder für andere Menschen ein besonderer Ort wird. So, wie es früher einmal war."

Ich nickte Herrn Calzo zu, der daraufhin aus seiner Aktentasche einen Stapel Dokumente hervorholte.

„Wollen wir die Formalitäten vielleicht drinnen erledigen?" schlug er vor und nickte in Richtung der gefüllten Tafel. „Dort haben wir bestimmt ein wenig mehr Platz."

„Das ist eine gute Idee. Gehen wir rein." Damit erhob ich mich und hakte mich bei Giulia ein.

„Das Kleid kenne ich", strahlte sie mich an, als sie mich genau ansah. Es war das Kleid, das Giulia mir an unserem ersten gemeinsamen Morgen aus dem Schrank geholt hatte und das ich partout nicht hatte anziehen wollen.

„Ich dachte, heute ist ein guter Tag, um es zu tragen."

„Ja, es steht dir ausgezeichnet."

„Danke. Ich habe es das letzte Mal angehabt, als Vico mich zu einem romantischen Abendessen eingeladen hatte." Es war ein Wunder, dass es mir überhaupt noch passte nach all den Jahren, aber es saß, als hätte ich es gerade erst neu für mich gekauft. Als ich es am Morgen aus dem Schrank geholt hatte, hatte ich ein wenig mit einem ungemütlichen Gefühl beim Hineinschlüpfen gerechnet, weil so viele Erinnerungen daran hingen. Aber es fühlte sich unerwartet gut an und ich war froh, dass ich es noch aufbewahrt hatte. Vico hätte es sicherlich immer noch sehr gut an mir gefallen.

„*Casa Giulia*, also." Ich nickte, als der Notar den neuen Namen des Guts verlas. Das Gut *Fratelli* war somit Geschichte, doch ich war mir sicher, dass dieser Schritt, das Anwesen umzubenennen, genau richtig war.

„Danke", flüsterte mir Giulia ins Ohr und strahlte wie die Sonne persönlich. Schön, wenn man einen Menschen so erfreuen konnte. Natürlich ging auch der Rest nicht leer aus. Sie alle hatten das Recht eingeräumt bekommen, stets kostenlos hier bei uns zu wohnen, wenn sie uns besuchen würden und jeder bekam eine großzügige Summe Geld auf sein Konto überwiesen. Das Geld vom Olivenölverkauf war bereits in die Schuldentilgung gesteckt worden, genauso wie ein Teil des Bilderverkaufs. Dennoch blieb am Ende ein wahrliches Vermögen über. Emilio hatte es sich nicht nehmen lassen, tatsächlich alle Kunstwerke selber zu kaufen und den eventuellen Interessenten der Ausstellungsbesucher nur Kunstdrucke anzubieten. Die Summe, die er für alles auf den Tisch geblättert hatte, war so horrend gewesen, dass sich jeder von uns noch ein schönes, bequemes Leben davon machen konnte. Und Emilio war dadurch trotzdem nicht ärmer geworden, denn seine Ausstellungen und Verkäufe brachten ihm schon seit Jahren Unsummen an Geld ein.

Nach einer winzig kleinen Mittagspause gingen die Feierlichkeiten dann weiter. Ich war sehr gespannt, denn ich hatte keine Ahnung, was genau mich jetzt erwarten würde. Das Einzige, was ich wusste war, dass ich ein paar kleine Worte bei der Eröffnungsfeier der Ausstellung, die im Verschlag stattfand, sagen sollte. Geladen war nur die Familie und ein paar erlesene Gäste, die Emilio eingeladen hatte. Mit ein wenig klopfendem Herzen ging ich die Treppe am Poolhaus hinunter, wo an Stehtischen verteilt etwa dreißig Menschen auf mich warteten. Jeder von ihnen hielt bereits ein Glas Prosecco in der Hand und hatte seinen Blick auf mich gerichtet. Dass die Ausstellung hier auf dem Gut stattfand war wirklich etwas Besonderes und das hatte ich Giulia und Emilio zu verdanken. Sie meinten, dass dieser Ort den absolut passenden Rahmen dafür bieten würde. Zumindest für die Eröffnung. Nach einer Woche sollte die Bilder alle in Emilios Atelier gebracht werden, wo mehr Publikumsverkehr herrschte. Bevor ich das Wort hatte, griff Emilio nach dem schnurlosen Mikrofon, das Francesco besorgt hatte und richtete seinen Blick zuerst auf mich. „Liebe Donatella", begann er. „Was geht das Leben manchmal für unglaubliche Wege. Du weißt, ich war immer schon ein großer Bewunderer deiner Bilder und dass ich sie tatsächlich einmal mein eigen nennen würde, hätte ich niemals gedacht."

Eines meiner frühen Werke entdeckte ich an der Steinwand links neben uns. Es zeigte die kleine Antonia bei einem Mittagsschlaf auf der blühenden Naturwiese. Ich hatte es damals mit bunten Kreiden gemalt und die Farben waren immer noch so satt und prächtig, wie ich sie in Erinnerung hatte. Ein paar Meter weiter hing ein Gemälde von dem Eingangshaus des Guts, in dem ich auch jetzt noch wohnte. Auch hier hatte ich mit Kreiden gearbeitet. Wie lange hatte ich meine eigenen Bilder nicht mehr gesehen. Ich hatte sie nie vermisst, doch jetzt, wo ich zwei von ihnen entdeckt hatte, wollte ich auch unbedingt noch die restlichen sehen. Mein Herz hüpfte auf der einen Seite, weil ich mich darüber freute, dass Alberto sie allesamt gerettet hatte. Doch auf der anderen Seite gesellte sich ein stechender Schmerz hinzu, weil ich realisierte, dass es nicht mehr meine eigenen Bilder waren, sondern die von Emilio. Nicht, dass ich sie ihm nicht gegönnt hätte. Ich wusste, dass sie sicherlich nirgendwo sonst so gut aufgehoben gewesen wären wie bei ihm. Trotzdem fühlte es sich gerade ein wenig eng an in meiner Brust. Doch nun schenkte ich den Worten Emilios wieder meine Aufmerksamkeit. Er berichtete den Gästen davon, wie wir uns kennengelernt und letztlich wieder aus den Augen verloren hatten. „Und nach so vielen Jahren schneit plötzlich eine junge Frau in mein Atelier und eröffnet mir irgendwann, dass sie die Großnichte von Donatella ist. Ist das nicht unglaublich?!" Die Leute klatschten und so wie es aussah, hätten sie bereits jetzt gerne einen Schluck von dem kühlen Prosecco genommen. Doch Emilio war noch nicht fertig.

„Liebste Donna", sagte er nun. „Ich habe lange überlegt, was ich dir zu deinem Geburtstag schenken könnte. Schließlich ist es ein ganz besonderer Geburtstag." Damit meinte er natürlich nicht die Zahl, sondern die Tatsache, dass es mein erster Geburtstag nach über vierzig Jahren war, den ich wieder feierte. „Und ich glaube, ich habe etwas ganz Passendes gefunden."

Ich war gespannt, denn ich hatte keinerlei Ahnung, was mich jetzt erwarten würde.

„Donna, ich möchte dir gerne deine Bilder wieder überlassen. Es sind deine Werke und ich weiß, wie sehr dein Herz immer daran gehangen hat. Zudem glaube ich, dass sich an dieser Tatsache im Grunde auch nichts geändert hat."

Ich spürte, wie Tränen über meine Wangen liefen, denn Emilio hatte Recht. Meine Bilder hatten mir stets selbst so viel bedeutet, dass ich zu damaligen Zeiten nicht einmal eines davon hergegeben hätte, wenn man mir auch noch so viel Geld dafür geboten hätte. In all den Jahrzehnten, in denen ich sie nun auf dem Müll geglaubt hatte, hatte ich sie ebenso wenig vermisst wie irgendetwas anderes. Aber jetzt sah mein

Leben wieder anders aus und ich war froh und dankbar für alles Schöne, was nun den Weg zu mir zurückfand.

„Emilio", schluchzte ich vor Freude, „Was bist du für ein unglaublicher Freund!"

„Da hast du Recht", lachte er ausgelassen und nahm mich in den Arm. „Wie schön, wenn du dich so darüber freust. Aber das ist noch nicht alles."

Ich war überwältigt und wusste nicht, ob ich überhaupt noch mehr ertragen würde.

„Weißt du, ich habe nicht nur lange überlegt, was ich dir zum Geburtstag schenke, sondern auch, wie diese besondere Ausstellung heißen soll. Ich habe mir Stundenlang den Kopf darüber zerbrochen, aber dann, eines Morgens als ich aufwachte, hatte ich ganz plötzlich den perfekten Titel. Nun erhob er sein Glas, sah erst mich an und anschließend die umstehenden Leute. „Liebe Donna, liebe Gäste, eigentlich sollte die Künstlerin heute selber die Eröffnungsrede halten und vielleicht würde sie gleich auch noch gerne ein paar Worte sagen. Aber nun möchte ich mit euch anstoßen auf die Ausstellung mit dem Namen *Ein Zauber in den Hügeln der Toskana*."

„Wow", entfuhr es mir und ich griff tatsächlich automatisch nach dem Mikrofon in Emilios Hand. „Mein lieber Freund, du bist wirklich phantastisch! Ich selber hätte keinen passenderen Namen wählen können. Schon seit meiner Kindheit lag wirklich immer ein Zauber hier in der Luft, den jeder spüren konnte, wenn er herkam. Mit dem Tod meines Mannes Vico verschwand dieser Zauber allerdings von einem auf den anderen Tag. Viele Jahre lag hier alles brach und ich hatte mich und das Leben bereits längst aufgegeben, als meine Großnichte Giulia plötzlich auftauchte und ihn wieder zum Erblühen brachte." Es sprudelten nun noch etliche Worte aus meinem Mund, weil ich allen Anwesenden noch einmal von meiner unglaublichen Verwandlung berichten musste. Zum Schluss wandte ich mich aber noch einmal an Emilio. „Du kannst dir nicht vorstellen, was für eine riesen Freude du mir damit machst, dass du mir meine Bilder schenkst. Und eines ist ganz klar. An dem Tag, an dem ich sterbe, gehören sie alle wieder ausnahmslos dir." Ich erhob mein Glas ein weiteres Mal, denn ich konnte es kaum erwarten, endlich die ganze Ausstellung zu sehen. Doch bevor ich einen Toast aussprechen konnte, tauchte Francesco neben mir auf und bat mich darum, ihm zwei Minuten lang das Mikrofon zu leihen.

„Signore e signori", begann er förmlich, „ich möchte nur ganz kurz das Wort ergreifen. Da dies heute schon ein so besonderer Tag ist, würde ich ihn gerne noch etwas besonderer werden lassen. Zumindest für mich." Er lachte ein wenig verlegen und ging auf Giulia zu, die an dem ersten Stehtisch unmittelbar vor uns stand. Mir war schon klar, was jetzt kommen würde und ich fand, dass es wirklich keinen geeigneteren Zeitpunkt hätte geben können für sein Vorhaben. Aus seiner Sakkotasche holte er eine kleine Schatulle, die er öffnete und meiner Großnichte entgegenhielt. „Giulia, ich hätte dir diese Frage schon gerne viel eher gestellt, doch wie du weißt, hatte Roberta bisher nicht in die Scheidung eingewilligt. Aber Vorgestern lagen die unterschriebenen Papiere endlich in der Post." Ehe er weitersprach machte Francesco sich tatsächlich die Mühe, auf die Knie zu gehen. Dann holte er den hübschen Silberring, der sich in der Schatulle befand, heraus und steckte ihn an Giulias rechten Ringfinger. *„Tesoro,* möchtest du meine Frau werden?" In seiner Stimme lag eine unbegründete Nervosität, die vermutlich den Menschen um ihn herum geschuldet war, die er im Großen und Ganzen gar nicht kannte. Mit leuchtenden Augen beäugte Giulia den Ring, an dem ein hübscher kleiner Diamant blinkte, zog Francesco

wieder hoch auf die Beine und schenkte ihm ihr strahlendstes Ja. Glücklich fielen sich die beiden anschließend in die Arme. „Tja", sagte ich, „ich glaube, hiermit können wir *ein Zauber in den Hügeln der Toskana* wirklich für Eröffnet erklären."

Während ich nun noch meinen Gedanken über den wundervollen Tag hinterherhing und die Abendsonne bestaunte, hatte Emilio eine Flasche Rotwein für uns aus der Küche besorgt. Zudem war noch ein wenig Ciabatta vom Buffet übrig geblieben, das er mit einigen Tropfen unseres *Olio di Giulia* beträufelt hatte. „Das sieht köstlich aus", sagte ich und nahm einen Teller und ein, von ihm gefülltes Glas entgegen.
„Schön, dass du noch ein wenig bleiben kannst. Das war ein wirklich phantastischer Tag."
„Ja, das finde ich auch", stimmte Emilio mir zu. „Wenn deine Bilder erst einmal in Florenz sind, werde ich mich vor Besuchern kaum retten können." Er lachte sein charmantes Lachen und prostete mir zu. „Auf den Zauber, der bereits hinter uns liegt und auf den Zauber, der uns noch erwartet."
„Auf den Zauber", echote ich, nahm einen Schluck Wein zu mir und lehnte mich glücklich und zufrieden in meinem Gartenstuhl zurück.